1

(2391 n. Chr.)

Ihm fror der Schwanz. Wohin konnte er fliehen?

Der Kleinsohn von Chiirr-Nig sträubte in seinem Druckanzug das Fell, damit ihm länger warm blieb. Am Ausgang der Luftschleuse hatte er keine Zeit gehabt, sich von den öffentlich zugänglichen Gestellen einen besseren Oberflächenanzug zu nehmen. Kleinsohn trug kein Standardmodell; sein Anzug eignete sich nur für einen begrenzten Aufenthalt an der Planetenoberfläche und war ihm außerdem zu groß. Am Ende würde er noch darin erfrieren. Unbegrenzt halten würde lediglich der Sauerstoffvorrat.

Das Licht der gewaltigen roten Sonne vergoldete die schneebedeckte Felslandschaft und tauchte die niedrigen Gebäude in ein gedecktes Rosé. Die druckfesten Bauten erstreckten sich bis ins Dunkel des Tales. Um trotz der Schatten die Szenerie zu erkennen, benötigte man eine Infrarotbrille, aber so etwas besaß Kleinsohn nicht. Ob er bis in die Berge fliehen konnte? Die Gründerkrieger Hssins hatten die Felszacken, die sich gegen den Himmel abhoben, die Berge des Verheißenen Sieges genannt, in Wahrheit aber handelte es sich dabei um die Berge des Todes.

So schwach die Sonne R'hshssira auch leuchtete, der heitere Lichtschein vom ewigen Eis der Gipfel überstrahlte längs des Horizonts die Sterne. Doch darüber schimmerte die Sternenpracht des Firmaments unbeirrt vom trüben Auge R'hshssiras am dunkelvioletten Himmel und spendete durchaus mehr Licht als Hssins kümmerliche Mickersonne, und das, obwohl der Sternenglanz sich durch einen Schleier aus Zirruswolken kämpfen mußte.

Wo es auch nur ein wenig Licht gab, da existierte stets Wärme. Doch um diese Wärme zu spüren, mußte man schon am hellichten Tag auf einer offenen Ebene Hssins stehen, wenn das Rund R'hshssiras, rot wie eine Esse, ganz am Himmel aufgegangen war. Immerhin war es echte Wärme, die einem dann in den Panzeranzug drang – und wenn man ihr das Gesicht zuwandte, fror man sich Rücken und Schwanz ab.

Kleinsohn von Chiirr-Nig wandte der Sonne den Rücken zu und reckte den Schweif der Strahlung entgegen.

Die älteren Krieger erörterten manchmal scherzhaft die Frage, ob Hssin ein echter Planet oder nur ein Mond sei, denn kein Kzin wußte sicher, ob jenes elende Zentralgestirn mit Namen R'hshssira nun als echter Vaterstern oder nur als verlorenes, von einem Sklaven begleitetes Junges einzuordnen sei. R'hshssira war zu kühl und zu klein, um ein echter Stern zu sein, und bereits bis zur Schwermetalldichte kollabiert, ohne seinen Wasserstoff zu zünden. Dennoch badete er die Welt in blutroten Lichtschein.

Eine Sternenbestie im Winterschlaf, mit inaktivem Stoffwechsel, das war R'hshssira – ein Tier, das nicht rotierte, kein Magnetfeld besaß und nicht kämpfte. Es schlief, und der Sklavensatellit Hssin patrouillierte eng um das Lager seines Herrn, als wolle er ihn beschützen.

In die Berge konnte Kleinsohn nicht entkommen. Er mußte zurück in die Stadt, aus der er gerade erst geflohen war. Er blickte zu den Sternbildern auf, zu den fünf hell funkelnden, weit entfernten Riesensternen hinter dem Himmelsfluß. Wenn er nirgendwohin flüchten konnte, dann wollte Kleinsohn sich von dem ›Zähnefletschenden Gott, der aus dem Himmelsfluß trinkt‹ zu den Sternen führen lassen.

Hssin diente dem Patriarchat von Kzin als militärischer Vorposten. Die Welt war so kahl wie ein Mond und besaß doch eine Atmosphäre wie ein Planet. Das Gas war dünn, niederträchtig und giftig, brandete manchmal im gleichen Maße stürmisch auf, wie R'hshssiras Oberfläche sanft ruhte. Die Temperaturen auf dem kleinen Trabanten schwankten in solch extremen Bereichen, daß kein Lebewesen sie zu erdulden vermochte. In den Hügeln und Ebenen aus verkarstetem Fels und Eis lebte nichts, was zu jagen sich gelohnt hätte. Die Hssinkzinti wurden stets zur Zielscheibe des Bedauerns derer, die auf der Durchreise zu größerem Ruhm den Planeten als Zwischenstation benutzten.

... und derer, dachte Kleinsohn verbittert, *die den treuen Kzin mit Spott und Qual übergießen, obwohl nur dessen Heldentum diese elende Basis unterhält, auf daß sie dem Patriarchat diene.* Den durchreisenden Kriegern neidete er ihre Bewegungsfreiheit, die raffinierten Weibchen, das Holz, das Leder und die Wandbehänge in ihren Sternenschiffen. Für ihre kleinlichen Beschwerden über den begrenzten Raum in der Basis empfand er nur Verachtung. Ihre Söhne, die ihn zur Zielscheibe ihrer Spötteleien machten, haßte er unverhohlen, seine Wunschträume, in denen er ihre weichpelzigen Töchter verletzte, behielt er hingegen für sich.

Kleinsohn von Chiirr-Nig wußte, wohin es *sie* zog: zum hellsten Lichtpunkt über Hssins Horizont – das war der Leitstern, die Leuchtbake, deren Schimmer sie die beschwerliche Reise und die langweiligen Pflichten in den kargen Militärstützpunkten längs des Weges erdulden ließ. Wenn Kleinsohn zu diesem Stern aufblickte, dann weigerte er sich, die weiße Zwillingssonne bei ihrem kzintischen Namen zu nennen, Ka'ashi – er bezeichnete sie stets mit ihrem unaussprechlichen und so wunderbar exotischen Fremdnamen *Alpha Centauri.* Was diese seltsamen Laute wohl zu bedeuten hatten?

Ein alter Krieger hatte ihm vor langer Zeit erzählt, die fremden Äffchen hätten den Stern nach einem Tier benannt, das halb Affe und halb Grasfresser war, vier gespaltene Hufe und zwei Hände besaß. Kleinsohn brauchte nur den Namen zu hören, und schon roch er die Jagd und das Beschleichen fremdartiger Tiere! Die Geruchsbilder der sechsbeinigen Steppentrampel hatten Kleinsohn zum Sabbern gebracht.

Aber nun war er selber zum Gejagten geworden!

Chiirr-Nigs kleinster Sohn hielt sich für eine Mißgeburt, eine Laune der Natur, denn er war der einzige Kzin im ganzen Patriarchat, der jemals Furcht empfunden hatte. Vielleicht empfanden auch die andern Angst – aber das zeigten sie nicht, und vor allem flohen sie nicht.

Warum flüchtete ein halbwüchsiger Kzin über die Planetenoberfläche in einem Druckanzug, den er so hastig übergezogen hatte, daß er nicht einmal die Isolierunterwäsche trug? Eine Sauerstoffflasche hatte er ebenfalls vergessen. Das Aggregat in der Atemmaske rumpelte in dem Bemühen, das Kohlendioxid aus der Atmosphäre zu spalten, und Kleinsohns Fell allein reichte nicht aus, um ihn warmzuhalten. Seinen Schwanz spürte er schon nicht mehr. *Helden, die so dumm sind wie ich, sterben jung,* geißelte er sich. Er war allein. Nicht einmal seine Mutter konnte ihn hier beschützen.

Ich bin ein Feigling, dachte er, belegte sich mit dem schrecklichen Wort aus der Heldensprache, das gemeinhin huschende Tierchen bezeichnete, die zu erlegen keine Jagdehre einbrachte. Niemals hätte Kleinsohn einen anderen Kzin wissen lassen, daß er mit diesem Namen von sich dachte, und gleichzeitig wollte er zu gern wissen, warum kein anderer Kzin sich vor dem Tod fürchtete.

Der-andere-an-der-Nase-herumführt und Grinst-versteckt – Kleinsohn hatte seine eigenen Spitznamen für die Gefährten seiner Jugend – jagten ihn und wollten ihn töten. Ein Spiel war es, mehr nicht. Sein Vater drängte ihn ständig zu solchen Spielen – obwohl er noch gar nicht so weit war. Dem Vater wäre es gleichgültig, wenn Kleinsohn aus Dummheit starb. Tatsächlich wäre es seinem Geehrten Erzeuger wohl ganz recht gewesen, wenn er seinetwegen keine Verlegenheit mehr empfinden müßte. Der Adlige besaß einen Namen und hatte viele Söhne, die ihm zur Ehre gereichten, genug Söhne, die sich selbst einen Namen erringen und an der Arbeit von Sklavenäffchen bereichern würden.

Ein alter Kriegerfreund hatte Kleinsohn berichtet, daß es dort draußen acht hoch acht der Menschenäffchen gab, die man sich nur zu nehmen brauchte – ganze Schwärme davon! Herden! Man konnte sie zu Hunderten niedermetzeln und sich an ihren Leibern laben und hätte noch immer genug Sklavenäffchen, um ein reicher Held zu werden! Eine ganze Weile lang klemmte sich Chiirr-Nigs-Sohn nun den Schwanz zwischen die Beine, um ihn zu wärmen, und suchte bibbernd den Himmel ab, bis er einen Radianten rechts vom Doppelstern Wunderlands, am Rande des Sternbilds Erhobener Dolch, die Menschensonne fand. Der Stern berührte beinahe Blut des Opfers, einen weit entfernten Roten Riesen, den die Menschentiere als den glückbringenden Mirach verehrten oder einfach als Beta Andromedae bezeichneten. Ihre Sprache wies solch ein reiches Vokabular geisterhafter, weicher Laute auf.

Manchmal empfand Kleinsohn geradezu Ehrfurcht darüber, an der Grenze zu leben. Im Herzen des Patriarchats, so hieß es, könne man in den Nachthimmel blicken und sei nicht imstande, auch nur einen nahen Stern zu sehen, der noch nicht erobert wäre – aber hier draußen wimmelte es vor unbeanspruchtem Gras und herrenlosen Herden! So viel Affenfleisch; wie schade, daß diese Kriegerkätzchen ihn töten würden, bevor er auch nur einmal Gelegenheit erhielt, die Zähne hineinzuschlagen. Welche Vergeudung! Seine Krallen schoben sich aus den Fingern, und er zog sie wieder ein.

Kleinsohn hatte ein Problem. Solange er hier draußen blieb, befand er sich in Sicherheit. Aber Der-andere-an-der-Nase-herumführt war ein umsichtiger Kzin, ein geborener Anführer. Sein Vater ließ bereits Beziehungen spielen, um zu erreichen, daß der Sohnekater mit den Rekruten nach Wunderland geschickt wurde, wo die Flotte für den vierten Angriff auf Menschenheimat gesammelt wurde. Mittlerweile warteten wohl zwei Achtschaften seiner felleckenden Schranzen an den Zugängen der Stadt und hielten die *Wzais* bereit, um Kleinsohn die Ohren abzuschneiden.

Sie suchen nach mir.

Aber die Basis war so riesig. Die Eroberung Wunderlands hatte hier ihren Bereitschaftsraum gehabt. Und sie war auf die fünffache Größe angewachsen, als sich die Nachricht von der bevorstehenden Eroberung des Menschensystems im Patriarchat verbreitet hatte. Ständig trafen neue Schiffe ein, und neue Einrichtungen, Tunnel, Gebäude und Schweberlandeplätze wucherten allerorten anscheinend ohne Plan. Ganz sicher gab es irgendwo eine Stelle, an der Kleinsohn sich verstecken konnte.

Der junge Kzin machte sich taumelnd auf zu einer Ansammlung neuerer Gebäude, und immer wieder nahm er dabei Umwege in Kauf, die tief in die Mauerlabyrinthe führten und etwaige Verfolger hoffentlich in die Irre leiteten. Er hatte gar keine Zeit gehabt, seinen Vorstoß vorzubereiten, alles war übereilt geschehen. Mittlerweile fror er zu sehr, als daß er noch lange durchhalten konnte. Seine Fußballen wurden allmählich taub. Er mußte hier in der Nähe eine Lösung finden. Als er seinen Weg durch das große Jotokigehege verstellt fand, wäre er beinahe umgekehrt. Das Gehege war eine ausgedehnte Ansammlung von überkuppelten Ausläufen und unterirdischen Gängen, in denen die Jotokisklaven gezüchtet und gejagt wurden. Kleinsohn wäre erfroren, bevor er die Anlage umgangen hätte.

Warum machte er nicht einfach allem ein Ende? Wenn er durch einen der Haupteingänge für Stadtbewohner zurückkehrte, würden sie ihn aufgreifen – dann folgte ein Kampf, und er würde tot oder hoffnungslos entstellt und verkrüppelt enden. Vielleicht konnte er sie mit einem fürchterlichen Wutanfall überraschen und einen von ihnen töten, bevor sie ihn erwischten? Nein, drohend grinsen konnte er wohl, aber allein die Furcht würde ihn am Springen hindern. Er hatte noch nie springen können, er war ein hoffnungsloser Feigling. Warum sollte er sich nicht an diesem Tag von ihnen töten lassen? Selbst wenn er ihnen heute entkam, würden sie ihm morgen doch wieder nachstellen und ihm eben dann das Leben rauben – um die Rasse zu reinigen.

Und im gleichen Moment fiel ihm ein, daß es Kätzchen nicht gestattet war, im Jotokigehege zu jagen, ohne daß ein Hüter sie begleitete. Also konnten Der-andere-an-der-Nase-herumführt und seine Bande gar nicht dort sein. Selbstverständlich durfte auch Kleinsohn das Jotokigehege nicht betreten, und wenn man ihn dort aufgriff, würde man ihn verprügeln, aber die Erwachsenen würden ihn wenigstens nicht umbringen.

Das Gehege besaß keine Fenster, und die Wände waren dick, selbstreparierende Mechanismen, die bei einer Fehlfunktion Alarm gaben. Doch Kleinsohn fand eine Möglichkeit, die Wand zu überklettern, denn die Evolution hatte seine vierfingrigen Hände dazu entwickelt, Felsen zu erklimmen.

Während er an der Wand hochstieg, malte er sich im Traume aus, er würde sich an eine Äffchenfestung anschleichen, um die Ahnungslosen zu überfallen. An jeder Ecke, an jeder Rampe legte er ein unsichtbares Strahlengewehr an und beharkte die panikerfüllten Menschenäffchen mit Bündeln kohärenten Lichtes. Als er endlich auf den zentralen Hof der Anlage hinabblicken konnte, hatte er acht hoch acht der haarlosen Tiere erlegt. Kleinsohn blickte auf den Landeplatz, der in den Schatten lag, und plante seinen Angriff auf Menschenheimat – ›Erde‹ nannten die Äffchen ihre Welt.

Untergang allen Menschen! Dann konnte er Giraffen jagen!

Kleinsohn fielen Bodenaufzüge ins Auge, die groß

genug waren, um einen Schweber in die Stadt zu befördern. Undeutlich machte er mehrere kzintigroße Luftschleusen aus. Dennoch wäre es wohl mit Sicherheit leichter, einen Frachteingang aufzubrechen. An den Innenseiten befanden sich zwar gute Schlösser, um die Jotoki an der Flucht zu hindern, denn diese Tiere waren nicht dumm und oft hinterhältig. Aber von außen waren Schlösser nicht erforderlich – kein Kzin würde aus einem Motiv einbrechen, das er nicht vor jedem anderen Kzin vertreten konnte.

Kleinsohn besaß selbstverständlich nicht das Handwerkszeug eines Einbrechers, aber an seinem Anzug hing ein Werkzeugkasten. An Mechanismen war er schon immer sehr interessiert gewesen und pflegte sie zu erkunden, bis er ihre Funktionsweise begriffen hatte.

Als er sich in den Hof hinabschwang, konnte er seine Füße schon nicht mehr spüren. Seine Finger waren so steif, daß er eine Ewigkeit brauchte, um die äußere Frachttür zu öffnen. Welch einfältiger Mechanismus! Selbst ein Weibchen hätte einen wirkungsvolleren Riegel konstruieren können!

Die schwarze Wand glitt beiseite. Kleinsohn betrat die Frachtkammer, die Außentür schloß sich wieder, und ringsum kondensierte die Feuchtigkeit. Die Luftreiniger wälzten die Luft um, entfernten das Kohlendioxid und das Methan aus dem Stickstoff, reicherten das Gas mit Sauerstoff an und erhöhten den Druck. Kleinsohn benötigte mehrere Sekunden, um den Alarmgeber außer Gefecht zu setzen. Er war ein Kzin und daher aus Gewohnheit kampfbereit, als die Innentür sich öffnete. Kleinsohn rechnete mit allem: dem Angriff eines fünfarmigen Jotoks, einem erwachsenen Wildheger oder sogar einem Anhänger von Der-andere-an-der-Nase-herumführt.

Doch statt dessen fand er drei neugeborene Jotoki vor, die ungefähr so groß waren wie seine Hand und völlig verwirrt auf dem Steinfußboden in der Ladezone umherirrten. Kleinsohn zertrat sie nacheinander. Dann suchte er sich den Weg durch das Barrierenlabyrinth aus durchscheinendem Glas in eine saftgrüne Biosphäre: hohe Bäume, ein murmelnder Bach. Als er die Sauerstoffmaske abnahm, bemerkte er die fauligen, feuchten Gerüche eines umhegten Regenwaldes und darin Anzeichen für einen weit entfernten, von Binsen umstandenen Teich. Andere Düfte vermochte er hingegen nicht einzuordnen.

2

(2391 n. Chr.)

In der Wärme erschauerte Kleinsohn von Chiirr-Nig vor Erleichterung. Er steckte die Atemmaske weg und verstaute mit steifen Fingern sein Werkzeug. Eins davon ließ er, ungeschickt wie er war, fallen. Allein die Tatsache, daß er es aufheben mußte, erfüllte ihn mit Wut und entlockte ihm ein Fauchen mit knurrendem Unterton. *Nicht so laut!* ermahnte er sich. Schließlich wollte er Aufmerksamkeit um jeden Preis vermeiden. Er begutachtete seine Umgebung und bemerkte ein Dickicht, in dem er sich verstecken konnte, ohne eine verräterische Spur aus niedergetrampelten Pflanzen zu hinterlassen. Man mußte stets mit unvermitteltem Angriff rechnen.

Er zog sich die Stiefel aus und massierte die Füße, bis das Blut wieder darin zu strömen begann. Ein anderer, neugeborener Jotok versuchte ohne Erfolg, einen dünnen Baum hinaufzuklettern. Drei spindeldürre Arme winkten ohnmächtig durch die Luft, während die beiden anderen, mit je zwei Ellbogen versehenen Arme das Wesen vom Boden hoben. Kleinsohn ließ das Tier am Leben – seine Wut legte sich allmählich. *Dämlicher Laubfresser. Wenn du erwachsen bist, gibst du einen dämlichen Sklaven ab.* Die Rinde war zu weich, und die weichknochigen Finger des Neugeborenen suchten verzweifelt nach rauher Rinde, um Halt zu finden. Kleinsohn bemerkte noch mehr der Geschöpfe. Vermutlich kamen sie aus dem Teich.

Über Kleinsohn raschelten Blätter, und er blickte rasch hoch und suchte mit Blicken die Äste ab. Das wurde durch die Deckenlampen erschwert, die einen Tropenhimmel nachahmten und zuviel Licht warfen, als daß es hinreichend Schatten gegeben hätte. Er mußte die Augen offenhalten und sich vor den Jotoki hüten. Als Erwachsene waren diese Tiere nicht gerade dumm – und sie wurden *groß*. Sie besaßen fünf verschlagene Gehirne, eins in jedem Arm, und sie schliefen nie, ohne daß wenigstens ein Gehirn Wache hielt und währenddessen die Kontrolle über den ganzen Körper besaß.

Kleinsohn fühlte sich nicht allzu bedroht. Die wilden Jotoki waren daran gewöhnt, daß man sie jagte. Wenn es gefährlich wurde und sie eine Fluchtmöglichkeit sahen, flohen sie. Aber es hieß, daß sie keinerlei Furcht kannten, solange sie sich in der Verborgenheit sicher wußten, und deshalb durfte Kleinsohn nicht unvorsichtig werden. Der Vater von Gestreifter Sohn von Hromfi hatte binnen Sekunden den Tod gefunden, als ein wilder Jotok sich während einer Jagd von oben auf ihn gestürzt hatte. Ja, die Jotoki wußten alles über Tarnung. Selbst mit der Nase konnte man sie nicht finden, weil ihre Hautdrüsen die Gerüche des Dschungels nachahmten.

Was sollte er nun tun? Sich ausruhen. Etwas jagen und herunterschlingen – selbst wenn er damit das Vergehen des Wilderns beging. Kleinsohn war ausgehungert. Die Gerüche, die auf ihn einströmten, weckten in ihm uralte Jagdinstinkte, aber er beabsichtigte nicht, Jotoki zu jagen, ohne dazu ausgebildet zu sein. Andere, dümmere kleine Tiere würden es auch tun. Diese gewaltige Anlage aus Kuppeln und Höhlen war zum Jagen geschaffen. Etwas Besseres gab es auf Hssin nicht zu tun – es war viel besser, als auf dem Markt Käfige mit verängstigten Vatachs zu kaufen und auf dem Rücken nach Hause zu seinem Vater zu schleppen.

Auf der zweiten Ebene fand Kleinsohn eine Schlange, die so lang war wie sein Bein. Er machte sich zum Narren, indem er sie fing. Zwar jagten die Kzinti überall gern, aber sie waren nicht dazu gebaut, um im Wald auf die Pirsch zu gehen, und ganz gewiß zählten baumbewohnende Schlangen nicht zu ihrer natürlichen Jagdbeute.

Dennoch gab das Reptil einen guten Bissen ab, und ihr

Blut wies einen interessanten Nachgeschmack auf. Nur die Knochen waren unangenehm spröde.

Kleinsohn mußte sich mit dem Gedanken anfreunden, das Reservat wieder zu verlassen, auch wenn ihm das überhaupt nicht zusagte. Wenn er blieb, würde irgendwann ein Erwachsener ihn finden und verprügeln; brach er auf, so würden seine Kameraden ihn töten. Im Anwesen seines Vaters Zuflucht zu suchen, war eine schlechte Idee.

Seine Brüder waren zwar Kleinsohns Verbündete, auch wenn sie ihn zu verspotten und zu demütigen pflegten, aber sein Vater würde ihn kurzerhand den Gleichaltrigen vorwerfen – um einen guten Krieger aus ihm zu machen. In seinen Ohren hörte er schon die Stimme des Vaters, wie der ihm in klangvoller, förmlicher Heldensprache eine Lektion hielt: »Nutze jede Gelegenheit zu einem Spiel und vervollkommne deine Fertigkeiten.«

Kleinsohn fand einen riesigen Pilz, der so groß war wie sein Kopf und zwischen zwei verrottenden Bäumen wuchs. Auf seinen schwarzen Flecken gediehen winzige Blumen. Verwundert schnüffelte der junge Kzin daran. Er fand die Spur eines kleinen Tieres, folgte ihr und sah schließlich hoch über sich einen wilden Jotok auf einer Lampe sitzen. Die Ellbogen hingen über den Rand, und der Jotok musterte ihn mißtrauisch mit einem gepanzerten Auge, das ihm aus dem Schulterblatt ragte. Die Augen der anderen Arme waren eingezogen, vermutlich schliefen diese.

Dann begab sich Kleinsohn an den Teich und watete auf der Suche nach Fischen zwischen den Binsen umher. Aber er fand nur fingergroße Proto-Jotoki-Arme mit roten Kiemenschlitzen. Jeder Arm war ein unabhängiges Lebewesen, bis sich fünf von ihnen zu einer Kolonie zusammenfanden; das geschah, sowie sie bereit waren, an Land zu kriechen. Die Kaulquappen besaßen bereits das gepanzerte Auge, und an der Stelle, an der sich später Finger entwickeln würden, ragten grazile Finnen hervor.

Welch eine Ablenkung – in einem Teich zu waten. Dabei sollte er lieber über das Spiel nachdenken, dem angeblichen Scheinkampf. Er hätte nicht allein hierherkommen, sondern mit einem ganzen Rudel erscheinen sollen, einem Rudel, das seinen Befehlen gehorchte – oder wenigstens als Angehöriger eines Rudels. Andererseits kam die Ablenkung ihm nur recht. Schließlich war dies vermutlich der letzte Tag seines Lebens. Sein Vater hatte schon lange vergessen, daß es bei den Spielen nicht fair zuging. Die Kätzchen stellten sich gegenseitig auf die Probe. Ehre und Anstand verlangten, daß es zu keinen tödlichen Zweikämpfen kam. Doch stets geschah etwas, wofür es keine Regeln gab:

Man wurde sich einig, wer der ›Schwächling‹ war. Und von diesem Tag an wurde dieser Schwächling zum Gejagten – zum Todgeweihten. Nur die noch nicht Entwöhnten waren sakrosankt. Aber für das zum Schwächling erklärte Junge gab es kein Entkommen, keine Heldentat war gut genug. Der Beschluß bedeutete das Todesurteil. Kleinsohn wußte es genau. Er selbst hatte geholfen, einen sogenannten ›Schwächling‹ in die Falle zu locken, und das arme Kätzchen war von acht Gleichaltrigen in Stücke gerissen worden. Das hatte er nun davon, daß er den Befehlen von Der-andere-an-der-Nase-herumführt gehorcht hatte.

Tod ...

Im knöcheltiefen Wasser fand er drei Jotokiarme, welche sich zu einer Gemeinschaft zusammengefunden hatten, die ein Leben lang anhalten würde. Ihre dürren Kopfgeißeln winkten und sandten einen Hormonruf an zwei weitere Gefährten ins Wasser aus. In diesem Stadium waren sie absolut hilflos; sie konnten nicht mehr ins Wasser davonschießen und waren nicht in der Lage, an Land zu fliehen. Aus Neugier, wie der Kopf gebildet wurde, rupfte Kleinsohn die Arme auseinander. Das

Geschöpf blutete, denn der Kreislauf der drei Arme hatte sich bereits zu einem Ganzen zusammengefügt, und die Innereien des Kopfes quollen hervor. Als er seine Neugierde befriedigt hatte, stopfte er sich die Arme einen nach dem anderen in den Mund.

3

(2391 n. Chr.)

»Du verspeist meine Schützlinge?« drang vom Ufer her eine rauhe Stimme.

Bevor Kleinsohn von Chiirr-Nig sich umwandte, vernahm er im Kopf das dümmliche Wiegenlied, das der Vater manchmal seinen todmüden Söhnen sang, wenn sie zu lange herumgetollt waren und sich gebalgt hatten:

Tapferer kleiner orangener Kzin,
Tapferer kleiner gestreifter Kzin,
Dreh dich um zum Laut,
Und wenn du darüber grinst,
Dann spring
Es an.
Aber wenn
Überhaupt nichts war,
Wirklich gar nichts war,
Dann roll dich zusammen
Und schließ die Augen
Und schlaf ein.

Die Furcht kam wieder über ihn. Gehorsam drehte Kleinsohn sich zu seinem Herausforderer um. »Geehrter Hüter-der-Jotoki!«

Dabei schlug er sich auf die Nase, um ihm anzuzeigen, er wisse, daß er gefehlt habe, und stelle sich den Konsequenzen seines Handelns. Innerlich aber krümmte er sich zusammen und wartete auf den Hieb mit der krallenbewehrten Faust. Da er zwischen den Binsen stand, konnte er sich nicht auf den Rücken werfen und seine Kehle entblößen. Daher war seine Haltung viel zu trotzig, aber daran ließ sich nichts ändern, er stand nun einmal im Wasser. Der große, narbige Kzin grinste nicht, also bestand wenigstens ein zeitweiliger Waffenstillstand.

»Ich erfreute mich der Düfte dieser großartigen Anlage«, erklärte er überflüssigerweise.

»Und tötest Jotoki, was verboten ist!« Die *Stimme* grinste, und das war schlimm.

»Kleine Jotoki«, stieß das Kätzchen hervor, und wußte, noch bevor die letzte Silbe gesprochen war, daß er nichts Dümmeres hätte sagen können.

»Kleine also, hr-r? Ist die Größe deiner Gegner ein Maß für deine Fähigkeiten als Krieger?«

Ich bin tot! durchfuhr es Kleinsohn. »Meine der Erwähnung nicht würdigen Kriegerfertigkeiten verdienen nicht die Aufmerksamkeit eines großen, narbigen Helden!« Vielleicht brächte Schmeichelei ihn weiter.

Der große und nunmehr zähnefletschende Kzin wackelte amüsiert mit dem rechten und den Resten des linken Ohrs. »Ich bin kein Kriegsveteran. Meine Narben habe ich mir als Kätzchen beim Spiel verdient, in denen ich mich mehr schlecht als recht schlug, sonst hätte ich keine. Raus aus meinem Schilf – und zwar sofort!«

Also weiß er, was mit mir passiert! dachte Kleinsohn verwundert und beeilte sich, dem Befehl Folge zu leisten.

»Ich werde die Übertretung deinem Vater melden müssen.«

»Jawohl!« stimmte Kleinsohn rasch zu, erfreut darüber, daß die Prügel offenbar verschoben waren – obwohl es vermutlich besser wäre, überlegte er dann, von diesem orangenen Riesen gemaßregelt zu werden als vom Vater. Er folgte Hüter-der-Jotoki und versuchte, mit dessen Tempo Schritt zu halten.

Sie erreichten eine Felswand, nachdem sie sich durch den Sumpf gearbeitet, über gewundene Pfade den Baumgarten durchquert, allmählich eine Steigung erklommen hatten und schließlich unter in den Bäumen schnatternden Jotoki einhergeschritten waren. Am Stein waren die Spuren der Sprengungen und der Grabwerkzeuge noch zu sehen. Einige verkümmerte Bäume bemühten sich, in ein Bett aus blühenden Ranken hoch auf dem Felsabsatz vorzudringen. In der Felswand war eine Tür, die in eine konventionelle Kzintibehausung führte, eine Unterkunft, die mit ihren fellbedeckten Steinwänden an eine Festung erinnerte.

Ein schweigsamer Jotokisklave empfing sie. Das Wesen trug eine gelbe Livree und ging auf den Ballen seiner hinteren Ellbogengelenke. Auf diese Weise hatte es die Hände frei. Wenn ein Jotok rannte – und Jotoki vermochten sehr schnell zu rennen –, benutzte er die Handgelenkballen und klappte die fünfdaumigen Hände nach oben fort aus dem Weg. Im Mittelpunkt des Raumes hinter dem Eingangskorridor stand die Replik einer antiken Panzerrüstung, wie sie die Kzinti von ihren damaligen jotokischen Auftraggebern erhalten hatten. An die Rüstung geknotet hingen keramische Ehrenabzeichen aus kzintischer Hand.

Etwas, um die Jotokisklaven zu demütigen, wenn sie die Rüstung abstauben, dachte Kleinsohn – aber andererseits wurde Sklaven niemals die eigene Geschichte gelehrt. Dieser gelb befrackte Stutzer, der ihnen voranging, würde nicht wissen, daß seine Art einst eine Heimatsonne besessen hatte und dumm genug gewesen war, Söldner anzuwerben, die für sie die Schlachten schlagen sollten.

Hüter-der-Jotoki machte es sich auf seiner großen Liege bequem. Er lud den Jüngling nicht ein zu sitzen, und Kleinsohn blieb in Habt-acht-Stellung stehen, hatte aufmerksam die Ohren aufgestellt, um jede Weisheit und jede Billigung aufzuschnappen, die ihm vielleicht zugeworfen wurden.

»Dein Vater wird sehr unzufrieden sein mit dir, junger Kzin!« knurrte Hüter-der-Jotoki.

»Jawohl, Hüter.«

»Ich werde ihm eine Erklärung anbieten müssen.«

»Jawohl, Hüter.«

»Es ist vorgekommen, daß Jünglinge die Wahrheit sagen, aber Teile davon verschweigen. Ich wünsche die Geschichte komplett zu hören, ohne daß über Teile davon Schweigen bewahrt wird. Das erspart es mir, die ganze Wahrheit aus dir herauszuprügeln.«

»Meine Zunge gehorcht Eurem Befehl!«

Der Riese kräuselte amüsiert die zerfetzten Ohren. »Du darfst dich setzen und entspannen.«

Er wandte den großen Kopf dem erwartungsvoll dastehenden Sklaven zu. »Erfrischungen, Diener-Eins. Graschi-Wühler in Iridiumschalen.« Der warzenbedeckte Kopf über den Armen des Jotoks vermochte keine Miene zu verziehen, er diente nur der Unterbringung der Eingeweide. Sein Untermund war außer Sicht und klickte bestätigend. Ein Auge des Jotoks war auf den Hüter gerichtet, ein zweites auf Kleinsohn, die anderen drei blickten umher.

Kleinsohn wagte nicht, sich hinzusetzen und zu entspannen, aber genau das war ihm gerade befohlen worden! Also ließ er sich nieder und versuchte, trotzdem so aufmerksam zu bleiben wie zuvor. Trotz seines unwirschen Wesens schien Hüter-der-Jotoki ihn zu mögen. Wieso? Das kam Kleinsohn verdächtig vor. Rasch überdachte er alle Möglichkeiten, die ihm in den Sinn kommen wollten.

Der Sklave kehrte zurück. Das Wesen ging auf drei Ellbogen, die beiden anderen Arme trugen ein schwarzlackiertes Tablett, auf dem zwei kleine, hohe Opferschalen aus Keramik standen. Sie waren mit Iridium verziert und wurden von einem Gestell aus geschnitztem Holz gehalten. Kleinsohn roch die Gewürze in der Soße – teure Importware, zu einer Bestrafung absolut unangemessen.

Ein zweiter Sklave brachte die sich windenden Graschi-Wühler, die leise kreischten. Er reichte eins der Tiere an Diener-Eins weiter und behielt das andere. Mit geübten Bewegungen enthauptete der Jotok die Tiere und ließ ihr Blut in die Schalen laufen, damit es der Soße das gewisse Etwas verlieh. Beide Jotoki preßten die toten Herzen und ließen sie wieder los, um das Blut vollständig aus den kleinen Leibern zu pumpen. Danach schlitzten die Sklaven die Delikatessen auf und entfernten rasch die Innereien, die Füße sowie andere ungenießbare Teile.

Dann wurden die kleinen Tiere mit dem Hals nach unten in die Schalen gelegt, die Diener verbeugten sich und verließen den Raum.

Während alledem hatte Hüter-der-Jotoki kein Wort gesprochen. Er schob Kleinsohn einen der beiden Cocktails zu und nahm sich den anderen, zog den Wühler heraus und biß genüßlich ein Stück davon ab, ohne die Reißzähne zu benutzen. Dann tauchte er das Tier wieder in die Schale, um mehr Soße aufzunehmen. Kleinsohn beobachtete ihn vorsichtig. Der Happen in der Schale war für ihn nicht mehr als ein Mundvoll, doch beabsichtigte er keineswegs, das Mißfallen seines Gastgebers zu erregen – er verzehrte die dargebotene Leckerei in kleinen Bissen und tunkte sie immer wieder in die Soße ein. Um wirklich zu genießen, was er aß, war er viel zu angespannt.

»Ihr seid mutig, daß Ihr Jotoki als Leibdiener beschäftigt«, wandte er sich höflich an den Hüter. Sein Vater verabscheute die Fünfarmigen und hielt sie für hinterhältige Lügner, die nur zur Schwerstarbeit in den Minen und Fabriken taugten.

»Aber nein. Es gibt gewisse Regeln, die man bei der Ausbildung von Jotoki beherzigen muß. Wenn du dabei keinen Fehler machst, wirst du unter den Sternen keinen treueren Sklaven finden. Ein fähiger Kzin gewinnt seine Kämpfe; ein voreiliger verliert das Leben – so heißt es, und doch schenken dieser Weisheit nur wenige die Beachtung, die ihr gebührt. Der Kzin, der Probleme mit seinem Jotok hat, ist ein schlechter Ausbilder. Wie dem auch sei, du brauchst mir nicht zuzuhören. Du bist ein ungestümer Jüngling, und ungestüme Jünglinge haben keine Zeit, den Worten eines alten Kzins zu lauschen.«

»In der Tat bin ich von ungestümem Wesen, und mir mangelt es an der Weisheit, die ein Großer wie Ihr mir kundtun will – doch bin ich nicht so ungestüm, daß ich springe, wo Ihr noch lauert. Es liegt ein Vergnügen darin, den Stapfen des gütigen Führers zu folgen.«

Erneut zuckten die Ohren des großen Kzins. »Aber ich habe Zweifel, daß ich dir im Schmeicheln das Wasser reichen könnte. Also, deine Geschichte, Jüngling!«

Kleinsohn war sich genau bewußt, wieviel Glück er hatte. Mittlerweile war er zu dem Schluß gelangt, daß dieser alte Kzin, der sich nie einen Namen gemacht hatte und dem auch kein Haushalt mit Weibchen zugestanden worden war, sich mit ihm den Freuden der Vaterschaft ergab. Er lebte allein und wußte einfach nicht, wieviel Ärger ein Haushalt mit Kätzchen, erwachsenen Söhnen und verwöhnten Weibchen bedeuten konnte. Also sehnte er sich nach einem Sohn. Das war offenkundig.

Und ebenso unverhohlen verlangte es Kleinsohn von Chiirr-Nig nach einem Beschützer.

Eine heikle Situation, denn Hüter-der-Jotoki würde einen mutigen Krieger zum Sohn haben wollen, und das zu sein war etwas, von dem Kleinsohn zwar träumen, es aber nie erreichen könnte. Trotzdem vermochte er seinen potentiellen Beschützer nicht über sich zu belügen – nur Sklaven und Äffchen logen –, aber wenn er ihm die Wahrheit gestand …

»Wir jungen Unruhestifter treiben Spiele«, begann er vorsichtig.

»Daran erinnere ich mich noch gut«, erwiderte der alte Kzin ruppig.

»Heute befand ich mich im Nachteil. Sieben gut ausgebildete Krieger wandten sich gegen mich.«

»Sieben heranwachsende Kzinti – reizbar und mit dem Intellekt präpubertärer Jotoki begabt – wandten sich gegen dich. Ja, ich verstehe«, schnaubte der Alte verächtlich. Er beleidigte Kleinsohns Gefährten, denn ein präpubertärer Jotok verfügte über nicht mehr Verstand als ein Weibchen – im Höchstfall vielleicht über tierische List. Männliche Vernunft gewannen die Tiere erst, wenn sie voll ausgewachsen waren.

»Muskeln ohne Verstand können in manchen Situationen sehr effektiv sein«, antwortete der junge Kzin ausweichend. »Es ist vorgekommen, daß ein unreifer Jotok seinen kzintischen Jäger getötet hat«, fügte er hinzu.

Der alte Kzin grinste und flößte Kleinsohn damit so viel Furcht ein, daß er glaubte, ihm müsse das Herz stehenbleiben, und dabei bemerkte er doch den in die Ferne gerichteten Ausdruck in den Augen Hüters-der-Jotoki. »Ich stand einmal einer solchen Gruppe wie deiner gegenüber. Ich blieb und kämpfte um mein Leben. Sie bekamen nur ein halbes Ohr, um es sich an den Gürtel zu binden.« Dann tat der Hüter etwas Eigenartiges. Er hörte zu grinsen auf und kräuselte nur ein Ohr, dasjenige, das zur Hälfte abgerissen war.

Was sollte Kleinsohn dazu sagen? Er berief sich auf die Militärgeschichte.

»Es ist verbürgt, daß Hanash-Grrsh der Große sich in der Schlacht vom Flauschnebel vor einer überlegenen Jotokiflotte zurückzog.«

»Also gestehst du mir, ehrlich und gleichzeitig verhohlen, daß du vor deinen Angreifern davongelaufen bist.«

»Hanash-Grrsh schlug die Jotokiflotte acht hoch drei Tage später vernichtend!« rief Kleinsohn abwehrend aus.

»Mit einem Kommando, das acht hoch sechs bewährte Krieger einschloß, vergiß das nicht. Aber ich vermute, daß du hingegen allein stehst. Wenn du wirklich von sieben grimmigen Jünglingen umzingelt warst, wie ist es dir da gelungen, zu entkommen?«

Dieses Gespräch verlief nicht in die Richtung, in die Kleinsohn es gern gelenkt hätte. »Durch eine Luftschleuse«, bekannte er kleinlaut. »Sie hatten nicht daran gedacht, daß auch das Draußen zum Schlachtfeld werden kann, und vernachlässigt, diese Möglichkeit zu unterbinden.«

»Das glaube ich nicht. Du hast sie überrascht. Sie hatten nicht angenommen, daß du fliehen würdest. Kzintikrieger laufen nicht vor der Ehre davon. Du überraschst sogar mich. Du brauchst mir nicht zu erklären, weshalb du dich entschieden hast, über das Jotokigehege wieder hereinzukommen – hier würden sie nicht auf dich warten, hier hätten sie noch nicht einmal einen Spion postiert.«

»Ich will mich selbst in Waffen üben und sie an einem anderen Tag überwinden!« gab Kleinsohn in einem Ton zurück, der beinahe ein Knurren gewesen wäre.

»Das ist sehr unwahrscheinlich. Ich kenne die Spiele. Du trägst das Mal des Todes. Sie haben deine Feigheit ebensosehr gerochen, wie jetzt ich sie wittere.«

Kleinsohn zuckte zusammen. »Ich könnte hierbleiben und für Euch arbeiten. Ich komme mit Maschinen gut zurecht.«

»Nein. Du behandelst meine wehrlosen Jotoki mit Grausamkeit. Feigheit macht einen Kzin grausam, das ist immer so, immer, unabwendbar ist es. Ich kann deine Feigheit nicht beschirmen. Für dich ist dein Vater verantwortlich.«

Traurig senkte Kleinsohn den Blick.

Ich werde nie einen Beschützer erhalten, dachte er. Es gab kein Versteck. »Mein Vater wird mich für das unerlaubte Eindringen bestrafen.«

»Das nehme ich an.«

»Mir wäre es lieber, wenn Ihr mich verprügeln würdet, o Alter.«

Hüter-der-Jotoki gab dem Jüngling einen Klaps, als wäre er sein Bruder. Mit einem Knurren rief er nach Diener-Eins, der auf allen fünf Handgelenken herbeigeeilt kam. Ein Auge hatte er auf Hüter-der-Jotoki, ein anderes auf das Tablett und die Schalen geheftet. Nach einem geflüsterten Zwiegespräch richtete der Sklave den Blick auf Kleinsohn. Der Jotok entfernte sich und kehrte mit einer dünnen, polierten Gerte zurück.

»Dadurch bekommst du Striemen«, grollte der Kzin, »die deinen Vater beeindrucken werden, aber dir wird kein bleibender Schaden zufügt, und der Schmerz ist nach einigen Tagen verschwunden. Drei Striemen sollten genug sein. Bist du bereit?«

Kleinsohn konnte alles ertragen, wenn er nur wußte, daß man ihn nicht umbringen würde. »Jawohl, geehrter Krieger.«

Zack! Zack! Zack!

Seltsam – als dieser Gigant ihn schlug, empfand er nicht einmal Furcht. »Ihr wäret ein guter Vater.« Er versuchte, den alten Kzin zu provozieren.

»Das werden wir niemals erfahren. Ich werde dich zum Anwesen deines Vaters bringen, so daß man dir auf dem Weg dahin nicht auflauern kann. Ich will ihm deine Situation erklären und ihn davon überzeugen, daß er dir wenigstens eine Lektion in Tapferkeit erteilt. Höre ihm gut zu. Höre nicht auf deine trügerischen Gefühle. Davon wird dein Leben abhängen.«

»Ihr sprecht die Wahrheit, alter Kzin.«

»Ich kann dir nur wenig über den Kampf beibringen, denn nicht im Entferntesten bin ich ein solch fähiger Krieger wie dein Vater, aber ich kann dir einen Kniff beibringen, der mir einst das Leben gerettet hat. Findest du es manchmal schwierig, zu springen?«

Immer. »Ich habe es als schwierig empfunden, gegen sieben Grinsen anzuspringen.«

»Zögern ist der Kernpunkt des Kniffs, den ich dir beibringen will. Am besten wäre absichtliches Zögern, aber Zögern durch Furcht dient ihm genauso. Beigebracht hat mir den Kniff keiner, ich habe ihn durch Zufall gefunden und meinen Angreifer damit getötet. Ich studierte monatelang, bis ich wußte, was ich getan hatte und imstande war, es zu wiederholen. Mein Manöver ist die einzige Kampfesfertigkeit, die ich besitze. Komm mit.«

Der Riese führte Kleinsohn durch Felsengänge in ein von einer Kuppel geschütztes Areal, das eigentlich dazu diente, zahlreiche Jotoki auf einmal anzuleiten – sie zu Disziplin zu führen. Acht und vier Jotoki befanden sich hier und trainierten ihre Körper im Spiel um einen Ball. Ihr Gebieter bedeutete ihnen, auf die Seite zu treten, wo sie sich als unentwirrbares Durcheinander von Armen zusammendrängten.

Er stellte Kleinsohn vor sich und zog sich geduckt von dem Jüngling zurück. »Spring mich an!« befahl er.

Kleinsohn versuchte es – doch die Furcht lähmte ihn, und er vermochte nicht zu springen.

»Das ist nur eine Übung!« fauchte Hüter-der-Jotoki ihn an. »Spring!«

Und Kleinsohn stürzte sich auf den Giganten, um ihm zu gefallen.

Der riesige Kzin trat einen Schritt beiseite, drehte sich um und streckte einen Arm aus. Kleinsohn bemerkte, daß sein Sprung fehlging und streckte instinktiv die Arme aus, um das Gleichgewicht wiederzuerlangen. Dann wurde er gepackt, in der Luft herumgewirbelt und wie ein Kadaver auf den Rücken geworfen. Wie war das geschehen? Der alte Kzin grinste zähnefletschend auf ihn hinab. Als Kleinsohn benommen den Kopf schüttelte und versuchte, sich aufzurichten, bemerkte er längs der Wand das Arrangement aus gepanzerten Augen, die ihn aus einer verfilzten Gliedermasse anstarrten, und hörte die Jotoki mit den Untermündern keckern.

Hüter-der-Jotoki klang ungerührt. »Wenn ich die Krallen ausgefahren hätte, würdest du nun mit aufgerissener Kehle am Boden liegen und wärst in deinen letzten Sekunden ein sehr erstaunter Kzin. Als ich über meinem ersten Opfer stand, war ich ebenfalls sehr überrascht. Steh auf. Nun werde ich *dich* anspringen, aber vorher zeige ich dir, wie du die Fußballen drehen mußt.«

4

(2391 – 2392 n. Chr.)

Nach dem Protokoll der Festung Hssin hätte der alte Chiirr-Nig mit dem namenlosen Hüter-der-Jotoki niemals gesellschaftlich verkehrt, aber eine Vater-Sohn-Angelegenheit wog schwerer als alle sozialen Barrieren. Es gab keinen besseren Weg, den Haushalt eines Namensträgers zu betreten, als freiwillig die Pflichten eines abwesenden Vaters auf sich zu nehmen und dadurch den Ruf des sozial Höherstehenden zu schützen. Da Hüter-der-Jotoki die Überschreitung des Kleinsohns von Chiirr-Nig diskret behandelt, jede öffentliche Bloßstellung des Vaters verhindert und den Sohn in freundlicher Weise diszipliniert hatte, war er im Haushalt nicht nur willkommen, er durfte sich im großen Vorderraum von Chiirr-Nigs Anwesen sogar setzen.

Unbeholfene Kdatlynosklaven bedienten, und auf dem Teppich neben dem plätschernden Infrarotwärmer räkelten sich zwei Weibchen. Chiirr-Nig ergriff die Gelegenheit, seinem Unmut Luft zu machen, daß Kleinsohn noch nicht einmal die Grundlagen der Selbstverteidigung beherrsche. Und während er herrschaftlich seinem Gast frischen Jotokiarm mit Fisch darbot und dann den Fisch von seinem Teller an das jüngere Weibchen weiterreichte, knurrte er unzufrieden und grollend über die mangelnde Selbstbeherrschung der jüngeren Generation.

Still hatte Hamarr die Schöne, Kleinsohns Mutter, sich in den Raum mit der hohen Decke geschlichen, denn sie hatte, wo auch immer sie sich vorher aufhielt, den emotionalen Ton des Gesprächs gespürt. Graziös schritt sie herbei und schnüffelte an den Striemen auf dem Rücken ihres Sohnes. Hamarr durchquerte den Empfangsraum, wobei sie die beiden Männer und ihren Sohn beäugte;

die Kdatlynos ignorierte sie. Mit einem leisen Knurren stieß sie eins von Chiirr-Nigs jüngeren Weibchen beiseite.

Dann schmiegte sie sich in einer Weise an Chiirr-Nig, daß sein Redefluß kurz unterbrochen wurde, und versuchte ihm mitzuteilen, daß sie sich um ihren Sohn Sorgen mache.

Träge streichelte Chiirr-Nig sie am Kopf, ihrer Beunruhigung schenkte er keine Beachtung. Wild hatte Hamarr den Mickerling ihres Wurfes immer wieder gegen seine Brüder und sogar die Schwestern verteidigt, besonders aber gegen die Söhne der anderen Kzinrretti des Anwesens – doch Chiirr-Nig hatte zu viele Söhne, um auch nur auf den Gedanken zu verfallen, sich aus ihren Reihen einen Günstling zu erwählen.

Frustriert von der Vergeblichkeit ihrer Bemühungen, die Aufmerksamkeit ihres Namensträgers zu erwecken, wandte Hamarr sich Kleinsohn zu und kuschelte sich an ihn. Spielerisch drängte sie ihn aus dem Saal und vereitelte jeden seiner Versuche zu bleiben, zurückzukehren oder an ihr vorbeizukommen.

Chiirr-Nig betrachtete den Anblick mit amüsierten Ohren. Sein Sohn verhielt sich angemessen, indem er versuchte, anwesend zu sein, während sein Schicksal erörtert wurde – aber ein Kzin genoß jederlei weibliche Aufmerksamkeit. Weibchen boten stets eine gute Entschuldigung, sich über die starren Regeln hinwegzusetzen. »Geh und spiel' mit Hamarr!« entließ er seinen Sohn daher mit einer Handbewegung. »Sie langweilt sich. Lauf mit ihr um die Wette.«

Hüter-der-Jotoki und Chiirr-Nig tauschten gerade Erinnerungen an jugendliche Eskapaden aus, an die Zeit, als Hssin noch eine neue, dynamische Grenzbefestigung gewesen war. Chiirr-Nig bot dem Riesen Ehre zum Dank, daß er seinen Sohn nach Hause gebracht hatte, und Hüter-der-Jotoki wies taktvoll darauf hin, daß Kleinsohn seiner bescheidenen Meinung nach einen Intensivkurs über die Feinheiten der kriegerischen Attacke benötige.

Die verspielte Mutter geleitete ihren Sohn in die Erholungskuppel, indem sie vor ihm hersprang, sich in seinen Rücken schlich, von hinten angriff und sich ihm dann gegenüberstellte – schweigend und leise –, bereit, anzugreifen oder zu fliehen. Als sie den Entspannungsraum erreichten, scheuchte sie mit leisem Knurren und unverhohlenen Drohgebärden die anderen Kzinrretti fort, dann warf sie Kleinsohn auf den Boden, so daß sie an seinen Striemen schnüffeln und ihm die Wunden lecken konnte. Mit tadelnden Augen blickte sie ihn an und stellte wortlos eine Frage, deren Antwort sie niemals begriffen hätte.

Kleinsohns Passivität versetzte Hamarr stets in Sorge. Ihre anderen Söhne waren nicht im geringsten passiv zu nennen. Sie brachte ihn auf die Beine, zog sich von ihm zurück, stürmte wieder zu ihm und überraschte ihn mit einem Klaps, der seinen Kopf herumriß, ihm aber eigentlich nicht weh tun sollte. Hamarr grinste ihn an und kräuselte gleichzeitig die Ohren. Sie zog sich so rasch zurück, daß er nicht anders konnte als ihr zu folgen, aber als er zu nahe kam, schlug sie ihn wieder, diesmal so fest, daß ihm die Zähne klapperten. Er genoß es, mit ihr zu spielen, aber er war bereits größer als sie und wollte sie nicht verletzen. Dennoch zwang sie ihn zu springen und anzugreifen, bis die Säfte der Kampflust in ihm brodelten. Einmal hätte er sie beinahe zu fest gebissen.

An diesem Abend wollte Hamarr ihn nicht alleinlassen: Sie weigerte sich, in ihr Gemach zu gehen, und schlief statt dessen zu Füßen ihres Sohnes. Während der Nacht erwachte sie mehrmals und leckte ihm besorgt die Striemen. Sie erinnerte sich vage, wie gierig ihre anderen Söhne an ihr gesäugt hatten, wie sie sie anknurren und mit Hieben vertreiben mußte, wenn sie genug hatten, damit der Mickerling trinken konnte, obwohl er sich nicht durchzusetzen vermochte. Nur ihr war es zu verdanken, daß er nicht schon verhungert war, bevor sich seine Augen zum ersten Mal öffneten; ein eigenartiges Kind, dieser Kleinsohn, und Hamarr begriff ihn einfach nicht.

Pflichtgemäß sprach der Vater mit Kleinsohns Brüdern, und diese setzten gutmütig Übungen für ihr mickriges Geschwister an. Dadurch erhielten sie selbst eine Chance, ihre Kriegerfertigkeiten unter Beweis zu stellen und die Übungen so anspruchsvoll zu gestalten, daß der Mickerling Mühe hatte, den Anforderungen zu genügen. Sie durften ihn nun herumstoßen, seine Wut anstacheln, ihn necken und in die Mangel nehmen, wie es ihnen gefiel, denn all das diente schließlich nur dem ehrenwerten Zweck, seine Tugenden als Krieger zu schulen.

Kleinsohn überstand die Übungen schicksalsergeben und wußte gleichzeitig, daß die Ausbildung im Kampf Kzin gegen Kzin ihn nicht darauf vorbereitete, einer ganzen Bande gegenüberzutreten, die ihn seiner Ohren wegen töten wollte. Das einzige, was ihm möglicherweise nutzen konnte, war der Kniff, den Hüter-der-Jotoki ihm beigebracht hatte.

Eine Zeitlang entkam Kleinsohn den Spielen. Der Vater machte sich das Interesse seines Sprößlings an Maschinentechnik zunutze und überstellte ihn als Lehrling den Werften, wo Kleinsohn an den Gravitationstriebwerken arbeiten sollte, die dort für die Lauerjäger zusammengesetzt wurden.

Zu Oktalen wurden sie ins Wunderland-System verschifft. Es stellte sich heraus, daß er mit Jotokisklaven nicht nur arbeiten, sondern sich auch von ihnen unterweisen lassen mußte.

Zrkrri-Aufseher instruierte Kleinsohn kurz angebunden. »Die Sklaven ersparen dir Arbeit. Benutze sie, aber bringe dich niemals in eine Situation, in der ein Sklave weiß, wie etwas getan wird, was du nicht verrichten kannst. Das wäre verheerend. Ich werde dich nicht als kompetent erachten, bevor du jeden Sklaven unter deinem Befehl zu jeder Zeit ersetzen kannst.«

An den Triebwerken, die montiert wurden, war nichts Neues, der Entwurf lag schon vierhundert Jahre zurück. Das Patriarchat hatte schon vor sehr langer Zeit eine Standardisierung erlassen, so daß jedes Schiff an jeder Basis gewartet und überholt werden konnte, ohne daß es eine Rolle spielte, in welcher Werft es gebaut worden war. Wie sollte der Patriarch sonst ein Reich lenken? Ein reparaturbedürftiges Schiff konnte in Begriffen der Lichtgeschwindigkeit ein ganzes Leben von seiner Mutterwerft entfernt sein, und dann mußte es sich darauf verlassen können, daß vor Ort produzierte Ersatzteile paßten.

Außer in den Laboratorien der Admiralität auf Kzinheimat wurde Innovation alles andere als ermutigt. Helden, die sich ohnehin über unangemessene Bestimmungen von so weit her ärgerten, neigten dazu, dieses Dekret zu ignorieren. Solche Insubordination wurde dadurch wieder ausgeglichen, daß man nicht autorisierte Erfindungen bald wieder aus dem Arsenal herausnehmen und durch Standardausrüstung ersetzen mußte, weil für die Weiterentwicklungen keine Ersatzteile zur Verfügung standen.

Die Arbeit in der Triebwerksfertigung war nicht leicht. In den Werkstätten war es dunkel und laut und eher an die Bedürfnisse der Jotoki angepaßt als an die der Kzinti. Kleinsohn erhielt einen Schreibtisch und ein Computerterminal unter dem Gerüst, welches das zu bauende oder zu überholende Triebwerk umgab. Der Schreibtisch war noch niemals gereinigt worden, und selbst nachdem Kleinsohn sich an der Säuberung versucht hatte, beschmutzten die Kanten und Fächer seine Hände noch immer bei jeder Berührung.

Der Aufbau schien von Jotoki entworfen worden zu sein: Mit Leichtigkeit konnten sie sich darin von einer Plattform zur anderen schwingen, denn Bäume stellten ja ihre gewohnte Umgebung dar, aber unter dem Gewicht eines Kzins geriet die Konstruktion ins Schwanken und ließ sich mit seinen Kletterfähigkeiten kaum erklimmen. Kleinsohn mochte es ganz und gar nicht, vom Gerüst zum Boden hinunterzuschauen. Sein stets präsenter Jotokibegleiter beobachtete ihn immer mit einem Auge, während er die übrigen Augen auf Handgriffe richtete und allgemein die Arbeiten überwachte.

Die Sprache, die Kleinsohn zu erlernen hatte, trieb ihn fast in den Wahnsinn. Es handelte sich um eine Abart der Heldensprache ohne Zisch- und Kehllaute, die fließend gezwitschert und gezirpt wurde. Noch schlimmer aber: man hatte die Heldensprache ihrer Ausdrucksfähigkeit beraubt – es gab keine Beleidigungen mehr, alles Militärische war verschwunden, von den Beschwichtigungsformeln und Schmeicheleien keine Spur. Übrig geblieben war nicht mehr als eine Gebrauchssprache, mit der man beschreiben, Hinweise geben und Erwartungen ausdrücken konnte. In dieser Sprache vermochte ein Sklave über eine Revolte nicht einmal nachzudenken – aber jedem Kzin mußte sie unerträglich fade erscheinen.

Doch das Erlernen dieses Idioms verlieh Kleinsohn zum ersten Mal in seinem Leben Macht. Wenn er irgendeinem der ihm unterstellten Jotoki eine Frage stellte, unterbrach der Sklave sofort seine Arbeit und erklärte ihm sehr behutsam alles, was er zu erfahren wünschte. Niemand verspottete ihn. Niemand beleidigte ihn. Niemand sagte ihm, daß ein Krieger *so etwas* nicht zu wissen brauche. Er mußte seine Fragen weder mit Schmeicheleien verbrämen noch sich Sorgen machen, ob eine Frage möglicherweise als Beleidigung aufgefaßt werden könnte. Ohne Umschweife erhielt er Antworten. Wenn er beim Fragen grinste, erhielt er die Antworten sehr rasch.

Er vertiefte sich so sehr in das Erlernen des Handwerks und in die Theorien und mathematischen Grundlagen der Gravitationstechnik, daß er die Spiele der jugendlichen Krieger völlig vergaß – aber auch, daß man ihm noch immer nachstellte.

Beinahe hätten sie ihn gefunden. Nach einer Schicht in der Triebwerkswerft eilte er zu den Läden in der Nähe der Fabriken und schmeckte schon den Imbiß-Vatach im Mund, den er zu kaufen beabsichtigte; da sah er einen der Getreuen von Der-andere-an-der-Nase-herumführt draußen vor dem Fleischgeschäft an den leeren Käfigen stehen und so tun, als wäre er mit Nichtstun vollends ausgelastet, während er in Wahrheit wartete und beobachtete.

Kleinsohn wich zurück. Todesangst trieb ihn an seinen trostlosen, kleinen Schreibtisch auf dem Boden der gewaltigen Montagehalle zurück. Er war außerstande nachzudenken. Er konnte weder im Werk bleiben noch es verlassen. Statt dessen ging er aufs Dach – die Werft unterhielt dort einen Graslandpark für ihre kzintischen Angestellten. Zu dieser Stunde war das Erholungsgebiet leer, aber das hohe Gras beruhigte Kleinsohn. Von dort hatte er außerdem einen guten Blick über die Läden und die riesigen Frachtaufzüge, die zur Planetenoberfläche hinaufführten. Kleinsohn blieb hier unter dem Kunstlicht liegen, unterdrückte seinen rasenden Hunger und wartete – wartete, bis er sich sicher sein konnte, daß der Feind fortgegangen war. Dann schlich er sich zutiefst beschämt nach Hause in seines Vaters Anwesen.

Doch das spielte keine Rolle. Kleinsohn wurde mit einer Mannschaft ins All geschickt, um neue Antriebe in einen Lauerjäger zu installieren, der gerade von Kzrrosh herbeigekommen war und sich auf dem Weg nach Wunderland befand, wo er sich der Armada anschließen wollte.

Kleinsohn war zum ersten Mal im All. Und zum ersten Mal sah er einen Lauerjäger im Ganzen. Nichts an dieser Erfahrung kam ihm vertraut vor – die Weltraumpanzer, von dem er sich eingeengt fühlte, der Schlitten, der ihn näher ans Schiff brachte, der klotzige Jotokipanzer, der die Reichweite seines Sklaven um eine ganze Hand aus Metall vergrößerte.

Das sphäroide Kriegsschiff gehörte zu den kleineren Angriffsfahrzeugen der Kzinti. Kleinsohns Obersklave wies auf ein größeres Schlachtschiff in der Ferne, das sich im Lichte von R'hshssira als roter Punkt bewegte. Doch der Lauerjäger wirkte durch seine Nähe viel beeindruckender und kampfkräftiger. Die Außenhülle bedeckten Waffengondeln, Sensorenausleger, Kontrollkuppeln, Antriebsfeldrippen und Hangartore. Eine Fähre schwebte längsseits vorbei. Und trotzdem, für den Augenblick war der Lauerjäger so gut wie wehrlos – er besaß keinen Antrieb mehr, den neuen hielt die Fähre noch in den Klauen.

Unter ihnen drehte sich Hssin als roter Klumpen wie ein weiteres gigantisches Schlachtschiff. Dieser Vergleich war nicht unzutreffend: Wunderland war von Hssin aus erobert worden.

Hssin zog noch immer Kriegsschiffe aus dem ganzen Patriarchat an, während sich die Nachricht von den Äffchen im gemächlichen Tempo des Lichtes zwischen den Sternen verbreitete. So fochten die Kzinti ihre Schlachten: Verstärkungen trafen noch eine Generation nach dem Sieg ein. Manchmal wurden sie benötigt, manchmal nicht. In diesem Fall hatte man die später eintreffenden Eroberer bitter nötig, denn die Äffchen, die es gewagt hatten, sich zu den Sternen aufzuschwingen, besaßen nach wie vor nicht eroberte Sonnensysteme.

Unter all den Sternen überlegte Kleinsohn, während er den gigantischen Gravitationsantrieb in das tödliche Eroberungsschiff einbaute, ob auch er sich nicht der Armada anschließen konnte, die gegen Menschensonne ausgesandt wurde. Seine gebieterische Macht über die Technik schenkte ihm die Illusion, ein echter Krieger zu sein. Das fühlte sich so gut an. Mit Magnetstiefeln schritt er über den Rumpf des kzintischen Schiffes, *seines* Schiffes, und er konnte aufblicken und sich ausmalen, wie es wohl wäre, die Raumfahrzeuge der Menschen zu vernichten.

Aber am gleichen Tag, als er aus dem All zurückkehrte, wartete schon am Fleischerladen ein Späher von Der-andere-an-der-Nase-herumführt geduldig auf ihn. Kleinsohn hatte bis dahin geglaubt, daß der Ruhm, im Weltraum gewesen zu sein, ihn verändert hätte. Schließlich war ihm die Macht verliehen worden, zwischen den Sternen zu einem tapferen Raubschiff zu reisen und den gigantischen Gravitationsantrieb in seinen Armen zu halten! Gewann er dadurch nicht wenigstens die Kraft, sämtliche Furcht zu zermalmen? Ein Krieger zu werden?

Trotzdem brauchte er den Wächter nur zu sehen, und alle Feigheit brandete in ihm wieder auf. Die Todesfurcht war so stark wie immer. Nichts hatte sich verändert! Angst! Nackte Angst! Das Bild von sich selbst, das er aus dem Weltraum mitgebracht hatte, zerbarst. Er war kein Kzin mehr, der einen Sternenschiffantrieb auf der Schulter tragen konnte – nein, in Wahrheit war er nie mehr gewesen als ein Insekt, das ein Steinchen schleppte. Wie sollte er sich nur retten?

Erneut zog er sich in die Werft zurück und kletterte. Etwas anderes fiel ihm nicht ein; er mußte sich ein zweites Mal verstecken, bis sie sich wieder zurückzogen. Morgen würde er sich einen besseren Plan einfallen lassen. Wie er das elende Gefühl haßte! Er trat auf das Dach ins ruhige, hohe Gras. Warum konnten sie ihn nicht einfach in Ruhe lassen?

Erst als das Gras sich bewegte, begriff Kleinsohn, welch schrecklichen Fehler er begangen hatte. Zuerst sah er sich einem Kzin gegenüber, den er flüchtig kannte, und der ein Hemd mit Schulterklappen trug, wie es bei den Jugendlichen von Hssin in Mode war. Aber da waren noch mehr; Kleinsohn roch ihre Anstrengung. Als er sich zur Tür zurückzog, traf er dort auf den braungestreiften Wächter, der ihm gefolgt war. Rechts von ihm erhob sich ein dritter Kzin aus dem Gras. Bevor er in die andere Richtung fliehen konnte, stand dort ein vierter. Zwei andere bewachten weiter entfernte Ausgänge. Sechs grinsende Kzinti hatten ihn in die Falle gelockt. Sie wollten seine Ohren.

»Jetzt wirst du kämpfen *müssen*«, zischte Der-andere-an-der-Nase-herumführt, bereits geduckt zum Sprung.

5

(2392 n. Chr.)

Kleinsohn mühte sich, über den Rand des Daches zu spähen, aber davon war er zu weit entfernt, und im Grunde wußte er, daß er in diese Richtung nicht fliehen konnte. Er blickte auf das Paar beinahe schiffsgroßer Aufzüge, die in den künstlichen Himmel aufragten. Zu weit entfernt. Konnte man fliegen lernen?

Niemals hatte Kleinsohn solche Wut verspürt. Im Todesgrinsen waren seine Lippen von den Fängen zurückgezogen und entblößten sein Gebiß. Selbst wenn er es gewollt hätte, wäre er außerstande gewesen, sich dieses Grinsen vom Gesicht zu wischen. Die Krallen hatte er ausgefahren, und seine Schenkel waren gespannt, um seinen Peiniger anzuspringen und ihn mit Zähnen, Krallen und Haß in Stücke zu reißen. Er atmete stoßweise. Nur die Furcht ließ ihn auf der Stelle verharren.

»Stimmt es, daß du es mit Jotokigespielen in den Bäumen treibst?« fragte Grinst-versteckt spöttisch – ohne sein Grinsen zu verbergen.

Kleinsohn wußte noch genau, wie Hüter-der-Jotoki ihn gelehrt hatte, seine Angst zu seinem Vorteil einzusetzen. Er hatte es mit ihm geübt: Warte darauf, daß man dich anspringt. Wende die Körperdrehung an und fahre dabei die Krallen etwa so weit aus. Eine fremde Stimme in seinem Bewußtsein klärte ihn darüber auf, daß er nun keine Kontrolle über seine Krallen mehr besaß – sie ließen sich nicht mehr einziehen.

»Dein Vater war ein Vatach!« knurrte ihn ein anderer Kzin an, ohne näherzukommen.

»Diesem zahnlosen Kätzchen hat seine *Mutter* gezeigt, wie man kämpft!«

Der-andere-an-der-Nase-herumführt entspannte sich

bereits – er spürte, daß Kleinsohn in der Tat nicht den Mut zum Kampf besaß. Das machte ihn noch kühner. Er würde seine Freunde nicht brauchen und bedeutete ihnen zurückzutreten. Diese Ohren würde er sich für sich allein verdienen. »Du bist wie ein Zianya zum Festmahl auf den Tisch gebunden. Ich rieche deine Angst, Zianya!«

Kleinsohn zischte wütend.

»Oh, haben wir dich gestört? Du bist sicher hierhergekommen, um zu grasen. Laß dich durch uns nicht stören!« Der-andere-an-der-Nase-herumführt genoß ganz offensichtlich die eigene Schlagfertigkeit.

»Das Gras ist ideal für jemanden mit zwei Mägen«, spöttelte Grinst-versteckt.

Greif mich doch an! Ich springe beiseite und schlitze dir die Kehle auf! Kleinsohns Gedanken überschlugen sich, aber er brachte kein Wort heraus. Er haßte sie glühend dafür, daß sie ihn verspotteten und mit ihm spielten, bevor sie ihn töteten. Seine Fänge klebten an trockenen Lippen, sein Grinsen war wie eingefroren.

»Unser Feigling stinkt vor Angst«, sagte Der-andere-an-der-Nase-herumführt mordlüstern. Er spannte sich für den Sprung, bei dem er seinem Gegenüber das Leben entreißen würde. »Du riechst wie ein fetter Grasfresser.« Als sein Gegner nicht antwortete, vermochte er die letzte, alles überbietende Beleidigung nicht zurückzuhalten. Während er sie hervorbrachte, zuckte die rosa Spitze seines langen Schwanzes hin und her. »Ich schlage dir einen Handel vor. Sei ein Grasfresser. Wenn du den Kopf ins Gras steckst und es abbeißt und kaust, dann schenke ich dir das Leben. Oder kämpfe wie ein Held, dann gewähre ich dir Ehre.«

Hätte Der-andere-an-der-Nase-herumführt angegriffen, so hätte Kleinsohn ihn vielleicht mit dem Kniff überraschen und ihm rasch die Kehle aufschlitzen können, aber der stolze Anführer wollte die Todesqual verlängern und wartete auf eine Antwort, genoß seine Zungenfertigkeit so lange wie möglich, bevor er den Kampf begann, der fast sofort vorüber wäre und damit auch den Spaß beenden würde. Während er spottete, ging er wieder in die Hocke, das war seine einzige Vorsichtsmaßnahme. Und diese Unterbrechung schenkte Kleinsohn die fatale Gelegenheit zum Nachdenken.

Der-andere-an-der-Nase-herumführt hatte einen Handel vorgeschlagen: Iß Gras und lebe weiter oder sei ein Held und sterbe.

Seine Ehre würde ihn zwingen, sein Wort zu halten.

Der-andere-an-der-Nase-herumführt war außerdem zu beschränkt, um zu begreifen, daß er Kleinsohn in der Tat die Wahl zwischen Leben und Tod gelassen hatte. In den Gedanken des Herausforderers existierte offenbar überhaupt keine Wahl zwischen Ehre und Grasfressen. Er glaubte, er hätte Kleinsohn in der Falle.

Zitternd und voller Abscheu vor sich selbst sank Kleinsohn auf die Knie und begann, die hochgewachsenen grünen Halme zu verzehren – kriechend riß er sie mit den Zähnen an den Wurzeln ab und kaute sie, obwohl seine Reißzähne nicht dazu geeignet waren. Den fasrigen Brei herunterzuschlucken, konnte er sich nicht überwinden, aber er kaute und kaute.

Sechs Kzinti traten vor und blickten Kleinsohn gebannt an. Ihre Ohren zuckten amüsiert, aber sie verspürten keine Belustigung, sondern Unglauben. Da begriff auch Der-andere-an-der-Nase-herumführt, daß es ihm nicht zur Ehre gereichen würde, wenn er diesen schluchzenden Feigling tötete. Schlimmer noch, wenn er sein Wort brach, drohte ihm selbst der Tod. Die Ohren seines erwählten Opfers aber waren ohne Wert.

Von diesem Tag an trug Hssins ›pflanzenfressender‹ Kzin einen Namen, der ihm spontan verliehen wurde: Der-Gras-ißt. Die Geschichte ließ sich nicht geheimhalten, sie verbreitete sich durch die Hssinbasis wie ein

Lauffeuer. Chiirr-Nig verstieß ihn, und die Flottenwerft betraute ihn nicht mehr mit der Arbeit an den Schwerkraftpolarisatoren.

Er hatte keinen Platz, wo er schlafen konnte, durfte nirgendwo essen, hatte niemanden, mit dem er sprechen konnte, und keine Arbeit. Eine Weile lebte er in Winkeln, auf Dächern und in Tunneln und jagte entflohene Nagetiere. Es fiel ihm schwer, sich sauberzuhalten. Einmal wurde er für einen heruntergekommenen Telepathen gehalten. Er versuchte sogar, Wurzeln zu essen, um seinen Hunger zu besänftigen, aber sein Magen lohnte ihm die Mühe mit Blähungen und Verdauungsbeschwerden. Er bettelte – und erwachsene Kzinti gaben vor, er würde nicht existieren. Einmal stahl er einen lebenden Vatach aus seinem Käfig, den man herausgehängt hatte, damit das Tier frische Luft bekam. Hätte man ihn dabei ertappt, wäre er auf der Stelle mit dem Tod bestraft worden. Er ließ es so aussehen, als sei der Vatach von allein entkommen. Allgemein erwartete man von ihm, daß er sich auf die Planetenoberfläche begab, um in den Bergen den Tod zu finden, aber er besaß keinen Anzug.

Als er um einen Oberflächenanzug bat, schenkte man ihm immerhin gerade so viel Beachtung, daß man seinem Wunsch stattgab. Der-Gras-ißt begab sich jedoch nicht in die Berge; er benutzte den Anzug, um in das Jotokigehege einzubrechen – hauptsächlich deshalb, weil er dringend ein Bad benötigte. Sich ins Wasser zu legen und einzuweichen, stellte sicherlich nicht die beste Methode dar, ein Bad zu nehmen, aber es war besser als nichts. Einen ganzen Tag verbrachte Der-Gras-ißt damit, sein Fell zu reinigen und zu pflegen, und als niemand herbeikam und ihn hinauswarf, sah er keinen Grund, warum er das Gehege wieder verlassen sollte.

Diesmal bemühte er sich um Unauffälligkeit. Er wußte, wie man sich verbarg. Er ging den Jagdgruppen aus dem Weg, und zudem wußte er nun viel mehr über das Verhalten der Jotoki als bei seinem ersten Einbruch in das Gehege. In den Bäumen erlegte er die wilden Jotoki, und sie wiederum jagten ihn, solange er nicht hinsah. Weil er sonst nichts zu tun hatte, studierte er die jotokische Anatomie. Die Lungen an der Innenseite der Arme speisten des Herz und dienten außerdem als Stimmorgan. Das Gehirn umgab das Herz in Form eines Cortex und schmeckte eigenartig. Die zum Zermalmen von Blättern bestimmten Zähne im Untermund gaben nach dem Zurechtschleifen großartige Speerspitzen ab.

Der-Gras-ißt baute sich drei verborgene Lager. Er redete sich ein, er sei ein archaischer Kzin aus der Zeit vor der Entwicklung der Sprache, der Entdeckung des Eisens oder des Schießpulvers, der sein Revier markierte und verteidigte. Nach den Worten der Bewahrer hatten zu dieser Zeit die Kzinti oft ihre Söhne verspeist, um keine Konkurrenten zu schaffen. Ironisch stellte er Betrachtungen darüber an, wie anders es doch heutzutage war. Damals versteckte eine Kzinrret ihren Wurf und verteidigte ihn mit äußerster Wildheit. Auch heute versuchten Kzinrretti, ihre Nachkommen zu schützen. Liebevoll entsann sich Der-Gras-ißt seiner Mutter – ohne sie wäre er nicht mehr am Leben.

Morgens gingen die Lichter an, leuchteten grün und gelb durch die Blätter, und er pflegte als erstes die Ohren zu heben, um nach Jagdgesellschaften zu lauschen. An jenem Morgen hörte er nur Insekten und das Fallen eines Astes. Von den breiten Blättern fiel der Tau. Ein Firg hüpfte von Ast zu Ast und keckerte bei jedem Sprung durch die Luft.

Die roten Schuppen, die an seinem Rückgrat entlangliefen, machten das kleine Tier sichtbar.

Der-Gras-ißt schnüffelte – keine Kzintigerüche, aber er war trotzdem nicht allein. Einen Jotok konnte man nicht riechen, denn diese Tiere besaßen die Gabe, jeden Umgebungsgeruch nachzuahmen. Aber ein Wald steckt stets voller Hinweise. Mit geblähten Nüstern fing Der-Gras-ißt den Duft nach aufgerissenen, saftigen Zellen auf, nach Zucker, Säure und Gewürz. Nach Prasselbeerenschalen. Ein Jotok saß dort draußen und fraß Früchte.

Jawohl – da war er. Mehrere Augen lugten von einer Felskante herunter, und eine Hand hatte das Wesen bereits um einen Ast geklammert, um sich sofort in das Blattwerk über ihm zu schwingen, sollte eine Gefahr drohen. Der Jotok war weit genug von Der-Gras-ißt entfernt, um ihm entkommen zu können. Beute für das heutige Mahl – vielleicht. Leicht wäre es nicht, das Wesen zu verfolgen. Am besten, Der-Gras-ißt ignorierte ihn vorerst. Aber nicht komplett.

Der-Gras-ißt fand einen Baum, der von einer Prasselpflanzenranke erwürgt wurde, kletterte ihn hinauf und riß eine Handvoll reifer Früchte ab. Die Schalen waren hart, stellten für die Mahlzähne eines Jotoks aber kein Hindernis dar. Der-Gras-ißt legte die Früchte in Sichtweite seiner Beute auf einen Baumstumpf und zog sich so weit zurück, daß er nicht mehr vom Jotok gerochen werden konnte, wenn das Wesen näherkam; das Tier war von Natur aus so neugierig, daß das Angebot es früher oder später herbeilocken mußte.

Der-Gras-ißt war sich nicht ganz sicher, ob der Jotok ihm wirklich in die Falle gehen würde. Die Gliedmaßen dieses Wesens besaßen Größe und Gestalt eines ausgewachsenen Jotoks, glänzten aber noch mit dem Schimmer der Jugend. Das Tier war vielleicht noch zu jung, um bereits intelligent zu sein, und stand kurz vor dem Alter, in dem die Jotoki unvermittelt und sehr rasch eine kzintiähnliche Deduktionsgabe erlangten – und dann wurden sie schwer zu fangen und gefährlich.

Nachdem die Beute die Früchte verzehrt hatte, floh sie nicht. Das Wesen blieb auf seinem Mund sitzen und beobachtete Der-Gras-ißt. Die Ellbogen des Jotoks ragten in die Luft. Der-Gras-ißt näherte sich vorsichtig seiner Beute, und diese zog sich sofort zurück. Daraufhin vergrößerte auch Der-Gras-ißt den Abstand, und das Wesen näherte sich ihm wieder – ein sehr seltsames Gebaren für einen wilden Jotok. Am nächsten Morgen war das Tier noch immer an der Stelle. Es saß über Der-Gras-ißt im Baum, beobachtete ihn und ließ ihn diesmal viel näher an sich heran.

Er gab dem Jotok zu fressen. »Da hast du ein paar Prasselbeeren, Schwer-zu-fangen! Hey! Schwer-zu-fangen!«

Als Der-Gras-ißt sich auf den nötigen Abstand zurückzog, stürmte das Wesen vom Baum herunter und verschlang gierig die Gabe.

Eine nach der anderen schaufelte es sich die kugligen Früchte in den Mund und zerkaute sie mit seltsam anmutenden, seitlichen Kieferbewegungen. Währenddessen beobachtete es Der-Gras-ißt aus zwei Augen, ein weiteres betrachtete die Mahlzeit, die anderen spähten argwöhnisch in die Umgebung.

Und dann hörte Der-Gras-ißt: »Schwer-zu-fangen.« Der Jotok imitierte die Stimme des Kzins mit dem Lungenschlitz eines Armes. »Schwer-zu-fangen«, wiederholte das Wesen, diesmal mit einem anderen Arm.

Die fächerförmigen Ohren plötzlich aufgestellt, hörte der Kzin fasziniert zu. Die Stimmen der Jotoki kannte er aus seinen jüngsten Begegnungen mit Jotokisklaven sehr gut. Die Stimmen waren musikalisch, die Zisch- und Kehllaute der Heldensprache wurden von ihnen fast völlig ausgelöscht. Der-Gras-ißt lauschte wie gebannt, als die Arme mit den Wörtern zu spielen und harmonisch miteinander zu plappern begannen: »Schwer-zu-fangen. *Schwer-zu-fangen.* Schwer-schwer-schwer-schwer-zu-fangen. Fangen ... fangen ... fangen!«

Selbstzufrieden keckerte der Jotok und verlagerte sein Geplapper auf die Imitation verschiedener Insektenlaute, dann ließ er sich auf alle fünfe nieder und wartete auf die Antwort des orangegelben Kzins.

»Komm her, Schwer-zu-fangen«, sagte Der-Gras-ißt so schmeichlerisch er nur konnte. »Du dummes Tier, ich will dich essen.«

»Will dich essen. Will dich essen«, antwortete der Jotok.

Höchst bemerkenswert, dachte Der-Gras-ißt. Er hatte einen Jotok gefunden, der sich gerade im Übergang befand. Hüter-der-Jotoki hatte gesagt, daß die Wesen demjenigen, der sie in diesem Zustand fütterte, folgten und ihn imitierten. Die Jotoki waren schon merkwürdige Tiere: Sie zogen ihre Kinder nicht in der Familie auf, sie unterhielten keine befestigten Haushalte, es gab keinen Patriarchen, keine Mutter, keine unterdrückerischen Brüder, keine Lehrer, keine Disziplin, keine Spielzeuge und keine Kriegerspiele. Sie wuchsen einfach im Walde auf, und wenn es einen Erwachsenen nach einer Familie gelüstete, so ging er in den Dschungel, suchte sich ein gesundes Junges aus, das es geschafft hatte zu überleben, und nahm es mit zu sich nach Hause.

Ein Jotok in der Übergangsphase war offenbar darauf »programmiert«, sich an den zu binden, der ihn aufnahm. Zum Unglück für die jotokische Rasse vermochte das Übergangsbewußtsein, das sich auf einem Planeten entwickelt hatte, wo es außer den Jotoki keine intelligenten Lebewesen gab, nicht zwischen einem erwachsenen Jotok und einem erwachsenen Kzin zu unterscheiden: Jeder erwachsene Elternteil wurde akzeptiert, und deshalb waren die Jotoki ausgezeichnete Sklaven.

Tage später folgte Schwer-zu-fangen ihm noch immer. Mittlerweile fürchtete er sich nicht mehr vor dem Elternkzin. Erstaunlicherweise hatte der Jotok in dieser kurzen Zeit ein Vokabular aus mehr Worten angehäuft, als das Wesen an seinen fünf mal fünf Daumen abzählen konnte. Der-Gras-ißt versuchte sich zu erinnern, wie er als kleines Kätzchen gewesen war – auf jeden Fall hatte er die Grundzüge der Heldensprache nicht so schnell erlernt.

Kaum hatte er sich ein Nagetier zum Essen gefangen,

da schoß Schwer-zu-fangen in den Dschungel davon und kehrte kurz darauf mit einem weiteren Nagetier zurück. Und Der-Gras-ißt begann zu sich zu fragen, was er dem Jotok wohl noch alles beibringen konnte. Ob Schwer-zu-fangen in der Lage war, den Gebrauch von Werkzeugen zu erlernen? Mit seinem Messer spitzte er einen Ast an, dann reichte er die Waffe einem der fünf Arme.

»Schwer-zu-fangen, versuch du's.«

»Schwer-zu-fangen, versuch.« Der Jotok schaffte es nicht. Bestürzt heulte das Wesen auf und weigerte sich, Der-Gras-ißt das Messer zurückzugeben. Es bestand auf seinem Recht, sich bis zur Vervollkommnung an der Aufgabe zu versuchen. Einen halben Tag später war es noch immer dabei, mittlerweile wieder zufriedener mit sich selbst. Wenn es nun einen Ast zuschnitt, war das Ergebnis zwar sehr kurz, aber immerhin auch sehr spitz.

Den jungen Kzin entzückte die Absurdität ihrer Beziehung. Er stellte fest, daß er auf Bäume kletterte, die oft unter seinem Gewicht ins Schwanken gerieten, nur um für Schwer-zu-fangen einen Leckerbissen zu ergattern, während der Jotok sich durch das Unterholz kämpfte und für Der-Gras-ißt Nagetiere fing.

Mittlerweile dachte er von Schwer-zu-fangen nicht mehr als dummes Tier oder als Mahlzeit. Am besten gefiel ihm, daß Schwer-zu-fangen niemals gänzlich schlief – wenigstens ein Arm war immer wach und hielt nach Gefahren Ausschau.

Und Gefahren gab es genug. Die wilden Jotoki, die die Übergangsphase durchlebt hatten, ohne daß jemand sie aufnahm, waren ungesellige Tiere, die erbittert ihr Revier verteidigten. Am Tage liefen sie vor den Jägern davon, bei Nacht wurden sie boshaft. Über Sprache oder irgendeine Form von Bildung verfügten sie nicht, aber sie waren durchaus in der Lage, sich Werkzeuge zu schaffen und für Übertretungen komplizierte Racheakte zu ersinnen. Übertretungen vergaßen sie nie. Sie wußten auch, daß die Kzinti ihre Feinde waren. Sie gingen auf den eigenen Spuren rückwärts, um Verfolger zu täuschen, sie stellten Fallen und trieben oftmals groteske Scherze.

Trotzdem bedeuteten die kzintischen Jagdgesellschaften die größte Bedrohung für Der-Gras-ißt.

Er stellte mit Erstaunen fest, wie gut Schwer-zu-fangen das Jotokigehege kannte, und wie rasch er eine Gefahr ausmachte und ihr auswich. Er war ein überaus nützlicher Gefährte.

6

(2392 n. Chr.)

Daumen zupften an seinem Pelz. Er ließ sich davon nicht stören, denn die vielen Haare faszinierten Schwer-zu-fangen, wie er wußte. Die Daumen zupften drängender und schoben schließlich seine Lider auseinander. »Jäger, Jäger, Jäger«, wisperten die Arme und fielen sich dabei gegenseitig ins Wort.

Der-Gras-ißt sprang geräuschlos auf. Schon bald stand fest, daß ihnen Experten auf der Spur waren. Die Flüchtigen kletterten von den hohen Bäumen unter der Kuppel hinab, schlichen geduckt durch Tunnel, durchwateten dunkle Sümpfe, überquerten öde Felsen und quetschten sich durch einen Spalt auf die Baumwipfel der darunterliegenden Etage. Meistens wählte Schwer-zu-fangen den Weg aus. Doch alle Täuschung schüttelte die Verfolger nicht endgültig ab. Während alledem versuchte der verzweifelte junge Kzin, die Jagdgesellschaft einzuordnen, schnüffelte im Wind und sandte den umsichtigen Jotok manchmal zur Erkundung ins Blätterdach aus.

Die Flüchtigen wurden von einer Gesellschaft gejagt, die aus drei Jotoki bestand, welche in den Ästen erkundeten, und einem Kzin, der am Boden blieb und die Jagd ohne Hast, aber entschlossen durchführte.

Als sie schließlich erneut auf der eigenen Spur zurückgingen, erwies sich das Manöver als ein Fehler. Plötzlich fanden sie sich von den Jotokipfadfindern umzingelt, und das Dreigespann bewegte sich mit ihnen, ganz gleich, wohin sie zu fliehen versuchten. Sie waren eingeschlossen. Der-Gras-ißt erhaschte durch die Bäume einen Blick auf eine gelbe Livree – und wußte, wer sie jagte.

»Schwer-zu-fangen, wir können nicht entkommen. Bleib stehen.«

Der Jotokisklave begriff nicht ganz. Mit zwei Armen winkend, lief er auf drei Handgelenken voraus, kehrte verwirrt zurück, eilte einen Baum hoch, kam wieder herunter, und schließlich blieb er neben Der-Gras-ißt stehen, auf allen fünf Handgelenken, bereit zum Davonrennen, und zitterte vor Furcht.

Der-Gras-ißt wartete. Eine tiefe Resignation senkte sich auf ihn, und gleichzeitig überlegte er hastig, welche Schmeicheleien wohl am ehesten angebracht wären. Schließlich trat der riesige Kzin aus dem Gehölz hervor. Durch sein langsames Tempo machte sich sein Alter bemerkbar. Er sprach den Jüngling an.

»Du also«, sagte er.

»Sonst konnte ich nirgendwohin, geehrter Krieger«, erklärte Der-Gras-ißt verdrießlich.

Die Entschuldigung für sein Verbrechen wurde überhört. »Du trägst den Jungennamen aus dem Haus von Chiirr-Nig nicht mehr. Wie soll ich dich anreden?« fragte Hüter-der-Jotoki.

»Der-Gras-ißt«, antwortete der geächtete Kzin aufsässig.

»Ein unzutreffender Name«, knurrte Hüter-der-Jotoki. »Namen müssen der Wahrheit entsprechen. Hast du heute Gras gegessen? Ich glaube nicht – du hast meine Jotoki gejagt und gegessen, dazu etliche warmblütige Geschöpfe. Wilder-Jotoki-Jäger wäre ein passender Name für dich.« Der Jäger blickte zu Schwer-zu-fangen hinab.

»Wir fliehen!« rief dieser. »Jetzt!« fügte ein anderer Arm drängend hinzu, aber der Jotok blieb an Ort und Stelle.

Der Riese griff nach dem Jotok, zog sanft einen Augapfel so weit aus der Panzerung hervor, wie es ging, und betrachtete eingehend die Gleitzäpfchen. Dann nahm er Schwer-zu-fangen bei einem der Arme und untersuchte die Daumen. »Genau das richtige Alter. Wenn du ihn ausbildest, wie ich es dir zeigen will, wirst du einen absolut treu ergebenen Sklaven haben. Du hast ihn nicht davongeschreckt?«

»Geehrter Älterer, an der Werft habe ich jüngst einige Erfahrungen mit Jotoki machen dürfen. Ich spreche das richtige Idiom. Schwer-zu-fangen hat eigentlich mehr mich gefunden als ich ihn.«

»Vielleicht sollten wir dich Ausbilder-der-Sklaven nennen. Das wäre ein guter Berufsname. Bist du damit zufrieden?«

»Besser als Der-Gras-ißt ist er gewiß!«

»Erwähne vor mir diesen Namen nie wieder!« fauchte Hüter-der-Jotoki. »Ich habe dir höflich eine Frage gestellt. Antworte! Bist du damit zufrieden?«

»Ausbilder-der-Sklaven steht Euch zu Diensten, geehrtes Halbohr!« Er zögerte. »Heißt das, Ihr bietet mir eine Stellung an?«

»Ein Sklavenhalter wie ich soll eine *Stellung* anbieten? Allenfalls Kost und Logis im Austausch gegen Dienst ohne Widerspruch!«

»Ich bin dem Krieger treu, der mich ehrenhaft anführt!«

»Gut gesagt für einen Rückfalltäter.« Er betonte seine Worte, indem er mit den Ohren flatterte. »Zur Schau stellen können wir dich nicht, so viel sollte klar sein, aber ich werde dich beschäftigen und verbergen. Wir brauchen uns gegenseitig. Hältst du die Ohren aufgerichtet? Bist du auf dem Laufenden?«

»Der sich verstecken muß, wird taub.«

»Dann die bewegende Nachricht zuerst. Per Lichtmeldung erhielt Hssin Vorwarnung, daß eine kleine Armada hierher unterwegs ist und Station macht. Sie steht unter dem Befehl des Hohen Erlauchten Eroberers Chuut-Riit von der Admiralität des Planeten Kzin. Er wird alle Helden und Kriegsschiffe von Hssin mitnehmen, auch alle Jotokisklaven, die wir aufbieten können. Sein Eroberungsfeldzug zu den Äffchenwelten ist vom Patriarchen persönlich *genehmigt* worden. Vom Patriarchen!

Ich bin bereits über meine Sollzahlen instruiert worden und wage es nicht, sie nicht zu erfüllen. Wer weiß, wie dieser Chuut-Riit auf Versagen reagiert? Ich beabsichtige nicht, es am eigenen Leibe zu erfahren. Ich werde sehr beschäftigt sein und benötige Hilfe. Deine Dienste wird mir niemand mißgönnen. Was jene Moralisten angeht, die dich liquidiert sehen wollen, denen brauchen wir nur mit Chuut-Riits Befehlen vor der Nase zu wedeln, und diese Kätzchenfresser legen sich platt auf ihr Fell.«

»Chuut-Riit?«

»Offensichtlich ein Angehöriger der Patriarchenfamilie. Mehr wissen wir nicht.«

»Und er kommt *hierher?*«

»Um die Wahrheit zu sagen, erfahren wir auf abgelegenen Vorposten wie diesem nicht gerade viel vom Patriarchat, und wir kommen damit ganz gut zurecht. Aber unsere Nachricht vom Kontakt mit den Äffchen scheint sich nach innen herumgesprochen und die reicheren Helden in das Fieber der Langen Reise versetzt zu haben. Die Familien von Ka'ashi« – er benutzte das kzintische Wort für Wunderland – »werden wenig erfreut sein.«

»Wenig erfreut über die Aufmerksamkeit des Patriarchats?«

»Jüngelchen, viele Generationen lang hat unser Hinterhof des Reiches nur Abenteurer angezogen, die von den reicheren Welten vertrieben wurden – ob von ihren Vätern, von Schulden, vom Verlangen, irgendwo zu sein, wo das Patriarchat nicht ist, manchmal von kzintischer Überheblichkeit oder, wie in meinem Fall, von Feigheit. Helden mit zerzausten Fell, das sind wir. Wer sonst würde über Jahre hinweg die beengten Quartiere auf stinkenden Sternenschiffen akzeptieren? Wunderland war ein Geschenk des Zähnefletschenden Gottes. Warum sollten die Helden dort sich mit Freuden auf den Rücken rollen und die Kehlen jenen darbieten, die ohnehin schon unermeßlichen Reichtum besitzen? Vor Wut schäumend werden sie Chuut-Riit herausfordern, aber wenn der sich als fähig erweist, dann werden sie sich ihm unterwerfen. Und Chuut-Riit wird sich als fähig erweisen. Kennst du dich mit der Geschichte aus?«

»Ich höre den Bewahrern gern zu.«

»Nicht denen! Den Gesammelten Stimmen. Gestern abend legte ich die Memoiren der Riits in meinen Scanner. Sie riechen den Sieg und eilen ihm im gemessenen Tempo des Sternenlichts hinterher. Denn erlegen sie dem Sieger ihren Triumph auf. Die Riits sind die Bezwinger der erfolgreichen Konquistadoren. Wenn wir ihnen gehorchen, so erhalten wir einen guten Anteil an dem, was wir erobert haben.«

»Und wenn nicht?«

»Dann beschreiten sie einen anderen Weg und nehmen uns unsere Töchter. Danach dörrt die Luft aus, und das Fell wird feucht vor Furcht.«

»Ich habe schon viele Duelle gesehen.«

»Ja, und wenn du dir das Gemetzel ansiehst – auf dem Bildschirm eines tiefen Bunkers, wenn du klug bist –, solltest du dich daran erinnern, daß nur Narren versuchen, die Rasse zu reinigen, indem sie sich auf eine Blutfehde mit der Familie des Patriarchen einlassen. Es geht um die *Familie des Patriarchen,* nicht um irgendeinen umherziehenden Kriegsherrn. Begreifst du, was ich da sage?«

»Von diesem Augenblick an diene ich Euren Bedürfnissen, o weiser und gnädiger Held! Ich will keine Fehler begehen.«

»Oh, das wirst du, arroganter Sproß, das wirst du, und ich werde dir dafür aufs Maul hauen, daß dir das Hirn im Schädel tanzt. Aber nicht so fest, daß du Schaden davonträgst. Und bevor du mir folgst, mußt du deinen Sklaven beruhigen. Es ist unerläßlich, daß du in diesem Stadium seiner Entwicklung die Furcht des Jotoks abbaust. Er muß das Gefühl haben, uns jederzeit verlassen zu können, auch wenn er hormonell bereits auf dich fixiert ist und dich gar nicht verlassen kann. Und ganz wichtig ist, daß er von dir angeleitet wird. Wenn wir nun zu meiner Unterkunft ziehen, mußt du Sorge tragen, daß dein Sklave *stets* näher an dir ist als an mir. Hast du das verstanden?«

»Jawohl, geehrter Lehrer.«

»Ich werde versuchen, dich zu zu einer Verletzung meiner Ermahnung zu verleiten. Ganz gleich, was ich tue – sorge dafür, daß dein Jotok näher bei dir steht als bei mir! Deine Ausbildung hat soeben begonnen.« Hüter-der-Jotoki gab ein hohes »Rrwrowr« von sich, und seine livrierten Sklaven ließen sich von den Bäumen fallen und bildeten die Spitze der Marschkolonne für den Weg zurück.

Ausbilder-der-Sklaven folgte seinem neuen Beschützer und sann dabei über den geheimnisvollen Chuut-Riit nach. Eine Armada! Das mythische Patriarchat kam nach Hssin! Weil das Licht schneller reiste als der Schwerkraftpolarisator, würden noch Jahre des ungeduldigen Wartens vergehen, bevor der Hohe Erlauchte Eroberer das R'hshssira-System erreichte. Das Gute daran war, daß Ausbilder-der-Sklaven dadurch Zeit erhielt, sich vorzubereiten.

Für die Familie des Patriarchen würde er Sklaven bereitstellen!

Bei dem Gedanken richtete er seine Aufmerksamkeit wieder auf Schwer-zu-fangen, der ihnen mit der Begeisterung eines Affen folgte, den man an einem Nasenring führt. Ausbilder-der-Sklaven tätschelte dem Jotok den warzigen Kopf und schleuderte einen Stock fort, den er apportieren sollte – in eine Richtung, die von dem Riesen fort führte.

Ausbilder-der-Sklaven konnte sich jedoch kaum auf Sklaven konzentrieren. Im Geiste stand er auf der Brücke eines Lauerjägers und folgte Chuut-Riit auf der Suche nach Beute durchs Sternenreich. Seine Seele verschwor er auf ewige Gefolgschaft dem Helden, dessen wundersame Lichtnachricht ihm das Leben gerettet hatte. Das Wunder war ein Vorzeichen: Chuut-Riit war das Fanal, das Ausbilder-der-Sklaven zum Heldentum führen würde.

Zurück in seinem Anwesen, tätowierte Hüter-der-Jotoki dem Ausbilder-der-Sklaven einen schwarzen Fleck ins Gesicht, so daß das Mal diskret durch das feine Haar zu sehen war, und er ließ seinem Schützling eine purpurn und malvenfarbige Tunika im Stile des fernen W'kkai anfertigen, der auf Hssin als völlig unmodisch galt. Nichts davon war eine Verkleidung, aber beides machte es einem ansässigen Kzin möglich, dem Paria gegenüberzutreten und ihn mit »Ausbilder-der-Sklaven« anzusprechen, ohne gleich *Der-Gras-ißt* denken zu müssen.

Der alte Hüter warnte seinen jungen Lehrling davor, seine feige Vergangenheit jemals zu erwähnen. Auf diese Weise würde das Thema auch niemals aufgebracht werden.

Für einen Kzin war es nämlich sehr gefährlich, das Leben anzusprechen, das ein anderer Kzin unter einem anderen Namen geführt hatte, wenn dieser es nicht selbst zuerst erwähnte.

»Im Laufe der Zeit wirst du dein eigenes Heer von Sklaven besitzen, die anderen gehören, dir aber treu sind. Du wirst keinen anderen Namen als Ausbilder-der-Sklaven brauchen, um Kzintikriegern Furcht einzujagen. Kleide dich gut, maße dir keine Ehre an, die dir nicht zusteht, ehre immer dein Wort – und halte deine Sklaven dicht bei dir.«

Ausbilder-der-Sklaven wurde ein Unterschlupf zugewiesen, dann führte der Hüter ihn durch das Wohnheim der Jotoki, das aus Stangen und Plattformen unter einer fensterlosen Kuppel bestand. Im Stockwerk darunter befanden sich die Trainingssimulatoren, an denen die Jotoki ihr Handwerk erlernten.

»Warum braucht Chuut-Riit so viele Jotokisklaven?«

fragte Ausbilder-der-Sklaven. »Auf Hssin dulden doch viele Familien keine Jotoki in ihrem Haushalt.«

»Ich nehme an, daß Chuut-Riit ihre Fertigkeiten als Mechaniker schätzt.«

»Mit Werkzeugen können sie umgehen! In der Werft verlangte mein Vorgesetzter von mir, alles zu erlernen, was meine Sklaven konnten, aber ich muß zugeben, wenn ich drei Arme bräuchte, käme ich in Schwierigkeiten! Drei Oktale plus ein Daumen!«

»Erinnere dich daran, daß die Jotoki den Schwerkraftpolarisator erfanden, während wir uns über Feuersteine die Köpfe zerbrachen. Wir sind von den Jotoki für unsere Kriegertalente angeworben worden, nicht für unser Geschick mit Maschinen.«

»Ist es wirklich wahr, daß einst die Jotoki über uns herrschten?«

»Sie befehligten die Schiffe, mit denen wir die Sterne erreichten. Aber aus der Unordnung erwächst Ordnung. Pflanzen entwickeln sich, um über den Fels zu gebieten, der Pflanzenfresser entwickelt sich und beherrscht die Vegetation, der Fleischfresser entwickelt sich, um den Pflanzenfresser zu dominieren. In den Männchen entwickelt sich Intelligenz, damit sie über die Weibchen herrschen. In der natürlichen Ordnung des Universums erhebt sich der Krieger und herrscht über den Mechaniker.«

»Und die Weisheit des Alters herrscht über den unwissenden Jungen. Habe ich das richtig verstanden?«

»Du hast einen schlechten Start gehabt, und trotzdem kannst du leben, bis du das Alter erreichst, in dem dir der Pelz ausfällt, ohne wieder nachzuwachsen – wenn dein Hang zur Schmeichelei dich nicht vorher das Leben kostet.«

7

(2392 n. Chr.)

Schwer-zu-fangen war von den fremdartigen Kammern, in die der Gelbe-Eine ihn geführt hatte, kollektiv verwirrt. Diese neue Welt flößte ihm Furcht ein, weniger wegen der Scheiben, die an den Weltgrenzen hin und her glitten, sondern vielmehr, weil es darin keine Bäume gab. Die erste große Diskussion, die Schwer-zu-fangen unter sich geführt hatte, drehte sich um das Thema: Wie sollte sein Mund zu essen finden, wenn es keine Blätter gibt? Mit allen Augen hielt er Ausschau nach Blättern, und jeder von ihm bat immer wieder, durch die Augen eines anderen sehen zu dürfen, um sich zu vergewissern, daß es auch in dessen Richtung keine Blätter zu sehen gab. Am besorgtesten von allen war Magerer(Arm).

Außerdem befanden sich in dieser Welt zu viele dieser gelborangenen Fleischfresser. Das machte alle von ihm nervös. Schwer-zu-fangen wußte nicht, warum sein eigener Gelber-Einer ein Besonderer war, aber solange der in der Nähe stand, verschwand Schwer-zu-fangens Anspannung. Und dann geschahen sehr interessante Dinge.

Unter sich nannte Schwer-zu-fangen den besonderen Fleischfresser-Gefährten »Netter-Gelber«, ein Name, der zwar nicht schwang, aber ein pastellenes Bild-Wort von der Art darstellte, die Schwer-zu-fangen zur Verständigung zwischen seinen Selbsts benutzte. Netter-Gelber hieß ›Weltenlicht sickert durch verflochtenes Blattgewebe herab‹, das beste Wald-Bild, das es gab. Der Gefährte schien einen Stimmen-Namen zu besitzen, aber die Regeln dafür verwirrten Schwer-zu-fangen. Manchmal nannte Netter-Gelber seinen Körper ›Held‹, manchmal ›Krieger‹, mitunter auch ›Kzin‹, gelegentlich allerdings, und dann wirkte er gefährlich, als ›Der-Gras-ißt‹

oder ›Zahnloser‹. Die Stimmen-Namen wechselten einander ab wie die Nacht den Tag. In letzter Zeit war noch ›Ausbilder-der-Sklaven‹ hinzugekommen. Da ließ sich ›Netter-Gelber‹ doch besser behalten.

Der pelzige Netter-Gelber spielte mit niederfrequenten Lauten ein Spiel, das auf Schwer-zu-fangen so aufregend wirkte, daß der Jotok damit einfach nicht aufzuhören vermochte: Wenn Netter-Gelber seinen Schwingkörper schweigen ließ (welcher übrigens so in seinem Mund zu stecken schien, daß er nicht daraufbeißen konnte), dann verspürte Schwer-zu-fangen den unwiderstehlichen Drang, zu summen und zu grollen und zu plappern, nur um eine Fortsetzung dieses Spieles auszulösen. Wenn er bedacht versuchte, eine seiner Lungen zum Schweigen zu bringen, dann fiel mit Sicherheit eine andere in das Geplapper ein. Starker(Arm) bewies dabei mehr Selbstbeherrschung als Magerer(Arm).

Das Spiel besaß ganz eigene Regeln. Jedes Augen-Bild besaß eine Entsprechung als Ohren-Ton, den nur Netter-Gelber kannte und den Schwer-zu-fangen erraten mußte. Da die Abarten und Variationen eines Bildes schier unendlich waren, endete die reizvolle Suche nach der richtigen Lautentsprechung niemals. Das Faszinierende daran war, daß er, wenn alle seine Selbsts sich bemühten, Wörter benutzen konnte, um Netter-Gelber neue Laute zu entlocken. Noch besser war, daß er *selbst* die Wörter dazu einzusetzen vermochte, um neue Wörter herauszufinden.

Seine Selbsts standen in beständigem inneren Wettstreit. Wer würde als erster die richtige Wörterabfolge ausgesprochen haben? Manchmal sprachen sie alle fünf auf einmal. Kurzer(Arm) war bei diesem Spiel am besten und dominierte in der Rolle als Sprecher. Wenn Kurzer(Arm) schlief, war Schwer-zu-fangen weniger flinkzüngig.

In dieser Welt hinter den Bäumen gab es viele neue Bilder und viele neue Wörter.

»Blätter«, sagte Kurzer(Arm). »Blätter, Blätter«, wiederholte Magerer(Arm), weil er keine sah.

»Aha, du bist hungrig.« Netter-Gelber verließ die Höhle durch – einen Aufzug. *Tür, Tür,* verbesserte Kurzer(Arm). Als Schwer-zu-fangen ihm folgen wollte, fand er keine Tür. Besorgnis.

Aber bald kam Netter-Gelber zurück und brachte Blätter in einem Behälter aus Gras. Starker(Arm) dachte über die richtigen Wörter nach, um den Anblick zu beschreiben, und machte Vorschläge, während er die geflochtenen Grashalme befühlte, die in sehr regelmäßiger Weise ineinandergeschlungen waren. Noch nie zuvor hatte sein Auge so etwas erblickt. »Blätter sitzen auf Grasboden«, sagte Kurzer(Arm), während er gleichzeitig den Gedanken verbreitete, daß Flach-»Boden« kein guter Name für einen hohlen Behälter sein könne.

»Das ist ein *Korb,* kein Boden. Ich habe ihn aus den Sklavenquartieren geholt. Sag ›Korb‹.«

»Korb, Korb. Korb voller Gras. Gras-Korb.«

»Und hörst du wohl auf, ihn auseinanderzunehmen! Bist du eigentlich immer so neugierig?«

Schwer-zu-fangen nahm den Korb mit zwei Armen auf und entleerte den Inhalt auf den Boden. Dann setzte er sich auf den Haufen, streckte die Arme in die Luft und begann zu kauen. »Lecker«, riefen alle fünf Arme unisono.

»Mir kräuseln sich die Ohren, wenn ich sehe, wie du dich zum Essen niedersetzt.«

»Mir kräuseln sich die Ohren, wenn ich sehe, wie du dich zum Ausscheiden niedersetzt. Ein-Mund ist besser als zwei.«

»Schwer-zu-fangen, deine Ohren können sich nicht kräuseln. Deine Ohren sitzen in deinen Handgelenken.«

»Kräuseln? Kräuseln?« Starker(Arm) erhob sich, so daß sein Auge auf die Resonanzkelche in seinem Handgelenk schauen konnte, welche für ihn Laute analysierten.

Ausbilder-der-Sklaven kräuselte demonstrativ die Ohren. Er war überaus amüsiert. »Sieh her, so mache ich, wenn ich einen Witz erzähle. Woran erkenne ich, wenn du einen Witz machst?«

»Witz?«

»Das erkläre ich dir ein andermal!«

Ausbilder-der-Sklaven mußte schlafen – also hakte Schwer-zu-fangen sich in ein Gestell an der Wand und schlief selber auch; nur Fleckiger(Arm) blieb wach und hütete die Tür. Fleckiger(Arm) hatte über einiges nachzudenken, aber das war schwer, wenn auf vier Kanälen Schlaf-Stille herrschte.

Das Denken ging nicht so schnell, wenn man keine Frage-Antworten mit den anderen Armen austauschen konnte. Aber die Fragen an sich waren doch schon interessant genug. Was war mit dem Wald geschehen? Warum machte das Fehlen von Bäumen den Boden glatt? Was war Glas? Wie konnte etwas Unsichtbares sich dem Druck einer Hand widersetzen? Wie war R'hshssira an der Decke befestigt? Hatten alle Welten unterschiedlich gefärbte Lampen?

Am nächsten Morgen gab es noch viel mehr Fragen, denn Netter-Gelber führte Schwer-zu-fangen in eine andere Höhle, in der sich viele seltsame Formen befanden, von denen Ranken herabhingen, die Arme und Augen verschlangen. Der große Fleischfresser war da und roch aus dem Maul nach Blätteresserfleisch. Furchteinflößend.

»Du wirst ihn nicht an die Maschine anschließen können – sie geraten in Panik, wenn ihre Arme beengt werden. Sein Wortschatz ist noch nicht groß genug, als daß er eine Erklärung verstehen könnte. Wir müssen ihm Trazin spritzen. Aber zuerst lassen wir ihn sehen, wie ein Jotok den Trainer unverletzt verläßt.«

Schwer-zu-fangen hielt sich so dicht an seinem gelben Gefährten, wie es nur ging. Sie führten ihn zu nah an einen großen Blätteresser, der aussah wie Schwer-zu-fangen selbst, und der in der Luft hing: Seine Arme steckten in dicken Schoten, und über den Augen trug er Käppchen, aus denen Ranken sprossen. Seine Glieder zuckten, als renne er und springe von Baum zu Baum – aber er bewegte sich kein Stück. Beängstigend.

Der große Kzin nahm dem Blätteresser die Käppchen von den Augen und zog die Schoten von den Ärmeln. Während der andere befreit wurde, gelangten drei von Schwer-zu-fangens Gehirnen zu dem Schluß, daß *er* ihn ersetzen sollte. Drei Arme begannen rückwärts zurückzuweichen – und vermochten sich nicht zu rühren.

»Das Trazin tut dir kein Leid. Noch ein paar Herzschläge, und es ist verflogen.« Sie legten ihm die Schoten an, und er konnte sich nicht wehren. Seine Augen hatten sich gepanzert, als er begriff, daß er gelähmt war, aber nun konnte er sie nicht geschlossen halten. Der Riese holte jedes einzelne davon hervor und stülpte die Käppchen darüber. Jetzt war Schwer-zu-fangen gelähmt *und* blind. Sollte das der Tod sein, dem er sein Leben lang ausgewichen war?

Alle seine Bewußtseine gingen in Fluchtmodus. Aber bevor er an Flucht auch nur denken konnte ... plötzlich ... war er im Wald. Jede Einzelheit war ganz deutlich, aber es gab keine Gerüche. Er war auch nicht durch irgendwelche Türen oder Wände gekommen. Gelangte man in einen geruchlosen Wald, wenn man gestorben war? Noch immer vermochte er sich nicht zu bewegen, aber seine Daumen klammerten sich um Äste, und deshalb stürzte er nicht hinunter. Kzinti sah er keine. Als die Lähmung von ihm abfiel, ergriff er die Gelegenheit zur Flucht – er sauste durch die Bäume, als wollte er fliegen, und berührte kaum einen Ast, während er schon nach dem nächsten griff.

Die Gegend war ihm unbekannt, und es gab einfach keine Geruchsspuren. Die Bäume waren zu hoch. Als er so hoch hinaufkletterte, wie er nur konnte, sah er noch immer keine Deckenlampen. Wo das Dach hätte sein müssen, trieb weißes Moos. Er vermochte sich nicht zu orientieren, und sein Gleichgewichtssinn widersprach unterschwellig den Wahrnehmungen seiner Hände und Augen.

Er konnte nicht einmal auf der eigenen Spur zurückgehen, weil sich hinter ihm die Welt veränderte, kaum daß sie außer Sicht geraten war. Was hinter ihm lag, war daher genauso unbekannt wie das Voraus. Alles war falsch.

Zwischen den Bäumen hindurch funkelte ein See, der größer war als alle Seen, die Schwer-zu-fangen je zu Gesicht bekommen hatte. Die Wasserfläche war sogar blauer als sie sein durfte. Er schlich zwischen den breiten Ästen umher, die sich über den See reckten, und fürchtete sich davor, den See außer Sicht zu lassen, damit er nicht wieder verschwand. Hoch über dem Strand hielt er schließlich inne.

Der Baum, auf dem er saß, entwickelte einen Lungenschlitz und sprach: »Ich bin ein Baum.«

Erschrocken sprang Schwer-zu-fangen auf einen anderen Baum, den er fast verfehlt hätte. »Guter Sprung«, bemerkte ein Vogel, der ihn beobachtet hatte.

Er starrte (mit drei Augen) den sprechenden Baum und (mit zweien) den sprechenden Vogel an. *Wie viele unterschiedliche Welten gibt es denn noch?* fragte Flecki-ger(Arm) der Panik nahe. Aber nach einer Weile hatte Schwer-zu-fangen sich daran gewöhnt. Geduldig erteilte die Welt ihm Sprachlektionen mit den gleichen Bild-Ton-Entsprechungen, wie sie auch Netter-Gelber benutzte. Steine sprachen. Baumstümpfe ergriffen das Wort. Tiere redeten. Sehr irritierend, das Ganze.

Die Welt war nicht mehr vorhersehbar. Und alles Unvorhersehbare bedeutete: *Gefahr! Versteck dich und meditiere über die Folgen.* Träge pflückte Schneller(Arm) ein paar Beeren und schob sie sich in den Untermund, um den aufkommenden Hunger zu stillen. Aber es gab nichts, auf dem Schwer-zu-fangen kauen konnte. Entsetzen – in dieser Welt würde selbst die Ernährung schwierig werden. Hier gab es einfach zu viele Probleme.

»Iß mich«, forderte ein Blatt ihn auf.

Er versuchte es und nahm nur einen intensiven Geschmack wahr, aber zu kauen hatte er nichts.

»Bitter«, sagte das Blatt, das wie durch ein Wunder bereits nachgewachsen war. »Iß mich noch einmal.«

Schwer-zu-fangen gehorchte. Diesmal schmeckte das Blatt wie der Hut einer Marschenbinse oder wie Samenbeeren, aber wieder gab es nichts zu kauen.

»Süß«, erklärte das nachgewachsene Blatt. »Iß mich noch einmal.«

Nun wollte er Netter-Gelber sprechen. »Ausbilder-der-Sklaven!« rief er.

Sein Aufschrei bewirkte, daß sofort die Dämmerung hereinbrach und einer Nacht wich, die dunkler war als die finsterste Höhle.

Neben ihm erschien langsam Netter-Gelber, wie eine Deckenlampe in der Morgendämmerung, aber er warf kein Licht in die Dunkelheit. Das Bild des Fleischfressers war zu scharf und zu orange, und es flackerte ein wenig. Netter-Gelber streckte eine bepelzte Hand aus und berührte Starker(Arm) am Auge. Und dann war Schwer-zu-fangen wieder dort, wo alles angefangen hatte, aber er konnte es seltsamerweise nur mit einem Auge sehen. Netter-Gelber hatte wieder die richtige Farbe, der riesige Kzin stand neben ihm, und die Maschinen der Höhle waren auch zu sehen. Alle Selbsts wollten zugleich durch Starker(Arm)s Auge sehen.

Schwer-zu-fangen konnte nun spüren, daß alle seine Arme in engsitzenden Fallen steckten. Panik! Tod ... er wand sich verzweifelt.

Der große Kzin wich zurück, aber Netter-Gelber befreite die Augen von den Käppchen und löste die Fesseln. Schwer-zu-fangen eilte beleidigt davon, nur Flecki-ger(Arm) beobachtete neugierig den großen gelben Schwindler.

»Witz«, sagte Ausbilder-der-Sklaven.

»Du hast dein Gehirn, wo deine Eingeweide sein sollten!« schmollte Schwer-zu-fangen, der die Anatomielektionen verinnerlicht hatte. »Witz«, fügte er hinzu, denn er beabsichtigte nicht, einen Fleischfresser zu beleidigen.

Aber er weigerte sich, an diesem Tag noch ein Wort zu sprechen. Nachts, als Netter-Gelber schlief, debattierten Schwer-zu-fangens Bewußtseine über das, was sie gesehen hatten. Der ganze Vorfall roch nach Gefahr. *Verstecken!* drängten ihn alle Instinkte. Und doch war seine Neugier so unwiderstehlich! Sprechende Bäume! Durch Wände gehen! Mit jedem Auge eine andere Welt sehen! Unvorstellbar!

Beim ersten Anzeichen, daß Netter-Gelber erwachte, drängte Schwer-zu-fangen ihn zur Tür. »Mehr Witz«, verlangte er.

In der zweiten Sitzung im Haltegerüst lernte er Zahlen und die dazugehörigen Bildsymbole. Als er freigelassen wurde, zählte er voll Enthusiasmus alles, was ihm vor die Augen kam – noch immer war er völlig begeistert von der Idee, daß das Gebiet zwischen fünf und jeder anderen Zahl endlos in diskrete Abschnitte geteilt werden konnte, und daß es, ganz gleich, wie weit er zählte, noch immer eins mehr gab. Er zählte Kzinti, er zählte Lampen, und er zählte die Blätter, die er aß, weil Fleckiger(Arm) wissen wollte, wie viele Blätter man brauchte, um satt zu werden.

Die virtuellen Welten des Hängegerüsts unterteilten sich in zwei Sorten. Kaum hatte er von der einen Sorte genug, wechselte er in die andere. Es gab Arbeitswelten, in der er angewandte Mathematik erlernte, die Kunst, Maschinen zu warten, und die korrekten Formen der Anrede seiner kzintischen Herren und Meister. Dazu kamen die Spielwelten im Wald und in den Höhlen, wo sich die Naturgesetze willkürlich änderten, manchmal auf furchteinflößende und manchmal auf amüsante Art. Und wenn das launische Spiel seine Bewußtseine zu sehr strapazierte, war ein Wechsel in eine Welt, in der Gravitationsfelder abgestimmt werden wollten, geradezu eine Erleichterung; wenn die langweiligen Maschinen ihn dazu brachten, daß er im Geiste harmonische Gesänge anstimmte, dann war ein Wechsel in die Welt des freien Spielvergnügens genau das Richtige.

Sein Zeitempfinden verschwamm. Von Netter-Gelber sah er weniger und weniger, aber die Stunden, die er mit seinem kzintischen Gefährten verbrachte, waren erfüllt mit Gesprächen. Ausbilder-der-Sklaven räumte ein, daß Hüter-der-Jotoki ein strenger Vorgesetzter sei, und Schwer-zu-fangen lehrte seinen Freund die Geometrie und das Zerlegen von Maschinen. Einmal vermochten sie eine Maschine nicht wieder zusammenzusetzen, weil der Sklave in seinen Lektionen noch nicht weit genug fortgeschritten war. Für dieses Vergehen ließ Hüter-der-Jotoki sie beide nebeneinander Fußböden schrubben.

Die besten Tage aber waren der Jagd vorbehalten. Schwer-zu-fangen trug die besondere Uniform der Sklaven von Netter-Gelber, mit grünen und roten Streifen und Rüschen. Ohne Hast strichen sie auf der Suche nach neuen Sklaven durch das Jotokigehege, an einen Zeitpunkt für die Rückkehr waren sie nicht gebunden. Schwer-zu-fangens Sinne gefielen die vertrauten Wälder, Seen und Felswände besser als der virtuelle Dschungel des Haltegerüsts. Hier gab es frischen Waldgeruch, und die Bäume sprachen nicht. An den Decken hingen Lampen, wie es sich gehörte, und die Gänge führten nur in die darunterliegende Etage.

Schwer-zu-fangen störte die Beute auf, denn er wußte, wo die Jungen sich versammelten. Dann betörte Ausbilder-der-Sklaven das Junge. Schwer-zu-fangen verbarg sich derweil in den Bäumen. Nicht immer war die Jagd erfolgreich. Der Jotok, dem sie nachstellten, erwies sich oft als groß genug und doch vom Neugier-Hunger unberührt – er mußte freigelassen werden, bis er reifer war. Oder er war schon wild, hatte den Höhepunkt überschritten und taugte nur noch für den Eßtisch. Dann war seine Sprachbegabung schon dahin, und seine Intelligenz hatte sich in Verschlagenheit verwandelt.

Die besten gefangenen Jotoki behielt Ausbilder-der-Sklaven für sich. Drei wurden zu seinem persönlichen Gefolge: Schwer-zu-fangen, Witzbold und Grusel. Die drei hatten die übliche Ausbildung in Mathematik, Mechanik und Antriebswartung genossen, aber darüber hinaus waren sie Netter-Gelbers Jagdgefährten. Sie bemerkten, daß er unter den Kzinti Feinde hatte, und insgeheim schwatzen sie unter sich über die Gefahren, die ihm drohten. Es war unausweichlich, daß sie seine Leibwächter wurden, die Augen, die seinen Rücken bewachten.

8

(2396 n. Chr.)

Die Armada kam. Wie bei allem im Patriarchat kam auch sie ohne Hast.

Zuerst trat der schnelle *Sieg bei S'Rorrl* aus dem Weltraum in die Umlaufbahn von Hssin ein. Das Schiff lud keine Krieger aus und machte auch keine diplomatischen Avancen, sondern übernahm auf Geheiß des Patriarchen herrisch die Aufgaben des Orbitalkommandos. Traat-Admiral diente als Verbindungs- und Vertretungsoffizier für Chuut-Riit, Außerordentlicher Krieger-Botschafter. Der Admiral stand unter dem strikten Befehl, die einheimischen Kzinti vom Augenblick seines Eintreffens an zu dominieren – sie wurden als wild, aber nicht verläßlich unterwürfig erachtet.

Ein Kzin aus den inneren Welten war, so viel Land er auch besaß, an die Formalismen der Kommandohierarchie gewöhnt, aber die Kzinti hier draußen in der Wildnis genossen den Ruf, erheblich weniger diszipliniert zu sein, um die Beute ihres Abenteurertums zu kämpfen und ihre Eroberungen zu verteidigen. Ihre Bereitschaft, einem Gesandten des Patriarchen zu trotzen, wenn er sich nur den leisesten Anschein von Schwäche gab, konnte nur als haarsträubend bezeichnet werden. Der Patriarch war dreißig Jahre per Lichtstrahl und vierzig Jahre per Schiff entfernt.

Die Flotte von Hssin hätte eine arrogante Antwort erteilen können. Die Erlauchten Erobererhelden von Hssin waren Brüder der Erlauchten Erobererhelden von Wunderland. Sie hätten den *Sieg bei S'Rorrl* ignorieren oder sogar angreifen können – schließlich und endlich handelte es sich um ein Kommandoraumschiff mit viel Elektronik und nur leichter Bewaffnung. Aber konnte der Hssin beherrschende Haushalt von Kasrriss-As wirklich wagen, solchen Stolz zu zeigen, wo er doch wußte, wer Traat-Admiral folgte?

Also wurde nichts gegen den *Sieg bei S'Rorrl* unternommen und die Kontrolle des planetennahen Weltraumverkehrs ohne die Spur eines Grinsens an Traat-Admiral übergeben.

Allein oder zu zweit drangen alle paar Stunden Schiffe ins R'hshssira-System ein, und diese Ankunft zog sich über Monate hin. Truppentransporter voller Helden im Kälteschlaf, Kriegsschiffe, Hilfsfahrzeuge – alles, was Chuut-Riit in fünf Sonnensystemen hatte anlocken, mit Appellen hinter sich bringen und requirieren können. Kein einziges Schiff setzte auch nur einen Krieger auf Hssin ab, statt dessen ging die Flotte in eine weite Umlaufbahn um R'hshssira. Hssin aus der Entfernung mit Ehrfurcht erfüllen – das war Traat-Admirals Absicht.

Und schließlich traf auch Chuut-Riit persönlich ein. Sein Flaggschiff war ein kugelförmiges Schlachtschiff der *Reißzahn*-Klasse und weit größer als alles, was die Barbaren von Hssin je zu Gesicht bekommen hatten: der erste neue Großkampfschiffsentwurf seit Jahrhunderten, unheildrohend und waffenstarrend. Diese hinterweltlerischen Abenteurer der Grenzgebiete würden vor Chuut-Riit katzbuckeln, um die Konstruktionspläne zu erhalten, und er würde sie ihnen verkaufen – und eine angemessene Gegenleistung verlangen.

Die sechs Tage, die das Gravitationstriebwerk der *Kehlenzerfetzer* benötigte, um von den sechs Achteln Lichtgeschwindigkeit Marschfahrt auf die Geschwindigkeit R'hshssiras abzubremsen, verbrachte Chuut-Riit mit Körperertüchtigung, die er nach dem Kälteschlaf dringend nötig hatte. Sein Programm umfaßte Massagen, Kampfsimulationen und ausgedehnte Vergnügungen mit seiner Lieblingskzinrret. Der Kälteschlaf tat weder dem Muskeltonus noch dem Reaktionsvermögen gut. Die Wiederherstellung der körperlichen Fähigkeiten war etwas, das Chuut-Riit niemals vernachlässigt hätte.

Die meisten Konfrontationen handhabte Chuut-Riit mit einer Logik, die seine Gegner einschüchterte; wenn sie versagte, benutzte er zunächst seinen Geist, dann erst verfiel er in überwältigenden Zorn, der allein durch seinen Geruch schon manchen Feind unterworfen hatte. Dennoch wollte er immer im Vollbesitz seiner körperlichen Kräfte sein, sollte es nötig werden, daß er einen irrationalen Feind vermittels Zahn oder Kralle mit dessen eigenem Blut befleckte.

Im kleinen Arbeitsraum gleich neben seiner Kabine zog sich an einer Wand die holographische Darstellung einer Savanne entlang, die nur schlecht zu den Rohrleitungen unter der Decke passen wollte. Über Chuut-Riits Datenlink hingen ein modernes Impulslasergewehr und eine antike Armbrust. Der Fußboden unter dem Datenlink bot Platz für nicht mehr als einen einzigen Teppich aus Kdatlynohaut – dieser war an einer Kante kahl und eine Trophäe seiner ersten Jagd als Diener des Obersten Haushalts. Damals hatte Chuut-Riit mehr Körperkraft als Verstand besessen und sich einem Patriarchen angeschlossen, der eigentlich noch zu jung war, um lange zu überleben; doch überlebt hatte er und war alt geworden und dahingeschieden, während Chuut-Riit ihm als militärischer Trouble-Zerfetzer diente, zuerst auf Kzin und dann zwischen den Sternen, wo die endlosen Jahre im Kälteschlaf seinen Alterungsprozeß verlangsamten.

Obwohl Chuut-Riit noch nicht alt war (wenngleich er seinen kaiserlichen Freund überlebt hatte), spürte er schon das Alter. Er entsann sich lebhaft an Ereignisse, die seine Untergebenen nur durch den Zerrspiegel der visuellen und schriftlichen Aufzeichnung kannten. Diese Kätzchen hielten die Asanti-Kriege glatt für eine einzige Schlacht und wußten gar nichts vom Verrat bei Grrowmi-Kauwr. Sie schnurrten vom Langen Frieden, als hätte es keine Schlachten gegeben, bevor sie entwöhnt waren. Erinnerungen, die keiner mehr teilte, konnten einen Kzin sich sehr, sehr alt fühlen lassen.

Aber vielleicht nicht ganz so alt wie die Armbrust der Riits. Chuut-Riit trug seine Datenbrille und starrte die uralte Waffe an – sie bestand aus jotokischer Leichtmetallegierung, war aber von einem kzintischen Waffenschmied gefertigt und von einem halbprofessionellen kzintischen Künstler mit Intarsienarbeiten aus Blaumuscheln versehen worden.

Die Lederriemen hatten ersetzt werden müssen, aber der Rest war noch original.

Sein Großvater hatte behauptet, daß diese Armbrust die erwählte Waffe des ersten Riit gewesen sei, den die Jotoki angeworben hatten, um auf fernen Welten für sie zu kämpfen. Die Ahnenforschung ordnete diesen Vorfahren dem Haushalt eines der sagenumwobenen frühen Riit-Patriarchen zu, aber die Wahrheit sah vermutlich weniger romantisch aus; wahrscheinlich hatte es sich um den Wildhüter eines abgelegenen Jagdreservats gehandelt, der einen Skandal über seinen Haushalt brachte (und vermutlich auch Lebensgefahr), indem er den ungläubigen Jotoki einen Gefolgschaftseid leistete.

Unversehens waren jene spinnenarmigen Monstren aufgetaucht – reich und zauberkräftig waren sie gewesen. Sie besaßen Feuerschwerter und Maschinen, die der Schwerkraft trotzten – und hatten den Traum gehegt, Söldner anzuwerben, die ihnen ein interstellares Reich eroberten; Jotoki zogen es vor, wenn jemand an ihrer statt starb.

Und nach der Belagerung der Patriarchenburg und ihrem schmählichen Fall konnten sich die reichen, raumfahrenden Tiere jede beliebige Anzahl heruntergekommener, entehrter, elender Kzinti erkaufen.

Die Armbrust und ein Brief – mehr war von diesem Ahnen nicht überliefert. Der Verfasser des Briefes, den kompetente Historiker großzügig als ›ungebildet‹ bezeichnet hatten, stellte in seinem Schreiben den anrührenden Versuch an, einem Kzintivater fremde Sonnen zu beschreiben; jener Kzintivater war nämlich davon überzeugt, daß es sich bei den Sternen um die Seelen Großer Helden handele, die des Zähnebleckenden Gottes Kuppel säumen.

Das in die Armbrust gravierte Medaillon der Riits war, so hieß es, schon in vorgeschichtlichen Zeiten das Zeichen der Familie gewesen. Nach landläufiger Meinung stellte es stilisiert das Grinsen eines Fleischfressers dar, doch Chuut-Riits sorgfältige Nachforschungen hatten ergeben, daß es in Wahrheit auf das Schulterabzeichen zurückzuführen war, das die Jotoki der Elite unter ihren Kzintisöldnern verliehen: ein gezähntes Blatt. Das Motto, das in Punkten und Kommas das Medaillon umgab, war hingegen erst später hinzugefügt worden und lautete: »Vom Mietling zum Herrn.«

Der unpassendste Gedanke, der Chuut-Riit gegenüber je geäußert worden war, wurde ausgesprochen, als er auf Ch'Aakin Unterstützung für seine Armada rekrutierte. »Wenn diese Affen wirklich solch fanatische Kämpfer sind, wie es heißt, so sollten wir sie anwerben, auf daß sie für uns die Schlacht schlagen und an unserer Stelle getötet werden. Es wird Zeit, daß wir den Langen Frieden genießen, den wir uns geschaffen haben. Wenn ein Herr wirklich ein Herr ist, dann kann er sich das Leben mit dem Tod seiner Diener erkaufen.« Solche Worte aus dem Munde eines Gecken, der nie seinen Vater zum Kampf herausgefordert hatte, eines Narren, der zwar seinen Anteil Jotokisklaven besaß, aber niemals die vom Regenwald überwucherten Ruinen auf den einstigen Welten der Jotoki gesehen hatte, die von ihren getreuen orangenen Söldnern geplündert worden waren.

Chuut-Riit war Mathematiker und Historiker in einer Person. Er hatte die Blütezeit des jotokischen Imperiums genau studiert. Es war damals nur auf ein Achtel der Größe des heutigen kzintischen Patriarchats angewachsen, und trotzdem vermochte es noch immer Lektionen zu erteilen. Die Jotoki hatten mit reinen Handelsflotten begonnen und am Ende die hohe Kunst entwickelt,

Schlachten über interstellare Entfernungen logistisch führen zu können.

Einst waren die Jotoki militärische Genies gewesen.

Die alten Kzintikommandanten hatten die tödlichen, von den Jotoki zur Verfügung gestellten Kriegsschiffe klug benutzt und waren begeisterte Plünderer gewesen. Selbst die Sprache ihrer einstigen Lehrmeister hatten sie ausgelöscht, auch die überlebenden Jotoki sprachen sie nicht mehr. Nichts außer melancholischen Urwäldern und nebligen Seen war übrig. Bei seinen Studien war Chuut-Riit auf Texte aus zweiter Hand angewiesen gewesen, niedergeschrieben von Kzintikriegern, die niemals das fünfgleisige Denken der Jotoki gemeistert hatten. Erst nach kombinierter Anwendung der Verknüpfungstheorie, der Verzögerungs-Vorhersage-Analyse und der Absicht-Ergebnis-Auflösung boten die anekdotenhaften Fragmente Einblicke in die militärische Strategie der Jotoki.

Die Jotoki hätten jeden Krieg gewinnen müssen, den ihre strategisch unentwickelten Mietlinge ihnen aufzwangen. Nur bestand das jotokische Militär zum Zeitpunkt der Auseinandersetzung bereits zum größten Teil aus Kzintikriegern. Die Jotoki hatten stets den Handel dem Militärdienst vorgezogen. Warum das so war, darüber konnte Chuut-Riit sich nur wundern, denn die Aufzeichnungen, die diese Frage beantwortet hätten, fanden sich nicht in kzintischen Archiven. Wenn jemand mehrere Lebensalter zur Verfügung hätte, um all die entfernten Orte aufzusuchen, an denen jotokische Berichte überdauert hatten ...

Genug der Träumerei. Er hatte viel zu tun, bevor er den Planeten Hssin betreten konnte.

Die Armada war dichter an Wunderland als je zuvor, und der Doppelstern Alpha Centauri stand strahlend hell am Himmel des R'hshssira-Systems. Die ebenfalls helle Menschensonne bildete ein neues Juwel am Hals des Wasservogels, eines Sternbilds, das von Kzin aus ähnlich ausschaute wie von R'hshssira. Die Dateien auf der Fährtenleserstation von Hssin würden die neusten Informationen über den Krieg zwischen Menschen und Helden enthalten, auch wenn die Neuigkeiten den derzeitigen Ereignissen um Jahre hinterherhinkten. Chuut-Riit rief alles ab, was das Oberkommando von Hssin freiwillig sendete.

Er taxierte den Umfang des Materials und seine Grundaussage, dann stellte er eine Liste von hssinischen Stabsoffizieren zusammen, die für die Fährtensuche zuständig waren. Er markierte fünf Namen, angefangen bei Chefnachrichtenoffizier bis hin zu Fährtenniveausortierer, und rief die Helden nacheinander an. Sorgfältig verglich er ihre Antworten miteinander. Chuut-Riit wollte absolut sichergehen, daß er *alles* wußte. Er war höflich, unbeirrbar, sachlich und zeigte sich dankbar. Mit diesem Verhalten bewegte man Krieger zur Zusammenarbeit.

Er drückte einen Knopf an der Sprechverbindung. »Gis-Stabskapitän, gib Befehl, daß ich von *niemandem* gestört werden möchte.«

Seine junge Kzinrret Hasha steckte den Kopf durch die ovale Tür. Ihre großen, gelben Augen leuchteten verlockend, und als sie bemerkte, daß Chuut-Riit beschäftigt war, prüfte sie vorsichtig, ob er sie bewillkommnen würde. Er schnurrte ihr einige kurze, ermutigende Worte in der Weibchensprache zu – Hasha zählte nicht als anstrengende Ablenkung. »Mein Held«, antwortete sie in traditioneller Weise, dann schlich sie sich an seine Seite, und er streichelte ihr den Nacken, während er gleichzeitig knurrend und fauchend Informationen aus seinem Datenlink abrief und sie sorgfältig auf seiner Brille anordnete. Hasha war gut ausgebildet und sagte kein Wort, aber sie streichelte ihn herausfordernd mit der Schwanzspitze. Manchmal fuhren seine anderen Finger, die nicht mit ihr beschäftigt waren, zielstrebig über die Kommandotafel.

Chuut-Riit war nicht auf direkten Befehl des Patriarchen hierhergekommen. In einem Notfall reichte für solche Formalien die Zeit nicht aus. Durch das Schneckentempo, mit dem das Licht durchs Vakuum kroch, gelangten Vorfälle an der Grenze erst über dreißig Jahre später zur Aufmerksamkeit des Patriarchen. Chuut-Riit stand unter allgemein gehaltener Order und traf seine Entscheidungen, ohne Kzinheimat zu konsultieren; im Grunde war er selbst ein reisender Patriarch. Seitdem eine Nachricht ein ganzes Lebensalter benötigte, um vom einen Rand des Patriarchats zum anderen zu gelangen, besaßen die Schauplatzkommandeure weitgefächerte Autorität. Was sie taten, das taten sie eben und meldeten es, wann immer sich eine Gelegenheit dazu ergab. Sobald sie davon ausgehen konnten, daß sie eine Verpflichtung zu erfüllen hatten, würdigten sie diese oder leiteten ihre Söhne an, sie zu respektieren.

Chuut-Riit war zur Grenze des Patriarchats vorgestoßen, weil ihm eine elektromagnetische Fährte das Gefühl gegeben hatte, er solle so handeln. Gerüchte waren es gewesen, eigenartige Signale. Mit wenig mehr als ein paar Hinweisen, die er bei einer Wettjagd aufgeschnappt hatte, war er von W'kkai aufgebrochen, als hätte er eine Witterung aufgenommen, die über die interstellaren Abgründe zu ihm drang. Eine neue sternenfahrende Spezies?

Vier Jahre dichter an der Grenze, bei Ch'Aakin, hatte er die Bestätigung dafür erhalten, daß seine Nase gut war. Eine halb in Vergessenheit geratene Grenzfestung, die den Stern R'hshssira umkreiste, hatte eine irreguläre Flotte aufgestellt und damit eine der neuen Welten angegriffen und sogar erobert. Die Fremden waren zehnfingrige Allesfresser, die sich auf Bäumen entwickelt hatten. Der Sieg war groß. Wer hätte geglaubt, daß ein normalerweise planetenzermalmendes Doppelsternsystem solch kzinähnlichen Reichtum enthalten könnte?

Chuut-Riit hatte zu diesem Zeitpunkt ganz klar gewittert, daß diese Eroberung sich für das Patriarchat als folgenreich erweisen würde – und daß nicht alle dieser Konsequenzen unbedingt vorteilhaft sein mußten. Die militärische Führung an den Grenzen war nur zu oft unqualifiziert und öffnete stets dem Desaster Tür und Tor.

Die Fährtenleserteams von Ch'Aakin hatten Chuut-Riit die Ablesungen ihrer Lichtstrahlverbindungen überlassen. Er hatte Tage mit dem Studium der Dokumente zugebracht. Danach stand zunächst fest, daß die Konquistadoren von Wunderland in der Tat tollkühne Krieger waren, aber das hatte Chuut-Riit im Grunde schon vorher gewußt. Hingegen interessierte ihn brennend die Natur des Widerstands, den diese Menschentiere leisteten. Die Details *ihres* Feldzugs gegen die Helden faszinierten ihn schlichtweg.

In seinem Tagebuch legte er eine Vorhersage nieder – die nun bereits vierzehn Jahre überholt war. Er hatte vermutet, die Krieger von Hssin würden sich niederlassen und zu Wunderkzinti werden, doch irgendwann mußte sich in ihnen wieder die Unruhe regen, und dann würden sie einen Schlag gegen das Heimatsystem der haarlosen Tiere unternehmen – das für ein Kriegsschiff nur verlockende fünfeinhalb Jahre weit entfernt lag. Und sie würden scheitern. Ihr Vorgehen im Wunderland-System hatte Chuut-Riit gezeigt, daß sie nicht einmal rudimentäre Kenntnisse der Logistik besaßen.

Jahre waren seither verstrichen. Chuut-Riit hatte sie im Kälteschlaf verbracht und war nur selten aktiv gewesen, um in wilder Leidenschaft Truppen und Schiffe für seine Armada anzuwerben. Aber je dichter er sich dem Doppelstern Alpha Centauri nähere, desto frischer roch die Fährte.

Nun endlich bei Hssin angekommen, war er nahe genug für den tödlichen Schlag.

(1) Er wußte bereits, daß der Vorstoß der Ersten Flotte in das Menschen-System als Desaster geendet hatte. Die-

sen Fehlschlag hatte er vorhergesagt, bevor er überhaupt gewußt hatte, daß eine Erste Flotte auf den Weg gesandt worden war.

(2) Er kannte die Stärke und die Einsatzbefehle der Zweiten Flotte. Diese Informationen hatte er bei der Durchquerung des elenden Reißzahn-Systems erhalten. In Anbetracht der Daten über das Menschen-System, die von der Ersten Flotte in Erfahrung gebracht worden waren, hatte Chuut-Riit eine zweite Katastrophe vorhergesagt.

Nun war er neugierig zu erfahren, wie genau seine Vorhersage eingetreten war. Er vergrub sich in die von Hssin erhaltenen Dateien. Hinterweltlerkzinti mochten Tollkühnheit und Mut im Überfluß besitzen, aber sie waren einfach erbärmliche Strategen – drüsengesteuerte Stümper.

(3) Ein früher Sieg wäre nicht unwillkommen, wenn auch unwahrscheinlich, aber ein solcher Erfolg würde Chuut-Riit die Erfüllung seiner Aufgabe erschweren. Sieger mochten nämlich unter Umständen die Hilfe des Patriarchats widerwilliger annehmen als Verlierer.

Aha, da stand es. Grunzend brachte er mit fliegenden Fingern die relevanten Dokumente in den Vordergrund seiner Brille.

Nicht im geringsten überraschte es ihn zu erfahren, daß der Vorstoß der Zweiten Flotte ebenfalls gescheitert war. Und doch erfüllten die Einzelheiten der Niederlage ihn mit Bitterkeit. Seine Krallen schossen aus den Fingern; seine Wut war so stark, daß er mit Freuden Kommandeuren die Kehle aufgerissen hätte, die für ihre Inkompetenz bereits den Tod erlitten hatten. Warum nur hatten sie die Laserbatterien des inneren Planeten nicht von unten angegriffen? Chuut-Riit verbrachte einige Stunden mit sorgfältigen Berechnungen, doch die Ergebnisse waren nutzlos – die Dritte Flotte war längst aufgebrochen und hatte Menschensonne schon fast erreicht. Und höchstwahrscheinlich stand auch ihr die Vernichtung bevor. Vor diesen irregulären Helden mußte man das Patriarchat beschützen!

Auch wenn die Neuigkeiten schon kaltes Blut waren, weckten sie in Chuut-Riit doch ein Gefühl von Dringlichkeit. Sein Aufenthalt im R'hshssira-System mußte so kurz ausfallen wie irgend möglich.

Mit gewissenhafter Zeitplanung konnte er kurz vor der unausweichlichen Formierung der Vierten Flotte im Alpha-Centauri-System eintreffen. Dadurch würde er genügend Spielraum erhalten, um die Vierte Flotte mit all den nachtragenden Feinden zu besetzen, die er sich auf Wunderland machen würde, und mit den Hitzköpfen, die dem Schlachtruf seiner hastig gesammelten Armada gefolgt waren. Sie alle waren entbehrlich.

Aber die besten seiner Helden beabsichtigte Chuut-Riit zurückzuhalten und zu Disziplin auszubilden, bis sie echtes Raumflottenpersonal bildeten. Die ahnungslosen Menschentiere, die zukünftigen Sklaven, mußten bis zur Ankunft der Fünften Flotte warten, bevor sie den ersten regulären kzintischen Erlauchten Eroberern gegenüberstanden.

9

(2396 n. Chr.)

Die Erregung!

Die Werber suchten nicht einfach nach irgendwelchen Freiwilligen – vielmehr veranstalteten sie Wettkämpfe und wählten die Krieger gewissenhaft aus, die mit der Armada nach Wunderland ziehen durften. Konkurrenz lag in der Luft, ganz gleich, aus welchem Schacht sie strömte. Die Krieger rochen sogar anders als sonst. Sie rauften und balgten sich beim geringsten Anlaß, prahlten mit ihren Fähigkeiten und der Anzahl der Menschentiere, die ihnen gehören würden, wenn sie das Alter ihrer Väter erreichten, und sie erfanden neue, wunderbare Beleidigungen.

»Mein kurzsichtiger Held!« knurrte ein Kzintijunge seinem in der Tat kurzsichtigen Freund beim Festmahl zwischen den Tjosten zu. »Du siehst dich schon auf einem Gut in Afrika Elefanten jagen? Du hast dir den Elefanten als Beute wegen seiner Größe ausgesucht, nicht weil du so mutig bist, sondern weil du ihn wenigstens sehen kannst?«

»Willst du das stoßzahnbewehrte Biest mit mir vom Boden jagen, oder schießt du ihn von einem Baum aus an – während er den Baum über seinem Kopf schwenkt?« erwiderte der Kurzsichtige und sah sich unauffällig um, wer eigentlich gesprochen hatte, denn ganz sicher war er sich nicht.

Der Herausforderer wandte sich mit dröhnender Stimme an die anderen orangeroten Wettkampfteilnehmer, die lautstark Jotokiarme verschlangen. »Laßt sie mich euch allen vortragen, allen edlen Helden, die sich heute hier versammelt haben, die ruhmreiche Saga meines stolpernden Freundes, der zu groß ist, um die eigenen Füße erkennen zu können!« Er torkelte imitierend umher und zauberte damit betriebsames Ohrenschlagen und gutmütiges Knurren hervor.

»Na, nun falle nicht hin, bevor du mir mein Schicksal gedeutet hast!«

»Du wirst alle wilden Raumschlachten überstehen. Du besitzt den Mut und die Schnelligkeit, um deine schwachen Augen auszugleichen! Du wirst Schiffe zerschmettern und die haarlosen Leichen im Vakuum kochen lassen. Wir wissen alle, wohin blinder Eifer führt, und auch das Glück, so heißt es, ist blind! Du wirst durch die Fallen torkeln, die im All explodieren, und dir wird kein Leid geschehen, denn der Gott schützt Blinde, Betrunkene und Kätzchen. Du wirst auf deiner Gravplattform über Afrika auftauchen und ganze Heerscharen mit deinem Streufeuer niedermähen!« Der Anekdotenerzähler fauchte und zischte genießerisch, während er die Kämpfe beschrieb und immer wieder schnurrend Komplimente einflocht.

»Nur weiter!« forderte ihn der Kurzsichtige heraus. »Ich will von dem ruhmreichen Tag meiner Elefantenjagd hören!«

»Ach ja. Hr-r. Du siehst in der Ferne die riesenhafte graue Gestalt der Beute und schleichst dich an. Mit einem mächtigen Sprung wirfst du dich auf sie! Aber was ist das? Da hast dich kopfüber auf einen großen grauen Felsblock gestürzt! Der Felsblock gewinnt die erste Runde. Singende Vögel landen in deiner Mähne. Von deiner plötzlichen Reglosigkeit angelockt, kriechen uniformierte Tiere in den Farben der UNSN aus ihren Verstecken hervor. Leider häuten sie dich rasch, und da liegst du, Erlauchter Eroberer von Menschenheimat, getrocknet auf einem afrikanischen Fußboden und kitzelst Äffchen die Füße!«

Das Publikum brüllte vor Vergnügen. Einige schleuderten Jotokiknochen in die Luft.

Ausbilder-der-Sklaven fühlte sich in dieser Menge unwohl – zu viele alte Feinde waren anwesend. Er war nur hier, weil er sich *unbedingt* freiwillig melden, sich *unbedingt* Chuut-Riit anschließen und mit der Armada zu Ruhm gelangen wollte. Aber sein Mut verbot es. Er wagte nicht, an den Wettkämpfen teilzunehmen, obwohl dabei stets die Krallen hinter Polstern verschwanden und niemand außerhalb des Kreises angreifen konnte. In all der Zeit, in der er sich auf die Ankunft seines Retters vorbereitet hatte, war ihm nie der Gedanke gekommen, daß er vielleicht um das Privileg, Chuut-Riit zu folgen, würde kämpfen müssen!

Ich bin verloren, dachte er trübselig. Auf der Suche nach einer Möglichkeit, seine Furcht zu überwinden, wäre er gerne noch länger bei der Versammlung geblieben, aber dann entdeckte er Der-andere-an-der-Nase-herumführt, der sich durch die Menge schob.

Also nahm er einen wackligen Autowagen und ließ sich durch die Tunnel ins Jotokigehege zurückfahren. Wieder an die Arbeit. Es spielte keine Rolle. Nach dem Aufbruch der Armada wäre Hssin so gut wie entvölkert und die meisten seiner Feinde verschwunden. Das hatte doch auch etwas für sich.

Hüter-der-Jotoki entdeckte seinen Lehrling am Haupteingang zum Jotokigehege und näherte sich ihm. Aus seinem gewohnt langsamen Gang sprach ungewohnte Lebhaftigkeit. Es war in der Tat einiges los auf Hssin, wenn selbst der alte Riese vom Fieber erfaßt wurde! Der große Kzin blieb nicht wie üblich stehen, sondern trat dicht an Ausbilder-der-Sklaven heran und versetzte ihm einen Klaps, fast stark genug, um ihn niederzustrecken.

»Sieh dir das an!« Er hob eine goldene Ehrenkarte. »Chuut-Riit hat uns für unsere Sklaven ein Lob ausgesprochen! Unsere Arbeitsgruppen haben die abgenutzten Schwerkraftpolarisatoren seiner Flotte überholt. Er ist mit uns zufrieden. Nur eine Kleinigkeit, aber wir besitzen Ehre!«

Ausbilder-der-Sklaven ergriff seinen Herrn beinahe sanft am Arm und führte ihn zwischen die Bäume auf den grasbewachsenen Platz. Es gab nicht viel zu sagen, aber die beiden schnurrten sich gegenseitig an. Völlig außer Frage stand, den Rest des Tages noch zu arbeiten. Der alte Kzin brachte Sprudelwasser und schmackhafte harte Happen, an denen man zu kauen hatte. Ruhig teilte er seine besten Erinnerungen mit seinem Schüler. Behaglich lauschte Ausbilder-der-Sklaven den vertrauten Geschichten.

Der nächste Tag war weniger ruhig. Kasrriss-As, der Patriarch von Hssin, der in seinem ganzen Leben noch kein einziges Wort mit Hüter-der-Jotoki gesprochen hatte und das Geschäftliche von seinen Untergebenen erledigen ließ, rief den Heger persönlich an. Chuut-Riit interessierte sich für die Eigenheiten der menschlichen Physiologie und hatte von Kasrriss-As zwei Exemplare Wunderland-Äffchen erworben, die er zu jagen wünschte. Eine umfangreiche Jagdgesellschaft sollte für das Jotokigehege zusammengestellt werden, das einzig wirklich ausgedehnte Jagdrevier auf ganz Hssin.

»Gute Beute geben sie nicht ab«, brummte Kasrriss-As. »Sie sind schlecht entwickelt und schwach. Sie können rennen, aber nicht gut. Sie können auf Bäume klettern, aber nicht gut. Allerdings sind sie ganz schmackhaft.« Schmollend fügte er hinzu: »Ich hatte sie für meinen Zoo erworben.«

»Edler Held, wann sollen wir die Jagd ausgerichtet haben?«

»Er läßt mir nicht einmal genügend Vorbereitungszeit!« beschwerte sich Kasrriss-As. »Monate würde es mich kosten, bis ich sie soweit trainiert hätte, daß sie wenigstens gut rennen könnten! Furchtbar schwache Muskeln haben sie. Na ja, dein Kätzchen kann vielleicht etwas mit ihnen anfangen. Könnte er ihnen im Laufe eines Tages etwas beibringen? Egal was, Hauptsache, es macht die Jagd interessanter! Ich bin abgelenkt, ich habe so viel zu tun. Kümmere dich um alles. Die Ehre Hssins hängt von deinen Erfolgen ab.«

Kaum war die Verbindung getrennt, als Hüter-der-Jotoki die Hand ausstreckte und ein Enchiridion hervorholte – keine Datenkapsel, keinen Augenschreiber, sondern ein dünnes, reich illustriertes und in Jotokihaut gebundenes Buch, das in unaufdringlichen Farben und unvergänglichem Geruch auf feinstes Faserpapier gedruckt war. Mit den Worten »Lies es auf der Stelle! Lerne so viel daraus, wie du nur kannst.« reichte er es Ausbilder-der-Sklaven.

Bei dem Buch handelte es sich um das beliebte kzintische Handbuch über Menschen.

Huem-Sergeant und zwei seiner Assistenten schafften die seltenen Tiere unverzüglich in die Jotokiunterkünfte. Ausbilder-der-Sklaven hielt noch immer das Buch in der Hand und sah zu, wie drei zur Schlacht gerüstete Kzinti, jeder so groß, daß sie die Türöffnung nur einer nach dem anderen durchqueren konnten, rauh zwei hilflose Gefangene zwischen sich mitschleppten. Die haarlosen Zweibeiner wogen zusammen nicht so viel wie der kleinste der Wächter. Die Äffchen sahen in der Natur erheblich weniger wehrhaft aus als auf den Abbildungen, und sie rochen auch nicht gerade nach Blumenwasser. Sie waren wesentlich lebendiger und trugen den Geruch nach Angst.

Ausbilder-der-Sklaven versuchte, die beiden Wesen mit den Details in Einklang zu bringen, die er dem Enchiridion entnommen hatte. Das eine ohne Haare im Gesicht war wohl ein junges Männchen? Ausbilder-der-Sklaven musterte das Tier aufmerksam; *ja, so muß es sein,* dachte er. Die schwanznackte Haut des anderen, das Gesichtshaar trug, wies Falten und kleine Runzeln auf – Anzeichen des Alters. Das Junge strahlte die Essenz der Angst am stärksten aus. Deshalb hatte es wohl auch seine Geschlechtsteile eingezogen.

»Aorrgh«, sagte Huem-Sergeant, »seltsamer Haufen.« Damit mahnte er Ausbilder-der-Sklaven, daß er ihn noch seiner Wächteraufgaben entbinden müsse.

Ausbilder-der-Sklaven riß mit Mühe die Augen vom Anblick der Äffchen los. Mit der Hand machte er rasch das Zeichen, daß die Verantwortung auf ihn übergegangen sei, und einer nach dem anderen verschwanden die Kzintikrieger durch die Tür.

Als Ausbilder-der-Sklaven mit den deformierten Gefangenen allein war, spürte er, wie die eigene Furcht sich regte, und das dringende Bedürfnis zu grinsen. Dennoch empfand er für das verschreckte Jungtier eine seltsames Mitleid – es war nicht nötig, das todgeweihte Geschöpf noch mehr zu ängstigen.

Also unterdrückte er den Drang und hielt sein Gesicht so unbewegt, wie es ihm unter den gegebenen Umständen möglich war.

»Ich habe einen Stall für euch«, zischte und fauchte er, aber die beiden verstanden kein Wort.

»Ich glaube, er will, daß wir ihm folgen«, sagte der bärtige Zweibeiner auf deutsch.

»Sollen wir uns wehren?«

»Spiel bitte nicht verrückt, Marita.«

Sie folgten ihm durch die Gänge bis in den Stall. »Hier werdet ihr bis zur Jagd schlafen und euch erleichtern. Ich habe Befehl, es euch behaglich zu machen.« Die Zischlaute waren durchsetzt mit den atonalen Flexionen und schnarrenden Grollen der Heldensprache.

»Ich fürchte, wir sind degradiert worden.«

»Was geht hier vor? Sieh dir nur diesen Dreckstall an! Ich dachte, wir kämen mit Häuptling Kumquat ganz gut aus?«

»Mir kommt's vor, als hätte den Rattenkatzen einer ganz gehörig auf den nackten Schwanz getreten. Es geht hier zu wie in einem aufgestörten Bienenstock. Ich fürchte, wir sind verkauft worden.«

»Ach ja, deine Theorie, daß wir Sklaven wären. Glaubst du, wir sind wirklich Sklaven?«

»Ich weiß es nicht, Marita, ich weiß gar nichts. Ich werde mal sehen, ob ich uns was zu essen organisieren kann. Dieser große gelbe Stürmer hier steht bloß rum und starrt uns an, als wüßte er nicht, wo der Fußball abgeblieben ist.« Er bewegte die Finger mehrmals zum Mund.

»Schwer-zu-fangen, hol ein wenig Futter für die Sklaven.«

Der Jotok kam in den Stall gehuscht. »Geehrter Kzin, was essen sie denn?«

»Bei den Strahlen Sols, was ist das denn für ein *Teufel?*« kreischte Marita.

»Ich hab' sie schon öfter von weitem gesehen – und einmal von nahem, im Maschinenraum. Ich glaube, der hat 'nen besseren Vertrag als wir.«

Ausbilder-der-Sklaven blickte ins Buch. In diesem verdammten Handbuch stand nie das, was man suchte, zumindest nicht dort, wo man es aufschlug! »Allesfresser«, sagte er rasselnd und zischend. Das schien nicht sehr hilfreich zu sein. »Versuch es mit allem. Bring auch Wasser.«

Als Schwer-zu-fangen zurückkehrte, trug er eine Auswahl an warmem, rohem Fleisch auf einem Tablett, eine Schüssel mit Blättern und dazu eine Schale mit Blättersoße.

Der ältere Mann schnüffelte am Fleisch, kostete aber zuerst die Blätter.

»Schmeckt wie Eukalyptus. Ist auch genauso rauh.« Er spuckte das Blatt aus und nahm mit unzufriedenem Gesichtsausdruck vom Fleisch. »Jetzt müssen wir wieder ganz von vorne anfangen und ihm beibringen, wie man Essen zubereitet.«

»Es ist also roh? So ein Mist!«

»Und zäh ist es auch.«

Ausbilder-der-Sklaven war beeindruckt, als sie das Fleisch verzehrten und die Blätter verschmähten.

»Kannst du ihn um etwas Kleidung bitten?« wimmerte Marita.

»Ich glaube nicht, daß sie etwas in unserer Größe

haben. Möchtest du vielleicht gelbe Spitzen mit fünf Armlöchern?«

Ausbilder-der-Sklaven beschäftigte sich mit qualifizierten Fragen – die er sich selbst stellte, weil man diese Menschentiere nichts fragen konnte. Er untersuchte ihre Fußsohlen und fuhr behutsam mit den Krallen darüber. Die Haut war viel zu weich. Wurden sie auf Wunderland denn die ganze Zeit von Maschinen umhergefahren? Oder waren die Füße auf der zweijährigen Reise im Kälteschlaf so weich geworden? Auf keinen Fall würden sie mit solchen Füßen die Jagd überstehen!

Punkt Eins: Man mußte ihnen Sandalen basteln. Der Riese war bis an den Rand des Irrwitzes sparsam und besaß alle Sorten Tierhäute, die von Jotoki weichgekaut worden waren.

Ausbilder-der-Sklaven war sich nicht sicher, wie er die restliche Haut der Äffchen schützen sollte. Die Menschen hatten kein Fell, das Hitze oder Kälte abhielt, und ihre Haut war vollkommen schutzlos gegen Äste und Dornen.

Sie war auch nicht so dick wie die ebenfalls glatte Haut eines Jotoks. Schon wenn er ihnen mit den Krallen über die Haut fuhr, zuckten sie schmerzerfüllt zusammen und gaben Geräusche von sich, die nicht gerade nach höflicher Konversation klangen. Hatte man ihnen die Schalen genommen? Oder herrschten auf Menschenheimat paradiesische Zustände?

Punkt Zwei: Sie mußten Hosen bekommen. Bei ihrem zerbrechlichen Körperbau benötigten sie allerdings eher eine Rüstung in Militärausführung.

Beim ersten Tageslicht führte Ausbilder-der-Sklaven sie in den Wald – Schwer-zu-fangen, Witzbold und Grusel folgten in den Bäumen. Der Kzin versuchte, ihnen die Anordnung der Höhlen beizubringen, wie man floh, wohin man floh, wie man der eigenen Spur zurückfolgte und sich im Rücken des Jägers versteckte, was sie sich am besten auf die Leiber schmierten, um ihren ranzigen

Gestank zu überdecken. Nach entmutigenden Mißverständnissen dämmerte es Ausbilder-der-Sklaven, daß die Menschentiere nicht ahnten, welches Schicksal ihnen bevorstand. Sie wußten nicht, daß man sie jagen würde. Wie konnten sie nur so dumm sein?

Dann überlegte Ausbilder-der-Sklaven eine Weile, ob es sich vielleicht um Menschenweibchen handeln könnte.

Was wußte er schon von der Anatomie der Äffchen! Sie verstanden ihn nicht, wenn er sorgfältig artikulierend Phrasen aus seinem Menschenbuch vortrug, und verhielten sich genau wie Kzinrretti sich verhalten hätten, wenn er versucht hätte, mit ihnen zu sprechen: Sie hätten aufmerksam den Kopf gehoben und zugehört, sehr achtsam und ohne ein Wort zu verstehen. Es mußten Weibchen sein.

Aber untereinander plapperten sie. War es gedankenloses Geschnatter? Aber einige der Laute klangen, als besäßen sie – Bedeutung. »Machmallangsam!« war eine Forderung, mit dem Demonstrieren kzintischer Reflexe aufzuhören, »Ichkannnichtmehr!« ein Ausruf der Schwäche, »Dertrotteldadrüben« und »Bierwampe« waren Worte, mit denen sie sich auf einen dominanten Sklavenherrn bezogen, während sie gleichzeitig unterwürfig den Blick senkten.

Am Abend unternahm Ausbilder-der-Sklaven ein Experiment. Sorgfältig kopierte er ihnen Wörter aus seinem Phrasenbuch – in Menschenschrift.

tag morgen schnell weglaufen

==============================

4/8 tag jagen fangen – mensch tot

6/8 tag jagen fangen – mensch tot

8/8 tag jagen enden jagen – mensch leben

»Heilige Mutter Erde, der schreibt, daß wir morgen die Hauptattraktion bei einer Kzintijagd sind!«

Der Jüngere wurde bleich.

Der Ältere wandte sich an Ausbilder-der-Sklaven. »Hör mal, Kumpel, sie ist erst fünfzehn.«

Sie verstanden ihn! Ausbilder-der-Sklaven roch ihre plötzliche Furcht. Sie konnten lesen! Es mußten Männchen sein.

10

(2396 n. Chr.)

Noch bevor sich die Lampen einschalteten, führte Ausbilder-der-Sklaven die Beutetiere in die Finsternis der Höhlengänge. Diesmal waren sie viel empfänglicher für seine Instruktionen bezüglich wegschleichen, ausweichen und verstecken. Faszinierend, wie plötzlich ihre Intelligenz angestiegen war. Nun besaß Ausbilder-der-Sklaven ein wertvolles Faktum: Ein Motivationsanstoß bewirkte eine enorme Beschleunigung der Lerngeschwindigkeit eines Menschentieres.

Wie interessant.

Er verglich diese Folgerung mit seinem Wissen über die Jotoki. Die Intelligenz eines Jotoks hing von einem Hormon ab, dessen Ausschüttung über die Körpergröße gesteuert wurde; während der Umwandlung waren sie alle Genies. Man konnte sie einfach nicht vom Lernen abhalten! Mit dem Erwachsenenalter stabilisierte sich die Masse ihrer Armgehirne, und ihre Lernfähigkeit schmälerte sich rasch.

Ein ausgewachsener Jotok wußte alles, was er während des Übergangs erlernt hatte, aber neue Fakten und Methoden begriff er nur sehr langsam. Motivation war hierbei eine untergeordnete Variable.

Ausbilder-der-Sklaven fragte sich, ob bei den Menschentieren ein äußerer Anstoß die Ausschüttung eines Intelligenzhormones bewirkte. Ein Kzin, der dieses Hormon direkt kontrollierte, wäre im Besitz eines sehr wertvollen Werkzeugs. Vielleicht konnte man diese Kontrolle durch einen chemischen Umgehungsblock erlangen, der den Motivator kurzschloß. Dann konnte der Sklavenherr den Menschen in einen Schnellernmodus schalten, dem Wesen ein bestimmtes Verhalten beibringen, und später die Fähigkeit des Äffchens, dieses erlernte Verhalten zu modifizieren, wieder abschalten. Ein zwanghafter Sklave. Keine Ketten, keine Drohungen wären nötig – überaus wirtschaftlich.

Ausbilder-der-Sklaven beobachtete die Menschen und katalogisierte bei sich die Motivatoren, die er bemerkte. Es stand völlig außer Frage, daß diese Tiere ihr Verhalten sehr rasch modifizieren konnten, wenn sie ihr Leben bedroht sahen. *Sie sind wie ich,* ging ihm auf, als er dem Marita-Tier half, eine falsche Spur durch die Marschen zu legen.

Aber andererseits waren sie auch wieder unterschiedlich. Ausbilder-der-Sklaven bezweifelte, daß sie das Konzept der Ehrenhaftigkeit begriffen.

Manchmal war Leben *nicht* wertvoll, aber Ausbilder-der-Sklaven begann diese Jagd allmählich zu verabscheuen. Diese Sklaven wären lebend viel mehr wert als tot. Kenne deinen Feind – wer hatte das gesagt? Welchen Wert besaß schon ein Haufen blutiger, abgenagter Knochen?

Es war noch dunkel, als er die Beute an einem Kreuzungspunkt mehrerer Höhlengänge freiließ, den Schwer-zu-fangen »die Stelle mit den Vielen Wegen« nannte. Ausbilder-der-Sklaven war traurig. Er hätte wenigstens zehn Tage Zeit gebraucht, um die Menschen etwas härter zu machen und so viel von ihrer Sprache zu lernen, um sie die ausgeklügelteren Täuschungsmanöver zu lehren.

»Schwer-zu-fangen«, sprach er zu seinem Gefährten, als die Menschentiere außer Hörweite verschwunden waren, »als mein bester Jäger möchte ich dich mit einem Auftrag betrauen. Wer kennt sich in den Wäldern, Höhlen und Seen schon besser aus als du?«

»Nur der Zähnefletschende Gott«, antwortete Schwer-zu-fangen im formellen Ritus ihrer Zwiegespräche.

»Bei dieser Jagd dienst du mir offiziell als Fährtenleser. Ich habe noch einen Sonderauftrag für dich.«

»Ich bin fünf Ohren.«

»Ohne Hilfe werden die Äffchen niemals bis Sonnenuntergang überleben. Du wirst für sie Fährten suchen und Pfade finden, nicht für mich. Triff mich ab und zu, um den Anschein zu wahren, aber diene den Tieren. Hilf ihnen, aber sage mir *niemals,* was du für sie getan hast. Ich will es nicht wissen.«

»Wie mein Herr befiehlt.«

Im Frühlicht versammelte sich die Jagdgesellschaft unter der Hauptkuppel des Jotokigeheges. Vier Kzintidiener trugen die schmalen, farbenprächtigen Banner von Kasrriss-As.

Die vier waren erfahrene Jäger, die sich im Gehege gut auskannten. Ausbilder-der-Sklaven war ohne Farben, aber man hatte ihn mit einer leichten Rüstung des Kasrriss-As-Haushaltes gewappnet. Drei Jotoki in grün und rot gestreifter Livree blieben respektvoll in Rufweite, hielten aber Abstand.

Chuut-Riits Gefolge kam weniger förmlich daher, aber dennoch sehr elegant gekleidet. Er selbst trug eine helle, pfauengrüne Rüstung in einem Lederstil, der älter war als das Raumfahrtzeitalter. Er hatte angeordnet, daß weder Waffen noch Gerät mitgeführt werden dürften, und trug auch nichts dergleichen. Er hatte nur Traat-Admiral mitgebracht – und einen jungen Rekruten, Hssin-Verbindungsoffizier, der auf sein neuerworbenes Kognomen sehr stolz war.

Ausbilder-der-Sklaven durchlebte einen Augenblick des Entsetzens; und dann wallte unterdrückter, unsichtbarer Zorn in ihm auf. Er blickte starr geradeaus. *Wie schafft mein Erzfeind es nur immer wieder?* Diese Plage war beharrlicher als eine Zecke im Fell! Wie hatte er es nur geschafft, selbst Chuut-Riit an der Nase herumzuführen?

Subtilität hatte noch nie zu Hssin-Verbindungsoffiziers Charaktermerkmalen gezählt, und er erwiderte die ihm entgegengebrachte Mißachtung nicht. Vor Chuut-Riits Augen grinste er Ausbilder-der-Sklaven ohne Präliminarien an. »Du wirst diesen Tag nicht überleben – Feigster-der-Feigen.«

»Was soll das heißen?« erkundigte sich Chuut-Riit milde.

»Dieses Tier ist nicht würdig, Pflichten zu verrichten, die einem Erlauchten Erobererhelden anstehen.«

Chuut-Riits Ohren zuckten amüsiert. »Ich nehme an, der Wettkampf entscheidet darüber.«

»Dieses feige Tier wird man an keinem einzigen Wettkampfring auffinden. Ich fordere ihn hier und jetzt.«

»Ich verstehe.« Chuut-Riit schien weder Bedrohlichkeit noch Verärgerung zu riechen. Nüchtern wandte er sich Ausbilder-der-Sklaven zu. »Hssin-Verbindungsoffizier hat seine Kontakte unter den jungen Kriegern benutzt, um Soldaten für meine Vierte Flotte zu verpflichten.« Er verfiel in Schweigen und wartete ab. Vielleicht war er neugierig, ob Ausbilder-der-Sklaven die Herausforderung wirklich ignorieren wollte.

»Stimme des Patriarchen, meine Pflicht besteht in der Durchführung der Jagd«, entgegnete Ausbilder-der-Sklaven steif.

»Gut.« Chuut-Riit warf seinem Untergebenen nur einen Blick zu, dann kehrte er sich zu den anderen um. Ganz offensichtlich wollte er sich nicht in lokale Streitigkeiten einmischen, von denen er nichts wußte. »Ich bin zu einer langsamen Jagd hierhergekommen. Ich will kein schnelles Schlagen der Beute. Wir hetzen und verfolgen. Wir geben unsere Nähe kund und fallen zurück. Wir spielen und heben uns das Schlagen für den Abend auf. Ja, auch ich freue mich auf den ersten Geschmack von Menschenfleisch, aber sehr viel mehr interessiert mich das Verhalten des Gegners im Kampf. Daher: keine Waffen und keine Hilfsmittel. Das sind die Regeln.«

Die anderen Kzinti erlegten sich im Stillen noch eine weitere Regel auf. Die Hatz würde sicherlich Spaß machen, aber das Schlagen der Beute mußte letztendlich Chuut-Riit überlassen werden.

Die Banner wurden in einem Kreis in die Erde gestoßen, dann verschwanden die Jäger geräuschlos in die Wälder unter den gewölbten Dächern. Chuut-Riit lockerte seine Lederrüstung und warf Ausbilder-der-Sklaven einen letzen, unverbindlichen Blick zu. »So wird der Jäger zum Gejagten.« Dann verschwand auch er.

Etwas später und tiefer zwischen den Bäumen ließ sich ein fünfarmiges Tier neben Ausbilder-der-Sklaven fallen. »Hssin-Verbindungsoffizier hat dich mit dem Tode bedroht.«

»Er wird mich nicht finden. Nur du kennst das Gehege besser als ich. Er ist ein Stadtkzin und nur gut auf Hausdächern.« Verachtung troff aus seiner Stimme. »Ich bin Netter-Gelber, denk daran, ich schwebe wie Lampenlicht zwischen den Blättern. Ich führe ihn im Kreis.« Aber eigentlich plante er nicht wirklich, Der-andere-an-der-Nase-herumführt im Kreis zu führen, sondern von den Menschentieren fortzulocken. Das war das mindeste, was er für sie tun konnte: wenigstens einen Jäger in die Irre zu führen.

Vor Mittag gingen die Menschentiere zweimal in die Falle und wurden wieder auf freien Fuß gesetzt. Sklaven brachten den Jägern ein einfaches Mittagessen und servierten es auf zusammenlegbaren Leinwandtischen. Chuut-Riit schritt am Lagerplatz umher und stellte intellektuelle Voraussagen über das Ausweichverhalten der Beute an. »Erfindungsreich« nannte er sie. Das gefiel ihm. Hssin-Verbindungsoffizier gelang es, einige Blätter in die Fleischration von Ausbilder-der-Sklaven zu schmuggeln. Kasrriss-As verbrachte die Zeit damit, sich Chuut-Riit zu verpflichten und mit Traat-Admiral über den Textilhandel zu diskutieren. Er war derjenige, der zurückbleiben würde, während die anderen Krieger Alpha Centauri plünderten.

Die Leinwandtische wurden zusammengeklappt und von den Sklaven fortgeschafft. Chuut-Riit nahm wohlgestimmt die Spurensuche wieder auf. So alt seine Augen auch waren, seine Nase vollbrachte wahre Wunder beim Erschnuppern der Abdrücke, und sein Verstand schlug sich großartig bei der Vorhersage, welchen Zug die Beute als nächstes machen würde.

»Nun wollen wir sie verwunden und sehen, was sie dann tun.«

Als Chuut-Riit grinsend an einem zerfurchten Felsausläufer stehenblieb – und dann nach links statt nach rechts verschwand –, glitt Ausbilder-der-Sklaven ein geheimes Entzücken über den Pelz. Am vergangenen Abend war er außerstande gewesen, mit Sicherheit zu entscheiden, ob die Menschentiere seine komplizierte Finte, auf den eigenen Spuren zurückzugehen, überhaupt begriffen hatten. Nun sah er, daß sie das Täuschungsmanöver perfekt ausgeführt hatten. Ausbilder-der-Sklaven selbst hatte den Kniff von einem gewieften alten Jotok gelernt, der sich wahrscheinlich noch immer im Wald herumtrieb, irgendwo dort oben in den Bäumen, und sie aus der Entfernung beobachtete. Das Manöver wirkte Wunder gegen Kzinti.

Ausbilder-der-Sklaven folgte der echten Fährte und verwischte »unvorsichtigerweise« alle Spuren, die er fand. Er wußte, wohin die Beutetiere sich gewandt hatten, auf einen breiten, von dichtem Bewuchs geschützten Felssims, der der Wand einer Höhle folgte, die allem Anschein nach in einer Sackgasse endete. Der Sims führte hinauf zu drei guten Fluchtwegen, aber für jeden, der das Gehege nicht genau kannte, roch der schmale Vorsprung nach einer Falle.

Die Beute vermied ihn, und die Jäger ebenso, weil sie davon ausgingen, daß ihre Beute so klug war wie sie. Ausbilder-der-Sklaven hatte es nicht eilig, dorthin zu gelangen, denn er wollte keinesfalls einen anderen Jäger dorthin führen. Die Menschen mußten sich vom Entsetzen ein wenig erholen. Ausbilder-der-Sklaven urinierte. Er roch die Blumen. Sie erinnerten ihn an seine Mutter.

Blätter raschelten, und Schwer-zu-fangen ließ sich aus den Ästen fallen und berichtete, daß die Beute zwar erschöpft, aber in Sicherheit sei und sich versteckt halte. Außerdem meldete er, daß Der-andere-an-der-Nase-herumführt ihm folgte und Ausbilder-der-Sklaven den Weg abgeschnitten hatte.

»Wo sind Witzbold und Grusel?«

»Sie haben ihre Anweisungen.«

»Ich muß ein Ablenkungsmanöver starten. Was schlägst du vor?«

»Klettere den Hügel der Dreieinigkeit herauf – dein Feind steht auf einer anderen Anhöhe und könnte dich dabei beobachten. Dann nähere dich durch den Schnarrenden Gletscher den Seen. Er wird dir folgen, und du weißt, wo er ist, aber weil du die Gletscherspalte schon durchquert hast, wird er nicht wissen, wo er dich suchen soll.«

»Gefällt mir.« Und Ausbilder-der-Sklaven wurde zu Netter-Gelber, dem Halb-Jotok, und schlüpfte durch all die kleinen Abkürzungen, die er kannte, bis er den Hügel erreichte, an dessen Fuß unter der hohen Deckenwölbung drei riesige Bäume nebeneinander wuchsen. Die Wölbung war entstanden, als beim Graben der Höhle etliche Tonnen Fels herabgebrochen waren, und nun wurde sie von einer Anzahl Bögen gestützt. Beim Klettern blickte Ausbilder-der-Sklaven immer wieder aufmerksam in die Wälder jenseits der Senke und suchte nach einem Aufblitzen von Orangerot.

Das Verhängnis kommt immer ohne Vorwarnung. Plötzlich sah er sich seinem Erzfeind gegenüber – am falschen Ort. Fünf Kzintilängen vor ihm stand Der-andere-an-der-Nase-herumführt, das Maul zu jenem hartnäckigen Grinsen verzogen.

Beide gingen augenblicklich in die Hocke.

Ausbilders Gedanken überschlugen sich. Was war geschehen – eine leichte Brise, die für wenige, aber entscheidende Augenblicke in die falsche Richtung wehte?

Hatte sein Feind ihn kommen gerochen und einfach auf ihn gewartet? Ausbilder-der-Sklaven maß die taktische Lage. Der-andere-an-der-Nase-herumführt wußte nichts von der Schnarrenden Gletscherspalte, oder er hätte diesen Fluchtweg verstellt. Wenn Ausbilder-der-Sklaven seinen Erzfeind nur ein paar Schritte hügelabwärts locken konnte, würde er in die Spalte zu fliehen vermögen.

»Hier gibt es gar kein Gras für dich zu kauen, du Scheißer-unverdauter-Grashalme.«

»Du hast vor Zeugen geschworen, mich am Leben zu lassen.«

»Das war in einem anderen Leben. Wir haben viele Leben, aber nur einen Tod. Du hast bereits ein unverdientes Leben gelebt. Ich aber habe geschworen, dich heute zu töten.«

Chuut-Riit hatte vom taktischen Wert des Unerwarteten gesprochen. Ausbilder-der-Sklaven sprang, ohne zu grinsen oder zu schreien, während Der-andere-an-der-Nase-herumführt überrascht ein wenig zu spät das Gewicht verlagerte, um seine Balance zu retten – und gleichzeitig versetzte er Ausbilder-der-Sklaven mit der Hand reflexartig einen gut gezielten, beinahe tödlichen Hieb, der seinen rechten Arm ausschaltete. Beide stürzten zu Boden und rissen jeder einen kleinen Baum um, bevor sie wieder aufsprangen. Aber der Feigling befand sich nun auf der richtigen Seite der Gletscherspalte – und blickte in die falsche Richtung.

Er konnte nicht zum Fluchtweg rennen, denn nun vermochte er seinen Rücken nicht zu decken.

Fünf Kzintischreie hallten aus den Bäumen, und vier Arme umklammerten den Feind, während der fünfte ihm die Nase aufriß. Bevor der Angriff vorbei war, sprang Schwer-zu-fangen schon außer Gefahrenreichweite, huschte davon und wandte sich dann dem Kzin zu, bewegungslos verharrend. Pattsituation: Der Kzin konnte ihn einholen, aber Schwer-zu-fangen konnte schneller einen Baum hinaufklettern, als irgendein Kzin ihm zu folgen vermochte.

»Ein Sklave, der einen Kzin angreift, wird zum Abendessen serviert!« fauchte Der-andere-an-der-Nase-herumführt, dem das Blut am Kinn herunterrann. »Dich bringe ich später um!«

»Wir sind zu dritt«, entgegnete Schwer-zu-fangen.

Rasch suchte der Kzin die Baumkronen nach den anderen ab. Nichts.

Als er sich Der-Gras-ißt wieder zuwandte, war er allein; und empfand Verdruß: Sowohl der Feigling als auch der Sklave waren verschwunden. Egal – er brauchte nur der Blutspur zu folgen.

Ausbilder-der-Sklaven brach im Rekordtempo durch die Gletscherspalte. Nur den linken Arm konnte er noch bewegen, und scharfe, vorstehende Steinkanten schlitzten ihm die Haut an den Seiten auf. Auf seiner Flucht in die darunterliegende Etage hinterließ er eine Spur aus Blut und ausgerissenem Fell. Den Schmerz spürte er gar nicht – er floh, und zunächst dachte er überhaupt nicht daran, seine Spur zu verwischen. Wozu denn auch? Hssin-Verbindungsoffizier oder Der-andere-an-der-Nase-herumführt oder Zweitsohn-von-Ktrodni oder wie immer sein Name jetzt war würde ihm nun bis an den Rand des Patriarchats folgen – mit zum Töten gefletschten Zähnen.

In seiner ordentlich, grün und rot gestreiften Livree schwang sich Witzbold aus den Bäumen. »Folge mir.« Er krabbelte über den Boden und wählte nach Kriterien, die Ausbilder-der-Sklaven nicht verstand, einen Weg aus. Gab es noch eine größere Schmach, als auf der Flucht vor einem Kampf von einem Sklaven angeführt zu werden?

»Zum Wasser«, befahl Witzbold, bevor er sich wieder in den Himmel schwang und zwischen den Bäumen verschwand.

Von Todesfurcht angetrieben, die all seine Gedanken beherrschte, rannte Ausbilder-der-Sklaven davon und gelangte schließlich erschöpft bei den Seen an. Daß Der-andere-an-der-Nase-herumführt, in seiner Unerbittlichkeit es nicht vermocht hatte, ihm auf den Fersen zu bleiben, erstaunte ihn sehr. Sein Arm bereitete ihm Höllenqualen. Tiefer sinken konnte er nicht, und doch wies auch diese Lage wie jede verzweifelte Situation ein humoriges Element auf: Ausbilder-der-Sklaven war wenigstens eine wirkungsvolle Ablenkung von der Menschenjagd gewesen.

Ob die Menschentiere sich besser schlagen als ich Elender?

Er machte sich auf den langen Marsch, der ihn auf einem Bogen zu dem Sims zurückführte, wo die Beute sich versteckt hatte. Die Menschen waren verschwunden. An ihrer statt fand Ausbilder-der-Sklaven einen fröhlichen Chuut-Riit vor, der entspannt mit Traat-Admiral ein Poesiespiel trieb, und für den Admiral sah es nicht gut aus.

»Wo sind denn alle?« fragte der Hohe Erlauchte Eroberer freundlich. »Ist es auf Hssin gebräuchlich, einen Mittagsschlaf zu halten?« Er bemerkte die Wunde am Arm von Ausbilder-der-Sklaven. »Aha, ich sehe schon, mein rechtschaffener Verbindungsoffizier ist nicht in der Lage gewesen, dich auszuschalten.« Er trat näher und begutachtete den Schnitt. »Ich habe Schlimmeres gesehen.« Und dann versorgte er die Wunde.

Erst jetzt bemerkte Ausbilder-der-Sklaven, wie benommen er war. Da stand er und gestattete, daß einer der höchsten Offiziere des Patriarchats sich um einen unbedeutenden Kratzer kümmerte.

»Ich komme schon durch, Gebieter. Haben wir die Beute wiedergefunden?«

»Einer ist verwundet. Er griff mich an, damit der andere fliehen konnte. Ich habe sie beide entkommen lassen, aber so, daß sie getrennt bleiben. Wir können sie nun einen nach dem anderen schlagen. Du stammst von Hssin. Du mußt die Äffchen besser kennen als ich. Es heißt, in der Masse würden sie tapfer kämpfen. Hast du irgendwelche Informationen darüber, wie sie sich schlagen, wenn sie auf sich allein gestellt sind?«

»Ich habe nur eine Theorie, daß sie möglicherweise auf biochemischem Wege kontrolliert werden können. Ich bräuchte aber eine größere Auswahl an Exemplaren, um meine Idee im Experiment bestätigen oder widerlegen zu können.«

»Selbstverständlich. Ich werde dich nach Alpha Centauri mitnehmen. Auf Wunderland gibt es Äffchen, und in hinreichender Anzahl, wie ich annehme.«

»Dominanter, ich bin nicht qualifiziert. Hssin-Verbindungsoffizier wird Euch erklären, wieso.«

»Hssin-Verbindungsoffizier erklärt niemandem mehr irgend etwas! Er ist tot. Liegt nicht weit von hier. Einer von Kasrriss-As' Spähern folgte einer Spur Kzintiblut und hat ihn gefunden.« Chuut-Riit blickte wissend auf einen bestimmten blutigen Arm.

Ausbilder-der-Sklaven schwieg schockiert. Sein Erzfeind – war *tot?*

»Seine Beine waren gebrochen, und ein Pflock war ihm durchs Hirn getrieben«, sagte Traat-Admiral.

Ausbilder-der-Sklaven begriff, was geschehen war – und wer die Verantwortung trug.

Er bildete sich ein, das Pfeifen einer herniedersausenden Bombe zu hören.

»Er brach sich die Beine, als er in vollem Lauf gegen einen Stolperdraht rannte – welcher hinterher entfernt wurde«, erklärte Chuut-Riit nachdenklich. »Der Stolperdraht war über deine Blutspur gespannt. Der Pflock ragte aus dem Boden, um den Unglücklichen aufzuspießen, der darauf fiel. Hssin-Verbindungsoffizier verfehlte den Pflock, aber dann hat man seinen Kopf angehoben und auf den Pflock gerammt. Durchs Auge.«

»Ein entsetzlicher Tod, Eure Exzellenz.«

»Ich würde dich nun dorthin führen, aber dann würde die Dämmerung über uns hereinbrechen, und aufgrund meiner milden Regeln würde uns die Beute entkommen.

Wir müßten hungrig nach Hause gehen. Wir wollen es uns einfach machen. Gibst du zu, daß Hssin-Verbindungsoffizier ermordet wurde?«

»Jawohl, Gebieter.« Ausbilder-der-Sklaven traten furchtbare Bilder vor Augen, in denen Schwer-zu-fangen und alle seine anderen Sklaven in Stücke gehackt wurden.

»Da Hssin-Verbindungsoffizier mein Diener gewesen ist, werde ich das Urteil über dich sprechen. Wir wollen alle Zweifel bezüglich der Tatumstände ausräumen. Hssin-Verbindungsoffizier erweiterte den Wettkampfring, um dich gegen deinen Willen mit einzuschließen. Die Regeln der Wettkämpfe verlangen behandschuhte Krallen. Er verstieß gegen diese Verordnung – wie deine Wunde belegt. Wer die Regeln derart dehnt, darf sich nicht beschweren, wenn er deswegen sein Leben verliert.«

»Er ist nicht im Kampf Kzin gegen Kzin getötet worden«, warf Traat-Admiral streng ein, »er wurde ermordet.«

»Einen Augenblick, Traaty. In der Geschichte steckt eine militärische Lektion, die wir beherzigen sollten. Wenn eine Truppe sich dem Kampf stellt, obwohl ihr klar ist, daß sie niedergemetzelt wird, so ist ihr Untergang selbstverständlich ehrenhaft. Was aber, wenn die gleiche Truppe sich zurückzieht und den Feind in eine Falle lockt, in der statt ihr er selber vernichtet wird? Könnten wir diesen Sieg als unehrenhaft bezeichnen? Hier liegt doch ein Widerspruch: Wenn die Niederlage ehrenvoll ist, muß der Sieg dann eine Schmach bedeuten? Vor solcher Logik sollten wir uns hüten!«

Er glaubt tatsächlich, ich hätte es getan. Er kommt nicht einmal auf den Gedanken, Sklaven könnten einen Kzin ermorden. Das kann er sich nicht vorstellen. Nun, auch mir fällt es schwer.

»Ich würde sagen, der Wettkampf wurde fair geführt und ehrlich gewonnen. Hssin-Verbindungsoffizier legte neue Regeln fest, ohne sich mit diesem Helden hier zu besprechen. Ausbilder-der-Sklaven antwortete mit eigenen, unorthodoxen Regeln, ebenfalls ohne den Gegner, unseren toten Krieger, zu konsultieren. Das eine gleicht das andere aus.«

Auch die Wahrheit sollte stets heilig sein. Aber Ausbilder-der-Sklaven mühte sich vergebens, den nötigen Mut zusammenzubringen, um die tatsächlichen Vorgänge melden zu können.

Ohne das Stammeln des jungen Kzins zu beachten, fuhr Chuut-Riit in seiner Argumentation fort. »Jawohl, es findet sich dort ein Ausgleich. Dennoch hast du, mein junger Held, mir einen Schaden zugefügt, und dafür fordere ich Entschädigung. Ich habe einen Krieger für meine Vierte Flotte verloren. Du hast diesen ungewöhnlichen Wettkampf auf ehrliche Weise gewonnen, und daher mußt du in meinen Dienst treten. Ich werde dich Traat-Admiral zuteilen, der mir ein Elitekorps aufbaut, das ich die Fünfte Flotte zu nennen beliebe.« Er nickte dem Admiral zu. »Besitzt er nicht die Qualitäten, nach denen wir suchen?«

Noch lange danach überdachte Ausbilder-der-Sklaven benommen die Konsequenzen der Erkenntnis, daß Jotoki willens und in der Lage waren, Kzinti zu ermorden, und er vermochte sich kaum auf die Jagd zu konzentrieren – die im übrigen auch bei den anderen in Vergessenheit geraten zu sein schien.

Schwer-zu-fangen war nirgendwo zu sehen. Vermutlich versteckte er sich. Sollte er Schwer-zu-fangen hinrichten? Sollte er die Risiken der Sklaverei gegenüber Chuut-Riit erwähnen? Ja, das sollte er wohl tun. Der Feigling in ihm erschauerte.

Kasrriss-As kam aus der Richtung der Schnarrenden Gletscherspalte herbei. »Der Leichnam ist entfernt worden. Da wir nun weniger geworden sind, schlage ich eine unverzüglich Wiederaufnahme der Verfolgung vor, bevor die Dämmerung über uns hereinbricht.«

»Dein Arm sieht schlimm aus«, sprach Chuut-Riit in väterlichem Ton. »Du brauchst uns nicht zu begleiten. Es wird noch mehr Jagden geben.«

»Für diese Jagd bin ich verantwortlich.«

Aber er war außerstande, das Tempo beizubehalten. Die anderen kreisten zuerst das ältere Menschentier ein und töteten es. Bevor die Lichter zu verlöschen begannen, hatten sie auch das jüngere in die Ecke getrieben. Die Wutschreie des Tieres wichen lautem Gekreisch, dann riß Chuut-Riit es in Fetzen. Ausbilder-der-Sklaven beteiligte sich an dem Schmaus, als er an die Reihe kam, an den Kadavern zu zerren und zu reißen. Was sollte er sonst auch tun? Wenigstens schmeckte das Fleisch köstlich.

Die halbe Nacht verbrachte er damit, im Wald umherzuwandern.

Später fand er seine drei persönlichen Jotokisklaven in ihren Ställen.

Wie sollte er mit ihnen über ihr Verbrechen reden? Sollte er sie nicht lieber einfach vernichten? Oder sollte er nicht wenigstens mit Hüter-der-Jotoki sprechen? Dann erinnerte er sich daran, was der Gigant über die Treue eines vollständig angenommenen Jotoks gesagt hatte, und ihm blieb fast das Herz stehen. Was hatte der alte Held wirklich gemeint? Mord? Hatte Hüter-der-Jotoki es von Anfang an gewußt?

Schwer-zu-fangen lag zusammengekauert am Boden und hatte den Kopf unter den Armen verborgen. Die Augen blinzelten kaum unter dem Panzer hervor. Er sprach kein Wort. Als kzintischer Gebieter dieser Sklaven mußte Ausbilder-der-Sklaven etwas sagen. Aber wie konnte er das ungeheuerliche Verbrechen auch nur mit einem Wort erwähnen? Dazu war es einfach zu schrecklich! »Ich bin zornig!« Er hatte die Fänge zu einem Grinsen entblößt. »Ihr habt gegen meine Anweisungen verstoßen! Ich habe euch ausdrücklich befohlen, die Menschentiere zu beschützen, und was habt ihr statt dessen getan? Ihr habt mich beschützt! Jetzt sind uns die Menschensklaven verloren! Ich kann selbst auf mich aufpassen! Ich bin ein Krieger! Ich bin ein Held! Verstoßt niemals gegen die Wünsche eines Helden! Gehorcht!«

Danach wurde das Thema niemals wieder erwähnt.

11

(2399 – 2401 n. Chr.)

Die Kriegsschiffe des Patriarchats waren groß und doch stets überfüllt. In einem interstellaren Reich existieren keine unterlichtschnellen Nachschubwege. Der Feldzeugmeister muß alle Bedürfnisse eines Eroberungszugs im Voraus ahnen und mitführen. Die Ausrüstung kostet Platz. Wasserstoff braucht noch mehr Raum. Reinigungsanlagen im Schiff benötigen Raum für Leistungsschächte. Werkstätten beanspruchen Raum. Die Gravitationsantriebe und ihre Abschirmung verbrauchen die *Hälfte* des in einem Schiff zur Verfügung stehenden Volumens.

Kein über die Savannen schweifender archaischer Kzin hätte sich jemals einen solchen »Alptraum für Klaustrophobiker« einfallen lassen können: Gänge und enge Räume voller Rohre, in denen selbst an den Decken Ausrüstung gelagert wird und deren Türen für Jahre verschlossen bleiben. Doch vor langer Zeit waren die Kzinti zur Strafe für die Sünde der Ungeduld als Söldner in diese Hölle im Himmel geworfen worden.

Das Licht brauchte zweieinhalb Jahre, um die Strecke zwischen dem infraroten Zwerg R'hshssira und dem Doppelstern Alpha Centauri zurückzulegen. Mit kzintischen Kriegsschiffen dauerte diese Reise reichlich drei Jahre. Siebzehn Jahre war Chuut-Riits Flaggschiff auf dieser Reise insgesamt unterwegs, siebzehn Jahre, seit er zum ersten Mal ein Gerücht über die Menschentiere erschnuppert hatte.

Die Reisen waren zermürbend. Außerhalb der Kälteschlafsärge entbehrten die gereizten, streitlustigen Krieger jeder Toleranz für den räumlichen und zeitlichen Abgrund zwischen den Sternen. Aber Ausbilder-der-Sklaven wollte sich nicht in Kälteschlaf versetzen lassen und bewarb sich daher um Bordaufgaben. Sein ganzes Leben hatte er auf einem im Grunde unbewohnbaren Felsbrocken verbracht, der eine rasch dahinsterbende Sonne umkreiste, wie konnte er da schlafen und das große Abenteuer versäumen?

Um sich auf Wunderland vorzubereiten, hatte er die schriftlich niedergelegten kzintischen Sagen verschlungen. Schließlich und endlich war seine Spezies einem Planeten entwachsen.

Auf einer Welt mit atembaren Winden umherzustreifen, das war die natürliche Bestimmung eines atemmaskenlosen Kzins. Schließlich verlockte Wunderland doch vor allem deswegen so, weil es so unglaublich kzinähnlich war!

Gebannt las er die vatermörderische Tragödie von ›Kriegsherr Chmee an den Säulen‹, und nach der Schneesturmszene hätte er sich fast die Nässe aus dem Fell gewrungen. Als der Held sich zur Sühne mit eigener Hand blendete, hörte Ausbilder-der-Sklaven mit dem Lesen auf – er wollte Kzinheimat mit eigenen Augen *erblicken,* bevor er sich auf die Suche nach seiner verlorenen Seele machte.

Es gab so viele Heldensagen. Er stellte sich vor, mit Rgirs Rudel in den Mondfängerbergen zu stehen, und spürte das Schneetreiben und die Atemwolken vor dem Mund im Kriegslager im Tal des Rungn.

Und dazu kamen die Heldengedichte. Er lauschte dem Nachhall der Geräusche von zischendem Fett in der ›Dichtung der Acht Reisen‹, während er sie laut rezitierte, und erschauerte über die Ebenen voll wehenden Grases und winterlichen Windes, dessen kalte Klauen das Fell eines Patriarchen vereisen konnte, daß er aussah wie ein Greis.

Die Sagen sprachen immer vom Wind. Vom Jägerwind. Vom Todeswind. Vom Heulen des Windes, vom Süßgraswind. Vom salzigen Seewind. Vom Wind der vielen Botschaften. Davon, mit dem Wind zu rennen. *Auch auf Wunderland gibt es Wind,* dachte Ausbilder-der-Sklaven.

Er stellte rasch fest, daß die beengten Räume des Kriegsschiffs in unerträglicher Weise mit Gerüchen angefüllt waren, die von den maschinenerzeugten Winden niemals völlig davongeblasen werden konnten. Und die Kost aus Fleischkeksen förderte die gute Laune auch nicht gerade. Sämtliche Nachteile des Schiffslebens wußte Ausbilder-der-Sklaven in aller Breite zu kommentieren.

Ein Krieger erregte sich über den Zorn von Ausbilder-der-Sklaven so sehr, daß er ihn an der Weste packte und wiederholt gegen ein Schott stieß. »Laß mich noch mehr deiner miesen Beleidigungen hören! Ich bin hier, um dein Mundwerk zu inspirieren! Ich will noch mehr hören!« Schließlich mußte Decksprofos sich einmischen und befahl, daß sich beide in die ›Gruft‹ begaben, wo sie die Antigefrierbehandlung erhielten und zu den fünfhundert anderen gesperrten Kriegern in Kälteschlaf gelegt wurden.

Alle Reisen enden einmal. Die Gruft wurde an der schwarzen Festung Aarku in der Umlaufbahn von Alpha Centauri B entladen, und als Ausbilder-der-Sklaven erwachte, fragte er sich als erstes, warum nur er Hssin je verlassen habe. Aarku durchmaß kaum neunhundert Kilometer und besaß nicht einmal solche Annehmlichkeiten wie eine giftige Atmosphäre. Die Festung war eine Generation zuvor, kurz nach der Invasion, als bedeutende Anlage geplant und begonnen worden, aber irgendwann hatte man den Ausbau eingestellt. Sie befand sich an einer Stelle, die ein Admiral, der dort nicht leben mußte, als ›strategisch günstig‹ eingestuft hatte.

Alpha Centauri B wäre ein äußerer Planet gewesen, wenn er nur ein Tausendstel seiner Masse besessen hätte.

Statt dessen war er irgendwie zu einer gesunden, orangenen Sonne geworden, verfügte jedoch über nur drei Viertel der Masse von Alpha Centauri A und nur über ein Viertel von dessen Leuchtkraft. Die beiden Sterne umliefen einander mit einer Periode von 80 Jahren, näherten einander auf 88 und entfernten sich bis auf 280 Lichtminuten voneinander.

Die Bildung äußerer Planeten hatten sie gegenseitig verhindert, und so kreisten um Alpha Centauri A keine anderen Welten als Wunderland, drei dichte, innere Planeten und die Myriaden Felsbrocken des Inneren Schwarms. Alpha Centauri B umlief ein Ring aus Trümmern, der immerhin zehn große Asteroiden enthielt. Dazwischen tanzte und wand sich der Großteil des Schlangenschwarms auf resultierenden Umlaufbahnen, pseudo-trojanischen Punkten, stark gekippten Bahnen und anderen, noch exotischeren himmelsmechanischen Lösungen des Drei-Körper-Problems, das durch die gravitatorische Zugehörigkeit zu zwei Sonnensystemen entstand. Im Schwarm befanden sich breite Lücken, an denen kein Asteroid existieren konnte; die Gravitationskräfte würden ihn unverzüglich auf eine andere Umlaufbahn zwingen.

Um das erträumte Wunderland zu sehen, mußte Ausbilder-der-Sklaven sich an das elektronische Teleskop der Basis begeben und den gleißenden Lichtspeer von Alpha Centauri A im Display ausblenden. Seine Einheit war so weit weg von den Wäldern, Prärien und Bergen jener Welt stationiert, wie es nur irgend ging, und damit waren seine Träume, ohne Schutzanzug unter freiem Himmel über die Oberfläche eines Planeten zu laufen, vorerst begraben.

Krieg war Krieg. Jeder Krieger erhielt einen Posten und einen eigenen Kampf. Bei den fatalistischen Kameraden von Ausbilder-der-Sklaven hieß es, daß selbst die Alpha Centauri B umkreisenden Felstrümmer ihre Aufgaben hätten. Seine eigenen Pflichten lagen darin, Sklaven für die Maschinenräume der Vierten Flotte auszubilden. Die Bedingungen in den hastig installierten, vorfabrizierten Tunneln waren entsetzlich. Ausbilder-der-Sklaven kam kaum fort aus der Abteilung mit den stinkenden Maschendrahtgehegen, in denen massenhaft neugeborene Jotoki umherkrabbelten, und in der es niemals genug Wind gab, um die Gerüche davonzutragen. Hssin wirkte im Vergleich dazu wie das Paradies.

Eine Koje in der Vierten Flotte wollte Ausbilder-der-Sklaven immer verlockender erscheinen. Er begann vom Heimatplaneten der Menschen zu träumen. Wenn er Wunderland nicht bekommen konnte, warum dann nicht Erde? Auch Erde besaß Winde und freien Himmel. Die Winde hatten faszinierende Namen, die er sich aus den Bibliotheken Wunderlands geladen hatte: der Gibli in der Sahara, der Pampero in Argentinien, der Passat, der trockene Chinook, der an der Ostseite der Rocky Mountains herabblies, nachdem er all seine Feuchtigkeit an der Westseite abgeregnet hatte. Der Schirokko im Mittelmeergebiet. Orkane, Wirbelstürme und Blizzards.

Ausbilder-der-Sklaven entwickelte ein persönliches Interesse am Schicksal der Vierten Flotte. Er hatte zuviel Mühe mit den Jotoki und befand sich zu weit von Zentrum des Geschehens entfernt, als daß er die Politik aus der Nähe hätte betrachten können, aber er verfolgte Chuut-Riits Zweikämpfe und feierte jeden einzelnen Sieg. Die Ortsansässigen widersetzten sich der wirtschaftlichen Belastung, die das Ausrüsten einer weiteren Flotte mit sich brachte. Vernehmlich prahlten sie, mit welcher Wildheit die Dritte Flotte über das Sol-System herfallen würde, obwohl diese Schlacht bereits geschlagen sein mußte und Sieg oder Niederlage schon lange feststanden.

Chuut-Riit beharrte eisern darauf, daß die Last weiterhin getragen werde. Er informierte die Wunderkzinti darüber, daß der Patriarch darauf bestehe, stets eine Entsatzflotte vorzubereiten, die notfalls einer Einsatzflotte in den Kampf folgen könnte, ganz gleich, wie gewiß man sich des Sieges der Vorläuferflotte sei. Nur auf diese Weise ließ sich ein interstellarer Feldzug mit seinen durch die Naturgesetze bedingten langen Nachrichtenwegen führen. Man konnte lieber eine kostspielige Entsatzflotte auf ein Schlachtfeld schicken, das man schon vor Jahren erobert hatte, als sich siegesgewiß durch Knausrigkeit den eigenen Untergang zu bereiten. Bei den Kzinti gab es ein Sprichwort: »Du solltest deine Finger nicht zählen, solange die Krallen noch eingezogen sind.«

Die Manöver der Vierten Flotte fanden bevorzugt nahe Alpha Centauri B statt. Die Folge war, daß Ausbilder-der-Sklaven viele ehrgeizige Kommandanten kennenlernte, die ihre Schwerkraftpolarisatoren über die Spezifikation hinaus belastet hatten und dringend Reparaturen benötigten. Die Befehlshaber der Schiffe lernten Ausbilder-der-Sklaven schätzen, weil seine Mannschaften ihre Arbeit schnell und zuverlässig verrichteten. Die Kommandanten mochten ihn außerdem, weil er ihnen Jotokifleisch servierte, an das nur sehr schwer heranzukommen war.

Ein befehlshabender Offizier namens Ssis-Kommandant entwickelte ein besonders enges Verhältnis zu Ausbilder-der-Sklaven. Sie teilten die Passion für den Planeten Erde. Der Kommandant brachte den Sklaven Kartentricks bei. Die Äffchen benutzten einen bestimmten Satz von einprägsamen Symbolen, die zu vier Farben aus einem Oktal plus fünf sortiert waren. Immer, wenn Schwer-zu-fangen mit fünf Händen mischte und dabei das halbe Spiel im und die anderen Hälfte gegen den Uhrzeigersinn rotierte, während er auf dem Mund saß, schlug der Kommandant mit den Ohren. Allerdings pokerte er nicht sehr gerne mit Schwer-zu-fangen, weil der Jotok stets gewann.

Bei einer seiner Missionen brachte Ssis-Kommandant einige Musikinstrumente von Wunderland mit, und sie bildeten eine Kapelle, die mehr schlecht als recht und ziemlich mißtönend spielte. Grusel lernte, das zwölfsaitige Banjo mit drei Fingern zu spielen, Schwer-zu-fangen saß am Schlagzeug, Witzbold kümmerte sich um die Becken und das Xylophon. Ausbilder-der-Sklaven trug auf einem Kazoo seine Versionen der Heldenlieder vor.

»Ich muß euch alle, dich und deine Tiere, auf dem *Heldenblut* haben!« rief Ssis-Kommandant aus. »Willst du meinem Schiff nicht Treue schwören? Ihr alle könnt mir Treue schwören! Wir müssen zusammenspielen, wenn wir in Berlin unter dem Arc de Triomphe hindurchmarschieren.«

»Der Arc de Triomphe befindet sich nicht in Berlin«, verbesserte Ausbilder-der-Sklaven indigniert, »sondern in Moskau.«

»Da mußt du dich irren. Die roten Äffchen haben sich schon früh aus dem Krieg zurückgezogen. Ich entsinne mich genau, daß die französischen Tiere den Arc de Triomphe gebaut haben, um des Sieges ihres Kaisers bei Berlin zu gedenken. Der Hohe Erlauchte Französische Eroberer Hindenburg marschierte mit seinem kompletten Heer darunter hindurch, nachdem er die Hunnen besiegt hatte. Ich habe doch die Daguerreotypie gesehen!«

Auf einer anderen Reise schmuggelte Ssis-Kommandant eine Kzinrret in einem alten Polarisatorgehäuse auf die Basis. Sie war eine Schönheit; in ihrem Fell glänzte ein leuchtend roter Schimmer, und um ihre Nase verliefen hellbraune Streifen, aber sie war über die unbequeme Reise alles andere als erbaut und musterte sie beide schmollend mit unentschlossenen Blicken.

»Jriingh, das ist dein neuer Beischläfer.«

»Mein Held«, schnurrte sie.

Ausbilder-der-Sklaven war entsetzt. »Du hast einem Ruhmreichen die Frau gestohlen? Oder etwa, was noch schlimmer wäre, die Tochter?«

Ssis-Kommandant schlug mit den Ohren, während er tief in der Kehle grollte. »Er hat sie mir geschenkt. Die

Kleine ist ein Alptraum. Sie zischt und faucht mit den anderen Weibchen und greift sie sogar an. Immer wieder hat sie seine Favoritin in den Wald auf seinem Grundstück gejagt, wo er sie nicht finden konnte. Sie schlägt seinen Töchtern auf die Köpfe und nimmt seine Söhne mit unter die Brücke, wo sie versucht, sie zu ertränken.«

»Die ideale Mutter für große, kampflustige Söhne!«

»Aber leider ist es anders gekommen. Alle ihre Söhne sind schon als kleine Kätzchen in Wutkämpfen erschlagen worden. Sie waren, einer wie der andere, einfach verrückt. Ihr Mann hat sie oft genug geschlagen, aber es hilft nichts, und er bringt es nicht über die Leber, sie zu töten. Ich habe an ihn herangetragen, daß wir beide ihm sein Problem abnehmen könnten.«

»Glaubst du eigentlich, daß die Menschenweibchen genauso viel Ärger machen wie unsere?«

»Sie sind noch schlimmer! Eine Menschenrret ist schlau genug, um das Schloß an ihrer Türe zu knacken!«

Jriingh kletterte graziös aus dem Polarisatorgehäuse, erkundete hochmütig ihre neue Wohnstätte und schnüffelte mißtrauisch.

Sie war nur halb so groß wie ein männlicher Kzin, aber ungefähr doppelt so beweglich. Sie ergriff einen neugeborenen Jotok, der aus dem Gehege entkommen war, und verschlang mit einem Bissen alle fünf Arme, dann spähte sie auf der Suche nach Nachschlag in den übelriechenden Tank.

»Sie ist selbstverständlich als Besatzungsmitglied des *Heldenblut* eingetragen.«

»Verstößt gegen die Vorschrift. *Du* mußt sie hierbehalten.«

»Das ist auch gegen die Vorschrift.« Ausbilder-der-Sklaven spürte, wie in ihm die Wut hochstieg.

»Hr-r, aber du hast doch trotzdem Platz für sie, irgendwo ein Eckchen, wo du sie hinter Schloß und Riegel halten kannst.«

»Aber ich kann nicht verhindern, daß ihre Pheromone in die Luft gelangen!«

»Das brauchst du auch nicht. Das ist nämlich das Schöne an der Sache.«

»Ja, soll ich dieser zischenden kleinen Plage etwa die Basis zur Verfügung stellen?«

»Das ist überhaupt kein Problem. Sie mag Männchen. Sie mag nur keine Weibchen. Bereite ein Zimmer vor, schenke ihr ein paar hübsche Kleinigkeiten. Wir geben ihr unter dem Gras ein Rudel, damit sie zufrieden ist. Sie kann dir die Füße wärmen. Hier draußen brauchen wir doch ein wenig Spaß: Kartenspiele, Musik, Kriegsgeschichten, Ch'rauwl. Glaubst du etwa, ein Bewahrer kommt *hierher* und hält dir eine Lektion über den Einen Wahren Weg der Ehre und die Natur des Pelzigen Gottes?«

Allmählich freundete Ausbilder-der-Sklaven sich mit dem Gedanken an – und gab ein wenig nach. An solche Kameraderie war er einfach nicht gewöhnt, aber er wußte sie zu schätzen. Ja, er wollte Erde erobern und ein gewaltiges Jagdgebiet am Amazonas besitzen, gleich an der Grenze zu Frankreich, und hunderte rosa schwanzlose Sklaven sollten sich um seine Tiere kümmern. Schwer-zu-fangen würde natürlich stets sein oberster Sklave sein.

Zwei Jahre lang blieb der Hohe Erlauchte Eroberer Chuut-Riit in den Verstrickungen eines traurigen Machtkampfs gefangen. Dann trafen per Richtstrahl die ersten, 4,3 Jahre alten Nachrichten aus dem Menschensystem ein: Im ersten Gefecht hatten die Kzin einen gewaltigen Überraschungssieg errungen. Die Dritte Flotte bezog Aufstellung für die Entscheidungsschlacht.

Die Wunderkzinti vergaßen alles andere. Selbst Chuut-Riit hielt inne. Die Grabenkämpfe verebbten. Die Funkoffiziere, die an den gewaltigen, auf Menschensonne gerichteten Antennen ihrer Instrumente weitab im All trieben, wurden zu den Helden des Augenblicks.

Lange hielten die guten Neuigkeiten nicht an.

Am Monatsende stand das wahre Ausmaß des Desasters fest. Ausbilder-der-Sklaven schäumte vor Haß auf die Menschentiere. Die Kzinti wurden verdrießlich. Sie grinsten häufig und dachten dabei an Äffchen. Chuut-Riits Position änderte sich drastisch. Nie wieder wurde angezweifelt, daß er rechtmäßiger Gouverneur von Alpha Centauri sei. Und es gab keine Widerstände mehr gegen seinen Entwurf einer Vierten Flotte oder gegen ihren festgelegten Abreisetermin.

Ausbilder-der-Sklaven beantragte die Versetzung auf den *Heldenblut*.

12

(2402 n. Chr.)

Ssis-Kommandant kehrte zur Festung Aarku zurück und trug eine neue Uniform, die geringfügig vom Standard abwich. Die gepolsterte Weste unter dem Panzer war in einem zu tiefen Malventon gehalten und wies saphirblaue Paspeln auf. Die Knöpfe auf seinen Schulterstücken bestanden aus wunderländischer Jade, die in Minen im Jotokigebiet gewonnen wurde. Den achtstrahligen Stern des Kommandantenrangs zierte in der Mitte ein echter Diamant. Die pagodenhaften, dreiviertellangen Ärmel waren aus einem Satin, wie man ihn sonst nur auf dem Bett einer Kzinrret finden mochte. Die steifen, gebogenen Ledermanschetten des Unterhemds mit eingelassenem Chronometer und Armbandcomputer waren aus Kzin'eerkt höchster Qualität gefertigt – aus den gegerbten Häuten wunderländischer Straftäter, sorgsam danach ausgewählt, keine Makel oder Peitschenmale aufzuweisen.

»Beeindruckend«, stellte Ausbilder-der-Sklaven fest.

»Ich bin entschlossen, dir deinen Flottendienstgrad zu verschaffen!«

Ssis zuckte mit der Schwanzspitze erregt hin und her, während er auf und ab schritt, um seine neue Garderobe voll zur Geltung zu bringen.

»Hr-r. Dennoch habe ich Erzfeinde, die das erschweren werden, wo sie nur können«, erwiderte Ausbilder-der-Sklaven.

»Harrgh! Ich habe entsprechende Papiere für dich, die alles sehr einfach machen werden – Vorstellungs- und Empfehlungsschreiben.« Er begann zu schnurren. »Und einen Passierschein nach Wunderland! Ich tänzle nicht umher, ich springe mittendrein! Sie müssen dich mir überstellen. Ich brauche dich.«

»Mein Freund, ein Ausflug nach Wunderland genügt mir völlig.«

»Nicht, wenn du erst einmal bei mir als Bordschütze gedient hast!« Der elegante Kommandant hob den mähnenbesetzten Kopf und stieß mit breitem Grinsen die Zischlaute und Jaulgeräusche des Gefechts hervor. »Auf dem Weg dahin werden wir ein paar Asteroiden zermalmen. Das macht Spaß!«

Ausbilder-der-Sklaven beschloß, Schwer-zu-fangen mit der Leitung der Polarisatorreparaturen zu betrauen, und führte den Chefsklaven durch die Werkstätten. Ein gewaltiger Feldgenerator hing in der geringen Schwerkraft von Aarku, und zwei Jotoki arbeiteten mit allen fünf Armen daran, die lamellierten Projektoren zu ersetzen.

Stolz erhob sich Schwer-zu-fangen auf vier Arme und deutete mit dem fünften auf den Projektor. »In zwei Tagen kann der Testlauf an dieser Einheit beginnen«, sagte Magerer(Arm). »Ich fühle mich geehrt, daß du so großes Vertrauen in mich setzt, Gebieter«, unterbrach Kurzer(Arm), und indem er die Kontrolle über drei Augen übernahm, überprüfte er mehrere Bildschirme. »Mit den Polarisatorreparaturen wird alles zu deiner Zufriedenheit ablaufen. Gegen Ende des Tages erwarten wir eine weitere Einheit. Was aber ist mit meinen Aufgaben betreffs der Juvenilen?«

Ausbilder-der-Sklaven vertraute Schwer-zu-fangen in allen Fragen – nur nicht in bezug auf die Jotoki in der Übergangsphase. »Halte nur die Lebenserhaltungssysteme in Ordnung. Wechsle noch einmal die Filter.« Auf keinen Fall durfte zugelassen werden, daß einer der neugierigen, fünfarmigen Jungtiere sich auf einen erwachsenen Jotok fixierte. »Dritter Sklavenlehrer wird sich darum kümmern. Deine Pflichten liegen in der Werkstatt.«

»Und du reist nach Wunderland? Die Mannschaft hat den Antrieb des *Heldenblut* auf Fingerspitze und Ellbogen geprüft. Er summt. Richte Ssis-Kommandant aus, er soll sich innerhalb der Sicherheitswerte halten.«

Der Schwerkraftpolarisator bildete den Grundstein des Patriarchats und der militärischen Überlegenheit seiner Krieger. In der stationären Version machte er künstliche Schwerkraft verfügbar, aber seine nützlichste Anwendung bestand in dem reaktionslosen Schiffsantrieb, der es den Raumfahrzeugen gestattete, im ›freien Fall‹ zu beschleunigen: ein Ge für die plumpen Frachter, sechzig oder siebzig Ge für schnellere Kriegsschiffe.

Als Wunderland im Jahre 2367 n. Chr. erobert wurde, hatte dieser Antrieb die Verteidiger des Alpha-Centauri-Systems fassungslos gemacht. Die Kzintischiffe schossen mit unglaublichen Geschwindigkeiten und Beschleunigungen durchs All und stießen dennoch keine Reaktionsmasse aus. Selbst nach Manövern, die alle Brennstoffvorräte eines Fackelschiffs verzehrt hätten, brauchten die Feinde offenbar nicht einmal aufzutanken. Die Kzintischiffe konnten provoziert, in die Falle gelockt und in Stücke geschossen werden wie ein Stier im Alten Spanien; man konnte sie verbrennen, aber man konnte sie nicht verfolgen.

Sie schienen den Gesetzen der Physik nicht unterworfen zu sein.

Noch Jahre nach diesen furchtbaren sechs Monaten sammelten sich die durch den Krieg in Not geratenen Professoren vom Münchner Scholarium in den Cafés längs des Karl-Jorge-Boulevards in Alt München, kritzelten beim Schnapstrinken Gleichungen aufs Papier und spekulierten anhand aus der Luft gegriffener Annahmen über die kzintische Technologie. Forschungsmaterial kann nur beschlagnahmt werden, aber Gleichungen und Spekulationen sind frei verfügbar: Unter dem Nachthimmel, von dem Alpha Centauri B heller als jede Straßenlaterne herunterschien, verbreitete sich jede neue Theorie wie ein Lauffeuer durch die Straßencafés, bis der zweite

Sonnenuntergang begann und das Nachtleben von München sich zur Ruhe bettete.

Die Unumstößlichkeit der Tatsache, daß ein reaktionsloser Antrieb existierte, brachte die Professoren so weit, daß sie ungefähr gleichzeitig mit Chuut-Riits Ankunft im Alpha-Centauri-System tatsächlich zu einem Modell gelangten, das eine solide theoretische Grundlage für das Funktionieren dieses Wundergeräts darstellte. Anders als der kzintische Verstand, ist der menschliche von dem Verlangen besessen, alle Widersprüche zu beseitigen zwischen dem, was man beobachtet, und dem, was man zu beobachten sollen glaubt.

Der Impuls wurde von den reaktionslosen Kzintischiffen nur *scheinbar* nicht erhalten, aber die Feldgleichungen der Gravitation, auf denen der Schwerkraftpolarisator basierte, legten eine negative Krümmung des Raumes nahe, die notwendige Bedingung jedes reaktionslosen Raumschiffantriebs. Die normale, rein *intuitive* Erfassung der Impulserhaltung versagt in Gegenwart einer negativen Raumkrümmung, denn dort besitzt der Impuls eine der Geschwindigkeit *entgegengesetzte* Richtung, und die Gleichungen der Impulserhaltung gelten weiterhin – aber unter Einbezug des entgegensetzten Vorzeichens.

Ausbilder-der-Sklaven nahm seine Bordschützenkoje auf dem *Heldenblut* ein. Er wurde mit einer Brillenmaske ausgestattet, die ihm Bilder vor die Augen legte, denen er beim Feuern alles entnehmen konnte, was er wissen mußte. Während der Startvorbereitungen hatte er Zeit, Simulationen laufen zu lassen, in denen die Brillenmaske ihn mit den Gefahren einer virtuellen Welt bedrohte. Jedesmal, wenn er ein Affenschiff vernichtete, zuckte ihm die Leber, obwohl er wußte, daß er auf nicht mehr als computergenerierte Geister schoß.

Die fünf kugelförmigen Schiffe des Jagdrudels schwebten in Position. Aus dem Ohrstecker drang beiläufiges Geplapper, während die Kommandanten sich für den drei Lichtstunden weiten Flug von Alpha Centauri B nach Alpha Centauri A bereitmachten. Die Strecke war vergleichbar mit dem Abstand zwischen Uranus und Menschenheimat. Der Schlangenschwarm würde der Übung einigen Realismus verleihen, auch wenn er hundertmal soviel Masse und Treibgut enthielt wie der Asteroidengürtel im Sol-System, der ›Sol-Belt‹.

Dank des gewaltigen Überschusses an Asteroiden war die Kzintische Ausbildungsleitung in der Lage, so viele davon zu Zielen zu deklarieren, wie es ihr wünschenswert erschien, ohne in die Ökonomie des Schlangenschwarms einzugreifen. Die Ausbildung in der Vierten Flotte beinhaltete verstärkt die Vernichtung von Asteroiden, denn diese wurden von den Äffchen intensiv zur Stationierung der Verteidigungsanlagen benutzt, mit der sie die nördlichen und südlichen Zugänge zu Menschenheimat beschützten.

Unter Maximalbeschleunigung konnte der *Heldenblut* die drei Lichtstunden zwischen B und A in weniger als zwei Tagen zurücklegen, und bei Schubumkehr hätte das Schiff eine Geschwindigkeit von einem Zehntel der des Lichtes besessen. Aufgrund der Materiedichte im Alpha-Centauri-System war die schnellste Lösung allerdings nicht allgemein üblich, denn die Verhältnisse sorgten für Feldenergieverluste.

Der Schwerkraftpolarisator des kzintischen Hochgeschwindigkeitsantriebs versorgte das Schiff mit einem natürlichen Mechanismus, um es vor dem Zusammenprall mit Gasmolekülen und Mikrometeoriten zu schützen. Sobald das störende Partikel in das Feld eintrat, wurde es brutal beschleunigt, und gleichzeitig reagierte das Schiff auf die zusätzliche Masse mit einem Rückstoß. Bei diesem Austausch wurde Feldenergie wieder in Masse umgewandelt. Die Partikelgröße spielte dabei keine Rolle, denn in einem gegebenen Schwerkraftfeld wurden alle Massen mit dem gleichen Wert beschleunigt.

Leider erzeugten Atome, die mit dem Polarisatorfeld zusammenstießen, eine zusätzliche, schwache elektromagnetische Wechselwirkung, die einen geringen Teil der Feldenergie in Strahlung umwandelte. Innerhalb eines Sonnensystems hätte dieser Effekt ein großes Problem dargestellt, wenn hohe Geschwindigkeiten wünschenswert gewesen wären – aber das war nicht der Fall. Zwischen den Sternen hingegen waren hohe Geschwindigkeiten von alles entscheidender Bedeutung, und hier, innerhalb normaler interstellarer Gasdichte, konnten Kzintischiffe nicht schneller reisen als mit etwas über achtzig Prozent der Lichtgeschwindigkeit, ohne das Antriebsfeld durch den »Blauschimmer-Effekt« vollständig abzubauen.

Während ein Schwerkraftpolarisator beschleunigt, wandelt er Masse in Energie um, wenn er abbremst, wird die gleiche Energie wieder in Masse konvertiert. Der Energiebedarf aber ist um mehrere Größenordnungen geringer als bei einem Fackelschiff, und Energie wird nur dann benötigt, wenn die Verluste durch die Wechselwirkung mit der Umgebung ausgeglichen werden müssen.

Das Jagdrudel übte das Standardmanöver. Man kam von weit oben in den Schwarm und stieß mit mittlerer Geschwindigkeit nach unten hindurch. Zwischen dem offensiven und dem defensiven Team wurde nach jedem simulierten Gefecht spöttisches Geplänkel ausgetauscht, aber sämtliche kzintischen Beleidigungen wurden ohne Wut ausgesprochen – die wahre Bedeutung lag stets im Tonfall des Zischens und Fauchens verborgen. Ssis-Kommandant titulierte seine Opponenten gerne als ›Paviane‹, weil sie unter Befehl standen, ›wie Affen zu denken‹. Freundlich verliehen sie ihm im Gegenzug den Titel ›Kschat-Imbiß‹ und bezogen sich dabei auf einen Pflanzenfresser, von dem bekannt war, daß er Aas fraß.

Nicht zwei, sondern zwölf Tage brauchte das Jagdrudel, um patrouillierend und immer wieder Scheinangriffe vornehmend den Schlangenschwarm zu durchqueren. Die Instrumente durchspähten den umgebenden Weltraum mit voller Wachsamkeit. Der *Heldenblut* registrierte nur Routinenachrichten von der Industriewelt Tiamat: Anweisungen an einen einsamen ›Steineklopfer‹ in seinem Fackelschiff, Ersatzteilbestellungen, ein medizinischer Notfall, Dopplerverschiebungen, welche die Monitore alarmierten.

Von den Menschenschiffen sahen sie nichts weiter als Funken, die über die Ortungsschirme stoben. Irgendwo dort draußen zwischen den Steinen wühlten die Wilden Menschen umher und planten ihre Rache – aber der *Heldenblut* sah keinen einzigen von ihnen, obwohl die Instrumente unaufhörlich nach ihnen Ausschau hielten. Die trotzigen Tiere stellten in der Regel nicht mehr dar als ein Ärgernis; sie waren die Zecken des Weltalls, und wenn man sie aufstöberte, gaben sie immerhin ein gutes Übungsziel ab. Doch auf dieser Fahrt maßen sich die Helden nur mit dahintaumelnden Felsbrocken.

Als das Schiff den wolkenstreifigen Ball von Wunderland erreichte, war Ausbilder-der-Sklaven ein erfahrener Bordschütze. Er war jedoch noch kein erfahrener Politiker.

13

(2402 n. Chr.)

In der einfachsten Ausführung schwebte ein kzintischer Schwerkraftpolarisator einfach auf der Stelle. Wenn man ihn auf eine Masse zu drückte, dann wurde Energie in das Polarisatorfeld gepumpt, und der Polarisator stieg auf. Entfernte man ihn von einer Masse, so wurde dem Feld Energie entzogen – also fiel das Gerät wieder.

Die Fährenplattformen, auf denen Fracht und Passagiere in Wunderlands Massetrichter hinein oder aus ihm heraus transportiert wurden, waren geradlinige Modifikationen dieses simplen Entwurfs. Der Abstieg ließ sich kontrollieren, indem man das Polarisatorfeld auf elektromagnetischem Wege veranlaßte, Energie an Molekularverzerrerbatterien abzugeben, der Aufstieg wurde ermöglicht, indem man das Feld aus den Batterien speiste. Horizontalgeschwindigkeit ergab sich aus einer Torsionsfeld-Wechselwirkung mit oder entgegen Wunderlands Achsrotation.

Dieser Zyklus besaß einen sehr hohen Wirkungsgrad, und nur wenig Energie entwich an der Grenzfläche zwischen elektromagnetischem und Schwerkraftfeld in Form von Wärme. Beim Fall aus der Umlaufbahn bis auf Wunderlands Oberfläche nahm die Temperatur des Polarisators um nur wenige Grad zu.

Münchenport jedenfalls stellte eine deprimierende erste Begegnung mit dem sagenhaften Reichtum dar, von dem Ausbilder-der-Sklaven sein ganzes Leben lang immer wieder gehört hatte. Ein anständiger Raumhafen war noch nicht errichtet worden, und so gingen sie auf einem offenen Feld nieder, um das sich extrudierte Gebäude neuerer Fertigung scharten, die samt und sonders gedrungen und häßlich wirkten, Früchte der Zwangsarbeit. Die Wunderländer nannten den Ort ironisch die ›Himmelfahrt‹ – nicht nur, weil man hier in den Himmel aufstieg, sondern auch, weil bei seiner Errichtung so viele der ihren ›in den Himmel gekommen‹ waren.

Die Anzahl der frei umherlaufenden Menschentiere war schier unerträglich. Sie wimmelten umher und standen in langen Schlangen an, das Gepäck neben sich, schoben sich durch die Waffendetektoren und stritten mit den Aufsehern. Die meisten von ihnen suchten Arbeit bei einem der Rüstungsbetriebe im Schlangenschwarm. Sie brauchten den Lohn so bitter nötig, daß sie bereit waren, Waffen zu bauen, die man gegen ihr Vatersystem einsetzen würde. Nach ungewaschenen Leibern und nach Armut rochen sie, wiesen eine unverkennbare süß-saure Ausdünstung auf, die sich mit dem Geruch der Gebäude nach Maschinen und Kunststoffen und den Ozonrückständen der primitiven Elektrofahrzeuge zu einem überwältigenden Gestank mischte.

Ssis-Kommandant kannte sich aus. Er heuerte ein paar Menschentiere an, um sein und das von Ausbilder-der-Sklaven Gepäck zum Flugwagenterminal zu tragen. Die saubere, kühle Brise im Inneren des Wagens war eine Wohltat. »Wir fahren in die Altstadt. Dort ist es besser«, sagte der Kommandant.

Einem Helden, der auf einem lebensfeindlichen Vorposten nahe einer sterbenden Sonne geboren war, erschien München überaus merkwürdig. Das sollte eine Stadt sein? Die niedrigen Dächer bestanden aus Schindeln und waren nicht luftdicht, die Fenster öffneten sich zur Atmosphäre. Manchmal verschwanden die Häuser gar hinter Bäumen, die die Straßen überschatteten. Das breite, blaue Band der Donau schnitt durch Parks voller Palmen und blühender, roter Jasminbäume. Welchen Nutzen hatte man vom stählernen Kirchturm des Joachimsdoms?

Ssis-Kommandant mietete ihnen ein Zimmer in einem alten, vierstöckigen Ziegelbau, der an die Bedürfnisse der Kzinti angepaßt worden war, indem man über allen Türen den Sturz herausbrach. Er übergab die Koffer einem alten Menschenweibchen, das unter der Last taumelte und diese schließlich absetzte, dann die Hälfte wieder aufnahm und schließlich zweimal ging.

»Die taugt bald nur noch für die Leimfabrik«, meinte Ssis, der sie um das Doppelte überragte.

»Das ist eine Sie? Aber sie hat doch deine Befehle verstanden!«

»Natürlich.«

Ausbilder-der-Sklaven starrte die alte Frau an. Dumme Männchen konnte Ausbilder-der-Sklaven noch verstehen, aber Weibchen, die ganze Sätze verstanden? Er versuchte sich vorzustellen, wie seine Mutter in verständlichen Redewendungen sprach.

Geredet hatte er oft genug zu ihr, und manchmal – manchmal hatte er sich eingebildet, sie verstünde ihn tatsächlich, wenn sie ihn aus klugen, großen runden Augen ansah.

Eine mächtige Täuschung. Eine Kzinrret vermittelte stets den *Eindruck*, sie wäre intelligent. Einmal, als verwöhntes Kätzchen im Haushalt Chiirr-Nigs, hatte er sich von der Illusion derart gefangennehmen lassen, daß er seiner Mutter ein Abenteuerbilderbuch gab, aus dem sie ihm vor dem Schlafengehen vorlesen sollte. Mit den Zähnen hatte sie das Buch in Stücke gerissen.

Genug der Verwunderung – sie schickten den automatischen Flugwagen fort, richteten sich im Zimmer ein und machten sich zu Fuß auf den Weg zur Admiralität.

Ausbilder-der-Sklaven war in seinem ganzen Leben erst zwei Äffchen nahegekommen und fand eine Stadtherde von ihnen geradezu verstörend. Ssis-Kommandant ignorierte die Tiere einfach, die ihm eilig auswichen oder sich gegen die Mauern preßten, um ihm Platz zu machen. Alle Äffchen trugen Kleidung, obwohl sie keiner militärischen Einheit angehörten, was Ausbilder-der-Sklaven ein wenig erstaunte. Seit Chuut-Riits Jagd auf

Hssin hatte er geglaubt, daß für alle Menschentiere die Nacktheit natürlich sei.

Die Admiralität erhielt stets, was sie wollte. Nach der Eroberung Wunderlands wollte sie das Herrenhaus der Junker. Mit geschwungenen gotischen Bögen und steinernem Strebewerk erhob es sich über das Kopfsteinpflaster des Gründerplatzes. Die siegreichen Helden hatten sich nicht die Mühe gemacht, die Bronzeskulptur zu zerstören, auf der sich die Neunzehn Gründer zusammendrängten, denn das Herrenhaus dominierte die Gruppe, und im Herrenhaus saßen nun die Kzinti. Von oben sahen die sich abmühenden Bronzefiguren ohnehin aus wie schwerarbeitende Sklaven.

Die Bürokratie der Vierten Flotte befand sich in Aufruhr, denn die letzten Vorbereitungen für den nur wenige Monate in der Zukunft liegenden Aufbruch waren zu treffen. Ausbilder-der-Sklaven wurde von einem überarbeiteten Kzintioffizier empfangen, der sich immer wieder unter den menschenhohen Türen ducken mußte, während er sich bemühte, die Akte von Ausbilder-der-Sklaven zu finden. Er wisse nicht mehr, in welchem Computer sie gespeichert war, meinte er. Schließlich legte er geistesabwesend seine Ohren zurück, die irgendwie an Fledermausflügel erinnerten, und offerierte seine Hilfe für den nächsten Tag um die gleiche Zeit, wenn Ausbilder-der-Sklaven bitte so freundlich wäre, noch einmal wiederzukommen.

Sie zogen sich in ihr Quartier in dem alten Ziegelbau zurück. Auf der Treppe schob sich ein würdevoller Kzin mit zwei angeleinten Kzinrretti vorbei. In einer Stadt konnten Weibchen gefährlich sein; sie tendierten dazu, jedes Tier anzufauchen, das übel roch und sie dennoch anzusprechen wagte, und Menschentiere, deren Atem nach Alkohol stank, schwebten stets in Gefahr, ihnen zum Opfer zu fallen. Kzinrretti griffen, wenn sich Junge in Gefahr befanden, auch Kzintosch an, die zweimal so groß waren wie sie.

»Die Vernunft hat keine Kontrolle über weibliche Emotionen«, erklärte der Wirt. »Ich wünsche Ihnen eine gute Nacht. Sie werden wegen des Kzins am Ende des Korridors vielleicht die Ohren schließen müssen – er knurrt im Schlaf und kämpft gegen Geister.«

Die Rückkehr auf die Admiralität am folgenden Morgen erbrachte ein verwirrendes Resultat: Der Schreiber schickte Ausbilder-der-Sklaven wieder fort, und als dieser höflich um Bearbeitung seiner Bewerbung bat, duckte sich ein anderer, riesiger Kzin mit rotem, gelb geflecktem Fell aus dem angrenzenden Büro hervor.

»Du bist für die Vierte Flotte nicht qualifiziert, und dein Antrag wurde abgewiesen.«

»Ich habe Empfehlungs ...«

Der rotpelzige Offizier fauchte. Ausbilder-der-Sklaven begriff den dezenten Hinweis und salutierte, indem er sich knapp zum Schein mit der Kralle durchs Gesicht fuhr, dann zog er sich zurück.

An diesem Abend begaben Ausbilder-der-Sklaven und Ssis-Kommandant sich in ein Trinklokal namens ›Mondenschein‹ auf einer der schmalen Straßen, die vom Gründerplatz abzweigten. Im ›Mondenschein‹ befand sich außer ihnen kein einziger Kzin. Die Kellnerin fürchtete sich ganz offensichtlich davor, sie zu bedienen, nahm die Bestellung jedoch beherzt entgegen.

»Guten Abend, geehrte Helden«, begrüßte sie mit zitternder Stimme die Kzinti. »Was darf es sein?« Als sie zögerten, empfahl sie ein beliebtes Mixgetränk aus Bourbon und Milch.

»Ich ... nehme ein ... Coca Cola«, sagte Ausbilder-der-Sklaven, indem er die Zunge um die Zähne wickelte, um die Tierlaute so gut wie möglich nachzuahmen.

Ssis-Kommandant gab einen Kommentar in der Heldensprache ab, der vor Verachtung und gleichzeitiger Billigung nur so zischte und miaute. »Hier riecht es wie in einem Vatach-Käfig.« Damit bezog er sich auf den feuchten Duft haarloser Furcht. »Netter kleiner Planet, was?« Er nickte der Kellnerin zu, während er Ausbilder-der-Sklaven zugleich spielerisch in die Seite stieß. »Ich nehme einen von denen mit, damit er mir auf meiner Burg in Europa das Fell striegelt.« Dann blickte er auf seinen Translator. »Ich nehme einen Kentucky-Bourbon mit Milch«, bestellte er, dann wandte er sich wieder dem Geschäft zu.

»Du hast verleumderische Feinde hier in München, also sollten wir uns woanders hin wenden – das führt uns direkt in die höheren Lager.« Ssis-Kommandant war zur Basis bei Gerning in der abgelegenen nördlichen Provinz Skogarna eingeladen worden. »Mein Freund Ortungs-Auswerter ist mit seinem Posten sehr zufrieden. Die ausgedehnten Wälder sind sowohl frei von umherstreifenden Menschen als auch von der Arroganz gewisser Kzintipatriarchen, die so viel Land besitzen, daß sie ihre Ländereien gegen unseresgleichen beschützen, als wären wir einäugige Kzinrrettibanditen.«

Ssis-Kommandant verstellte seine Ohren zu einem wissenden Ausdruck und blähte die Nüstern, um anzudeuten, daß er etwas Besonders über die Basis wußte. »Chuut-Riit hat die Station von Gerning wenige Monate nach seinem Aufstieg zum Gouverneur eingerichtet. Die Offiziere dort sind samt und sonders Kzinti, die sich im Machtkampf auf seine Seite gestellt hatten. Gut, sie zu kennen.«

Als Ssis-Kommandant sich vorbeugte, um verschwörerisch noch weitere Einzelheiten zu verlauten, brach sein Stuhl plötzlich zusammen, und Milch und Bourbon ergossen sich in einer Fontäne auf seine Mähne und seine Brust.

Mit einem zähnefletschenden Grinsen erhob der Kommandant seinen gewaltigen Kopf über die Tischkante. Als er hochaufgerichtet stand, berührte er mit der Mähne die niedrige Decke, und dann fauchte er den erbleichten Bartender an.

Die anderen Gäste, die bisher unruhig gewesen waren,

zuckten mittlerweile nicht einmal mehr mit den Augenlidern.

Die Kellnerin wischte sich in aller Ruhe die Hände trocken, schlenderte zur Tür, als wäre nichts geschehen und als müsse sie sich um nichts weiter Gedanken machen außer wie sie die Zeit totschlug – dann ergriff sie die Flucht.

Ach, wie doch die Leber über den Verstand herrscht, dachte Ausbilder-der-Sklaven, der sowohl das Verhalten der Menschentiere in sich aufnahm als auch Ssis-Kommandants anschwellenden Zorn bemerkte. Wie sehr unterschied sich Wut von Furcht? Er wußte genug, um Ssis-Kommandant nicht zu berühren, und er konnte seine Amüsiertheit nicht unterdrücken, aber wenn er den Kommandanten zu sehr am Schwanz zupfte, dann konnte sich dessen Rage sehr wohl gegen ihn wenden. Also erhob er sich ebenfalls und appellierte an Ssis-Kommandants Eitelkeit: »Wir müssen dir die Weste auswaschen, bevor die Milch trocknet. Komm.« Er prostete dem Bartender zu, sorgfältig darauf bedacht, ihn nicht anzugrinsen. »Prost!« rief er, stolz auf seine wachsende Vertrautheit mit dem Tiergegrunze.

Ssis-Kommandant kam nicht sofort mit. Vorher ließ er seine Wut an dem Stuhl aus und zerfetzte die Überreste des Holzgestells mit Zähnen und den bloßen Händen, als handele es sich um ein Kriegsschiff der Vereinten Nationen.

14

(2402 n. Chr.)

Über der Provinz Skogarna offenbarte sich vom Flugwagen die Sozialstruktur Wunderlands in einer Weise, wie sie vom Boden aus niemals deutlich geworden wäre. Der Planet bestand zum Großteil aus Wildnis und wurde von einer landbesitzenden Elite gelenkt. Auf dem Weg zur Kzintibasis überflogen sie den riesigen Landsitz der Familie Nordbo bei Korsness an einem Küstenstreifen, den eine Hügelkette und Urwald von Gerning trennten. Wie ein Band zog sich eine Straße nach Korsness und zeigte deutlich, wer in Gerning die Herren waren.

Der leichtgepanzerte Flugwagen trug die beiden Kzintihelden über die bewaldeten Gebirge, vorbei an der Narbe eines neuen Kzintibauwerks in der Bergflanke. Es war erst Nachmittag, aber die ersten Farbspiele des Sonnenuntergangs tauchten die Wolken längs des Horizonts, wo Alpha Centauri B verschwand, in zarte Rottöne. Das Meer leuchtete in erstaunlich hellem Blau, das dicht an der Küste in pastellenes Grün überging, wo das Wasser einen Krater überflutet und nichts als eine bogenförmige Inselreihe übriggelassen hatte.

Ganz Wunderland war von solchen Kratern übersät. Ständig prallten Meteoriten aus dem Schlangenschwarm auf den Planeten, und manche Nacht war hell vom Leuchten der herabsausenden Boliden. Alle paar Millionen Jahre gab es einen größeren Einschlag, und deswegen hatten sich die Lebensformen Wunderlands zu sehr anpassungsfähigen Spezies entwickelt. Die Flotte, die Wunderland während der Invasion vor den Erlauchten Eroberern verteidigte, hatte hauptsächlich aus einer Meteorschutzeinheit bestanden.

Die Gerningbasis war von Kzinti errichtet worden, die die Jagd liebten; die Station, die im Umkreis von mehreren tausend Kilometern die Atmosphäre nach eindringenden Raumschiffen der Wilden absuchte, wirkte fast wie eine Nebensache, wie eine aufgesetzte Begründung für das Erschließen eines gewaltigen Jagdreviers. Ein schlauer Kzin überwachte das Areal und wartete auf den Zeitpunkt, zu dem Ehre und Heldentum ihm das Recht auf einen ganzen Namen erwarben. Bis dahin diente er Chuut-Riits Zwecken.

Ortungs-Auswerter war ein auf Wunderland geborener Kzin, den Blutsbande mit Hssin verbanden; persönlich war er jedoch nie im R'hshssira-System gewesen. Aus Neugierde über den Planeten seiner Patriarchen schenkte er Ausbilder-der-Sklaven besondere Beachtung. Ssis-Kommandant knurrte unwillig über die Bedeutung, die man einem Ort zumaß, an dem er im Kälteschlaf vorbeigereist war, und unterbrach das Gespräch immer wieder, um es in leichtere Bahnen zu lenken. Dies tat er auf unterschiedliche Weise.

Mit Witzen wie: »Wie hält man ein Äffchen davon ab, im Kreis zu rennen? – Man nagelt seinen anderen Fuß auch noch am Boden fest.«

Mit zoologischen Diskussionen: War ein wunderländischer Tigripard schneller als ein kzintischer Krraach-Scherreck oder nur verschlagener?

Wesentlich lieber, als durch den Wald zu schleichen, saß Ssis im Jagdhaus und schlürfte vergorene Milch. Das politische Taktieren und Ränkeschmieden fand nur dort statt. Ssis spekulierte mit Ausbilder-der-Sklaven über die Identität des ehrgeizigen Kzins, der »an den Grenzen des Reviers herumpißte« und sich auf der Suche nach einem adligen Namen befand, um einen Haushalt gründen zu können. Sie gelangten zu dem Schluß, daß es sich dabei um Yiao-Stabskapitän handeln müsse.

Yiao-Stabskapitän war ein unwahrscheinlicher Kandidat für einen Adelstitel. Er war so klein und so zierlich wie Ausbilder-der-Sklaven, nicht von der Sorte, der man gleich Dominanz im Kampf zutraute, aber er strahlte eine kluge Raffinesse und unglaubliche Energie aus, womit er signalisierte, daß jede Herausforderung seiner Ehre sich als gefährlich erweisen werde. Aber wirklich auffällig an ihm war sein Ehrgeiz.

Als Ausbilder-der-Sklaven eingeladen wurde, mit vier der ansässigen Kzinti Beute zu teilen, beschnüffelte er die Angelegenheit zunächst von allen Seiten, dann erst stimmte er zu. Die Beute war ein pflanzenfressendes Waldtier, bereits ohne Kopf und an gewissen Stellen eingeschnitten, so daß es sich leichter zerreißen ließ. Das frische Blut rann in die Tischabflüsse und lief aus einem Schnabel in eine Auffangschale.

Der Blutgeruch war überwältigend. Auf einem Beistelltisch standen mundgeblasene grüne Flaschen mit wunderländischem Aquavit bereit, um mit dem Blut gemischt zu werden.

Ausbilder-der-Sklaven erfuhr beim Tischgespräch, daß der Aquavit in Gerning für unbezahlte Steuern beschlagnahmt und daß die Tochter des Schnapsbrenners nach Valburg in die Fabriksklaverei verkauft worden war. Eigentlich hatte sich der eingeborene *Herr* um solche Einzelheiten zu kümmern, aber der zuständige Kzin pflegte Landsitze und Dörfer zu besuchen, wenn das Steueraufkommen ihm zu niedrig erschien, und fand dann lieber einfache Wege, um die Zahlungsmoral zu erhöhen. Schließlich und endlich seien die Steuern auf eine erträgliche Höhe festgesetzt.

Das Gespräch entfernte sich von solch profanen Themen, als Yiao-Stabskapitän eintraf, um ebenfalls die Zähne in ein Stück Fleisch zu schlagen. Rasch dominierte er durch die Leidenschaftlichkeit seiner Überzeugungen die Konversation und brachte Feuer in die zundertrockene Diskussion über Chuut-Riits Werk ›Die Logistik als Schlüssel zum Sieg‹. Er provozierte Beleidigungen und beantwortete sie mit spitzzüngigen Schmähungen, die bohrend und gleichzeitig besänftigend wirkten. Als er der Sticheleien müde wurde, lenkte er die allgemeine

Aufmerksamkeit seines Zirkels auf Abenteuergeschichten.

Abenteuer, so Yiao-Stabskapitän, bedeutete Astronomie. Er unterbrach das Essen und hielt die Hachse bewegungslos, während sich das Brutzeln der Heldensprache zu einer Lautstärke und Geschwindigkeit erhob, die beinahe Schlachtdimensionen erreichten. Die Sterne zu kennen! Es gab Gerüchte über fremdartige Lebewesen, die in den Tiefen des Weltalls lebten, Gerüchte über uralte Reiche, deren einzige Hinterlassenschaft aus Werkzeugen bestand, welche in den eisigen Kernen mancher Kometen ruhten, und die existiert hatten, lange bevor irgendeiner der Riesensterne in den Sternbildern zu Leben entflammt war.

Hr-roghk! All die Hinweise! Eine ungelesene Fährte! Sternensamen, die am äußersten Rand der Galaxis brüteten. Woher kamen sie? Wohin gingen sie? Geheimnis über Geheimnis! Und was waren die Höhlen auf Monden, die im Dunkel der äußeren Planetenbahnen Rote Zwergsterne umkreisten? Höhlen, die so alt waren, daß sie nur von Desintegratorstrahlen in die Monde geschnitten worden sein konnten? Reichtum! Ehre!

Dann schwieg Yiao-Stabskapitän, um diese Fragen in das Bewußtsein der Anwesenden einsickern zu lassen, und die darauf folgende Stille wurde nur von seinem Reißen und Schmatzen unterbrochen. Schließlich brach er wieder auf, eine neue Leidenschaft hatte ihn an eine zu erledigende Verpflichtung erinnert. Das Gespräch wandte sich wieder Kzinrrettiwitzen zu oder drehte sich um die Frage, wer in letzter Zeit einen neuen Namen erhalten hatte. Man sprach von den Ehrenhändeln zwischen Elektroniksystem-Warter und Errichter-von-Wällen, dem Impuls, der am Vortag auf dem Teleskop aufgetaucht war, dem Geschmack der Weltraum-Rationen. Und schließlich, endlich wandte man sich dem abgenagtesten aller Knochen zu – den Flottenrivalitäten: Wer würde Menschensonne als erster erreichen?

Tage der gemeinsamen Jagd brachte Ausbilder-der-Sklaven und Ortungs-Auswerter einander in einer Freundschaft näher, die sich nicht nur auf ihre gemeinsame Abstammung von Hssin gründete. Oft brachen sie in der Morgendämmerung auf, ohne Ssis mitzunehmen. Seit der Eröffnung der Basis jagte Ortungs-Auswerter in den Wäldern rings um die Ortungsstation und kannte die Wege und die Gerüche im Forst. Er wußte, wo die Wasserlöcher waren, und wo man einen Tigriparden finden konnte, der selbst Beute beschlich.

Die Gerüche Wunderlands, die Weite des Landes, der freie Himmel, ein Abend, den er am Meer auf dem Strand verbrachte – all das erfüllte Ausbilder-der-Sklaven mit Entzücken. Er war selbst ein Jäger gewesen und täglich in das Jotokigehege aufgebrochen, um einen wilden Jotok zu erlegen oder einen Übergänger in die Sklaverei zu locken. Mitunter überprüfte er den Salzgehalt der Marschen, in denen die Jotokilarven sich zwischen den Binsen schlängelten. Damals, nach der Beengtheit der Stadt, hatte er das Jotokigehege für eine geräumige Wohltat gehalten – aber das hier ... Wunderland schien keine Grenzen zu kennen!

Einmal gelangten sie auf der Jagd bis zum entfernten Landsitz von Korsness. Ausbilder-der-Sklaven beobachtete vom Hügel aus, wie Yiao-Stabskapitän einem Menschentier und dessen Kind half, einen umgestürzten Baum von der Hauptstraße zu wuchten. Er ging hinzu, um dem Stabskapitän zu helfen. Politisch erschien es ihm nur vernünftig, sich der Dankbarkeit dieses Offiziers zu versichern. Aber warum mühte der Held sich mit einem Baum ab, wo es doch genügend Sklaven und Maschinen gab, die ihm die Arbeit abnehmen konnten?

»Rrrr, wir bekommen Hilfe, die wir brauchen können«, schnurrte Yiao-Stabskapitän dem kleinen Kind zu, das versuchte, den Baum in der Mitte anzuheben.

Ausbilder-der-Sklaven erkannte das größere der zahmen Tiere als den König der Menschen in diesem Gebiet.

Normalerweise vermochte er den einen Affen nicht vom anderen zu unterscheiden, aber dieser hier war recht groß für einen Menschen und hatte eine häßliche Hakennase. Ungerechterweise besaß er sogar einen Namen, den er sich nicht verdient hatte, Peter Nordbo, aber so war das bei den Äffchen – sie wußten den Wert eines Namens nicht zu schätzen.

»Du bist aber groß«, sprach das Kind des *Herrn* den neuen Kzin an. »Wie heißt du?«

Ausbilder-der-Sklaven beherrschte die Sklavenlaute kaum und wußte, daß das Kind die Heldensprache nicht verstehen konnte. Er kannte einfach noch nicht genügend Vokabeln, um seinen Namen übersetzen zu können. Dagegen war der Name, den Schwer-zu-fangen verwandte, für ihn leicht in die Menschensprache zu übertragen. »Netter-Gelber«, sagte er daher, denn beide Wörter kannte er, und fügte steif hinzu: »Du bist Kleinsohn von Nordbo.«

Der Junge spitzte die Ohren. »Ich bin Ib Nordbo, geehrter Gelber.« Dann stemmte er sich mit seinem drei Jahre alten Rücken gegen den Baumstamm und befahl: »Schieben!«

Nachdem die beiden Kzinti mit nomineller Hilfe der menschlichen Vasallen den Stamm an den Straßenrand geschafft hatten, fand der Junge ein Nest mit Knospenpflückern, das durch die Räumungsarbeiten zerstört worden war. Die kleinen schuppigen Wesen wimmelten untröstlich um ihre aufgewühlte Heimstatt. Ib Nordbo, der sich nicht im geringsten vor dem Kzin fürchtete, ergriff Ausbilder-der-Sklaven bei der Pranke und brachte ihn dazu, in die Hocke zu gehen, während er ihn mit allem Ernst seiner drei Jahre über das Sozialleben der Knospenpflücker aufklärte.

Voller Sorge behielt Peter Nordbo seinen Sohn im Auge, und Yiao-Stabskapitän brachte ein Schnurren hervor, um seinen Gefolgsmann zu beruhigen. Ausbilder-der-Sklaven lauschte aufmerksam jedem Wort, das Ib ihm zu sagen hatte, und verstand sogar das eine oder andere. Er war fasziniert. Die Menschentiere, die er bisher zu Gesicht bekommen hatte, waren nur sehr schlecht auf das Sklavendasein vorbereitet. Es mußte doch einen besseren Ausbildungsweg geben. Indem er die Tierpsychologie dadurch erlernte, daß er direkt mit den Jungen der Sklaven kommunizierte, erlangte er wichtige Hinweise zu ihrer Domestizierung.

Netter-Gelber ließ einen Knospenpflücker auf einen dürren Ast klettern. Das kleine Wesen wedelte mit den langen Vorderläufen. Ib lachte. »Sie mögen Rosen. Ich füttere sie auch mit Rosen, aber sie werden krank davon.« Dann sprang er auf und führte Ausbilder-der-Sklaven vor, wie ein Knospenpflücker umhertaumelte, wenn er von der fremdweltlichen Essenz der Rosen berauscht war.

»Habt ihr denn Knospenpflücker auf Kzin?« fragte das Kind neugierig.

»War ... nie ... auf Kzinheimat.« Ausbilder-der-Sklaven hatte noch immer mit der Menschensprache zu kämpfen.

»Ich gehe nach Kzin«, verkündete Ib und klopfte sich auf die Brust. »Dann sag' ich dem Patriarchen, er soll nett zu uns sein.«

Peter Nordbo leckte sich nervös die Lippen. Hastig nahm er seinen Sohn auf, der ebenso wie seine Gattin Hulda ein fürchterliches Plappermaul war. »Mama will, daß du einen Mittagsschlaf machst.«

»Nein!« Der Junge wehrte sich.

»Gebieter«, entschuldigte sich Nordbo, »er ist jung und muß angemessenen Respekt erst noch lernen.«

Kzinti haben eine Schwäche für widersetzliche Söhne. Yiao-Stabskapitän nickte. »Wenn ich jemals Kzinheimat erreiche, werde ich dem Patriarchen die Nachricht des Äffchens mit großem Respekt übermitteln.«

Nur Tage später kam Yiao-Stabskapitän unter Verletzung aller Protokolle mit seinem *Herrn* Nordbo zum

Jagdhaus. Kzin und Tier spielten dort ein Spiel für Menschen. Vom Flottenklatsch gelangweilt, versuchte Ausbilder-der-Sklaven den Zügen des Spiels zu folgen und dessen Logik zu begreifen. Es wurde auf einem Brett mit acht mal acht Feldern gespielt, die Gefechtsfiguren waren stationär. Es schien keinerlei Aktionen, überhaupt keinen Angriff zu geben. Die Figuren standen dort und wurden oft minutenlang nicht bewegt. Man zog auch immer nur eine Figur auf einmal, oft, um nur einen trivialen Vorteil zu erlangen. Manchmal wurde eine Figur sehr sanft auf die Seite gestellt.

Yiao-Stabskapitän schien von dem Spiel fasziniert zu sein; niemals wandte er den Blick von den Figuren ab. Rauh stellte er Fragen und gab *Herrn* Nordbo Klapse, als sei dieser sein Sohn. Wenn er eine Figur eroberte, schnurrte er glücklich. Dennoch forderte die stationäre Natur des Spiels offenbar seinen Tribut von ihm. Wenn das Nordbo-Tier auf seine Züge zuviel Zeit verwendete, schritt der Stabskapitän rastlos auf und ab, und wenn sein Gegner auch dann noch nicht zog, baute er sich drohend vor dem kleinwüchsigen Sklaven auf und schlug höchst ungeduldig einen Zug vor.

»Ach nein, dann hätte ich zuviel Ärger mit Ihrem Läufer, nachdem Sie Ihren Springer gezogen haben. Ich glaube, ich ziehe den Bauern. Das verschafft mir einen geringen Vorteil.«

»Wie könnt ihr Äffchen je einen Krieg gewinnen? Ihr werdet doch in Stücke gerissen, bevor ihr euch entschieden habt, in welchem Graben ihr Deckung beziehen wollt!« Er wandte sich in der Heldensprache an Ausbilder-der-Sklaven. »Du hast zugesehen. Begreifst du dieses ermüdende Kriegsspiel?«

»Mir ist es viel zu langsam. Ich möchte lieber rasch handeln – im Heimatsystem der Menschen.«

»Du denkst konventionell. Fünfeinhalb Jahre Kälteschlaf bedeuten für dich rasches Handeln?« Yiao-Stabskapitän knurrte gutmütig. »Hast du schon ein Schiff?

Chuut-Riit ist immer auf der Suche nach Helden, die sich die Schwänze versengen lassen wollen.«

»Ich habe ein Schiff, aber die Admiralität trödelt bei meinem Patent.«

»Hr-r, das läßt sich leicht beheben. Ich werde dir sagen, an wen du dich wenden mußt.«

Yiao-Stabskapitän schien sich stets behaglich zu fühlen. Als Traat-Admiral zu einer Inspektion erschien, nahm Yiao ihn mit auf die Jagd und unterhielt seinen Gast, ohne sich auch nur im geringsten den Anschein zu geben, er wolle den Inspekteur etwa besänftigen. Yiao-Stabskapitän besaß ganz offenbar die richtigen Verbindungen. Am Tag der Abreise des Admirals verbarg Ssis-Kommandant sich im Gebüsch, und als Traat-Admiral vorbeikam, konnte Ssis hervortreten, den Weg entlangkommen und zackig vor dem Vorgesetzten salutieren.

Der Tag war wunderbar. Von der See her blies ein kalter Wind, der den Helden am Fell zupfte und die Hitze der Anstrengung davonwehte. Ssis war in Feierlaune. Aufgeregt plapperte er über all das, was Yiao-Stabskapitän für sie beide tun konnte, und zählte ungeborene Söhne. Ausbilder-der-Sklaven führte ihn nach Norden an ein Flüßchen, und sie folgten dem Wasserlauf flußaufwärts auf den Felsen, die im Bett lagen. Ssis sprang vorsichtig von Stein zu Stein, um nur keine nassen Füße zu bekommen, aber Ausbilder-der-Sklaven machte es nichts aus, im Wasser zu waten, wenn es sein mußte.

»Sch'ssss!« flüsterte der Kommandant und erstarrte. »Ich nehme eine Witterung auf!«

Sie duckten sich vor dem Wind über einen vom Blitz gefällten Baum und huschten geräuschlos auf den Fußballen weiter. Verflochtenes Unterholz führte sie um einen Hügel herum, dann leuchtete zwischen den Blättern etwas Weißes auf. Da war er! Sie waren einem Menschentier auf der Fährte, einem Jüngling mit einem

Speer. Er sah sie und wandte sich zur Flucht. In fließender Gangart schnitt Ssis-Kommandant ihm den Weg ab und trieb ihn zurück in die Arme von Ausbilder-der-Sklaven. Der Mensch schlug einen Haken und floh rechtwinklig von ihnen beiden. Ssis stellte ihn grinsend aus der Flanke auf einem grauen Felsausläufer. Das Tierjunge fuhr herum – vergebens. Unter der niedrigen Schwerkraft brachte der Kzin einen atemberaubenden Sprung zuwege. Ssis blockierte dem Äffchen wieder den Weg, ohne ihm näherzukommen oder ihn zu verletzen. Er spielte mit seiner Beute.

Ausbilder-der-Sklaven standen die armseligen Äffchen vor Augen, die er bei jener fatalen Menschenjagd auf Hssin zu retten versucht hatte. Starr vor Angst – nicht um sich, sondern um das Äffchen – richtete er sich auf. Ssis machte sich nur einen Spaß, aber das wußte das verängstigte Tier nicht. Ausbilder-der-Sklaven hob die Hand und suchte krampfhaft nach etwas, was er seinem Gefährten zuknurren konnte, um ihn zu zügeln.

Das panikerfüllte, in die Ecke getriebene Junge griff Ssis mit dem Speer an. »Dein letztes Stündlein hat geschlagen, Rattenkatze!«

Ssis schlug ihn mit ausgefahrenen Krallen beiseite, aber statt sich aufzurappeln und zu fliehen, griff das entwaffnete Äffchen berserkerhaft erneut an. Sein Leib prallte von der massiven Gestalt des sich bewegenden Kzins ab. Die Leiche hatte kein Gesicht mehr.

»Keinen Funken Humor haben diese Tiere«, knurrte Ssis-Kommandant und drehte den Toten mit dem Fuß auf den Rücken.

Ausbilder-der-Sklaven ließ den Arm sinken. Diese Äffchen waren so zerbrechlich! Er beugte sich über das Jungtier und suchte nach Lebenszeichen, und der berauschende Blutgeruch ließ ihm das Wasser im Munde zusammenlaufen. »Er ist tot.« Daran ließ sich nichts ändern. Sie entkleideten die Leiche und wechselten sich dabei ab, sie in Stücke zu reißen. Übrig blieb ein Haufen blutiger Knochen und gut die Hälfte des Fleisches. Die Schädelhöhle hatten sie aufgebrochen, um sich an der Delikatesse darin laben zu können.

Am Tag darauf erschien ein grimmiger Peter Nordbo an der Kzintibasis und versuchte angestrengt, seine Wut auf ein angemessenes Niveau zu zügeln. Yiao-Stabskapitän empfing ihn, ohne zunächst den Gemütszustand des *Herrn* zu registrieren. Die angedeutete Auflehnung schürte nur Yiao-Stabskapitäns Zorn. Nordbo änderte seine Argumentation: Gerning sei eine kleine Stadt. Wenn die Steuerzahler gejagt werden durften, wer solle dann die Steuern zahlen?

»Ich habe Ihre Basis stets zuverlässig versorgt. Wie kann ich Ihren Zehnten eintreiben, wenn das so weitergeht?«

»Ich werde eine Ermittlung anstellen.« Yiao schaltete den Fernsprecher auf seinem Schreibtisch ein. »Daten-Sergeant, ich benötige Informationen. Wer war gestern auf der Jagd?«

Später beorderte Yiao die Übeltäter in sein Büro. Er ließ Ssis-Kommandant und Ausbilder-der-Sklaven in Habt-acht-Stellung verharren. Sein Mund zuckte um die Fänge. »Ihr seid auf dieser Basis zu Gast gewesen«, knurrte er und machte schon durch den Ton klar, daß er mit Absicht in der Vergangenheitsform sprach. »Ich habe euch alle Bewegungsfreiheit eingeräumt. Ihr habt in beengtem Raum gedient, und ich habe Verständnis für jene, die unter ungünstigen Umständen ihre Pflicht verrichten. Meine Steuerzahler zu töten, wart ihr jedoch nicht ermächtigt. Dazu bestand auch überhaupt kein Grund, die Wälder quellen vor niederem Wild nur so über.« Verächtlich zuckte Yiao mit dem nackten Schwanz. »Dieser Junge, den ihr angegriffen habt – war das ein Maß eurer Tapferkeit? Als nächstes wollt ihr wohl säugende Kätzchen töten?«

Yiao-Stabskapitän ließ die Krieger stehen, während er sich um andere Vorgänge kümmerte. Schließlich zog er

Papiere hervor und reichte sie Ssis-Kommandant. »Du bist unverzüglich zur Flotte zurückbeordert. Ich habe dafür Sorge getragen, daß du nie wieder eine Pfote auf Wunderland setzen wirst. Das nächste Mal gehst du auf Menschenheimat auf die Jagd. Wie ich höre, gibt es dort Steuerzahler im Überfluß.«

Für Ausbilder-der-Sklaven fand er noch schlimmere Worte. »Und über dich habe ich ebenfalls Erkundigungen eingeholt. Du bist auf der Basis umhergeschlichen und hast nach einer Kampfverwendung innerhalb der Vierten Flotte gesucht, bist jenen hinterhergekrochen, die über die Besatzung der Schiffe zu entscheiden haben. In deiner Vorgeschichte wimmelt es von Beschuldigungen der Feigheit. Deine Anwesenheit auf einem Kriegsschiff würde seine Helden in Gefahr bringen. Ich habe veranlaßt, daß du zur Wiederaufnahme deiner ursprünglichen Aufgaben unverzüglich zur Festung Aarku zurückbeordert wirst.«

15

(2402 – 2403 n. Chr.)

Als sich die Vierte Flotte zum Aufbruch formierte und das Alpha-Centauri-System seiner Sklaven, seiner Helden und seiner Kriegsschiffe entblößte, wurde die Festung Aarku zu einem Grab, in dem es nach den tief in den Fels gebohrten Jotokipferchen stank. Die ausgebildeten Sklaven waren alle fort, die Wartungshallen leer.

Nach Wunderland erschien Aarku wie ein Sarg.

Ausbilder-der-Sklaven litt noch ein ganzes Jahr in der Umlaufbahn von Alpha Centauri B. Er versuchte, seine Konterbande-Kzinrret bei guter Laune zu halten, aber sie vermißte die Artigkeiten der Krieger, die sich nun alle auf dem Weg nach Menschensonne befanden, und wurde launisch und fordernd. Sie begriff nicht, was Krieg war, sie wußte nur, daß man sie verlassen hatte und verlangte nach Aufmerksamkeit. Sie schmiegte sich an Ausbilder-der-Sklaven, während er zu arbeiten versuchte. Als er davonjagte, begann sie, seinen persönlichen Jotoki nachzuschleichen, und tötete sogar einen seiner Auszubildenden. Schwer-zu-fangen wandte sich diskret an seinen Herrn um Hilfe, und sie entschieden letztendlich, die Kzinrret in einem Kälteschlafsarg einzufrieren und nur dann zu wecken, wenn es Ausbilder-der-Sklaven nach ihr verlangte.

Mehrere Monate nach dem Aufbruch der Vierten Flotte trudelten die ersten Überlebenden der Dritten im Alpha-Centauri-System ein. Rasch füllten sich die Montagehallen auf Aarku. Polarisatoren, die über ein Jahrzehnt lang nicht mehr richtig gewartet worden waren, benötigten eine Generalüberholung und mußten in der Regel komplett neu verkabelt werden. Dazu kamen noch Gefechtsschäden, die zu tiefgehend waren, als daß man sie unterwegs schon hätte beheben können.

Ausbilder-der-Sklaven kroch in eigener Person durch den letzten Nachzügler. Die acht Überlebenden der fünf Oktale starken Besatzung hatten das Schiff nach Hause geschafft, und drei von ihnen waren auf dem Weg ihren Verletzungen erlegen. Die Inspektion ergab, daß die *Rachedurst* eine fast fatale interne Explosion erlitten hatte. Die Kommandosektion des Schiffes war an drei Stellen von Röntgenlaserstrahlen durchbohrt worden. In einer Abteilung waren noch immer Kzinti gefangen, die vom Weltraumvakuum dehydratisiert waren. Im Hauptgeschützturm lagen drei verkohlte Leichen und waren mit ihren Waffen verschmolzen. Das Schiff war die Reparatur nicht mehr wert.

Der Anblick reichte, daß sich die Leber von Ausbilder-der-Sklaven kalt zusammenkrampfte. Er wußte doch, daß er den Tod fürchtete. Wie hatte er Ssis-Kommandant nur gestatten können, ihn mit Träumen von Ruhm und Ehre zu blenden?

Völlig überraschend kam ein Befehl, der ihn von seinen Pflichten auf Aarku entband, und elektrisierte ihn von den Ohren bis zur Schwanzspitze.

Irgendein jüngerer Sohn eines Namensträgers hatte Chuut-Riit verärgert und erhielt zur Strafe den Aarku-Posten. Die neue Verwendung für Ausbilder-der-Sklaven gestattete ihm drei Leibsklaven, dennoch wirkte sie auf ihn alles andere als reizvoll: eine permanente Postierung nicht auf Wunderland, nicht einmal auf Tiamat, sondern im offenen Weltraum. Noch eine andere Sackgasse für einen Feigling? Aber der Versetzungsbefehl trug das Siegel der Fünften Flotte.

Das kleine Schiff, das ihn transportierte, bestand nur aus dem Gravitationstriebwerk, hatte keine Panzerung oder Bewaffnung und hieß *Ztirgor,* nach einem langbeinigen Äser vom Planeten Kzin, der schnell laufen und sich geschickt im Unterholz zu verstecken wußte, aber sonst keine Verteidigung gegen einen Angriff besaß. Sie waren zwei Lichttage weit draußen, bei 70 Ge Beschleunigung eine sechstägige Reise für den *Ztirgor.* Bei der Schubumkehr hatte das kleine Schiff ein Drittel der Lichtgeschwindigkeit erreicht. Und Alpha Centauri stand von ursprünglich Sonnengröße nun auf ein strahlendes Sternenpaar reduziert in der Andromeda.

Das kleine Schiff ließ sich aufs Dock nieder. Der gewaltige Rumpf des Kommunikations-Kriegsschiffs wirkte im Sternenlicht winzig gegenüber der ausgebreiteten Antenne. Das Sende- und Empfangsgeflecht schimmerte in blassen Regenbogenfarben und dominierte den Himmel. Aus der Entfernung ließ sich seine wahre Größe nicht einmal erahnen – im Weltraum gibt es keine räumliche Wahrnehmung.

Die Antenne war Menschensonne zugewandt, die strahlend in dem Sternbild stand, das die Äffchen ›Cassiopeia‹ und die Kzinti ›Den Zähnefletschenden Gott, der aus dem Himmelsfluß trinkt‹ nannten. Die Vatersonne lag, überaus passend, im Sternbild »Dominanter Krieger«, das für die Äffchen keinen Krieger, sondern einen wilden Bären darstellte.

Ausbilder-der-Sklaven fand es seltsam, wie wenig sich die Sternbilder änderten, wenn man den gesamten vom Patriarchat beherrschten Weltraum durchquerte. Die hellsten Sterne lagen viel zu weit entfernt, als daß sie sich bewegten, und die Sterne des ›Zähnefletschenden Gottes‹ waren sämtlich Riesensterne, der hellste ein Roter, die anderen massive Weiße Riesen, die wütenden Tiegel, in denen die Kernfusion die Schwermetalle erzeugte.

Im Fährenhangar empfing sie ein kurz angebundener Ober-Sergeant, welcher Ausbilder-der-Sklaven an den Jotoki erkannte, die er mitbrachte. »Grreff-Hromfi wird dich umgehend empfangen. Unter-Sergeant kümmert sich um deine Sklaven. Willkommen an Bord.« Ausbilder-der-Sklaven vermißte bereits seine Kzinrret. Er hatte sie in aller Eile verkaufen müssen, zu übereilt, um wenigstens einen guten Preis erzielen zu können.

Das Kriegsschiff unterhielt schwache künstliche Schwerkraft, die gerade ausreichte, daß Gegenstände an Ort und Stelle blieben und der Staub sich setzte. So schwebten sie mühelos durch die Korridore. Im Grunde unterschied sich das Schiff nicht sehr von der Festung Aarku, nur registrierte Ausbilder-der-Sklaven während des Marsches, daß Grreff-Hromfi ein sehr diszipliniertes Schiff befehligte – die Luft roch überaus sauber.

In der Kommandozentrale salutierte der Sergeant in vorbildlichster Weise und wurde entlassen. Ausbilder-der-Sklaven imitierte die Ehrenbezeugung so gekonnt es ihm nur möglich war und fuhr sich fest mit den Krallen über das Gesicht, Grreff-Hromfi antwortete mit einer Geste, die nicht einmal einem Neugeborenen den Flaum vom Schwanz getrennt hätte.

Er trug eine weiche Weste über seinem Gewand, die er offenbar selbst geflickt hatte, aber er roch wie ein strenger Vorgesetzter.

»Ich glaube nicht, daß wir dir auf dem *Ohr des Scherrecks* mit dem gleichen wilden Komfort dienen können, an den du dich gewöhnt hast. Dafür erwarten dich hier interessante Aufgaben. Du hast doch nicht etwa eine Kzinrret an Bord geschmuggelt, oder?«

»Nein, o Gebieter!«

»Ich dachte, ich lasse dich besser wissen, daß wir solche Verstöße gegen die Vorschriften hier nicht dulden.«

»Selbstverständlich, o Gebieter!«

»Ich habe deine Akte durchgesehen, Der-Gras-ißt.« Er schob sich die Datenbrille vor die Augen, was ihn nicht am Sehen hinderte; er konnte Ausbilder-der-Sklaven durch die Datendarstellungen beobachten und bemerkte, wie der Kzin sich plötzlich versteifte, die Ohren flach an den Schädel preßte und den Pelz auf den Wangen sträubte. »Ja, Jüngling, ich weiß alles. Rühren!«

»Meine Feigheit hat mich beschämt, Dominanter! Deswegen wollte ich meine Ehre wiederherstellen, indem ich mich freiwillig zur Vierten Flotte meldete.«

»Dann darf ich annehmen, daß du glaubst, die Vierte Flotte könnte ihren Auftrag mit Erfolg erfüllen, wenn sich Feiglinge in den Schlüsselpositionen befänden?«

»Nein, o Gebieter!«

»Außerdem sehe ich hier – im Moment vor dein Gesicht gelegt – einen Bericht über ein Gespräch, das du jüngst geführt hast. Darin spekulierst du, daß alte Feinde von Hssin deine Bemühungen sabotierten, bei der Vierten Flotte angenommen zu werden, indem sie Geschichten über deine Feigheit verbreiten.«

Ausbilder-der-Sklaven dachte einen Moment lang krampfhaft nach und durchforstete sein Gedächtnis. Dann verdammte er sein loses Mundwerk. »Ich gebe zu, dieses Gespräch geführt zu haben, Dominanter.«

»Das ist kaum notwendig, da ich über einen Audiomitschnitt verfüge. Die Geschichte ist wahr: Du hast in der Tat Feinde, das bestätigen meine Daten. Sie haben Berichte zu Protokoll gegeben, in denen sie sich nicht gerade schmeichelhaft über deinen Mut äußern, aber das ist alles auf Hssin gewesen. In der Zwischenzeit haben diese Feinde, die du so fest in die Leber geschlossen hast, dich vergessen. Nach ihrer Erinnerung hast du die Bemühungen jener, die deine selbstsüchtige Bewerbung auf den *Heldenblut* unterstützten, angefochten. Deiner Bewerbung ist auf allen Ebenen stattgegeben worden, auch von jenen, die dich mißbilligten. Der Feind, der dich so sehr verbittert, ist Chuut-Riit selbst.«

»Dann muß ich mich erniedrigen!«

»Soll ich dir wiederholen, was du über diesen Feind gesagt hast? Am besten gefiel mir die Bemerkung, daß er mit dem Anus spreche und sich den Mund mit Kot verschmiere.«

»Mir ist ein fürchterlicher Irrtum unterlaufen!«

»Hast dir wohl selber das Maul mit Scheiße beschmiert, was? Hr-r, du wirst hinreichend bestraft werden. Auf Befehl Chuut-Riits unterstehst du fortan meinem Befehl. Das ist für jede erdenkliche Sünde Strafe genug. Ich mache Kätzchen zu Helden. Das fällt mir leichter, wenn du mir die Arbeit abnimmst.«

»Ich melde mich auf der Stelle freiwillig für jede Verwendung, die Ihr mir zuweisen wollt!«

»Sehr schön.« Grreff-Hromfi zog eine antike Steinschloßpistole aus dem Gürtelhalfter und schob sich die Datenbrille in die Stirn, damit sie ihm nicht mehr im Weg war. »Ich ziehe diese Waffe jedem Wzai-Messer vor«, sagte er trocken. »Damit bin ich jedem Gegner um mehrere acht hoch zwei Jahre voraus. Ich fühle mich damit modern.« Da die Waffe nur eine Musketenkugel abfeuern konnte, wies sie längs des Laufes Schädelbrecher auf und konnte als Keule benutzt werden. »Zerlege die Waffe und poliere sie, während wir sprechen.« Er reichte Ausbilder-der-Sklaven die Waffe und einen Satz Polierzeug.

»Jawohl, o Gebieter!«

»Chuut-Riit hat in den vergangenen drei Jahren nicht nur eine, sondern zwei Flotten aufgebaut. Die Vierte Flotte war eine reine Angriffseinheit. Die Fünfte, deren geehrter Angehöriger du Dank Chuut-Riits Anordnung nun bist, ist als Eliteeinheit gedacht. Mit dem Aufbruch der Vierten Flotte ist der Samen gesetzt. Die Fünfte Flotte soll zu einer vollgültigen Angriffsflotte wachsen – aber sie nimmt Krieger und Kriegsschiffe nur so schnell auf, wie diese den strengen Kodex der Flotte erlernen. Die Fünfte Flotte wird kein loser Bund von Schiffen sein wie die Vierte. Disziplinlosigkeit wird nicht geduldet.«

»In meiner Leber brennt bereits der Saft des Gehorsams, Dominanter!«

»Hast du irgendwelche Fragen?«

»Werden wir eingesetzt werden, o Weiser? Oder sind wir nur die Rückendeckung der Vierten Flotte?« Für einen Augenblick unterbrach Ausbilder-der-Sklaven sein eifriges Polieren der Zierpistole.

»Greifen wir uns ein Beispiel heraus. Dein dreister Freund Ssis-Kommandant nimmt sich, was er begehrt, und tut, was ihm dünkt. Sobald ihm ein Gedanke durch den Kopf geht, handelt er. Wenn ihm die Ohren jucken, handelt er. Seine Leber schreckt vor nichts zurück. Sollte er auf den Gedanken verfallen sein, einer Kzinrret das Kommando über seine Brücke zu verleihen, so würde sie dort bereits schnurrend einherwandeln!«

Ausbilder-der-Sklaven mußte, während er polierte, die Ohren durch bewußte Willensanstrengung stillhalten. Er stellte sich gerade vor, wie *ihre* Kzinrret das Kommando über den *Heldenblut* führte.

»Habe ich mit meiner Einschätzung deines Freundes recht?«

»Hr-r, ganz gewiß!«

»Ja – und er hat noch nie zuvor ein Schiff ins Gefecht geführt. Wenn er eine feindliche Stellung entdeckt, greift er sie an, richtig?«

»Der *Heldenblut* verfügt über eine mutige Besatzung. Sie ist Ssis-Kommandant treu ergeben.«

»Und wie lange überlebt er in der Schlacht? Einen Achttag? Zwei, wenn er Glück hat! Andererseits kann es auch durchaus so weit kommen, daß die Äffchen ihn und seine glorreiche Besatzung in geschmortes Fleisch verwandeln, bevor er sie auch nur bemerkt hat! Chuut-Riit hat alle Kommandanten dieses Schlages der Vierten Flotte zugeteilt. Falls welche überleben, kann er ihnen immer noch das eine oder andere beibringen. Vielleicht gelingt es ihnen sogar, ein paar Äffchen umzubringen. Aber sicher ist das nicht. Was haben die ersten drei Flotten von euch Außenwelt-Barbaren denn schon zuwegegebracht, ihr kreischenden Berserker von Hssin, ihr Grenzwelt-Lumpensammler? Gar nichts, verdammt noch mal!«

Grreff-Hromfi hatte sich mittlerweile so sehr in Wut geredet, daß er die Kante seines Planungstisches umklammerte. »Hr-r, oder bringt ihr wilden Barbaren den Äffchen vielleicht auf eure eigene verschlagene Weise Strategie bei, immer eine Flotte nach der anderen, stellt ihnen immer eine Aufgabe, die auch ein Äffchen lösen kann? Als nächstes werdet ihr Grenzweltpack dann wohl noch Äffchen anheuern, damit sie für euch kämpfen, denn warum solltet ihr denn auch die Talente verschwenden, die ihr sie gelehrt habt? Gebt ihnen den Befehl über eure Kriegsschiffe!«

»Gebieter, ihr sprecht von meinem Vater, nicht von mir.«

»Hr-r, bist du denn anders?«

»Ich bin ein Bewunderer von Feuerwaffen. Das hier ist eine exquisite Pistole, o Gebieter. Ich glaube, ich kann sie jetzt wieder zusammensetzen.«

»Hab' ich auf W'kkai aufgestöbert. Und wurde dort von Chuut-Riit aufgestöbert. Wir langweilten uns beide und lauschten den Gerüchten auf den Märkten, um vielleicht ein wenig Ablenkung erschnüffeln zu können. Ich hatte die Pistole gerade einem alten Krieger abgekauft, der das Gold brauchte. Chuut wollte die Pistole ebenfalls, denn er sammelt Waffen aus der Ära vor dem Weltraumzeitalter. Er schwört, er habe mich nur deshalb in sein Gefolge aufgenommen, damit er die Pistole im Auge behalten kann. Siehst du das Zeichen Kais, eines berühmten Schmiedes, der für die Riits arbeitete?«

»Die Vierte Flotte wird viel Ruhm ernten, wenn sie ein großer Waffensammler wie Chuut-Riit anführt.«

»Du krallst wohl nach Fischen? Aber die Schmeichelei verbirgt selbstverständlich nicht deine Frage. Laß mich offen reden, denn meine Position gestattet mir das. Chuut-Riit ist nicht der Anführer der Vierten Flotte. Er ist hier, nur Lichttage entfernt, und sitzt in seinem Palast auf Wunderland. Du kannst dir die Schwierigkeiten gar nicht vorstellen, denen er bei dem Versuch begegnete, der Vierten Flotte Disziplin aufzuerlegen. Jeder Randweltenheld glaubt, er sei der Himmelsadmiral, und die Reichtümer der unerforschten Grenze würden ihm einfach in den Schoß fallen. In der Vierten Flotte dienen nur Admiräle!«

Hromfi hatte sich wieder in Wut geredet. »Und jetzt will ich dir noch etwas anderes verraten, Jüngling. Chuut-Riit wird die Fünfte Flotte als seine persönliche Armada zur Menschensonne führen. In die Fünfte Flotte setzt er sein Vertrauen. Aber wir werden uns nicht auf dem Pfad des Sieges tummeln, solange er sich nicht sicher ist, daß du und ich bereit sind. Ich bin bereit – du nicht.«

»Ich bin bereit, jede Pflicht zu erfüllen!« Der Eifer schäumte in ihm hoch.

»Hr-r, sieh erstmal zu, daß die Pistole fertig wird. Ich halte auch den Feuerstein bereit, also achte darauf, ob er Funken schlägt.« Er nahm die Waffe an sich, überprüfte sie und gab sie Ausbilder-der-Sklaven zurück. »Im *Ztirgor* muß es sehr beengt gewesen sein. Erhole dich. Melde dich bei Lichteinbruch bei Dienst-Sergeant. Wir werden uns wieder unterhalten. Was soll man schon tun, außer sich in der Heldensprache zu üben? Wir haben den Himmel, die Sterne unter uns und außerdem jede Menge Zeit. Die Hauptaufgabe eines interstellaren Kriegers besteht im Warten.«

»Bin ich damit entlassen, Grreff-Hromfi, o Gebieter?«

»Auf diesem Schiff niemals. Dein Dienst endet niemals. Du wirst selbstverständlich sofort die Wartungsabteilung übernehmen. Aber darüber hinaus gibt es noch mehr, was du lernen mußt – neben dem Polieren von Pistolen. Die Einhaltung der Kommunikationsprotokolle. Wie man einen interstellaren Krieg koordiniert. Und wir haben hier draußen beim *Ohr des Scherrecks* auch Kampfjäger. Du wirst erlernen, wie man eine Basis wie die unsere verteidigt. Gleichzeitig wirst du dir eine solide Grundlage in systematischer Strategie aneignen. Und um dir das in deinen hssinischen Kopf zu prügeln, wirst du das, was ich dich lehre, anschließend meinen Söhnen beibringen, eine undankbare Aufgabe, die leider höchste Anforderungen stellt, und für die ich Hilfe benötige.«

»Wäre das alles, o Gebieter?«

»Ich entdecke einen sarkastischen Unterton in deinem Fauchen. Nein, das wäre noch lange nicht alles. Das ist erst der Anfang.«

»Ich freue mich, unter Eurem Befehl zu dienen. Am Ende werde ich überzeugt sein, daß ich einer der Himmelsadmiräle bin – das ist ein lohnendes Ziel für einen hssinischen Barbaren.«

»Krallen ins Gesicht, und dann raus – Der-Gras-ißt!«

Ausbilder-der-Sklaven nahm die Beleidigung nicht zur Kenntnis, denn Grreff-Hromfi hatte sie mit einem Schnurren ausgesprochen. Was sollte man in der Leber davon halten? Er fürchtete dieses alte kzintische Schlachtbeil – aber Angst hatte er nicht vor ihm.

16

(2403 – 2404 n. Chr.)

Die ›Krallenlosen‹, wie die neuen Dienstgrade genannt wurden, mußten an einem unregelmäßig stattfindenden Seminar teilnehmen, das Grreff-Hromfi persönlich leitete. Die Lehrtexte, die Simulationen, die Arbeitsblätter und der Drill waren alle Chuut-Riits Militärischem Vademekum entnommen, der Sammlung seines kompletten Werks. Die Lektionen hingegen waren purer Grreff-Hromfi. Sie alle basierten auf dem Pflichtgebot: »Erst denken, dann springen!« Grreff-Hromfi kannte eintausend Möglichkeiten, diese Lehre an den Kzin zu bringen, als sei er verzweifelt darum bemüht, sie zu vermitteln.

Manchmal benutzte er sie, um eine Warnung zu erteilen. Am Tage, an dem er Chuut-Riits Abschlußbericht über die Niederlage der Dritten Flotte erhielt, prügelte er seine Schüler durch das Wenige, was von dem Desaster bekannt geworden war.

Auf dem Bildschirm stellte er heraus, wo Kgiss-Oberst ohne Verstärkung zurückblieb, weil die impulsiven Krieger seines Rechten Armes sich ein eigenes Ziel aussuchten, dem sie nicht widerstehen konnten. Der Zeiger wanderte über die Einzelheiten des untergeordneten Gefechts. Im nachhinein wurde deutlich, daß die beiden menschlichen Fackelschiffe nur ein Köder gewesen waren, um tapfere – und übereifrige – Krieger in die Falle zu locken.

Grreff-Hromfi rief die anderen Gefechte auf den Bildschirm. In der Schlacht von Ceres war der Nachschub eingetroffen, als bereits keine raumtüchtigen Kriegsschiffe mehr übrig waren, die ihn hätten gebrauchen können. Und weil die Kriegsschiffe bereits Wracks waren, konnten auch keine Krieger herbeistürmen, um die zu spät eingetroffenen kzintischen Frachter zu schützen. Das Patentrezept zum Beginn eines Massakers.

Weiter sonnenwärts hatte die Zweite Wartungsgruppe zufällig ein Ziel gefunden und sich allen Befehlen zum Trotz darauf gestürzt. Die Gruppe war nicht dazu ausgerüstet gewesen, einen Blitzschlag gegen eine Schwere Laserbatterie zu führen, und wurde bei dem Versuch so schwer zusammengeschossen, daß sie nicht mehr in der Lage war, beschädigte *Racheschrei*-Jäger wieder in Gang zu bringen – worin ihre eigentliche Aufgabe bestand. Ohne Jagdschutz konnte sich der *Sieg am Schwertspitzennebel* nicht gegen das Geschwader Pfeilboote verteidigen, das ihn in einem Himmelfahrtskommando angriff, und wurde vernichtet.

»Erst denken, dann springen«, ermahnte Grreff-Hromfi die Helden, die in diesen Schlachten gefallen waren, wie in der Begräbnisrede eines Vaters, der den Leichnam seines arroganten Sohnes tadelt.

Ausbilder-der-Sklaven war viel zu willig gewesen, an Bord der Vierten Flotte zu springen, und entsann sich nun der verkohlten Bordschützen der Dritten. Was von ihrem Fleisch nicht verbrannt worden war, hatte der Weltraum auf der verzweifelten Heimreise mumifiziert. Die Bilder standen Ausbilder-der-Sklaven noch lebhaft vor Augen: Zähne, die aus einem verkohlten Gesicht bleckten; die schwarze Asche des Haares an einem Paar Beine. Und doch mußte jeder einzelne dieser Bordschützen eigene ehrgeizige Träume von livrierten Sklaven gehabt haben, von Landsitzen in der Pampa von Zentralfrankreich oder auf den großen Steppen Englands. Zum ersten Mal in seinem Leben empfand Ausbilder-der-Sklaven echte Zufriedenheit über seine simplen, nicht im geringsten exotischen Diener.

Gelegentlich, und bevorzugt wenn er schlechter Laune war, zog Grreff-Hromfi die praktischen Künste zur Demonstration der universellen Gültigkeit seines Mottos heran.

Mit behandschuhten Krallen führte er seine Seminargruppe in den Wettkampfring. Solange die Kameras liefen, vermochte kein junger Kzin ihn je auch nur zu berühren. Jedesmal verlockte der Kommandeur sie zu einer fatalen Bewegung, und dann stoppte er den Kampf, um ihn auszuwerten. Zeitlupenhologramme in voller Größe des Duells flackerten dann im Ring auf. Der Zeiger des Herrn wies auf das verschwommene Abbild des letzten Gegners, und Grreff-Hromfi hielt sich mit bissigen Kommentaren nicht zurück.

»Indem er seinen Angriff von hier begann, schenkte er mir zuviel Zeit zum Reagieren. Seht, wie meine Fußstellung wechselt. Er kann seine Bahn nicht mehr ändern. Hier – haltet den Blick auf meine Füße gerichtet – stehe ich bereit für den Angriff, und« – der Zeiger fegte nach oben – »seht ihr, wie ich ihn am Handgelenk packe? Da, jetzt habe ich ihn, und nun muß ich ihn nur noch so weit herumwirbeln, daß er über die eigenen Füße stolpert, wenn sie den Boden berühren. Drei Sekunden später ist er tot.« Grreff-Hromfi gab dem jungen Verlierer einen Klaps, während dessen Holoabbild gemächlich auf die Matte sank. »Seht ihr? Erst *denken,* dann springen! Entwickelt eure Hirne über das Niveau eines Schtondat-Ganglions!«

Und manchmal hämmerte Grreff-Hromfi ihnen sein Motto über trockene Rhetorik in die Schädel.

Der *Ohr des Scherrecks* war der Kern des Dritten Schwarzen Rudels, das mit der Fünften Flotte nach Menschenheimat ziehen sollte. Was war ein Schwarzes Rudel? Schwarz war die unsichtbare Farbe des Weltraums. Grreff-Hromfi kratzte sich mit einer Kralle die Nase.

Das war ein sicheres Vorzeichen, daß er ihnen nun stundenlang die Ohren halten und in allen Einzelheiten erklären würde, wie jeder Moment des Handelns in der Zukunft Folgen hätte. Ja, das betonte er immer wieder. Krieger, die Schlachten gewannen, besaßen ein Gespür für Folgen und witterten in den Vorgängen der Gegenwart schon die Spur der zukünftigen Ereignisse.

Am meisten beeindruckte Ausbilder-der-Sklaven die Tiefe, die Chuut-Riits Langzeitplanung aufwies. Zwei kleinere Prototypen der Schwarzen Rudel der Fünften Flotte waren schon *vor* der Vierten Flotte in Richtung Menschensonne gestartet. Sie wären an Ort und Stelle, um die bevorstehenden Schlachten zu taxieren, und standen an zwei Positionen, weiter voneinander getrennt, als sich Neptun im Aphel von Menschensonne entfernt. Wenn die Vierte Armada den ehrenvollen Untergang fand, würden sie allein übrigbleiben und unentdeckbar die elektromagnetischen Ausdünstungen der menschlichen Aktivitäten entdecken, die solaren Planeten fotografieren, die Asteroiden vermessen, und brütend auf den letzten, rächenden Schlag warten.

Kzintiausrüstung vermochte ohne weiteres große Defensivsysteme aufzuspüren. Grreff-Hromfi demonstrierte seinen Schülern, daß der *Ohr des Scherrecks* dazu aus der Entfernung imstande war. Er zeigte ihnen Photographien von Schiffen, die an Tiamat im Schlangenschwarm andockten, Straßenkarten von Alt München, die zwar ein wenig verschwommen, für einen geübten Jäger jedoch ohne große Mühe lesbar waren. Er nahm für sie eine Bildmontage des Fusionskraftwerks von *Wachsamkeit* in der Umlaufbahn Wunderlands auf, die aus Aufnahmen in zwanzig verschiedenen Spektralbereichen bestand – von der Gammastrahlung bis zum ELF-Band, den extrem langwelligen Radiofrequenzen.

Erst denken, *dann* springen. Grreff-Hromfis Maxime.

Vor dem Angriff der Fünften Flotte sollten fünf voll ausgerüstete Schwarze Rudel Menschensonne in Entfernungen umgeben, die zu groß waren, als daß man sie entdecken konnte, wenn man nicht wußte, wo man suchen sollte; und selbst wenn sie entdeckt würden, wären sie für ein Fackelschiff außer Reichweite. Jedes dieser Rudel stellte einen Rückzugs- und Sammelpunkt sowie eine Versorgungsbasis für ausgedehnte Operationen dar, und jedes war ein Fährtensammelcenter.

Grreff-Hromfi machte deutlich, daß alle vorherigen Feldzüge von zwei Makeln behaftet gewesen waren: (1) Die Logistik vor Ort war darauf angewiesen zu plündern, was man auf dem Schlachtfeld vorfand, und (2) gab es keinen Nachschub über große Distanzen.

Die Schwarzen Rudel dienten den logistischen Erfordernissen im Zielsystem. Ein Schwarzes Rudel sollte umfassen: (1) Ein Kommunikationsschiff wie der *Ohr des Scherrecks,* (2) zur Verteidigung einen Träger und seinen Wurf von *Racheschrei*-Kampfjägern und *Ztirgors,* (3) eine Kombination aus Fabrikschiff und Trockendock, das innerhalb von Stunden jedes erdenkbare Ersatzteil produzieren konnte, (4) vier kleine Schiffe, um in den Kometen zu schürfen, (5) ein Lagerhaus und (6) ein Lazarettschiff. Die Antenne sollte nach der Ankunft am Ziel von sich selbst replizierenden Robotern montiert werden. Für den Fall lang anhaltender Kampfhandlungen mußten aus vorgefertigten Teilen entbehrliche Erholungs- und Körperertüchtigungsmodule fabriziert werden.

Der Nachschub mußte von Alpha Centauri über weite Entfernung herangeführt werden, ein überwältigendes logistisches Problem, das jedoch zu lösen war. Volle sechs Jahre lang würden Wunderland und die Fabriken im Schlangenschwarm einen monatlichen Geleitzug mit Nachschub und Kriegern im Kälteschlaf aussenden, welche entweder in die Schlacht geworfen oder als Besatzungstruppen Verwendung finden würden.

Aber Worte und Diagramme erreichten niemals die Leber eines Kzintikriegers, der die gewalttätigen Auseinandersetzungen der Jugendzeit überlebt hatte. Daher rief Grreff-Hromfi manchmal, um zu lehren, was er zu lehren hatte, einen Schüler auf und teilte ihm eine Sonderaufgabe zu. Dann intonierte er mit gedämpfter Stimme erneut das Motto und zuckte dabei genüßlich mit dem Schwanz. In diesen Aufgaben gab es stets einen Fallstrick, einen verborgenen Sachverhalt, der dem Voreiligen zum Verhängnis wurde. Man lernte durch die Tat, und der Eiseshauch des Todes regte zum Denken an.

Grreff-Hromfi übergab das Unterrichten seiner Söhne an Ausbilder-der-Sklaven. Die Söhne lernten nicht viel, Ausbilder-der-Sklaven lernte hingegen, mit tödlichem Schabernack zu rechnen. Er mußte sogar einen Sohn Grreff-Hromfis töten. Der Erlauchte Eroberer bestrafte ihn dafür nicht einmal. Damit erwarb sich Ausbilder-der-Sklaven zum ersten Mal in seinem Leben eine Trophäe, die er sich an den Gürtel heften konnte.

Im Laufe der nächsten Jahre blieb für Ausbilder-der-Sklaven die Hauptaufgabe die gleiche: für die Wartungsabteilung des Rudels Jotoki auszubilden, während die Gruppe allmählich auf Kampfstärke gelangte. Jotoki, die kurz vor dem Übergang standen, wurden von Aarku herangeschafft. Jeden einzelnen davon brachte er durch die Elternfixierung, und wenn sie sich als vertrauenswürdig erwiesen, machte er sie mit den Simulatoren vertraut.

Als recht schwierig erwies es sich, Distanz zu den Jotoki aufrechtzuerhalten. Er durfte sich mit ihnen weder über Geschichte noch über Strategie unterhalten, aber sie waren so neugierig, daß sie ihn oft in Gespräche lockten, ohne daß er wirklich merkte, worum es darin ging. Einmal fand er einen seiner Schützlinge, wie er mit ruckartigen Bewegungen auf den zweiten Ellbogen über den Korridor schlitterte; ein Schulterauge beobachtete mit großem Erstaunen ein Insekt.

Ein anderes Auge richtete sich auf den Ausbilder. »Meister. Was das?«

»Ein Insekt. Vermutlich stammt es von Wunderland und fragt sich, wie es wohl hierhergekommen ist.«

»Lebt oder Maschine?«

»Es ist ein Lebewesen wie du und ich.«

Und damit fand sich Ausbilder-der-Sklaven in eine Diskussion über die Unterschiede zwischen den Fortpflanzungszyklen der Lebewesen und der Produktion in einer automatisierten Fabrik verwickelt.

Sein Jotokschützling wollte wissen, ob man sich Maschinen ausdenken würde.

»Selbstverständlich.«

»Von uns?« Damit meinte er intelligentes Leben einschließlich der Kzinti.

Der Jotok kratzte sich den Untermund und sann über den Verstand nach, der das ›Montagebuch‹ für Kzinti entworfen hatte.

Um dieser Frage nachzugehen, mußten sie sich in das Arboretum begeben, und Ausbilder-der-Sklaven nahm das blaßgrüne Insekt vorsichtig mit. Dann hielt Netter-Gelber einem gespannt lauschenden Auditorium einen Vortrag über die Evolution.

»Und wie habe *ich* mich entwickelt?«

Auf diese Weise waren sie wie beiläufig beim Tabuthema »Jotokigeschichte« angelangt.

Ein anderes Mal spielte er mit Schwer-zu-fangen Karten, und sie unterhielten sich dabei über den großartigen Landsitz, den sie nach der Eroberung von Menschenheimat teilen würden. Schwer-zu-fangen befragte Netter-Gelber über die Wälder auf dem Planeten Erde.

»Wie sehr könnten sie sich von den Wäldern auf Hssin unterscheiden?« entgegnete Ausbilder-der-Sklaven und suchte in seinem Blatt nach einem Pik-As.

»Werden sie bei der Eroberung nicht zu Asche verbrannt?«

Und schon waren sie beim Tabuthema »Strategie«. Gespräche mit Jotoki bewegten sich wie über eine Kugelschale – ganz gleich, ob man nach Norden, Süden, Westen oder Osten fuhr, um einem Thema auszuweichen, auf die eine oder andere Weise gelangte man schließlich doch dahin.

17

(2404 – 2409 n. Chr.)

Im Laufe der Jahre schliff Grreff-Hromfi seine Streitmacht zu einem Präzisionsinstrument und vergrößerte sie. Die Werften im Schlangenschwarm arbeiteten eifrig, und nach und nach erhielt Grreff-Hromfi die Kriegsschiffe, die er brauchte, um das Dritte Schwarze Rudel auf Kampfstärke zu bringen. Das Rudel leitete er, als befände die Gruppe sich bereits in der Umlaufbahn über Menschensonne. Seine Helden spionierten die Admiralität auf Wunderland vielleicht noch zum Spaß aus, aber den immer schwächer werdenden Sendungen der Vierten Flotte lauschten sie mit disziplinierter Ernsthaftigkeit.

Als sie das Trockendock erhielten, vervielfachten sich die Pflichten von Ausbilder-der-Sklaven. Grreff-Hromfi vertraute der menschlichen Kunstfertigkeit in keinem der im Alpha-Centauri-System gebauten Schiffe oder Waffensysteme. Er ließ die Wartungsabteilung jede Einzelheit überprüfen und manchmal nach strengeren Richtlinien neu bauen. Für Ausbilder-der-Sklaven bedeutete all dies Arbeit bis zur Erschöpfung. Aus Notwendigkeit erlernte er die Konventionen der Schiffsbauingenieure. Am Ende gab er es auf und fand Möglichkeiten, Überholungen hinauszuzögern – und bildete mehr Jotoki aus, damit sie ihm die Arbeit abnahmen.

Manchmal aber war fast gar nichts zu tun. Dann schrieb er Berichte und spielte Karten. Er schnüffelte nach Ärger. In einer dieser Ruhepausen lernte er, einen *Racheschrei*-Jäger zu fliegen. Das war ungefährlicher, als über Grreff-Hromfis Harem nachzudenken, und er neigte dazu, sich seine Mußestunden mit Träumen über Kzinrretti zu füllen. Manchmal träumte er sich in den Haushalt Chiirr-Nigs auf Hssin zurück und saß im

Arbeitszimmer, hatte den Kopf seiner treuen Mutter im Schoß und streichelte ihr die Stirn. Wie sehr er es bedauerte, daß er Jriingh, seine Ch'rauwldämonin, hatte verkaufen müssen.

Für einen Kzin war es normal, sich einen eigenen Haushalt zu wünschen. Nur begriff Ausbilder-der-Sklaven nicht, warum ausgerechnet *er* sich Söhne ersehnte – schließlich mußte er die furchtbare Nachkommenschaft Grreff-Hromfis unterrichten. Außerdem ging es nicht an, daß ein Feigling seine verderbten Anlagen an Söhne weitergab, die dem Patriarchat Schande bereiten würden. Dennoch verlangte es ihn nach eigenen Söhnen. Er tröstete sich mit dem Gedanken, daß seine wirklichen Söhne die Jotoki waren, die er während ihrer Übergangsphase an sich band.

Söhne forderten ihre Väter zum körperlichen Kampf heraus.

Seine vielen jotokischen ›Söhne‹ stellten ihm Herausforderungen auf anderen Gebieten. Die aufdringliche Neugierde eines Jotoks in der Übergangsphase ließ Ausbilder keine andere Wahl, als ständig hinzuzulernen. Nicht, daß es ihn verlangt hätte zu lernen. Nicht, daß er neugierig war. Er stellte nie eine Frage, deren Antwort nicht einen solide abgestandenen Geruch aufwies. Aber er haßte es einfach, keine Antwort parat zu haben, wenn ihm ein Sklave eine so dumme Frage stellte wie etwa: »Wie groß muß das Universum mindestens sein?« Die Antwort auf diese Frage besaß nicht nur keinen Geruch – sie konnte weder erblickt noch erlauscht werden.

Schwer-zu-fangen war an allem schuld, denn er erzählte vier seiner jungen, auszubildenden Polarisatormechaniker von R'hshssira, dem schwarzen Zwergstern. Der Himmelskörper würde für immer weiter kontrahieren, ohne seinen Wasserstoff zu verschmelzen, weil er nur sieben Achtel der zur Zündung der Kernfusion erforderlichen Masse besaß. Trotzdem würde R'hshssira noch immer einen endlichen Radius besitzen, auch wenn es aus dem Sterninnern keinen Strahlungsdruck mehr gab.

Unter der Aufsicht von Schwer-zu-fangen und Grusel hatten die vier jugendlichen Jotoki gemeinsam Schwerkraftpolarisatormechanik gelernt. Das waren immerhin zwanzig frische, neugierige Gehirne im Kanon, jeweils in Chören zu fünf pro Körper. Um einen Polarisator reparieren und abstimmen zu können, brauchte man die Vereinigte Feldtheorie nicht gemeistert zu haben, aber von solchen praktischen Einwänden hatte sich noch kein Übergängler je beeindrucken lassen.

Die »furchtbaren Vier« skizzierten kurzerhand die Gleichung, mit der sich der Mindestdurchmesser eines Weißen Zwergsterns als Funktion seiner Masse darstellen läßt. Mit den Mechanismen der Novabildung gaben sie sich nicht ab, das überstieg auch ihre Fähigkeiten, aber sie ermittelten immerhin den Bereich der Massen und Durchmesser von Neutronensternen. Für eine gegebene Masse konnten sie einen Wert für den Durchmesser des dazugehörigen Neutronensterns errechnen.

Massen, die groß genug waren, um hinter der Lichtgeschwindigkeitsmauer zu kollabieren, waren schwieriger zu behandeln. Und bevor sie mit den Berechnungen fertig waren, steckte eins ihrer Gehirne alle anderen mit der ach so brennend wichtigen Frage an: »Wenn das ganze Universum kollabierte, wie groß wäre sein Mindestdurchmesser?«

Netter-Gelber versuchte es mit einer praktischen Kzintiantwort: »Das Universum expandiert.«

Aber alle *vier* Jotoki – *zwanzig* Stimmen – ließen ihn so einfach nicht davonkommen. Das Abstimmen von Polarisatoren war etwas Praktisches. Hier hatte man es mit Freizeitgestaltung zu tun. Was, *wenn* das Universum zusammenbräche?

Jotoki sollten keine Texte über Gravitationstheorie über den Datenlink zugänglich sein, dachte Ausbilder-der-Sklaven. *Außerdem sind Schwerkraftpolarisatoren viel zu elegant kon-*

struiert. Sie sollten blinkende Lichter haben und nach der Vorlage eines Holzpuzzles von W'kkai gebaut sein. Dann wären seine Jotoki wenigstens beschäftigt gewesen und nicht solchem Unfug auf den Grund gegangen.

Aber nein! Er mußte ja unbedingt anmerken, daß ein Schwerkraftpolarisator mit negativer Raumkrümmung arbeitete, und schon vertieften seine Schützlinge sich in die zugehörigen Tensorgleichungen. Von dort lag der unheilbare Wahnsinn nur wenige Fragen entfernt. Was ist der Unterschied zwischen positiver und negativer Raumkrümmung? Da positive Krümmung gängig ist – das heißt, alles zieht sich gegenseitig an –, warum implodiert das Universum nicht einfach? *Wann* wird es implodieren? Wenn das Universum schließlich doch implodiert, wie klein wird es dann sein? Verrate es uns, Netter-Gelber!

Ausbilder-der-Sklaven dankte dem Zähnefletschenden Gott, daß Schwer-zu-fangen, Grusel und Witzbold solchen Fragestellungen bereits entwachsen waren. Dennoch verzichtete er auf ein spannendes Kartenspiel, um tiefer in die Materie einzudringen. Sein Datenlink überraschte ihn, indem er mehrmals bat, die Nachfrage umzuformulieren, dann warf er eine Antwort aus, die seit reichlich acht zum Quadrat Generationen bekannt war. Es handelte sich um ein Theorem, das nach Stkaa-Mathematiker-von-S'Rorrl benannt war.

Stkaa gehörte selbstverständlich zu jenen Kzinti, die die Kommas und Punkte der Heldensprache mit dem Blut von Märtyrern schrieben, und im Austausch gegen noch einmal soviel Blut drückte er sich sogar verständlich aus. Ausbilder-der-Sklaven mußte auf dem Datenlink die Gleichungen des Theorems mit unterschiedlichen Grenzwerten laufen lassen. Dann mußte er die Definitionen von Wörtern aufrufen, die er noch nie zuvor gehört hatte – manchmal, weil die Vereinigte Feldtheorie ein undurchschaubares Thema mit eigenem Zischen und Fauchen war, manchmal auch nur, weil sich seit den Zeiten Stkaas die Sprache verändert hatte. Um die Definitionen zu verstehen, war er in fünfzig Prozent aller Fälle gezwungen, weitere Gleichungen zu lösen, bevor er ihnen überhaupt einen Sinn zu entnehmen vermochte.

Drei Tage später …

Das Theorem ließ sich leicht genug auf den Punkt bringen: »Ein Universum kann sich nicht unter den niedrigsten Informationszustand kontrahieren.« Aber es erforderte einen pelzsträubenden Einsatz der Unschärferelation, um die Temperatur zu errechnen, bei der »jedes Partikel im kontrahierenden Universum an jedem Punkt im Feuerball die gleiche Aufenthaltswahrscheinlichkeit besaß« – den erforderlichen niedrigsten Zustand. Aber sobald man dieses Theorem einführte, war ein Mindestradius plötzlich nicht mehr erforderlich. Ganz sauber.

Pflichtschuldig referierte Ausbilder-der-Sklaven seinen vier »Söhnen« das Theorem, leitete die Gleichungen der Vereinigten Feldtheorie her und hielt sich dabei an das Wesentliche. Dann zog er den Trick aus den Ohren, der es ihm gestattete, die Unschärferelation anzuwenden, um alle Singularitäten zu eliminieren.

Die Unschärferelation besagt, daß man nicht gleichzeitig Impuls und Ort eines Partikels mit beliebig großer Genauigkeit kennen kann, und wann man eine Größe genau bestimmt, wird die Unsicherheit der anderen sehr groß. Kannte man die Geschwindigkeit eines Partikels, dozierte Ausbilder-der-Sklaven, so vermochte man nichts über seine Position auszusagen. Bewegte es sich noch auf einen Punkt zu oder hatte es ihn bereits passiert? Legte man aber den Ort eines Partikels fest, so kannte man seine Geschwindigkeit nicht mehr. Auch nicht die Richtung des Vektors. Bewegte das Partikel sich nach innen oder nach außen? Und dann war alle Information darüber, ob das Universum expandierte oder kontrahierte, verloren.

Simsalabim! Der Mindestradius des Universums –

passé! (Mit Dank an Stkaa-Mathematiker-von-S'Rorrl, aber das brauchten die Jotoki nicht zu wissen.)

Wenn man drei Augen eines Jotoks auf sich gerichtet sah, wußte man, daß man seine volle Aufmerksamkeit hatte; man mußte schon mit einer Sensation kommen, wenn man alle fünf Augen auf sich lenken wollte. Großer-Untermund schlitterte davon und brachte Ausbilder-der-Sklaven einige quiekende Graschi-Wühler in einer Schale, die er mampfte, während ihm andere Arme das Fell striegelten. Warum konnten Kzintisöhne nicht auch so sein?

Allmählich begriff er, warum er als Jotokiausbilder solche Erfolge aufzuweisen hatte. Wenn die Intelligenz eines Jotoks einsetzte, band er sich an alles, was ihm die grundlegenden verbalen Reize verschaffte. An alles. Ausbilder-der-Sklaven hatte einmal einen auf eine Maschine fixierten Jotok gesehen, der seinen Verstand zugrunde richtete, indem er versuchte, der Maschine ein Sohn zu sein. Der Augenblick der Bindung war überaus kritisch – aber die Bindung allein reichte nicht aus. Der Jotok suchte nach einem Vater, und wenn man einen verläßlichen Jotokisklaven erziehen wollte, dann mußte man ihm ein *Vater sein.*

Für Ausbilder-der-Sklaven war das ein verwirrendes Konzept. Er konnte seinen Jotoki schließlich kein echter Vater sein, weil er sie nicht im Kampf ausbilden durfte. Schließlich waren sie Pflanzenfresser und keine Helden. Nur ein Vater, der selbst ein Feigling war, konnte Söhne zeugen, die nicht zu kämpfen vermochten. (Ob Ausbilder sich noch an die Ermordung von Der-andere-an-der-Nase-herumführt erinnerte? Vielleicht – als unerklärliche Abweichung.)

Ausbilder-der-Sklaven liebte seine Isolierung schon allein deswegen, weil er sich auf diese Weise ohne weiteres aus Kämpfen heraushalten konnte. Er befand sich in einer delikaten Gratwanderung zwischen Duellieren und Nichtduellieren. Er bevorzugte die Unterwürfigkeit –

ältere Krieger begrüßten seine Unterordnung, weil sie ihnen erlaubte, Pflichten an ihn zu delegieren –, doch jüngere Helden neigten dazu, allzu dienstfertige Kzinti als potentielle Opfer zu betrachten.

Um diese Plage ein wenig im Zaum zu halten, mußte Ausbilder-der-Sklaven einen gewissen Ruf im Wettkampfring aufrechterhalten. Ihm kam es unfaßbar gelegen, daß Grreff-Hromfi ihn sehr gerne als Opponenten heranzog, wenn er etwas demonstrieren wollte. Die hochmütigen Krieger des Dritten Schwarzen Rudels verehrten ihren Kommandeur und bemerkten nicht, daß Hromfi niemals Ausbilder-der-Sklaven verletzen oder demütigen würde, daß der alte Krieger in ihm zu sehr den fähigen Lehrmeister seiner Söhne sah. Er machte Ausbilder-der-Sklaven zu seinem Bevollmächtigten und setzte ihn zum Kören seiner Söhne ein, einer Vaterspflicht, für die er keine Leber hatte.

Ein Krieger, der Ausbilders Angst roch, schreckte beim Anblick des Ohres, das einst einem Sohn des Kommandeurs gehört hatte und das er am Gürtel trug, und der vielen Narben zurück, die als Ergebnis der Wettkämpfe mit ebenjenen Söhnen seine Arme und seine Brust übersäten. Die Narben waren ein Ehrenabzeichen, das Ausbilder begrüßte, ganz gleich, wie schmerzhaft sie gewesen waren, denn sie warnten andere, ihrer Wut nicht freien Lauf zu lassen.

Doch seinen wachsenden Fähigkeiten als Kämpfer zum Trotz bevorzugte er die Einsamkeit. In der alten Zeit hätte er allein für sich auf den Savannen von Kzinheimat gejagt.

18

(2410 – 2413 n. Chr.)

Innerhalb eines militärischen Apparats kann es niemals vollkommene Isolierung geben, ganz gleich, wie entfernt der Posten auch liegt. Ausbilder-der-Sklaven konnte sich hinter seiner Arbeit zwar verstecken, seine Vorgesetzten wußten jedoch stets, wo sie ihn finden würden, denn sie bedurften seiner Fähigkeiten. Nach einiger Zeit inspizierte Chuut-Riit die Station. Die Schwarzen Rudel bildeten das Knochengerüst der Fünften Flotte, und der Hohe Erlauchte Eroberer schätzte es, den Schwanz in Kontakt mit Neuentwicklungen zu halten. Als Chuut-Riit mit seinen Offizieren im Wartungshangar des Trockendocks der *Nistenden Reißzahnmutter* stand und sie von einem Laufsteg auf einen zerlegten *Racheschrei* hinabblickten, wandte er sich an Ausbilder-der-Sklaven.

»Ich erinnere mich noch gut an unser Gespräch, das wir während der Jagd auf Hssin geführt haben.«

»Dominanter, ich war damals noch sehr jung, hatte eine Schrumpfleber und ein für meinen Kopf zu kleines Gehirn.«

»Aber du hast die Qualitäten eines guten Kommandanten an den Tag gelegt, ein Gespür, wann es an der Zeit ist zu finten und wann zuzuschlagen«, erwiderte Chuut-Riit diplomatisch. »Doch will ich dir das Thema wieder ins Gedächtnis rufen, das mich damals gefesselt hat. Du hattest eine Theorie, daß Menschenmännchen mit Hilfe ihrer Biochemie domestiziert werden könnten. Ich erinnere mich, daß du von einem Schlüssel gesprochen hast, mit dem man ihre Lerngeschwindigkeit kontrollieren und dann blockieren könnte, um sie darauf zu fixieren, wenn sie erst einmal das erwünschte Sklavenverhalten erlangt haben.«

»O Gebieter, ich habe diese Spekulationen angestellt –

aber ich hatte niemals Versuchstiere zur Verfügung, um an ihnen meine Vermutungen zu überprüfen. Die Physiologie des Denkens beschreitet gewundene Wege, und man kann ihrer Spur nicht folgen, ohne die Nase an die Fährte zu halten. Und die Männchen können auch nicht domestiziert werden, ohne daß es entsprechende Zuchtweibchen gibt.«

»Wenn du dieses Projekt zum Erfolg führst, verleihe ich dir einen Teilnamen.«

»Dominanter!«

»Von unseren Menschentieren laufen zu viele zu den Wilden über. Ich hege die Befürchtung, daß das Problem auf Erde mit seiner viel größeren Bevölkerung noch erheblich schwerwiegender sein wird. Die Jagd auf die Menschen, die sich nicht an die Sklaverei anpassen wollen, ist als Lösung nur von beschränktem Wert. Der Wilde Mensch ist verschlagen und schämt sich nicht, sich als Sklave auszugeben. Wenn er aber zuschlägt, ist er ein tödlicher Gegner. Erst vor kurzem gab es ein Massaker an Kzinrretti und Kätzchen. Bei dieser Gelegenheit kam mir dein Vorschlag wieder in den Sinn. Wenn du Zeit hast, die Frage zu eruieren, dann will ich dir so viele Versuchstiere schicken, wie du brauchst. Ich würde einen solchen Vorteil für die Fünfte Flotte zu schätzen wissen.«

»Bereitwillig stimme ich zu!«

»Du hast genügend Platz?«

»Ich kann Käfige anfertigen lassen.«

»Gut.«

Ausbilder-der-Sklaven ließ eine Käfigwand in einem Munitionsdepot errichten, das unbenutzt war – sie befanden sich noch nicht im Kriegseinsatz. Einem Kzin wären die Käfige beengt erschienen, aber für ein Menschentier reichten sie aus – sie konnten aufrecht darin stehen und ausgestreckt liegen, und für Kinder waren sie sehr geräumig. Als die erste Gruppe Versuchstiere eintraf, legte Ausbilder-der-Sklaven einige grundsätzliche Regeln fest. Sie erhielten fünf Achtel des Wassers und der

Nahrung, die sie brauchten, allein dafür, daß sie ihre Käfige sauberhielten. Der Rest wurde für bereitwillige Zusammenarbeit ausgegeben. Auf Tiere, die weitere Zusammenarbeit ablehnten, wurde kein weiterer Druck ausgeübt.

Sie waren sehr laut.

Der ersten Lieferung lag der beste menschliche Autodoc bei, den Chuut-Riits Offiziere hatten finden können, einschließlich eines Handbuchs in deutsch, englisch und japanisch.

Der Computer des Autodocs war im Prinzip ein umfassendes Kompendium der menschlichen Biochemie, wenn die Daten auch nicht in leicht lesbarer Form vorlagen. Der Autodoc war gut bevorratet und konnte bei Experimenten beschädigte Tiere recyceln.

Zunächst nahm Ausbilder-der-Sklaven den exotischen Computer des Autodocs in Angriff und schrieb ein Programm, das ihm dessen Aufzeichnungen über die menschliche Physiologie in Kzinti-Symbole übersetzte, dann in seinen Datenlink übertrug und mit dem allgemeinen Modell über alle bekannten fremden Hirnfunktionsweisen verknüpfte. Erstaunt stellte er fest, daß einer der menschlichen Neurotransmitter einem Neurotransmitter der Kzinti sehr ähnelte. Seine besondere chemische Konstitution lieferte einen Hinweis darauf, weshalb die Reflexe der Kzinti um so vieles schneller waren als die der Menschen.

Nach einigen Wochen lief das erste Experiment. Schwer-zu-fangen erwies sich als talentierter Student der Chirurgie. Der erste Versuch, einem Menschenmännchen die Schädeldecke zu entfernen, endete mit einem gewaltigen Bluterguß – ein Fehler, der sich ohne weiteres vom Autodoc beheben ließ. Schwer-zu-fangens zweiter Versuch erwies sich als erfolgreicher. Das Weibchen war auf einem bequemen Stuhl festgebunden, und das Schädeldach wurde sauber abgeschnitten, um das Gehirn zu entblößen. Ihr Kopf war fest eingespannt, damit sie sich nicht durch unerwünschte Bewegungen selbst verletzen konnte.

Ausbilder hatte dem Menschenweibchen zuliebe die Raumtemperatur erhöht. Auf ihren Arm hatte er eine Identifizierungsnummer aus Kommas und Punkten tätowiert, damit er sie nicht mit den anderen Tieren verwechselte. Zierliche Sonden steckten bereits in ihrem Gehirn: sie maßen die Aktivitäten der Neurotransmitter und überwachten die Neuronen, die mit Sinnesreizen zu tun hatten, sie kontrollierten den Blutdruck und Änderungen in der Nervenaktivität, während grundlegende Emotionen durch Gabe von Chemikalien ein- und ausgeschaltet wurden. Ausbilder-der-Sklaven mußte ein Gefühl bekommen für die Gehirnstrukturen, die er dem Autodoc entnommen hatte.

Er schritt nervös um sein Experiment herum, denn er wollte nicht, daß das Weibchen starb, solange er sich über den menschlichen Leistungsrahmen so unsicher war, und hielt eine Extraportion Katzenfisch-Eiscreme bereit, die sie nach Ende der Datensammlung für die Unannehmlichkeit bekommen sollte.

Mit der Zeit würde er schon lernen, wie er ihren fragenden Verstand ausradierte, ohne daß sie die Fähigkeit verlor, Kinder auszutragen und ihre sexuellen Funktionen zu erfüllen. Er war sich noch nicht sicher, worauf er die Männchen programmieren sollte. Wenn er sie als Arbeitstiere domestizierte, dann mußte er einen anderen Weg beschreiten, sollten sie nicht als bloße Fleischlieferanten herhalten.

Und so verstrichen die Jahre ohne einschneidenden Durchbruch. Experimente mit Sklaven, biochemische Testreihen, Entschlüsselung neuraler Zusammenhänge, Polarisatorwartung. Ein wenig Flugakrobatik, wenn er eine schnelle Reparatur hinter sich gebracht hatte. Noch einen Kampf auf Leben und Tod mit einem von Grreff-Hromfis Söhnen – und noch ein Ohrenpaar, das er sich an den Gürtel heften konnte. Weitere strategische Lektionen. Ein peinlicher Zwischenfall mit einer von Hromfis Töchtern, im Dunkeln glücklicherweise. Schießausbildung. Ausbildung von noch mehr Jotoki – noch mehr Fragen, die beantwortet werden mußten. Und noch eine Runde Gehirnexperimente.

Seine produktivste Phase begann, als er im Autodoc die Möglichkeit entdeckte, das Nervenwachstum ein- und auszuschalten. Er fand es recht nützlich zu wissen, unter welchen Bedingungen menschliche Neuronen dazu veranlaßt werden konnten, sich zu regenerieren oder neue Neuronen knospen zu lassen. Als er entdeckte, daß er Dentritensprossung hervorrufen konnte, war er fasziniert.

Das war nur ein Beispiel, wie leicht die überschäumende Begeisterungsfähigkeit eines Kzins ihn in Schwierigkeiten bringen konnte. Ausbilder-der-Sklaven hoffte so sehr, seine Kameraden dadurch beeindrucken zu können, daß er einen genialen Sklaven kreierte – aber als er die Anzahl der neuralen Verknüpfungen im Gehirn eines Menschenmännchens um eine Größenordnung erhöhte, bestand der einzige Erfolg darin, daß das Versuchstier starb. Wie deprimierend.

Manchmal durchbrach etwas Aufregendes die Mühsal des wissenschaftlichen Fortschritts, der nur in winzigen Schritten verlief. Yiao-Stabskapitän kam zu Besuch, und seine Begeisterung war so mitreißend, daß das Rudel seine große Antenne tatsächlich um vierzig Grad von Menschensonne fort zur Seite schwenkte, um eine ungewöhnliche Quelle von Gammastrahlung zu beobachten.

Das Erstaunen für andere Dinge hielt nie lange an. Ständig verwandelte es sich in Monotonie zurück. Natürlich, er beobachtete bei seinen Experimenten einen soliden, wenn auch quälend langsamen Fortschritt – aber die Arbeit war so mühselig! Sicher, Ausbilder hatte sich mittlerweile solche Übung angeeignet, daß er die meisten seiner Menschentiere nach einer Operation oftmals wiederverwerten konnte, bevor sie starben – aber die knifflige Kleinigkeitenkrämerei brachte ihn ständig an den Rand eines Wutausbruchs. Wenn Chuut-Riit ihm nicht einen Namen versprochen hätte, hätte er dem ständigen Druck wohl kaum standgehalten. Dank dem Zähnefletschenden Gott für die Glanzpunkte, die den Ennui durchbrachen!

Da war sein zweiter Urlaub auf Wunderland, in dem es ihm gelang, eine ständige Vereinbarung mit einem Waisenhaus zu treffen, das ihn mit Nachschub für seine Tierkäfige versorgte – er konnte nicht unaufhörlich Versuchstiere aus den kriegswichtigen Fabriken abziehen, ohne ein Duell mit dem einen oder anderen empfindlichen Kzintimanager zu riskieren. Und Kriminelle und politische Gefangene waren als Jagdbeute zu begehrt.

Die Jotoki hielten seinen Verstand wach. Manchmal auch ein spannendes Kartenspiel. Einer seiner Jotoki entdeckte einen mathematischen Satz, der in keinem Datenlink zu finden war. Ein anderer seiner Sklaven verrichtete großartige Arbeit bei einer Studie über schmerzstimuliertes Schnellernen bei Menschen. Diese Ergebnisse klärten etliche verwirrende Fragen über die Funktion des menschlichen Gehirns. Ausbilder-der-Sklaven wußte nicht, ob er überlebt hätte, wenn einer der unheilbar neugierigen Jotoki nicht immer einen Teil der so unnötigen Denklast übernahm. Manchmal brauchte er nur eine Frage zu stellen, und ein Jotok experimentierte mit einem Waisen und lieferte ihm die Antwort. Sie hatten einfach mehr Geduld als ein Kzin.

Ausbilder-der-Sklaven wußte, daß er zu lange beim Dritten Schwarzen Rudel war, als die Antennen die ersten Informationen über die gewaltigen Schlachten im Menschensystem auffingen. Da erst wurde ihm bewußt, daß er nun fast zehn Jahre auf diesem Posten diente. Die Schlachten, die die Lebern der Wunderkzin aufstachelten, waren mehr als vier Jahre vorüber. Selbstverständlich wurde einem das bei lichtschnell gesendeten Nachrichten nie bewußt. Wenn eine Raumschlacht einen

Monat gedauert hatte, dann brauchte auch die Wiederaufführung einen Monat – vier Jahre, nachdem das Ergebnis feststand.

Das Vierte und das Fünfte Rudel waren noch näher am Menschensystem stationiert und lauschten ebenfalls. Das Dritte Schwarze Rudel stand als letzte Reserve auf der der Menschensonne abgewandten Seite von Alpha Centauri. Eifrig verglichen die Rudel Nachrichten und füllten die Übertragungslöcher, aber sie lagen Lichttage auseinander, und so vergingen Tage, bis die endgültige, von den Kommunikationsoffizieren beglaubigte Zusammenstellung veröffentlicht wurde.

Keine der Neuigkeiten überraschte Grreff-Hromfi. Stoisch unterdrückte er seine Wut. Aber Ausbilder-der-Sklaven war sehr überrascht.

Der *Heldenblut* war am acht plus dritten Tag vernichtet worden, verglüht und verdampft. Ausbilder, den das tägliche Verfolgen der Meldungen bereits ermüdete, war vom Heldentod seines besten Freundes wie gelähmt. Der über vier Jahre zurücklag.

Seine Ahnen flüsterten ihm zu. Es war, als hätte er vier Jahre lang unverdient gelebt. *Ich bin ein Geist,* dachte er, aber das war doch albern. Er wollte einen Kampf, aber es gab keinen Gegner. Er wollte sich Äffchenohren an den Gürtel heften. Statt dessen trugen sie Ssis-Kommandants Ohren an den ihren.

An den Menschen war etwas, das Ausbilder-der-Sklaven nicht begriff. In finsterster Stimmung begab er sich zu den Käfigen.

»He, Doktor Moreau«, rief ihm ein Weibchen mit langem schwarzen Haar höhnisch zu, »wann nähst du denn mir einen Wolfskopf an?«

»Svelda! Säubere deinen Käfig!« fauchte er in seiner besten menschlichen Aussprache. Sie mußte ihren Unrat nur in den Absaugtrichter werfen.

»Komm näher, und du kannst dir die Scheiße aus dem Pelz kämmen!«

Seine Mundwinkel wichen zurück und entblößten die Reißzähne. »Sei vorsichtig. Ich bin in übler Laune.«

»Das ist ja mal was Neues! Was interessiert's mich? Was hab' ich schon zu verlieren? Bring mich doch um!«

Er schnurrte, um seinen Haß zu verbergen. »Ich gebe dir Eiscreme, wenn du deinen Käfig saubermachst.«

Die Tränen liefen ihr die Wangen hinab. »Du hast so oft an meinem Gehirn rumgepfuscht, daß ich keinen klaren Gedanken mehr fassen kann. Eiscreme! Begreifst du denn gar nichts? Wenn du die Käfigtür öffnest, dann werde ich dich umbringen. Weißt du, was aus einer Frau wird, wenn du ihr das Hirn abklemmst? Alle Gefühle wollen heraus! Sie verliert die Kontrolle. Sie wird zum Tier.« Svelda umklammerte mit beiden Fäusten die Gitterstäbe und fauchte ihn mit knirschenden, gebleckten Zähnen an.

Die Waisenkinder in den angrenzenden Käfigen begannen zu heulen. Sie waren viel leichter zu handhaben als diese Wilden.

Also ein weiterer Fehlschlag – das Weibchen war nach wie vor in der Lage, vernünftig und zusammenhängend zu denken, und das einzige Resultat des Experiments lag darin, daß sie sich ununterbrochen in einem Zustand kaum gezügelter Wut befand. Diese Menschenweibchen klammerten sich auch nach drastischen Eingriffen noch an die Vernunft. Und wenn es dann gelang, ihre Intelligenz auszulöschen, dann wurden sie schwerfällig und legten meist erstaunlich bizarre Verhaltensdefizite an den Tag.

Einmal hatte Ausbilder-der-Sklaven versucht, die Neugier zu eliminieren und einen Idioten produziert, der wie unter einem inneren Zwang immerfort Fragen stellte, ohne auch nur das geringste Interesse an den Antworten zu zeigen. Ein anderes Experiment in Intelligenzreduktion hatte eine absolut vernünftige Frau produziert, der es leider in tödlichem Ausmaß an gesundem Menschenverstand mangelte. Ausbilder-der-Sklaven hatte probiert, Unterwürfigkeit zu erzeugen, indem er das Wissen des Autodocs über Gehirnchemie einsetzte, und nur Passivität erzielt. In Folge hatte er entdeckt, daß zwischen Passivität und Trägheit kein großer Unterschied bestand.

Passivität neutralisierte zwar wie gewünscht die Intelligenz, aber leider auch alles andere von Bedeutung. Unterwürfigkeit hingegen schien Intelligenz sogar *vorauszusetzen,* wenn ein Kzin irgendeinen Nutzen daraus ziehen wollte.

Ihm fehlte noch ein wichtiger Schlüssel.

»Aber du magst doch Eiscreme«, wandte er starrsinnig ein, noch immer hoffend, das Svelda-Weibchen zur Sauberkeit motivieren zu können.

»Dann zieh's dir doch die Nase hoch!«

Sollte das eine *vernünftige* Äußerung gewesen sein? Wohl eher ein Grenzfall. Er wollte Svelda glücklich machen, damit sie ihren Käfig reinigte und damit aufhörte, die anderen Tiere aufzustören. Mit Eiscreme war es also nicht getan. Begriff sie möglicherweise nicht mehr, was Eiscreme war? Wenn die Vernunft versagte, mußte er sie vielleicht emotional ansprechen – eine Kzinrret reagierte stets auf Emotionen. Worauf würde Svelda wohl reagieren? Sie mochte ihn schließlich nicht. Zumindest, seit sie auf ihre Wut festgelegt war. Auf einen Sieg? Er erwog das.

Sieg war etwas sehr Gefühlsbetontes – es regte die Schnurrschwingungen an. Kzinti und Tiere liebten es gleichermaßen zu siegen. »Im Augenblick ist deine Spezies glücklich, und ich bin in Trauer«, sagte er.

»Glücklich?« keifte sie. »Wenn ich dir den Daumen ins Auge stoßen könnte, dann wäre ich glücklich!« Sie zischte und rüttelte an den Käfigstäben. »Du Mistkerl! Dein Pelz hat die gleiche Farbe wie Pisse! Du stinkst! Nimm mal ein Bad, pißpelzige Rattenkatze!« Als Ausbilder-der-Sklaven versuchte, die Hand mit eingezogenen Krallen durch die Stäbe zu stecken und sie begütigend zu tätscheln, schnappte sie nach seinen schwarzen Fingerspitzen.

Ein bemerkenswertes Verhalten. Als Svelda anfangs zu ihm kam, war sie schüchtern, still und sanftmütig gewesen. Bei der Vorstellung, wie wenig an ihrem Verstand zu modifizieren war, hatte Ausbilder-der-Sklaven Entzücken erfaßt. Aber sein Eingriff hatte im Gegenteil offenbar eine ganze Schicht boshafter Instinkte freigelegt. Wie verwirrend! Widerwillig verwarf er seine neuste Theorie über die Funktionsweise des menschlichen Gehirns.

Wie weit konnte sie noch abstrakt denken? Sie hatte Schwierigkeiten, Sieg mit Freude zu verknüpfen. Er betonte seine Tierrufimitationen noch sorgfältiger, so, als spräche er zu seiner Mutter. »Ihr Äffchen habt unserer Flotte, die Sol angriff, schweren Schaden zugefügt. Edle Krieger sind heldenhaft gefallen. Darum bist du glücklich, und ich trauere.«

»Sol?« Das Tier fing an, hysterisch zu weinen. Noch ein sonderbarer Gemütswechsel. »Die Solarier haben euch erwischt . . .« – die Schluchzer ließen sie am ganzen Körper erbeben –, »euch Rattenkatzen? – Ihr lutscht doch an euren Vätern!« stieß sie zwischen den einzelnen Schluchzern hervor. »Im Sol-System?«

»Wir senden noch eine Flotte aus.«

Ganz offensichtlich war der Hirnschaden dieses Weibchens umfassend. All ihre Gefühle schienen unkoordiniert und auf einmal aus ihr hervorzubrechen. Tränen der Trauer rannen ihr das haarlose Gesicht hinunter. Sie grinste, wie Menschen grinsen, wenn sie unfaßbar glücklich sind, aber der Art, wie sie die Zähne fletschte, haftete eine schier kzintische Wildheit an. Gewisse alte, verhaftete Instinkte mußten aller hemmenden Bremsen entblößt worden sein.

»Abschuß! Abschuß! Abschuß!« kreischte sie glücklich in ihrer Traurigkeit so laut, daß sie das Heulen der Kinder übertönte.

Später narkotisierte er Svelda und versuchte, den Hirnschaden zu reparieren, indem er die Nervenverknüpfungen, die er aufgelöst hatte, wieder dort nachwachsen ließ, wo sie vorher gewesen waren, aber es funktionierte nicht. Svelda fiel in ein Koma. Der Autodoc konnte sie am Leben halten, aber sie reagierte auf keinen Stimulus von außen mehr und konnte nicht mehr essen oder sich säubern. Er warf ihr Fleisch Grreff-Hromfis Söhnen vor, weil sie sich eine Weile gut benommen hatten, den Kopf aber behielt er und zerlegte das Gehirn. Die neuralen Schaltkreise gab er in seinen Datenlink ein in der Hoffnung, eines Tages zu begreifen, was schiefgegangen war.

Er konnte der Versuchung nicht widerstehen, sich eins ihrer Ohren an den Gürtel zu heften. Nach dem Desaster der Vierten Flotte brauchte er einfach das Gefühl eines Äffchenohrs an seiner Taille.

Ausbilder-der-Sklaven dachte nun häufiger an seine Mutter als je zuvor. Immer hatte er sie für unintelligent gehalten. Alle Synonyme in der Heldensprache für »Dummheit« bezogen sich auf weibliches Verhalten. Wenn ein Kzintosch zu einem anderen sagte: »Du Kzinrret!«, dann meinte er: »Du hirnloser, dämlicher Trottel!« Und dennoch – als Ausbilder-der-Sklaven in den Menschenweibchen jene bezaubernde Dummheit der Kzinrretti nachzuahmen versuchte, hatte er nichts weiter erreicht als eine bizarre Funktionsunfähigkeit.

Noch immer erzürnt über die Niederlage der Vierten Flotte, lebte er seine Wut aus, indem er aggressiv das Problem anging, das ihn plagte. Er dachte an seine Mutter. Er dachte an all die Gelegenheiten, da sie ihm das Leben gerettet hatte.

Seine experimentellen Fehler konfrontierten ihn mit denkwürdigen Fakten. Er mußte all seine Vorstellungen von Intelligenz hinterfragen und das Konzept, das sich in seinem Kopf festgesetzt hatte, in alle Teilaspekte zerlegen. Er gelangte zu der Erkenntnis, daß sich seine Mutter ihrer Handlungen bewußt gewesen sein mußte, wenn sie ihn aktiv schützte, und zog den bemerkenswerten Schluß, daß sie in der Tat intelligent war.

Aber das war unmöglich. Blitzartig trat ihm das liebgewonnene Bild vor Augen, wie sie in eines seiner ersten Bücher gebissen und es zu Brei zerkaut hatte.

Der Zähnefletschende Gott hatte den ersten Kzinrretti Seelen geschenkt, aber in der Entscheidungsschlacht der Hungrigen Jahre hatten sie sowohl Ihn als auch ihre Gefährten verraten, während die Kzintoschs dem Gott treu blieben. Also hatte Er den Weibchen die Seelen genommen und ihre Leiber den Kzintoschs überstellt, die fortan über sie herrschen sollten, auf daß die Rasse gedeihe und sich mehre. Das war Mythologie, waren Geschichten über Ereignisse, die stattfanden, bevor es Wissenschaft oder schriftliche Aufzeichnungen gab. Was war wirklich geschehen? Was hatten die Kzinrretti bei der Schlacht der Hungrigen Jahre verloren, wenn nicht ihre Intelligenz?

Für Ausbilder-der-Sklaven stand es fest, daß er seine Mutter liebte – ganz gleich, was sie war. Denn was sie war, blieb hinter der schweigenden Fassade verborgen; sie sprach nur selten, und wenn, dann benutzte sie nur den simplen Wortschatz der Weibchensprache, der nicht mehr als ein paar acht zum Quadrat Wörter umfaßte. War es ein Widerspruch in sich selbst, ein Tier intelligent zu nennen, wenn es keine Sprache benutzen konnte?

19

(2414 – 2419 n. Chr.)

»Warum brechen wir nicht endlich auf?« Ausbilder beugte sich durch die ovale Schottür und machte seinem Ärger Luft, indem er heftig auf den Boden stampfte. Wegen der geringen Schwerkraft mußte er sich an den Handläufern festhalten, um mit seinen Tritten den Boden zum Beben zu bringen.

Seine Jotoki stoben auseinander, als sie den Ton in seiner Stimme bemerkten, und suchten sich eine Beschäftigung, die ihn, wie sie hofften, zufriedenstellen würde. Einige flohen in ihre Schlafgerüste und verbargen sich darin.

Ausbilder-der-Sklaven wünschte sich nichts sehnlicher, als endlich nach Menschensonne aufzubrechen und die Vierte Flotte zu rächen. Nach einem zehnjährigen Flottenaufbau hatte er gehofft, endlich handeln zu können. Seine Leber verlangte nach einem Ausbruch von Heldentum, wollte, daß er sich auf die feindliche Sonne stürzte. Ausbilder-der-Sklaven war es leid zu warten, immer nur zu warten, zu warten und die Krallen in nichts anderes schlagen zu können als die krallenwetzende »Rinde« in seiner elend engen Kammer. Er war so ruhelos. Sein Blut schrie ihm zu, etwas, irgend etwas zu unternehmen ...

Aber der unerschütterliche, erbarmungslose, unnachgiebige Chuut-Riit dachte darüber anders. Abwarten bedeute nicht Zaudern, verkündete seine massige Gestalt, während er seine Gegner angrinste. Abwarten bedeute Planen. Das Ausmaß der Niederlage hatte ihn ernüchtert. Aber möge der Zähnefletschende Gott ob seiner Tatenlosigkeit nicht die Geduld mit ihm verlieren!

Grreff-Hromfi gab in einem seiner Seminare zu, daß die Admiralität auf Wunderland die Strategie neu überdachte. Zynisch war Chuut-Riit davon ausgegangen, daß die Vierte Flotte durch die Schuld ihrer arroganten Kommandeure und Kommandanten versagen würde, hatte jedoch von ihr erwartet, dem Affenstall einen gehörigen moralischen Schlag zu versetzen – und die militärische Kapazität drastisch zu schwächen. Nun aber hatte Chuut-Riit sich entschlossen, noch einige Jahre mehr auf die Vorbereitung zu verwenden. Er wollte die centaurische Industrie so weit aufbauen, daß sie eine interstellare Nachschublinie aufrechterhalten konnte. Und außerdem benötigte er dringend die zusätzlichen Krieger, die in der verlängerten Wartezeit heranwachsen würden.

Währenddessen behielt das Dritte Schwarze Rudel über die Sendungen der Kommunikations-Kriegsschiffe des Ersten und Zweiten Schwarzen Rudels Sol im Auge. Diese Erkundungsschiffe der Fünften Flotte waren während des Untergangs der Vierten auf Position geblieben und hatten sich vom Schlachtraum ferngehalten. Bis vor 4,3 Jahren waren sie nicht entdeckt worden und hielten weiterhin dort Wache, wo Menschensonne nur noch der hellste Stern am Himmel war.

Ständig flackerten und zischten Nachrichten herein, die von den Fährtenspezialisten auf Wunderland gefiltert, aufbereitet und analysiert werden mußten: verschwommene Bilder von der UNSN-Basis Gibraltar. Funken, die nach einer Flotte aussahen, welche sich durch den Asteroidengürtel bewegte. Einige neue Markierungen auf Merkur. Die Spur von Suchstrahlen, die das Firmament abtasteten. Nichtmilitärische Richtstrahlsendungen, denen man Stimmung und Moral in der Äffchengemeinschaft entnehmen konnte. Und immer bessere Karten der Städte auf Erde.

Ausbilder-der-Sklaven blätterte oft durch diese Bilder. Einer der Sendungen, die unmittelbar nach der Schlacht hereingekommen war, schenkte er nur einen flüchtigen Blick. Das Bild war recht krude und zeigte ein Raumschiff, das im Asteroidengürtel zusammengesetzt wurde.

Die Maßstabsskala verriet, daß das Schiff riesig war, aber die Größe täuschte: Zum größten Teil bestand es offenbar aus einem filigranen Magnetfeldtrichter – eines der Staustrahltriebwerke der Äffchen, die keinerlei militärische Anwendung besaßen. Dieses Bild konnte man sich ansehen und vergessen. Vielleicht wollten sie einem ihrer Verbündeten einen Botschafter zukommen lassen.

Monate später, als weitere Aufnahmen von dem Staustrahlraumschiff ankamen, brandete erneut Aktivität auf. Nun war das Schiff mit Abwurftanks für Wasserstoff ausgerüstet und wurde in Richtung Alpha Centauri in Marsch gesetzt! Zu welchem Zweck nur? Ausbilder-der-Sklaven wurde diesmal nur deswegen auf das Schiff aufmerksam, weil Grreff-Hromfi es zum Aufhänger für ein Seminar über die menschliche Technologie machte.

Ausbilder-der-Sklaven sollte sich vor Ablauf der kommenden fünf Jahre nicht mehr an dieses Seminar erinnern. Als er den Besprechungsraum verließ, beschäftigte er sich in Gedanken bereits mit anderen Problemen. Ein Jotok war krank und bedurfte der Pflege, und außerdem stand Ausbilder-der-Sklaven mitten in einem Kartenspiel gegen Schwer-zu-fangen, das wohl der Jotok gewinnen würde.

In diesen fünf Jahren verdoppelte die Fünfte Flotte ihre Größe. Die Rüstungsanstrengung erzeugte gravierende Entbehrungen, unter denen die Vasallen auf Wunderland zu leiden hatten, mehr, als Chuut-Riit für vernünftig hielt. Und folgerichtig führte die Belastung zu einem alarmierenden Anstieg in der Aktivität der Wilden Menschen. Aber daran konnte niemand etwas ändern. Außergewöhnliche Aufrüstung brachte stets Entbehrungen mit sich, sowohl für die Sklaven als auch für die Helden. Für den Langen Frieden mußten Opfer gebracht werden – das war immer so. Friede konnte nicht existieren ohne die Kriegsdrohung, die ihn erzwang.

Ausbilder-der-Sklaven legte sich allmählich einen lukrativen Nebenerwerb zu, der sich zwar nicht in barer

Münze, aber in Gefälligkeiten auszahlte. Seine Jotoki waren zu Experten geworden, wenn es darum ging, Kriegsschiffe und Kampfjäger über die Standardleistungsfähigkeit hinaus zu modifizieren. Das war noch nicht einmal sehr schwierig.

»Kr-Kommandant, dein *Racheschrei* ist nun auf nominaler Leistung. Aber ich wüßte Möglichkeiten, wie seine Leistungsfähigkeit noch verbessert werden könnte.« Ausbilder-der-Sklaven ließ diesen Vorschlag wirken und band den verängstigten Zianya los, den sie zu Abend essen würden. Nicht standardisierte Modifikationen verstießen gegen die Vorschriften. Ohne Kommentar wartete Ausbilder-der-Sklaven ab und sah zu, wie Kr-Kommandant sich unter einem gequälten Aufschrei des Tieres ein Stück Fleisch abriß. Ausbilder würde nun von sich aus das Thema der vorschriftswidrigen Modifikation nicht mehr aufbringen.

»Man muß jeden Vorteil nutzen« sagte Kr-Kommandant schließlich. Aus seinen Mundwinkeln rann das Blut.

»Selbstverständlich läßt sich jede Modifikation restandardisieren« bemerkte Ausbilder förmlich.

»Lobenswert, wenn man es mit neugierigen Bürokraten zu tun hat.«

»Auch sehr nützlich, wenn ein Notfall eintritt und man keine nicht-standardisierten Ersatzteile zur Hand hat.«

»Wann könnte das wohl verrichtet werden?«

Um Verwirrung hinsichtlich der Ausrüstung zu vermeiden, wurde die Standardisierung seit den Zeiten der ersten interstellaren Patriarchen mit eiserner Hand durchgesetzt. Laut Erlaß hatten alle Neuerungen von Kzinheimat zu kommen. In einem Reich mit unterlichtschnellen Nachrichtenverbindungen, das sechzig Lichtjahre durchmaß, verbreiteten sich neue Standards nur sehr langsam.

Brillante Neuerungen, die ersonnen worden waren, um vor Ort ein Problem zu lösen, welches in der Hitze eines Krieges aufgetreten war, starben normalerweise einen stillen Tod in den Archiven. Zuerst mußte die Neuerung Kzinheimat erreichen. Dann wurde sie von einer Bürokratie getestet, die sich selbst als den Quell allen Fortschritts betrachtete – und die stets mit Unterbesetzung zu kämpfen hatte. Diejenigen Ideen, die all das überstanden, wurden oft erst nach zehn oder fünfzehn Generationen zum neuen, von der Hochadmiralität genehmigten Standard. Nicht, weil die Admiralität besonders senil gewesen wäre, sondern weil das Licht so elend lange brauchte, um vom einen Stern zum anderen zu gelangen.

Dennoch konnten zahllose, im Gefecht auf die Probe gestellte Innovationen in den labyrinthischen Netzwerken der Datenlinks gefunden werden. Um sie aufzustöbern, bedurfte es gewisser Spurenlesefertigkeiten, und um zu wissen, was man davon verwerten konnte, eines Verständnisses für die Bedürfnisse der Schlacht; hinzu kam Ingenieurswissen, um das Machbare vom Unmöglichen unterscheiden zu können. Es half auch sehr, wenn man fanatisch treu ergebene Jotokitechniker zur Verfügung hatte.

Der *Affenhäuter* war ein *Racheschrei*-Kampfaufklärer mit drei Kzinti Besatzung. Sie befanden sich gerade weit entfernt vom *Ohr des Scherrecks*, als sie den Notruf erhielten. »An *Affenhäuter – Affenhäuter – Affenhäuter.* Aufzeichnen. Aufzeichen. Aufzeichnen.« Kr-Kommandant saß an der Vorderspitze des deltaförmigen Kontrollraums. Er schaltete den Speicher der Gefechtskommunikation ein. Zufälligerweise war Ausbilder-der-Sklaven in das Gurtzeug des Orters geschnallt, und Schwer-zu-fangen saß unbequem mit dem Untermund auf dem Platz des Waffentechnikers und starrte auf die Instrumente vor sich. Er war zwar gewöhnt, sie zu warten, nicht aber, sie abzulesen.

Drängend fuhr der *Ohr des Scherrecks* fort: »Aufzeichnen und ausführen. Zeitverschiebung zu groß für

Bestätigung. Werden Nachricht wiederholen. Staustrahlschiff passiert Einsatzgebiet. Abfangen und vernichten. *Affenhäuter* ist einziges Kampfschiff in Abfangreichweite. Wiederhole: Abfangen und vernichten. Staustrahlschiff erheblich schneller als vorgesehen.« Der Sprecher zischte aufgeregt einen Wert. »Wir sehen das Ziel acht zum Quadrat mal drei Tage weit draußen, kommt herein. Wahre Position: Passiert A-Sonne; vielleicht wieder auf Weg aus System. Kollision mit A-Stern möglich. Wenn ja: Abfangen abbrechen. Senden nun Koordinaten für Abfangkurs durch *Affenhäuter* – jetzt!«

Der Kampfaufklärer wurde an eine Position geschickt, von der aus gesehen Menschensonne und Alpha Centauri A einander beinahe bedeckten, auf einer Kreisbahn um A und auf einem Punkt dreißig Grad nordöstlich einer Bezugslänge durch Kzinsonne. Wenn sie das Straustrahlschiff innerhalb der nächsten 47 Stunden nicht abfangen konnten, würde es entkommen.

»... gehen davon aus, daß ihr unbewaffnet seid. Art der Zerstörung selbst auswählen. Wiederholen Nachricht. *Affenhäuter. Affenhäuter* ...«

Erschrocken schwenkte Kr-Kommandant seine Außenantenne auf den *Ohr des Scherrecks.* »*Affenhäuter* bestätigt. Werden abfangen. *Affenhäuter* bestätigt. *Affenhäuter* bestätigt. Beginnen Beschleunigung.« Er schaltete das Funkgerät ab – sie waren viel zu weit vom *Ohr des Scherrecks* entfernt, um ein Gespräch zu führen –; dann zog er die Datenbrille vor die Augen und warf einen raschen Blick in den Himmel, während er den *Affenhäuter* in Richtung der Verbindungslinie Menschensonne-Alpha Centauri A rollte; die beiden Sterne standen sieben Bogengrad voneinander entfernt.

»Wir müssen Menschensonne und den A-Stern zur Deckung bringen. Das rasiert die Haare! Ich hoffe, dein aufgemotzter Polarisator gibt acht zum Quadrat Ge her. Was zum Schtondat ist ein Staustrahlschiff?«

»He, zwei Raketen!« rief Schwer-zu-fangens

Kurzer(Arm), nachdem er die Waffenanzeige gelesen hatte.

»Kameraraketen«, fauchte Kr-Kommandant und ließ die Zunge aus dem Maul hängen. »Zu Manöverzwecken.«

Ausbilder-der-Sklaven kam plötzlich Grreff-Hromfis lange zurückliegendes Seminar über Staustrahlantriebe in den Sinn. »Ich weiß, was ein Staustrahlschiff ist«, sagte er.

»Gut. Was immer es ist – können wir es vernichten? Wir sind waffenlos.« Sie beschleunigten bereits mit 63 Ge, und doch würden noch Stunden vergehen, bevor man Alpha Centauri A über den Sternenhimmel kriechen sah. Kr-Kommandant wandte sich der Bahnberechnung zu.

Sie würden die Fluglinie des Menschenschiffs in einem Winkel von neunzig Grad schneiden müssen. »Wir haben gerade genügend Zeit, um abzubremsen und auf ihrem Kurs zum Stehen zu kommen. Sollen wir anhalten oder vorbeifliegen?«

Sämtliche Taktiklektionen, die Grreff-Hromfi je gehalten hatte, stürmten auf Ausbilder-der-Sklaven ein. *Erst denken, dann springen.* »Wenn möglich anhalten«, sagte er. »Wir haben nur einen Versuch, und bei diesen Geschwindigkeiten sollten wir den Kurs nicht in einem großen Winkel kreuzen.«

Vor Ausbilders-der-Sklaven Augen stand wieder der alte Seminarraum auf dem *Ohr des Scherrecks*. Der Geruch nach Berylliumspanten und altem Pelz. Der feuchte Geruch nach Algen. Aber ganz besonders erinnerte er sich nun an eben jenen Raum, wie er vor fünf Jahren gewesen war. Grreff-Hromfi war der gleiche alte wohlmeinende Tyrann gewesen wie immer, seine Mähne wirkte ungekämmt. Sein Hologramm des Staustrahlschiffes – »Ramscoop« nannten es die Menschentiere – schwebte neben ihm in der Luft, und er stach seinen Zeigestab mit der Spitze aus Reißzahn-Elfenbein wie gewohnt in die Darstellung – manchmal stach er damit auch in die Bauchgegend unaufmerksamer Zuhörer.

»Wir kennen seine Absicht nicht«, hörte Ausbilder-der-Sklaven Grreff-Hromfi in seiner Erinnerung sagen. »Vermutlich kommt das Schiff, um an unseren Grenzen nach Fährten zu wittern. Angriffswaffen kann es nicht besitzen.«

Ausbilder-der-Sklaven versuchte, diese Information neu zu beurteilen: Wußte er irgend etwas, das ihr widersprach? Er kam zu keinem befriedigenden Schluß.

»Verteidigen kann es sich ebenfalls nicht.«

Ja, dachte Ausbilder, *seine Geschwindigkeit ist seine einzige Abwehr. Das Schiff flieht wie ein zahnloser Pflanzenfresser.*

»Das Wichtigste, was dieses Modell uns über die United Nations Space Navy verrät, ist die Tatsache, daß man dort noch immer nicht weiß, wie man einen Schwerkraftpolarisator für interstellare Raumschiffe baut – wenigstens wußte man es vor vier Jahren noch nicht, das will ich eigens noch einmal betonen. Andererseits würden sie niemals solch ein massenintensives Schiff geringer Kampfkraft in Marsch setzen. Der magnetische Trichter«, er deutete darauf, »wird benutzt, um interstellaren Wasserstoff für den Reaktionsantrieb zu sammeln. Kann mir jemand sagen, was dabei die größte Einschränkung ist?«

Im Seminarraum hatte vollkommene Stille geherrscht, und nun herrschte ebenfalls eine solche Stille, in der der Kampfaufklärer den schallfreien Weltraum durchschnitt.

Ausbilder-der-Sklaven entsann sich, daß er boshaft gesagt hatte: »Frag Langzahn. Er weiß Bescheid.«

Langzahnsohn von Grreff-Hromfi war aus seiner Träumerei aufgesprungen. »Geehrter Patriarch, ein Staustrahlschiff ist zu langsam.«

»Seine *Beschleunigung* ist zu gering«, verbesserte ihn der Vater. »Und warum ist das so?«

Langzahn warf Ausbilder-der-Sklaven, dem er diesen

Dialog zu verdanken hatte, einen giftigen Blick zu. »Weil es nicht soviel Wasserstoff gibt, den es benutzen könnte.«

»Wieviel?«

»Geehrter Erzeuger! Das weiß ich nicht!«

»Ausbilder-der-Sklaven?«

»Bitte akzeptiert meine Kapitulation, sollte ich mich irren. Zwischen hier und Menschensonne beträgt die Gasdichte etwa acht zum Quadrat bis acht zum Quadrat mal vier Wasserstoffatome pro Faustvoll Weltraum.«

Grreff-Hromfi zog den Zeigestock erneut durch den leicht verschwommenen, holographischen Ramscoop neben sich. Um das Trichterrohr des Schiffes drängten sich Reihen aus kugelförmigen Tanks. »Sie brauchen diese riesigen Wasserstofftanks, um den Reaktionsantrieb in Gang zu setzen, denn bei niedrigen Geschwindigkeiten können sie nicht genügend Wasserstoff sammeln. Sobald sie sich schnell genug bewegen, um mehr als nur Hungerrationen interstellaren Gases einzusammeln, werden die Tanks abgeworfen.«

Er bedachte das Narrenschiff der Äffchen mit einem Grinsen. »Bei hohen Geschwindigkeiten können sie ebenfalls nicht viel Masse aufnehmen, obwohl die Sammelfläche des Trichters mindestens so groß ist wie das private Jagdrevier des Patriarchen. Mit einer fortschrittlicheren Durchflußkonstruktion wären sie nur durch die beträchtlichen relativistischen Effekte eingeschränkt. Ich bezweifle, daß das Höchsttempo dieses Schiffes die halbe Lichtgeschwindigkeit überschreitet.«

... und damit hattest du unrecht ... Der *Affenhäuter* stand mitten in einer Kugelschale aus Sternen und fing ein Menschenschiff ab, das sich ihm mit annähernder Lichtgeschwindigkeit näherte.

»Bei wirklich hohen Geschwindigkeiten müßten sie wissen, wie man schnelle Protonen verbrennt und die Bremsstrahlung überlebt – das ist eine unangenehme Kost.« Grreff-Hromfi erhielt ein amüsiertes Ohrenflattern zur Antwort, als er hinzufügte, daß so etwas vielleicht nach dem Geschmack von Pflanzenfressern sein könne.

... ja, und die Äffchen haben gelernt, von dieser unangenehm tödlichen Kost zu gedeihen ...

»Aber das sind Konstruktionsdetails, die man meistern kann. Staustrahlantriebe stellen eine primitive Lösung für das Problem des Sternenschiffantriebs dar, und wir haben sie niemals benutzt, deshalb kennen wir uns mit den Details nicht gut aus. Das große Problem hingegen hat nichts mit Ingenieurskunst zu tun – das große Problem ist ein Makel, mit dem das Konzept an sich behaftet ist. Ein Fusionstrichter kann keine hohe Beschleunigung erzielen, weil er erstens kaum Treibstoff erhält, und zweitens, weil ein Reaktionsantrieb einen internen Impuls erzeugt. Wie aber soll man einen filigranen Trichter bauen, der auch nur ein Ge interne Beschleunigung aushält?«

... aber ein Fünftel Ge über Jahre erzielt die gleiche Endgeschwindigkeit ...

Grreff-Hromfi erwähnte in seinem Vortrag nicht, daß ein Kriegsschiff der Kzinti mit sechzig Ge beschleunigen konnte, während im Cockpit Schwerelosigkeit herrschte, und nach fünf Tagen maximale Marschgeschwindigkeit erreichte, weil all seine Offiziere darüber Bescheid wußten. »Wie lange würde dieses Trichterschiff also brauchen, um sechs Achtel der Lichtgeschwindigkeit zu erreichen?«

»Sechs Monate?« fragte ein gelangweilter Offizier, der übereilt sprang, ohne nachzudenken.

»Eher vier mal acht Jahre – und die meiste Zeit bei geringer Geschwindigkeit. Wann wird es Alpha Centauri erreichen?«

»Ungefähr dann, wenn die Fünfte Flotte Menschenheimat erobert hat«, antwortete Langzahnsohn mit einem Grinsen für die armen Tiere.

... aber nun ist es hier, und die Fünfte Flotte ist noch nicht einmal aufgebrochen ...

»Das ist eine vernünftige Annahme. Ich möchte euch noch einmal ins Gedächtnis rufen, daß diese Bilder mehr als vier Jahre alt sind.«

... sie haben nur wenig mehr als neun Jahre gebraucht, um hierherzukommen ...

»Der Affentrichter ist bereits außer Reichweite des Ersten und Zweiten Schwarzen Rudels. Aber selbst nach all dieser Zeit« – den 4,3 Jahren, die die Botschaft der Rudel brauchte, um Alpha Centauri zu erreichen – »wird das Staustrahlschiff der Menschensonne noch immer sehr nahe sein; seine Reise hat dann gerade erst begonnen. Wir brauchen uns seinetwegen also keine Sorgen zu machen. Wir werden einen automatischen Fährtensucher darauf richten – das ist schließlich unsere Pflicht –, aber ich bezweifle, daß wir es jemals wieder riechen. Die Äffchen werden abbremsen und sich weitab von Alpha Centauri außerhalb unserer Reichweite aufhalten.«

Also war selbst Grreff-Hromfi gegen komplette Irrtümer nicht gefeit.

Ausbilder-der-Sklaven nahm an dem Datenlink des Sensors eine Berechnung vor. Der automatische Verfolger hatte die erste Witterung des Menschenschiffes aufgenommen, als es noch zweihundert Lichttage weit draußen war – aber Jahre früher als erwartet. Und das bedeutete, daß die Höchstgeschwindigkeit des Staustrahlschiffes erheblich höher sein mußte, als Kzinti-Ingenieure je erwartet hätten.

Kr-Kommandant beendete seine Kursberechnungen und schaltete den *Affenhäuter* auf Automatiksteuerung. Schubumkehr war in dreiundzwanzig Stunden. »*Ohr des Scherrecks* befahl uns, erfinderisch zu sein.« Er meinte damit, daß sie unbewaffnet waren.

»Gleich neben mir sitzt der beste Mechaniker in der ganzen Galaxis«, entgegnete Ausbilder-der-Sklaven.

»Wie also vernichten wir es – was immer es ist?« wollte Kr-Kommandant wissen.

»Vielleicht müssen wir das gar nicht. Grreff-Hromfi

hat bewiesen, daß ein Äffchen in einem Schiff, das sich so schnell bewegt, überhaupt nicht am Leben bleiben kann – wegen der Bremsstrahlung der kosmischen Partikel.«

»Gebt der alten Rotmähne ein Ohr«, schnurrte Kr-Kommandant sarkastisch. »Wir brauchen nicht zu kämpfen, weil unser Feind Selbstmord begangen hat! Eine nette Philosophie – bis das Äffchen aus dem Scheiterhaufen springt!« Er kehrte zum modulierten Fauchen und Knurren eines typischen Kommandanten zurück. »Wir *müssen* annehmen, daß sie einen Schwerkraftpolarisatorschild haben und noch leben.«

»Ein Gravitationsschild ist das gleiche wie ein Gravitationsantrieb. Dann würden sie keine Magnetschaufel brauchen«, entgegnete Ausbilder-der-Sklaven.

»Was ist eine Magnetschaufel?«

»Ein magnetischer Trichter, der interstellaren Wasserstoff sammelt und Helium als Reaktionsmasse ausstößt.«

»Stehen die Äffchen an den Bullaugen und schießen mit Pfeilen auf uns?« Kr-Kommandant schlug mit den Ohren, die er ausbreitete wie eine Fledermaus die Flügel.

»Vielleicht schützt sie das Magnetfeld«, vermutete Schwer-zu-fangen. Er sprach aus zwei Armschlitzen gleichzeitig.

»Sklave! Sei still!« knurrte Kr-Kommandant.

»Ob er Karten spielt?« flüsterte der Arm, der den entspannten Ohren von Ausbilder-der-Sklaven am nächsten war.

»Friß nicht deinen Sitz, Schwer-zu-fangen. Schon bald werde ich Bedarf für deine Gehirne haben.«

Bockig kauerte sich Schwer-zu-fangen auf seinem Untermund zusammen. Über die internen Kanäle brummte er sich zu, daß er schließlich der Waffentechniker sei. Die Bemerkung löste ein Streitgespräch unter den Armen aus, wer nun eigentlich die Kameraraketen bedienen sollte.

»Der Kurs schneidet den A-Stern«, sagte Ausbilder.

»Sie müssen bereits tot sein. Auf diese Entfernung ist der Sonnenwind fürchterlich. Er wird sie getroffen haben wie ein Schlag mit den Krallen deines Vaters.«

Kr-Kommandant schien davon wenig überzeugt zu sein, und so benutzte Ausbilder einen Vergleich aus einem virtuellen Horrorabenteuer, das sie zusammen unter geteilten Augenkappen erlebt hatten. »Das ist so ähnlich, wie wenn dir ein Orkan in die Segel fährt.«

Kr-Kommandant fletschte die Zähne. Gern ließ er sich nicht an diese Horrorgeschichte über eine Welt erinnern, die ganz von Wasser bedeckt war und auf der fünf gestrandete Helden an Bord einer fliehenden Sloop bei Taifunwetter überleben mußten. Seine Leber war noch immer nicht ganz darüber hinweg. »Ich wiederhole mich nicht noch einmal! Wir nehmen an, daß die Äffchen noch leben, du elende Zecke, die von der Haut eines sterbenden Schtondats flieht!«

»Wie du befiehlst, o mutiger Held.«

»Also, wie sollen wir sie töten? Im übrigen hast du meinen Partikelstrahler für diesen Testflug ausgebaut!« Der Gedanke, unbewaffnet zu sein, brachte den Kommandanten erneut an den Rand des Wutausbruchs. Er hatte nicht einmal eine Atombombe. »Soll ich sie mit meinem *Wzai* in Stücke hacken, wenn sie vorbeisausen?«

»Auf dieser Gefechtsliege ist es sehr unbequem, geehrter Held«, brummte Kurzer(Arm). Wenn er mit sich selbst sprach, kamen Schwer-zu-fangen immer in perverser Weise praktische Ideen. »Wir könnten mit meiner Liege nach dem Feind werfen.«

»Ruhe!« brüllte Kr-Kommandant.

Ausbilder-der-Sklaven sah sich bereits im Cockpit nach entbehrlichen Gegenständen um. »Goldstaub wäre das Beste, aber deine ehrenvolle Wzaiklinge ist mächtig genug, um auch das unbesiegbarste Schlachtschiff der Äffchen zu vernichten.«

Schwer-zu-fangen gab eine gute Nachahmung des kzintischen »Hsssss« von sich und tat damit kund, eine besonders scharfsinnige Eingebung zu haben. »Wir lassen unseren edlen Helden auf dem Kurs zurück!« rief Kurzer(Arm). »Er schwingt seinen *Wzai*. Er springt!« Ein Chor von Armen imitierte das Zischen und Fauchen eines Kampfes zwischen Kzinti. Magerer(Arm) verkündete den Ausgang: »Von einem einzigen Hieb getroffen, zerbirst das Feindschiff in eine Glutwolke der Beschämung! Und bis in fernste Tage leuchtet bläulich Kr-Helds Name von der Ehrenliste des Patriarchen!«

Unauffällig umfaßte Schneller(Arm) eine Stange im Rücken von Ausbilders Gefechtsliege, nur für den Fall, daß er Schwer-zu-fangen auf sicheren Abstand schwingen mußte.

Mit zuckenden Lippen beäugte Kr-Kommandant seinen eher gelborangenen als rotorangenen Mitkzin. »Wo hast du dieses Mittagessen in fünf Gängen eigentlich her?«

»Wir sind seit Hssin zusammen. Er ist wirklich ein guter Mechaniker.«

»Wir scheinen einen Beschluß gefaßt zu haben«, brummte der Kommandant. »Einen schweren Gegenstand auf der Flugbahn.«

»Es braucht gar nicht massiv zu sein. Wenn wir dem Schiff Goldstaub in den Weg streuten, hätte jeder Flitter eine Aufprallenergie, die mit einer mittelschweren Atomexplosion vergleichbar ist«, sagte Ausbilder.

Kr-Kommandant glaubte ihm nicht. Kzinti waren nicht gewöhnt, bei relativistischen Geschwindigkeiten Gefechtsberührung zu haben. Aber er führte auf seinem Bildschirm die Berechnung durch. Die Zahlen überzeugten ihn. »Ein wenig Staub in den Weg des Äffchen – ein nuklearer Feuerball! Wie einfach.«

»Nein, einfach ist es nicht«, stöhnte Starker(Arm). Schwer-zu-fangen hatte unter sich beratschlagt. »Wir haben es nicht nur mit einem größeren Hochgeschwindigkeitsaufprall zu tun«, fügte der praktische Schneller(Arm) hinzu. »Wir treten in eine unerforschte Zone des Unvorstellbaren vor, wo unsere Intuition uns verläßt«, protestierte der extrovertierte Kurzer(Arm).

Bei relativistischen Geschwindigkeiten erzeugt jeder Aufprall einen Schauer kurzwelligster kosmischer Strahlung.

Nunmehr begann Alpha Centauri sichtbar über den glitzernden Himmel in Richtung Menschensonne zu kriechen. Durch das Polarisatorfeld des *Affenhäuter* wirkte das Sternenlicht unnatürlich verzerrt. Schwer-zufangen als »ehrenamtlicher« Waffentechniker beschäftigte sich mit einer simplen Aufgabe. Er montierte die Kameras von den Raketen ab und bastelte zwei improvisierte Gefechtsköpfe aus gefüllten Sauerstoffflaschen, der Hälfte der Wasserrationen und einigen Gramm Schleifpulver aus Wolframcarbid, das er seinem Werkzeugkasten entnommen hatte.

Mit Sensoren war der *Affenhäuter* sehr gut ausgestattet. Siebzehn Stunden vor dem Rendezvous erfaßte er den Rammjet, der eine Scheingeschwindigkeit vom 120fachen des Lichtes besaß. Elektronische Verstärkung produzierte ein Abbild, das vorn zu kurz war – die Magnetschaufel für den interstellaren Wasserstoff gab es nicht mehr. Das war ein Schock, und Ausbilder-der-Sklaven vermutete zunächst, der filigrane Trichter wäre bei dem nahen Vorbeiflug an Alpha Centauri A verglüht, doch dann ließ er den Datenlink das Bild auf eine Seitenansicht drehen und sah, daß die Schaufel nur eingeklappt worden war. Das Magnetfeld schützte nun nur noch die Besatzung. In den materiedichten Regionen rings um Alpha Centauri hatten sie einfach ›die Segel gerefft‹.

Aus dem Stand zielte der *Affenhäuter* seine Raketen in die Flugbahn des herbeirasenden UNSN-Schiffes, das mittlerweile Menschensonne bedeckte, und feuerte. Die improvisierten Raketen ließen einen tödlichen Nebel aus Sauerstoff und vereisten Wolframcarbidkörnchen hinter sich zurück, während sie auf das näherkommende Schiff zuschossen. Dann schwenkte der *Affenhäuter* auf die Bahnlinie ein und bewegte sich darauf von dem Staustrahlschiff fort, während er sein Reservehelium aus den Kühlkreisläufen, den Reservestickstoff und eine Druckflasche abblies – und zum guten Schluß noch das Talkumpuder, mit dem Kr-Kommandant seinen Pelz zu verwöhnen pflegte. Sie zogen sich mit voller Beschleunigung zurück, hielten schließlich an, rollten und ließen sich zur Seite abfallen. Dann rotierten sie das Schiff und wendeten es dem bevorstehenden Schauspiel zu. Ausbilder-der-Sklaven richtete die Kameras ein.

»Sie brauchen nur auszuweichen!« protestierte Kr-Kommandant, ein Experte für 60-Ge-Manöver.

»Sie sind nach vorne blind. Und ihr Kurs ist so gerade wie ein Laserstrahl. Weißt du überhaupt, wieviel Steuerschub sie benötigten, um auch nur eine Schnurrhaarbreite vom Kurs abzuweichen? Über solche Energiequellen gebieten die Äffchen nicht. Sie sind festgelegt.«

Die Helden schnallten sich an und stellten sich der größten Herausforderung, die Helden zugemutet wird – dem Abwarten.

Eine halbe Stunde später schoß das namenlose Staustrahlschiff, dessen Auftrag den Angreifern noch immer ein Rätsel war, an ihnen vorbei, schneller, als jede Erklärung den Anblick beschreiben könnte.

Die erste Rakete lag fehl.

Die zweite Rakete strich an der Kante der eingefalteten Schaufel vorbei und verwandelte sich wie ein Flaschenteufelchen, das mit einem flammenden Arm nach dem Schiff schlug, in einen Feuerball – aber zu langsam, zu spät.

Das Staustrahlschiff pflügte durch den Nebel, den beide Raketen hinter sich gelassen hatten.

Tapfer versuchte das Magnetfeld, mit der Überlast fertigzuwerden, aber es war einfach nicht darauf eingerichtet, Staub oder Sauerstoffmoleküle abzuwehren. Supraleiter liefen heiß, und durch den plötzlich vorhandenen elektrischen Widerstand erhitzte sich das Schiff und begann zu verglühen ...

Und währenddessen wurden Wasserstoff-, Sauerstoff-, Wolfram-, Kohlenstoff-, Helium-, Stickstoff- und Argonatome – und sogar Talkumpuder – beim Aufprall ionisiert und verwandelten sich in kleine, superdichte atomare Geschosse, die alles durchdrangen, was aus der Sicht eines Atomkerns ohnehin zum größten Teil aus Leere besteht: das Schott, die Luft, das Lebenserhaltungssystem, die Instrumente, die Proteine, den Fusionsantrieb, gehärtete Strahlenschutzschilde aus einer Blei-Wolfram-Legierung, einfach alles – und auf der anderen Seite traten sie wieder hervor und ließen eine Ionenspur als Fährte zurück.

Einige dieser »kosmischen Partikel« aber kollidierten mit den relativistisch massiven Atomkernen des Ramscoops und zerschmetterten die Kerne in einen Nebel aus schnellen Partikelfragmenten. Mesonen vergingen zu Gammastrahlen und gebaren Myonen. Die Myonen genossen ihre sehr kurze Lebensdauer und starben. Positronen entstanden. Antimaterie tauchte auf. Wildexotische Kerne stießen hektisch Partikel aus auf der Suche nach einem neuen stabilen Zustand. Neutronen schwirrten umher und verschwanden in den Weltraum.

Aber es war die Energie der freigesetzten Elektronen, die das Ramscoop der Äffchen vernichteten. Für die einschlagenden Atomkerne war das Schiff im Grunde durchsichtig – für die Elektronen hingegen war es opak. Die kinetische Energie der Elektronen verwandelte sich augenblicklich in Wärme.

Eine Leuchtkugel flammte auf und verschwand mit annähernder Lichtgeschwindigkeit. Der Dopplereffekt verschob das Licht ihrer Flamme deutlich ins Rote. Das Schiff war fort. Der Impuls ist unerbittlich. Was sich bewegt, bewegt sich weiter.

Dem UNSN-Schiff war es bestimmt, als dichtes Paket kosmischer Strahlung das Universum zu durchqueren und währenddessen durch ständigen Kontakt mit dem interstellaren Medium, durch Kollisionen mit Gasatomen und anderen Partikeln langsam zu zerfallen. Milliarden Jahre später würden die Wissenschaftler einer anderen, weit entfernten Galaxis seinen Vorbeiflug vielleicht als Spitze in der Intensität der kosmischen Strahlung aus einem bestimmten, obskuren Himmelsquadranten registrieren. Über den hohen Metallgehalt der Wolke würden Theorien aufgestellt werden.

Bei der Rückkehr des *Affenhäuter* zum *Ohr des Scherrecks* erfuhren sie vom Auftrag des Staustrahlschiffs – ein Bombenangriff. Aus großer Entfernung hatte es präzise Kugeln auf bestimmte Ziele abgeschossen. Die mit relativistischer Geschwindigkeit dahinrasenden Projektile hatten die Vernichtungskraft von Kernexplosionen besessen.

Die Witterung der UNSN war veraltet, und die Treffgenauigkeit ihrer Geschützbedienungen fürchterlich. Weite Areale der Arktis von Wunderland waren vernichtet worden, ohne daß es ein einziges kzintisches oder menschliches Opfer gegeben hätte, denn dort existierte nichts. Ein Glückstreffer auf eine Kzintibasis hatte viertausend Helden das Leben gekostet. Die Menschentiere aber hatten fürchterliche Verluste hinnehmen müssen, und nur fünf Prozent der Toten hatten irgend etwas mit dem Militär zu tun gehabt. Ein Fehlschuß war ins Meer eingeschlagen und hatte eine Sturmflut verursacht, die vier Hafenstädte überrollte.

Kr-Kommandant war zornig. »Warum haben wir es nicht erwischt, bevor es angreifen konnte!«

So wurden die Krieger an die Launen des Kriegsglücks erinnert. Nur die Schwarzen Rudel trugen die wirklich leistungsfähigen Ortungsgeräte für weite Entfernung. Sowohl der *Ohr des Tigriparden* des Vierten als auch der *Nase des Patriarchen* des Fünften Schwarzen Rudels hatten den Ramscoop schon zwei Tage früher entdeckt als der *Ohr des Scherrecks* die elektromagnetische Witterung aufgenommen hatte, aber beide standen fast zwei Lichttage vom Kurs entfernt. Die Zeit war zu knapp, als daß sie Wunderland noch per Laserrichtstrahl vor dem heranrasenden Feind hätten warnen können, und selbst ihre schnellsten Kampfjäger konnten nicht schnell genug herankommen, um noch anzugreifen; viel zu dicht folgte der Ramscoop seiner elektromagnetischen Ankunftsbotschaft.

Obwohl der *Ohr des Scherrecks* auf der Menschensonne abgewandten Seite von Alpha Centauri A stand, war er nur acht Lichtstunden von der Flugbahn entfernt gewesen. Und selbst damit wäre das Abfangen sehr schwierig geworden, hätte der *Affenhäuter* sich nicht auf einem Erprobungsflug in der passenden Richtung befunden.

Grreff-Hromfi analysierte den Vorgang in einem Vortrag. *Erst denken, dann springen.* Niemals den Feind unterschätzen. Er war zornig auf sich selbst, daß er die These, ein Ramscoop könne nur mit maximal halber Lichtgeschwindigkeit fliegen, nie in Frage gestellt hatte. So wütend war er, daß er einen ganzen Wettkampftag ansetzte, um seine Leber vom Verdruß zu reinigen und sich jedem zu stellen, der sich beteiligte.

Nur Monate später erfuhren sie den eigentlichen Auftrag des Ramscoops – und zwar, als Chuut-Riit ermordet wurde.

20

(2420 n. Chr.)

Orter-vom-Dienst-Zwei rief sofort Grreff-Hromfi und weckte ihn aus dem Schlaf, zu dem er sich zusammengeringelt hatte. Hromfi gehörte nicht zu der Sorte, die einem Helden das Leben schwer machten, weil er seinen Schlummer störte. Ein diensttuender Krieger hatte die Pflicht, auch die Toten zu erwecken, wenn er glaubte, es liege im Interesse des Patriarchats. Der Kommandeur des Dritten Schwarzen Rudels erschien brummelnd in der Kommandozentrale, und abgesehen von den Pantoffeln, die er trug, war er nackt bis auf den Pelz; aber wütend war er nicht.

Die Auswertung begann sofort und ohne Umschweife. Ein kleines Objekt war aus dem Nichts am Himmel erschienen, nahe Rh'ya im Hause der Kzinrretti des Zähnefletschenden Gottes – den Plejaden. Ein sehr anomaler, nur Lichtstunden entfernter Gravitationsimpuls hatte den Alarm ausgelöst. Das Objekt war außerdem eine Neutrinoquelle.

Ein weiteres seltsames Ereignis.

Das Dritte Schwarze Rudel war auf voller Kampfstärke, und sein Kommandeur befahl einen diskreten Aufklärungsvorstoß. Wenn der geheimnisvolle Impuls von einem kleinen Schiff kam, dann wollte er, daß es aufgebracht wurde. Ein Verhör wäre notwendig. Man solle sich beeilen und dürfe das Schiff keinesfalls vernichten.

Auf der Stelle wählte er drei Piloten für den Einsatz aus, denen er trauen konnte: Als ersten einen alten Krieger mit grauen Stellen im Fell, der unter Chuut-Riits Befehl schon *Racheschrei*-Jäger geflogen hatte, als Grreff-Hromfi noch ein Kätzchen war; als zweiten einen Barbaren von Hssin mit wilden Augen, der sich das Fleisch aus den Zähnen zu picken pflegte und seine Mähne kämmte, *bevor* er sprang; und als dritten den vielversprechendsten seiner eigenen Söhne.

Die drei wurden ebenfalls aus dem Schlaf gerissen. Jeder von ihnen zog sich hastig Brillen über, damit sie ihre Befehle lesen konnten.

»Der Eindringling muß kampfunfähig gemacht werden, wobei er nicht vernichtet werden darf!« knurrte der Kommandeur. »Und solange ich eure Aufmerksamkeit noch habe – eine Warnung.« Er wechselte in die Bedrohungsform der Heldensprache, um ihre Lebern anzustacheln. »Unsere Instrumente zeigen uns, daß das Objekt aus dem Nichts erschienen ist. Instrumente lassen sich überlisten. Auch die klügsten Kzinti können getäuscht werden. Dennoch müßt ihr, so irrational die Idee auch erscheinen mag, darauf gefaßt sein, daß sich das Objekt verteidigt, indem es sich in Luft auflöst. Greift ohne Warnung an und schießt es auf der Stelle manövrierunfähig! Es müssen Gefangene gemacht werden. Wenn das Schiff eine Drohne ist, muß das Steuergehirn geborgen werden!«

Während die drei Besatzungen sich eilends verzogen, verständigte Grreff-Hromfi das Jägerkommando, ihnen auf jeden Fall *Racheschreie* zu geben, die von Ausbilder-der-Sklaven modifiziert waren. Er wollte, daß sie jeden Vorteil erhielten, den er ihnen nur geben konnte.

Der Kommandeur witterte, daß Fremdtechnologie im Spiel war. An den Grenzen des Patriarchats konnte das *überaus* gefährlich sein. Aber wie fügten sich die Puzzlestücke zusammen? Er dachte an die hölzernen Geduldsspiele der Rätselpriester von W'kkai. Acht Möglichkeiten gab es, die Teile zusammenzufügen, und sieben davon ergaben ein Gebilde, aus denen Teile auf fürchterliche, bestürzende Weise hervorragten.

Andererseits wurden Entscheidungen unabänderlich bereits fällig, bevor man alle Puzzleteile zusammengefügt hatte.

Wie schnell hatte dieser unfaßbar schnelle Ramscoop

Agenten absetzen können? Es gab keine offensichtliche Bremsmethode, die sich von selbst ergab. Bei einer Annäherungsgeschwindigkeit von fast der des Lichtes hätte jeder Agent die Energie einer Kontinentalbombe besessen; die Energieemission einer gleich wie abbremsenden Kapsel wäre bemerkt worden. Und wie hatten die Agenten die Sicherheitssperren Chuut-Riits durchbrochen, um die Programmierung der Krippe durcheinanderzubringen, so daß Chuut-Riit hinter verschlossenen Türen seinen eigenen im Hungerwahn befindlichen Söhnen gegenüberstand? Es erschien wie Zauberei, war aber selbstverständlich keine.

Aber nun – ein unidentifiziertes Schiff, das einen eigenen Gravitationsimpuls abgab. War es möglich, daß gar nicht der Ramscoop die Agenten abgesetzt hatte? Oder war ein neuer Teilnehmer am Spiel aufgetaucht? Grreff-Hromfi dachte an den Besuch Yiao-Stabskapitäns zurück, an dessen ansteckende Begeisterung, die Langstreckenantenne auf ein mögliches fremdes Artefakt zu richten. Ein weiteres isoliertes Teil des Puzzles, das auftauchte.

Eine sorgenvolle Zeit. Nach dem Start der drei *Racheschreie* brütete Grreff-Hromfi für kurze Zeit über anderen Sorgen, während er seine Kriegerpflicht tat, indem er wartete …

… Sorgen genug, um Grreff-Hromfi geneigt zu machen, sofort zur Menschensonne zu springen und die Wunderkzinti sich selbst zu überlassen. Sollten sie sich doch gegenseitig die Visagen aufschlitzen! Ganze Oktale kzintischen Adels, die sich unter dem Regiment des Außenseiters Chuut-Riit die Felle blutig gescheuert hatten, hatten dessen Ermordung zum Anlaß genommen, die Macht an sich zu reißen. Traat-Admiral hatte alle Krallen voll mit Duellen. Es herrschte politisches Chaos, wie es schlimmer kaum sein konnte.

Denn bedauerlicherweise besaßen die Grenzbarbaren keine Vorstellung von Ehre – sie verwechselten Duelle und Vorherrschaft damit. Sie hielten den Tod für eine Gelegenheit zur Bewährung. Und von der Ehre, die in der Treue zu einem Anführer über dessen Tod hinaus lag, hatten sie noch nie gehört.

Sie ihren eigenen Mördern zu überlassen, war eine warme, fleischige Idee, aber impraktikabel. Die Fünfte Flotte benötigte Wunderland als Versorgungsbasis. Hssin kam dafür nicht in Frage. Nicht nur war Hssin Lichtjahre weiter von Menschensonne entfernt als das Alpha-Centauri-System, die Hssinkzinti waren auch alle durch Blut und Kriegereide mit den ursprünglichen Erlauchten Eroberern von Wunderland verbunden.

Der Angriff des Ramscoops hatte nur wenig Schaden angerichtet, aber Hunderte vorher ehrlicher Sklaven in einen Zustand wilder Aufsässigkeit versetzt. Und offener Aufruhr breitete sich wie eine Seuche aus, seitdem die Querelen zwischen den Kzinti allgemein bekannt geworden waren.

Wilde hatten die Gerningbasis aus dem Weltraum angegriffen und ihre Detektoren drei Tage lang ausgeschaltet, lange genug, um unentdeckt Nachschub für abtrünnige Tiere zu landen.

Grreff-Hromfi befand sich seit seiner Rückkehr von einer politischen Tour durch die Güter Wunderlands in schlechter Stimmung. Er hatte sich die unterwürfigsten der machthungrigen Kanaillen herausgepickt und dazu verleitet, die Ansprüche auszuposaunen, die sie für rechtens hielten, sie daraufhin wegen Anmaßung gefordert und im Duell getötet. Nach dreien solcher Ehrenhändel entdeckten die restlichen Wunderkzinti sehr rasch den Wert von Vorsicht und Vernunft. Die Machthungrigen begingen stets den gleichen Fehler – sie legten sich ein heiliges Anliegen zurecht. Eine Sache, die sie in der Öffentlichkeit vertraten, gründeten sie aber auf falscher Logik.

Orter-vom-Dienst-Zwei erschien in der ovalen Schottür zur Kommandozentrale des *Ohr des Scherrecks*.

»Dominanter! Darf ich erneut um Eure Aufmerksamkeit bitten?«

Grreff-Hromfi blickte auf. Der Diensthabende salutierte, indem er vorgab, sich das Gesicht aufzuschlitzen. »Du siehst aus, als hättest du gerade deinen Vater im Armzerren besiegt. Hast du etwas Neues? Ich hoffe, nicht noch ein unbekanntes Objekt.«

»Nein, Dominanter, nicht in diesem System. Aber ich habe etwas, über das Ihr nachdenken könnt, wenn Ihr wollt, Gebieter. Darf ich Euren Datenlink benutzen?« Ohne auf Erlaubnis zu warten, schaltete er den Wandbildschirm ein und fauchte und zischte dem Gerät Befehle zu. Bänder aus Fernmeßwerten erschienen. »Das sind unbekannte Signale, die das Zweite Schwarze Rudel uns von Menschensonne zur Analyse gesendet hat. Sie begannen vor drei Monaten anzukommen, ein und aus. Wir konnten uns nie sicher sein, ob es sich nicht um Rauschen handelte oder um das Artefakt einer Störung.«

»Du hast darin also etwas gefunden, was nicht nach Rauschen aussieht?«

»Jawohl, Gebieter! All jene Sendungen besitzen die gleiche Signatur wie unser geheimnisvoller Besucher. Ich habe einen Vergleich vorgenommen. Das Ergebnis kann zu sieben Achteln als sicher gelten – was ausgezeichnet ist, weil die Signale, die wir haben, nur um Schnurrhaarbreite über dem Grundrauschen liegen. *Nase des Patriarchen* hat das gleiche beobachtet, was wir hier sehen – allerdings gerade noch innerhalb seiner Reichweite.«

»Und vor vier Komma drei Jahren«, brummte Grreff-Hromfi gedehnt. »Niemals dürfen wir die Lichtverzögerung außer acht lassen. Innerhalb von fünf Jahren kann viel geschehen. Die Fünfte Flotte hat sich innerhalb dieses Zeitraums verdoppelt. Wer weiß, auf welche Schliche die Äffchen gekommen sind.«

»Was glaubt Ihr, worum es sich bei dem Unbekannten handelt, Gebieter?«

»Um einen Kundschafter.«

»Glaubt Ihr, die Äffchen haben eine Möglichkeit gefunden, sich mit Lichtgeschwindigkeit zu bewegen, Gebieter?«

»Das wird sich herausstellen. Alle Ortungskommandos in voller Kampfbereitschaft?«

»Jawohl, Gebieter!«

Grreff-Hromfi machte sich nun große Sorgen. War das neutrinoemittierende Objekt ein Sendbote von Menschensonne?

Er regelte die Schwerkraft in der Kommandozentrale höher, so daß er auf und ab schreiten konnte. Aus einem Impuls heraus rief er Ausbilder-der-Sklaven zu einer Brille-zu-Brille-Konferenz an.

»Du steckst die Pfoten doch in diese Todesschreie geistig verwirrter Mathematiker? Beschreiben ihre Fährten, die sie hinterließen, als sie zum Wasserloch schwankten, möglicherweise die Vereinigte Feldtheorie?« Wie ein Geist hing das virtuelle Abbild von Ausbilder-der-Sklaven in der Luft.

»Dominanter, ich habe mir einiges von dieser Folter auferlegt, da habt Ihr recht. Wollt Ihr eine Meinung zu diesem Impuls hören?«

»Was kann dieses plötzliche Auftauchen einer Masse bedeuten?«

»Wollt Ihr damit sagen, daß der Impuls auf die Schaffung von Masse aus dem Nichts hinweist?« fragte Ausbilder.

»Ja.«

»Das ist unmöglich, Gebieter. Meiner Meinung nach ist der Impuls ...«

»Paare dich doch mit einem Schtondat! Ich habe dich nicht nach deiner Meinung gefragt, Der-Gras-ißt, ich habe gefragt, was es zu bedeuten hat!«

»Um Eure Beleidigungen zu vermeiden, will ich Euch sagen, was Ihr zu hören wünscht. Jede Masse, die die Lichtmauer durchbricht, würde erscheinen, als entstünde sie aus dem Nichts.«

»Aber diese Masse hat sich nicht mit relativistischer Geschwindigkeit bewegt.«

»Die Lichtmauer kann stationär sein. Ich verweise auf die Arbeit von Ssrkikn-dem-Zahlenkünstler: ›Die Ereignishorizonte von ...‹«

»Ja, ja, ja. Kann irgend etwas hinter einem Ereignishorizont hervorkommen?«

»Die ganze Zeit über entweicht Masse aus Black Holes – aber sie vermag keine Information mitzuführen. Euer überlichtschnelles Schiff würde seine Insassen zu einer informationsfreien Suppe zerkochen. Ihr könntet nicht herausfinden, woher sie kamen – ja nicht einmal, aus welcher Richtung.«

»Glaubst du, wir kommen an eine simplere Erklärung dieses Impulses?«

»Das glaube ich, aber meine Meinung zählt nicht gegenüber Eurer, Dominanter!«

»In einigen Tage habe ich das Objekt vielleicht in Händen, und dann kannst du es dir ansehen – wenn es nicht Verstecken spielt mit uns, oder, noch schlimmer, uns in die Käfige eines fremden Zoos steckt! Bis dahin aber bin ich nicht abzubringen von dem Verdacht, daß unser Besucher von Menschensonne kommt. Ich will unbedingt Gefangene. Es mag sein, daß es während des Angriffs Verletzte gibt. Du bist unser Tierarzt. Nimm den Autodoc, den du von Chuut-Riit bekommen hast, setz dich in einen *Ztirgor* und folge dem Angriffsrudel. Greife nicht an. Deine Aufgabe besteht einzig und allein in der Behandlung verletzter Menschen.«

Grreff-Hromfi unterbrach den Kontakt und schob sich die Datenbrille in die Stirn. Seine Ohren hatte er zurückgelegt und so tief ins Fell vergraben wie möglich, über seinen Fängen zitterten die Lippen. Er wartete nicht gern!

21

(2420 n. Chr.)

Die *Shark* von der United Nation Space Navy materialisierte bei 335 AE, etwa fünfzig Milliarden Kilometer hinter Alpha Centauri. Die Position war ausgewählt worden, um neugierigen kzintischen Augen zu entgehen, die möglicherweise Sol beobachteten. In diesem Abstand vom Doppelstern war das Risiko minimal, aber UNSN-Lieutenant Nora Argamentine erfüllte noch immer der Nervenkitzel der Gefahr, in der sie schwebte, denn es handelte sich um ihren ersten Aufklärungsflug unter Gefechtsbedingungen. Und sie hatte einen besonderen Grund, sich an den Kzinti rächen zu wollen.

»Sieht alles okay aus, Charlie. Wir haben freies Feld«, sagte sie. Alle Detektoren gaben grünes Licht.

Charlie war der Kommandant, Prakit der Hyperantriebsingenieur. Die beiden anderen in der überfüllten Kapsel gehörten nicht zur Besatzung, sondern waren »zur besonderen Verwendung« und sollten das Schicksal der *Yamamoto* eruieren. Die beiden stillen, mundfaulen Männer sollten in ihrem winzigen Fackelschiff abgesetzt werden, falls eine dichtere Annäherung an Wunderland möglich war. Ihre Aufgabe bestand darin, Chuut-Riit zu töten, falls diese Rattenkatze den Anschlag durch Captain Matthieson und Lieutenant Raines überlebt haben sollte. Die beiden Commandos waren effiziente Killer.

Nora machte das Teleskop klar, und dann konnten sie sich alle Wunderland genauer ansehen. Die mit relativistischer Geschwindigkeit dahinrasenden Geschosse der *Yamamoto* sollten Einschlagkrater hinterlassen haben – allerdings waren sie auf derart großen Abstand möglicherweise nicht zu sehen. Sie beabsichtigten, sich schrittweise immer dichter anzunähern.

Nora war sich unsicher, ob die *Yamamoto* das Alpha-

Centauri-System überhaupt schon passiert hatte. Der Bussard-Ramscoop mochte noch auf dem Weg sein. Es bedurfte nur einer Zone, in der das interstellare Gas weniger dicht war als gewöhnlich, um sich eine Verzögerung einzuhandeln. Das Magnetfeld konnte zusammengebrochen sein, oder Tanj allein wußte, was geschehen war. Die Ankunftszeit eines Ramscoops ließ sich nun einmal nicht genau vorhersagen. Raines und Matthieson würden überrascht sein über das Ausmaß des technischen Fortschritts seit dem Jahre 2409. Ja, Wunderland wurde möglicherweise befreit, bevor sie eintrafen!

Prakit fummelte am Hyperantrieb herum. Er mußte das Aggregat für den nächsten Sprung abstimmen. Nora konnte sich zu ihm umwenden und ihm moralische Unterstützung leisten, aber sie hatten nicht genug Platz, als daß sie ihm hätte zur Hand gehen können. Sie streckte den Arm vor und klopfte ihm mit dem Handgelenk liebevoll gegen den Helm. Weil er mit so nüchternem Gesicht aufblickte, lächelte sie ihn an.

»Macht Betsy dir Ärger?«

»Nein, Betsy ist eben ein Baby. Wenn ich sie alle vier Stunden füttere und auf dem Knie wiege, dann beruhigt sie sich schon wieder.«

Betsy war ein neues Crashlander-Modell, und sie waren froh, es zu haben. We Made It war schon zwei Jahre länger im Geschäft mit Hyperraum-Shunt-Antrieben als die Erde. Die Crashlander hatten die Technik des Überlichtantriebs von unvorstellbar fremdartigen Weltraumnomaden erworben.

Die Produkte aus dem Procyon-System besaßen eine bessere Qualität als die von der Erde – obwohl die Erde sich ihrer technischen Überlegenheit brüstete –, und die Crews der UNSN balgten sich um jede Lieferung aus Crashlanding City.

Das Modell Betsy war imstande, den Übergang von relativistischen zu Quantenzuständen innerhalb einer halben Stunde zu bewältigen, sobald die Feinabstimmung stimmte. Solange die Feinabstimmung nicht beendet war und Prakit die Hyperwellenfunktionen der Atome nicht in die richtige Phasenbeziehung setzen konnte, waberte und jaulte Betsy. Wenn man sie dann ansah, bekam man das Gefühl, daß sich hinten im Augapfel Stücke der Netzhaut ablösten. Prakit beeindruckte das offenbar nur wenig.

»Sie ist eingeschnappt«, pflegte er dann zu sagen.

»Wenn ihr eure Beine ein wenig ausstrecken wollt, dann nur zu! Legt sie hoch!« rief Nora ein wenig neckend in den Laderaum, wo die YZbVs‹ lagen. Lieutenant Argamentine war eine gutmütige Frau, die sich um ihre Männer kümmerte, auch wenn das nicht ganz zu ihren Rangabzeichen paßte. Ihr Vater war während der Vierten Kzinti-Invasion in der Schlacht von Ceres verbrannt, als sie noch ein Teenager war, und aus irgendeinem Grund konnte sie niemals genug Liebe geben – oder Haß zeigen.

»Wir haben genug Platz«, sagte der erste Killer ironisch. »Wir hätten sogar genug Platz für dich, mein Schatz.«

»Sind wir bald da? Sind wir bald da?« zeterte der andere.

Nora machte ihren beiden Commandos einen kleinen Imbiß aus Crackern mit ein wenig eingeschmuggeltem Camembert und reichte ihnen die kleine Aufmerksamkeit hinunter ins »Loch«. »Paßt auf, daß ihr euch nicht ins Bett krümelt.«

Nur gelegentlich von einem kurzen Nickerchen unterbrochen, verbrachten Charlie und Nora mehr als einen Tag damit, Photos zu machen und das Raumvolumen abzutasten, in das sie eindringen wollten, etwa 50 AE weiter sternwärts. Einige Minuten ihrer Freizeit verwendete Nora darauf, im elektronischen Bildverstärker den Schlangenschwarm zu betrachten. »Mein Gott, Charlie, du mußt dir einfach mal ihren Belt ansehen!« rief sie. Sie hatten es nicht eilig, ihre Aufgaben zu erledigen, und es gab auch nichts Wichtiges, was unbedingt hektisch verrichtet werden mußte.

Im Gegenteil unternahmen sie eine äußerst vorsichtige Annäherung.

Es vergingen nur fünf Minuten, als sie im Hyperraum 50 AE weiter ins System sprangen, aber sie wollten nicht gern inmitten von Kzinti herauskommen; ganz besonders deswegen nicht, da sie wenigstens dreißig Minuten bis zum nächsten Hyperraumeintritt benötigen würden.

Manchmal bekam Nora beim Schlafen im Cockpit Alpträume. Als Teenager auf der Farmstadt in Iowa hatte sie sich bei Abenddämmerung, wenn die Sterne über den Baumkronen aufgingen, oft vorgestellt, sie befände sich in solch einem Cockpit und würde Kzinti töten, bevor sie ihrem Daddy etwas antun könnten, und fragte sich dabei, wo er war, was er dort draußen tat – und ob er in Sicherheit sei. Imaginäre Kzinti zu töten, war für sie bald zu einem nächtlichen Ritual geworden.

Charlie weckte sie, indem er sie sanft anstieß. »Bandits auf acht Uhr, zwanzig Grad hoch. He, Prakit, bring uns so schnell es geht hier raus, beim Tanj!«

Lieutenant Argamentine war auf der Stelle hellwach und las die Graphiken ab, die über ihren Bildschirm liefen, stellte der Maschine Fragen und beobachtete, wie sich zur Antwort die Graphiken veränderten. »Bandits nähern sich schnell. Dopplerablesung ergibt Abbremsfaktor vierundsechzig *g*. Drei Kampfjäger mit der Signatur von *Racheschreien*. Das ist der Jägertyp, der meinen Dad umgebracht hat.«

»Wieviel Zeit bleibt uns?« fuhr Charlie sie an – in solchen Momenten machte ihn Konversation ungeduldig.

»Nur die Ruhe, Charlie. Das hier ist ein anderer Krieg. Sie sind Stunden entfernt. Wir müssen uns ihnen nicht stellen.« Daddy hatte keine andere Wahl gehabt – sein Jäger hatte nur einen Bruchteil ihrer Manövrierfähigkeit besessen. »Wir haben sogar noch Zeit für Kaffee und Schmalzkringel.« Sie zog sich danach nervös eine Locke straff. »Das Spiel habe ich schon mit meiner kleinen Schwester gespielt, als sie drei war. Ich ließ sie mich fast fangen, dann bin ich verschwunden.« Argamentine wandte sich um und lächelte Prakit an. »Wie geht's voran?«

»Ich mach ja schon – ich mach ja schon!« fauchte Prakit.

Der Phasenübergang baute sich auf, während Prakit die Minuten herunterzählte. Alle verfielen in gespanntes Schweigen. Im Krieg mußte man stets auf die wenigen Sekunden der entscheidenden Handlung warten. »Wir lieben dich, Betsy«, sagte Nora, als sie die Ungewißheit nicht mehr ertragen konnte.

»Sei ruhig. Laß Prakit seinen Job tun.«

Der Hyperantrieb begann plötzlich zu vibrieren. Die Schwingung hielt drei Sekunden lang an und erstarb. Prakit fluchte. »Sie hat sich gerade zurückgesetzt.«

»Wir haben Zeit genug«, sagte Lieutenant Argamentine beruhigend.

»Ich brauche fünf Minuten, um sie neu zu justieren. Wir wollen ja nicht, daß Betsy noch mal Bäuerchen macht.«

Charlie sann mittlerweile bereits über Abwehrmaßnahmen nach. Er rollte die *Shark* herum, so daß die Düse des Huckepack getragenen Fackelschiffs auf die *Racheschreie* zeigte.

»Das nutzt nichts«, sagte Nora. »Die Hundesöhne sind so manövrierfähig, daß sie allem ausweichen können.«

Charlie beugte sich über das »Loch«. »Wir werden angegriffen. Haltet euch bereit, die Fackel abzufeuern. Wenn ich Feuer rufe, dann *feuert!*«

»Bis dahin sind wir hier weg!« rief Prakit.

Als sich der Phasenübergang ein zweites Mal aufbaute, brach niemand das Schweigen.

Nora starrte wie gebannt auf das Aggregat, auch wenn der Anblick ihr allmählich die Stäbchen aus der Netzhaut zu rupfen drohte. *Mach schon!* flehte sie. Aber die

Shark hing weiterhin quälend bewegungslos im Raum. Es dauerte zu lange.

Betsy erschauerte und setzte sich zurück.

»Ich muß sie reparieren!« rief Prakit verzweifelt aus.

»Du hattest den ganzen Tag frei!« herrschte Charlie ihn an. »Zeit?« Er fragte Nora, wie lange sie noch leben würden.

»Sie bremsen noch ab. Sieht ganz so aus, als wollten sie uns entern. Wenn sie uns lebend haben wollen, dann hat Betsy genug Zeit. Wenn sie rasch an uns vorbeifliegen und uns unter Beschuß nehmen, dann sind wir Katzenfutter.«

»Anzüge schließen«, befahl Charlie. Damit meinte er Helme und Handschuhe. Sie alle trugen unter den Uniformen bereits druckfeste Anzüge.

»Kann ich nicht!« rief Prakit mit Panik in der Stimme. »Ich kann's mir nicht leisten, mich mit Handschuhen zu behindern. Ich will sie von Hand hochfahren! Damit gewinnen wir ein paar Minuten. Ich kann sie im Cañon halten. Das hab' ich schon mal gemacht. Die Automatik ist gegen die Wände geprallt. Passieren sollte das eigentlich nicht.«

Sie begannen einen dritten Countdown. »Können wir nicht wenigstens ganz kurz springen?« fragte Charlie. Er griff nach jedem Strohhalm.

»So funktioniert das nicht. Lenk mich nicht ab, Charlie.«

Sie warteten. Schon wieder. Schließlich konnte Charlie es nicht mehr aushalten. »Achtung, an alle: Ich aktiviere die Selbstzerstörung.« Jeder Offizier wußte, wie man sie abstellte, bevor sie hochging. Aber dazu mußten sie erst in den Hyperraum entkommen. Wenn nicht ...

Gespannt warteten sie. Die Kzinti kamen näher.

»Ihr da unten. Haltet die Fackel bereit.« Charlie wandte sich Nora zu. »Wir zwei Hübschen werden üben, den Katzen immer schön den Hintern entgegenzustrecken.«

»Es nähern sich *zwei* Bandits. Einer wird ein Entermanöver versuchen, der andere scheint sich auf schnellen Vorbeiflug einzustellen.« Nora verdrehte die bevorzugte Haarlocke, dann bemerkte sie, daß sie beide Hände an der Gefechtsstation brauchte.

»Und der dritte?«

»Der bleibt zurück. Er kann uns dann entern *oder* vernichten.«

»Wir werden mal üben, mit unseren Hintern zwischen den beiden vorderen *Schreien* hin und her zu wackeln.« Die *Shark* begann, zwischen zwei Punkten zu schwingen – das präzise Zielen übernahm der Bordcomputer.

Und sie warteten.

»Wir schaffen es«, verkündete Prakit mit ruhiger Gewißheit.

»Feuer!« rief Charlie den Fackelleuten zu.

Eine Feuerzunge leckte nach den tanzenden Kzinti, die der Berührung elegant auswichen. Der Countdown ging weiter.

Ein Ruck ging durch die *Shark,* als das Fackelschiff getroffen wurde. Es wurde abgerissen und torkelte sich überschlagend durch den Weltraum, dann explodierte es. Einen Augenblick später schlug ein Treffer in die Kabine ein. Nora sah nicht, wie Prakit ohne Helm in den Weltraum gerissen wurde, denn ihr Helmvisier schaltete auf undurchsichtig, als eine grelle Explosion die Kabine mit aktinischem Licht überflutete und ihr die Uniformhälfte, die dem Licht ausgesetzt war, vom Leibe brannte. In dem Augenblick, in dem der Tod an ihre Tür klopfte, sah sie nicht den Kriegstod des Vaters, der bislang immer ihre Gedanken beherrscht hatte, sondern ihre jüngere Schwester als Kleinkind, die auf sie zugerannt kam, Rüschen am Saum ihres winzigen Höschens …

Der hssinische Barbar war bereits vorbeigeschossen. Der zweite *Racheschrei* verlangsamte von 60 Ge Abbremsbeschleunigung auf den Bruchteil eines Ge und berührte kaum das fremde Objekt, als der alte Krieger bereits mit einem Rucksack am Raumanzug in das Loch sprang, das für ihn geöffnet worden war. Er wußte, wonach er Ausschau halten mußte, aber er verlor wertvolle Sekunden, bis er es gefunden hatte. Er warf den Rucksack auf die entsprechende Stelle, und dessen elektrogravitatorischer Schwingkopf schnitt ein sauberes Loch in die Bodenplatte. Der ganze Rucksack verschwand mit 230 Ge und riß ein abgetrenntes Stück der *Shark* mit sich. Der Bordschütze, der einen Kampfanzug trug, sprang mit zwei Luftsäcken in das Cockpit, und mit choreographiert anmutender Ökonomie der Bewegungen packten der alte Held und sein Bordschütze jeder einen Körper in einen Sack, kauerten sich nieder und warteten auf die Explosion.

Chuut-Riits Krieger grinste durch das Helmvisier. »Vielleicht hat die Beschleunigung sie vernichtet.«

Aber nein – die Selbstzerstörungsladung blitzte weit »unter« dem *Racheschrei* und dem Wrack der *Shark* auf.

Der Antrieb war intakt. Zielen konnte der wilde Hssinkzin – das mußte man ihm lassen! Während der alte Krieger das Bergegut in Augenschein nahm, trieb Hromfis Sohn auf Winkreichweite heran. Der Veteran gab Hromfis Sohn Handsignale: *Wo bleibt dieser Bummelant von Ausbilder-der-Sklaven?*

Die Bewegungen zweier Arme signalisierten zurück: *Unterwegs.*

Der *Ztirgor* rollte und koppelte sich an die Unterseite des *Racheschreis*. Das kleine Schiff war innerlich ausgeweidet worden, um den Autodoc aufnehmen zu können. Die Luftsäcke mit den Menschenkörpern wurden umgehend in den *Ztirgor* gebracht und geöffnet.

Vertrackt, dachte Ausbilder-der-Sklaven. Er hatte eine Wahl zu treffen, denn der Autodoc bot nur einem Gefangenen Platz. Er wählte das Menschenmännchen, nur aufgrund dessen Geschlechts aus, entschied sich allerdings anders, als er begriff, daß es tot war. Im Vakuum erstarrtes Blut bedeckte eine Halswunde, und die eine Hälfte des Rücken war bis auf die Knochen verkohlt. Das Weibchen mußte reichen. Andererseits waren Menschenweibchen schließlich auch intelligent, und man konnte dieses hier durch Folter überzeugen, Informationen preiszugeben.

Ausbilder-der-Sklaven wußte nicht, ob der Autodoc dem Weibchen das Leben retten konnte. Mit den Krallen schnitt er ihm die Überreste der grünen UNSN-Uniform vom Leibe, dann den druckfesten Anzug. Ein wenig verbranntes Fleisch klebte an dem Gewebe und löste sich mit ihm vom Körper ab. Ausbilder-der-Sklaven wußte nicht, was er mit dem Büstenhalter anstellen sollte, und wandte vergeblich mehrere Methoden der Rätsellösung an, um ihn zu öffnen, dann schnitt er ihn ungeduldig ebenfalls fort. Der Rest war einfach.

Als Lieutenant Argamentine zum ersten Mal aus ihrem finsteren Delirium erwachte, war sie stolz darauf zu wissen, wo sie sich befand – sie ruhte in der Geborgenheit eines Autodocs wie im Mutterschoß. Sie spürte ihre Umgebung, und wenn sie die rechte Körperhälfte bewegte, fühlte sie die Kanülen und das Gelee. Aber wo stand der Autodoc?

Das Gedächtnis ließ sie im Stich. Während sie sich durch die Nebel der Erinnerung kämpfte, sah sie Maiskolben prasselnd in einem Scheiterhaufen schmoren. Das schien nicht richtig zu sein, das war zu abwegig – zu entfernt. Sie sah einen verhungernden Mann in einem roten Hemd Kuhdung verkaufen. Verdammt! Sie wollte sich an gestern erinnern! Was war mit ihr geschehen?

Mit aller Kraft mühte sie sich, bis ihr einfiel, wer sie war – nein, nur fast, fast hatte sie es, dann vergaß sie es wieder. – General Fry! Ein Blitz! Das war der richtige Hinweis! Welcher Jubel, plötzlich wieder etwas zu wissen – dann war alles wieder fort. Alles, woran sie sich in bezug auf General Fry noch entsinnen konnte, war, wie ein lachender Colonel sie und ihn nackt in einer Weltraumhängematte erwischt hatte. Der Colonel hatte sie beide wieder um immer wieder damit umwickelt und in ihrem Netzgefängnis herumgewirbelt.

Aber das mußte es sein! Unglaublich! Sie schluchzte erleichtert. Sie war im Lazarett von Gibraltar Base – die *Shark* war bei einem gescheiterten Eintritt in den Hyperraum explodiert. Mit dem dringenden Bedürfnis, ihrer kleinen Schwester zu versichern, daß alles in Ordnung war, sank sie ins Delirium zurück, und als sie wieder erwachte, sprach sie mit General Fry. Ohne zu wissen, ob das Gespräch nicht doch ein Traum war, versuchte sie ihn davon zu überzeugen, daß er sie dennoch wieder ausschicken sollte, um gegen die Kzinti zu kämpfen.

Das Delirium verschwand dann irgendwann doch, und der Autodoc wurde – wirklicher. Sie fühlte sich auf dem Weg der Besserung und schlief normal. Sie wußte, daß ihre medizinischen Werte gut waren. Irgendwann würde man schon die Kiste öffnen und mit ihr sprechen. General Fry liebte sie und würde da sein, wenn man die Kiste öffnete, und in seinen steingrauen alten Augen würde sich Zärtlichkeit zeigen. Oder doch nicht. Vielleicht würde auch nur eine Krankenschwester vor ihr stehen.

Als die Kiste dann wirklich geöffnet wurde, starrte ein Kzintigesicht auf sie herab. Groß, massig, haarig und mit Zähnen wie beim Wolf im Märchen von Rotkäppchen. Das war das erste Kzintigesicht, das sie jemals sah. Sie konnte sich noch immer an nichts erinnern.

»Sprechen Sie Deutsch?« fragte die Rattenkatze. »Ich spreche nicht sehr gut.«

Hatten die Kzinti bereits Deutschland erobert? Hatte die Fünfte Invasion begonnen, als die *Shark* nach Wunderland aufbrechen wollte? Sie war sich völlig sicher, noch im Sol-System zu sein.

Das gelborangene Monstrum zog einen tragbaren Translator hervor, der die gleiche Phrase in zahlreichen Sprachen zu wiederholen begann. Schließlich fragte die kultivierte elektronische Stimme: »Welche Sprachen beherrschen Sie?«

»Englisch«, antwortete sie.

»Mein Englisch auch ist sehr furchtbar«, zischte und fauchte der Kzin. »Mag sein Maschinen uns helft. Ich lerne Englisch. Du lehren?«

»Thomas Alva Edison!« stieß sie vollkommen verwundert hervor.

»Gehirnschaden«, knurrte ihr Gegenüber. »Ich bin schicklicher und fähiger Veterinär. Erfahrung mit Menschenweibchengehirnen.« Stolz spreizte er die Ohren. »Viele Experimente. Heile alle Tiere.«

Er stellte den Autodoc um, so daß sie in eine sitzende Haltung erhoben wurde, dann hielt er ihr ein Gefäß hin, eine langstielige Dessertschale mit einem Löffel. Nun erst bemerkte Nora ihren Heißhunger. Der Kzin brabbelte weiter, ohne daß seine Worte viel Sinn ergaben. »Bitte seien schicklicher Sklave und säubern Käfig«, sagte er gerade. Dann hielt er ihr einen Löffel mit seiner Gabe vor den Mund.

Es handelte sich um mit Fischstücken verfeinertes Vanilleeis.

22

(2420 n. Chr.)

Während Lieutenant Nora Argamentine in den Sklavenquartieren mit Hilfe des Autodocs geheilt wurde, manövrierte Hrith-Kapitän seine *Nistende Reißzahnmutter* zum Wrack, um das geheimnisvolle Aufklärungsboot zu bergen. Die Höchstbeschleunigung des weltraumtüchtigen Trockendocks betrug nur zehn Ge, deshalb brauchte es erheblich länger, um das Menschenschiff zu erreichen, als die Kampfrotte, die es angegriffen hatte. Nachdem das Wrack in den Reparaturhangar gezurrt worden war, machten Ausbilder-der-Sklaven und seine Jotokimechaniker sich an die sorgfältige Untersuchung des Raumfahrzeugs.

Der Aufbau des Antriebsaggregats ergab zunächst überhaupt keinen Sinn, aber Ausbilder-der-Sklaven hatte nichts anderes erwartet. Zunächst mußte er Funktionsweise und Beschränkungen des Triebwerks eruieren, dann die Manövrierfähigkeit. Dann konnte er in aller Ruhe mit Hilfe induktiver Methoden und eines Physikerteams auf die Arbeitsprinzipien der Maschine schließen.

Schwer-zu-fangen klassifizierte einige Teile vorläufig als Gravitationsmanipulatioren. Dadurch schien sich Ausbilders Theorie zu bestätigen, daß die Äffchen einen ausgeklügelten Schwerkraftpolarisator entwickelt hatten, der sehr nahe der Lichtgeschwindigkeit operierte und den Blauschimmer-Effekt, der alle kzintischen Antrieb limitierte, irgendwie umging.

Diese Schlußfolgerung paßte zu den Beobachtungen. Die Impulsmuster, die in der Nähe von Menschensonne beobachtet und vom *Nase des Patriarchen* nach Alpha Centauri gesendet worden waren, waren nun fünf Jahre alt. Anscheinend stammten sie von den Testflügen des neu entwickelten Raumschiffs. Und nun, 4,3 Jahre nach Abschluß der Erprobung, tauchte hier eins der Testmuster auf einer Probekampfaufklärung auf. Ganz einfach. Grreff-Hromfis furchtsame Hoffnung auf Überlichtmagie war nichts anderes als genau das – ein Phantasiegespinst.

Trotz der Ermahnungen, die sie anderen erteilten, tendierten Nichtwissenschaftler wie Grreff-Hromfi zu vorschnellen Schlüssen. Sie stürzten sich auf durch nichts fundierte Schlußfolgerungen, anstatt ihre Spekulationen gründlich zu durchdenken und erst dann ein Urteil zu fällen. Das Gemunkel über eine untergegangene Zivilisation, die noch vor der Geburt der hellsten Sterne am Himmel die Galaxis umspannt hatte, lieferte genau den richtigen Hintergrund, ein Phantasieuniversum, für die Träume von der Reise schneller als das Licht.

Wenn man das Gerücht verbreitete, daß sich auf dem zerfurchten Trabanten eines namenlosen roten Zwergsterns vierzig Lichtjahre in diese oder jene Richtung noch immer Hinterlassenschaften dieser Zivilisation befänden, würden sich die Kzinti herdenweise auf den Weg machen und ziellos umherirren, nur um nach dieser Schimäre zu suchen. Je älter das verlorene Imperium, desto größer mußten die Geheimnisse sein. Je toter das untergegangene Reich, zu um so größeren Höhen mußte es sich in alter Zeit aufgeschwungen haben. Die Heldensprache kannte ein knappes Wort für solcherlei Hirngespinste: Der-Waldbusch-mit-den-Blättern-die-nach-Fleisch-riechen. Und irgendwo gab es immer Kzinti, die diesem Busch auf den Fersen waren.

Ausbilder-der-Sklaven machte seine Runden und fütterte die nackten Kinder in den Käfigen. Durch die Ereignisse war die Planung seiner Experimente völlig durcheinandergebracht worden, aber die Jungtiere benötigten natürlich dennoch Futter. Müde zog er sich in seine enge Kammer zurück und wies Schwer-zu-fangen ab, der mit ihm Karten spielen wollte.

Ausbilder-der-Sklaven wälzte sich im Talkum, um den Schmutz und den Gestank abzureiben. Er strich sich das Puder ins Fell und massierte sich sodann mit einem guten Vakuumvibrator. Wie gut ihm das tat! Er nahm sich ein hartes Kissen, auf das er den Kopf legen konnte, und streckte sich auf der Koje aus. Nun nur noch ein virtuelles Abenteuer, das ihm die Leber zucken ließ, um sich von den täglichen Problemen abzulenken! Das Schmiermittel quietschte, als er sich die Käppchen auf die Augäpfel setzte.

Ob es wohl möglich war herauszufinden, was Grreff-Hromfi sich in letzter Zeit angeschaut hatte? Schließlich war es möglich, daß solche Darbietungen seinen Aberglauben an Überlichtantriebe erst geweckt hatten. Die Datei, in der die Zugangsprotokolle des Dominanten standen, war selbstverständlich abgesichert, aber das verhinderte nicht, daß man Vermutungen anstellte. Per Spracheingabe gab Ausbilder-der-Sklaven ›Überlichttechnologie‹ ein, und nach kurzem Nachdenken ›untergegangene Sternenreiche‹. Er wußte bereits, daß diese Suchkriterien ihm mehr als eintausend Titel bescheren würden, also schränkte er die Auswahl ein, indem er der Liste noch ›Kampfabenteuer‹ zufügte, und, da er seit Jahren keine Kzinrret mehr gerochen hatte, noch ›weibliche Beteiligung‹.

Was er geboten bekam, war ein schlechtes virtuelles Abenteuer über ein Rudel von Helden, das durch eine Verwerfung im Raum-Zeit-Kontinuum weit jenseits der Grenzen des Patriarchats verschlagen wurde. Die Krieger fochten gegen riesige Würmer und wurden von ihnen in kristallene Ruinen gehetzt, deren Erbauer im Feuerball der Schöpfung geboren worden und so alt waren, daß ihre Zivilisation verging, noch bevor sich die Galaxien bilden konnten. Gerade, als der größte Wurm von allen sich anschickte, sie lebend zu verschlingen, weil sie seine Wurmkrieger erschlagen hatten, fielen sie in einen Kristallraum mit einem vollkommen erhaltenen überlichtschnellen Transportergerät, das unheilverkündend aufleuchtete, wenn man es berührte.

Unfähig, der Versuchung zu widerstehen, wurden die Helden in den Kernsektor der Galaxis transportiert, auf eine dunkle, kühle Welt, die von Riesen bewacht wurde. Die Riesen beschützten die Galaxis vor dem Anblick von Wesen, die so schön waren, daß jeder, der sie ansah, vernichtet würde. Bald schon stapften die Helden über die Leichen der erschlagenen Riesen und fanden an einem wundersamen Wasserloch tief im Herzen des dunklen Waldes anmutige, kzinrrettiähnliche Geschöpfe. Ein Kzintikrieger wandte sich gegen den anderen, sie schlitzten einander auf, erstachen sich gegenseitig und kämpften mit Zähnen und Krallen, bis nur der größte aller Krieger übrig war. Schneller als das Licht brachte er seinen kzinrrettiähnlichen Harem zurück in die geheimnisvolle, kristallene Stätte und lebte glücklich und zufrieden mit ihnen; auf dem weiten Grasland jenseits seines Palastes konnte er nach Leberslust jagen.

Am Morgen versuchte Ausbilder-der-Sklaven behutsam, das Lieutenant-Tier über sein Schiff zu verhören. Um die Folter zu bestehen, war es noch nicht kräftig genug. Freiwillig gab das Weibchen jedoch nur ihren Namen preis, und – für Ausbilder-der-Sklaven ein verwirrendes Konzept – ihren »Rang«. Er stellte allerdings fest, daß sie an dem Bild ihrer jüngeren Schwester sehr interessiert war, und so ging er die persönlichen Habseligkeiten der Besatzung durch, die den Kampf überstanden hatten. So kam es, daß er sich von den Illustrationen eines ›Comic-Heftes‹ in den Bann gezogen fand. Auf dem Umschlag prangte ein ›Copyright-Datum‹: Januar 2420 n. Chr. – nach der Chronik. Fliegende Äffchen mit purpurnen Umhängen KABUMMten wilde Kzinti, die die Mauern ihres eroberten Elvis-Presley-Klosters verteidigten.

Einer Eingebung folgend, überprüfte Ausbilder-der-Sklaven im Datenlink die Dateien mit dem Material, das sie von Menschenheimat erhielten. Ihr Datierungssystem vermochte er nicht im Kopf zu behalten, aber es war bekannt für seine Eigentümlichkeit. Alle Ereignisse wurden auf einen Zeitpunkt bezogen, als sie ein Triumvirat der Übeltäter auf dem Hügel Golgotha folterten. Sie nagelten dazu den Vater, den Sohn und den Großvater an Holz, so daß die Bussarde (ein Aasvogel) sich an ihren Lebern laben konnten.

Die neuesten Meldungen vom *Nase des Patriarchen* und dem *Ohr des Tigriparden* trugen das Menschensonnen-Datum *November 2415 nach der Chronik.* Nach den unabänderlichen Gesetzen der Physik war jedes spätere solarische Ereignis für Alpha Centauri noch verbotene Information. 2420 gehörte eindeutig einer Zukunft an, die tabu war.

Einen ganzen Tag lang widmete Ausbilder-der-Sklaven seine Gedanken dem fremden Urheberrecht. Gab es bei den Menschentieren vielleicht eine fünfjährige Latenzzeit, in der Plagiate erlaubt wurden, bevor das Copyright griff? In der Zwischenzeit demontierten seine Jotoki einen zerstörten Controller.

Alle komplizierten elektronischen Teile trugen die Aufschrift *We Made It,* was ›Wir haben es gemacht‹ bedeutete und Ausbilder-der-Sklaven im Ohr gekitzelt hätte, hätte er nicht gewußt, daß We Made It eine Äffchenkolonie war, mehr als elf Lichtjahre von Menschensonne und über dreizehn von Alpha Centauri entfernt, und daß der Name als Ausruf der Erleichterung mit ›Wir sind da‹ oder ›Wir haben es geschafft‹ übersetzt werden müßte. Es gab keinen Grund, weshalb man solche Standardteile mit Hilfe von Ramscoops über elf Lichtjahre verschiffen sollte.

Offenbar war es Zeit, daß er mit dem Lieutenant-Tier ein weiteres hinterhältiges Gespräch führte. Er ging die Berichte des Ersten und Zweiten Schwarzen Rudels durch und suchte nichtmilitärische Themen aus, über die es möglicherweise sprechen würde. In Schwer-zu-fangen besaß er einen Verbündeten. Der Jotok hatte entdeckt, daß das Weibchen die bittersüßen Beeren mochte, die die Sklaven als Verfeinerung ihrer Blätterrationen erhielten.

Also suchte er es mit Beereneiscreme gewappnet auf. Das Lieutenant-Tier litt noch immer unter den großflächigen Verbrennungen und den Nachwirkungen eines Schocks, aber nun konnte es bereits den Autodoc stundenweise verlassen, wenn man es ankettete.

»Sag mal, Pelzgesicht, wann kommt eigentlich meine Uniform aus der Reinigung?«

Wegen dieser Unverschämtheit grinste er das Weibchen mit gebleckten Zähnen an, obwohl er nicht mit der Leber hinter dem Gesichtsausdruck stand. Welche Demütigungen man sich von Kzinrretti gefallen lassen mußte! Ausbilder-der-Sklaven war verwirrt, denn er wußte nicht genau, welche Regeln für vernunftbegabte Weibchen galten. Sein Grinsen war eine reine Reflexhandlung.

»Also schön, gut, gut, o Gebieter! Ich bitte untertänigst um anständige Bekleidung, und wenn ich sie bekomme, küsse ich sogar den Boden, auf dem du sitzest!«

Ausbilder-der-Sklaven schob sich die Datenbrille vor die Augen und konsultierte den Englisch-Vocoder. Fauchend und knurrend-zischend gab er Anfragen ein. »Ich kann dir ein Präparat injizieren, das dir ein Fell wachsen läßt«, sagte die kultivierte Maschinenstimme. Dann fügte Ausbilders rauhere Stimme hinzu: »Rötlichbraun, wie dein Kopfhaar.« Der Kzin haßte es, sich auf Apparate verlassen zu müssen, aber dann gab er wieder auf und ließ den Translator den Gedankengang beenden. »Ein feiner, attraktiver Pelz wird dir wachsen. Ich habe die Experimente dazu schon durchgeführt und verbürge mich für ein positives Resultat.«

Das hat man davon, wenn die Gene zu 98 Prozent mit denen eines Schimpansen identisch sind, dachte Nora ironisch. »Gebieter!« sagte sie. »Ich bin sicher, daß deine fünfarmige Nähmaschine dort mir im Nullkommanichts ein hübsches kleines Kleidchen machen könnte. Er darf eine Livree tragen, wieso ich nicht auch? Bitte!«

Die monströse gelb-orangene Kreuzung zwischen einem Basketball-Center und einem Football-Stürmer verstand sie nicht, hörte aber aufmerksam dem Geräusch zu, das aus seinem Translator drang und sich anhörte wie zwei kämpfende Katzen.

Als er begriff, leuchteten seine Augen auf. »Ja. Livree. Bekommen rote und grüne Bänder für ...« Er konsultierte den Vocoder. »Für Knie und Ellbogen. Gut?«

»Ich glaube, ich brauch' jetzt etwas Eis«, stöhnte Nora. Sie hatte sich bereits mit Schwer-zu-fangen über das kzintische Fischeis unterhalten, und er hatte ihr eine Verbesserung versprochen. Nun hielt er ihr einen Goldteller mit Vanilleeis hin, das mit purpurnen Pünktchen gesprenkelt war. Einige Beeren hatte er insgeheim gemopst, dieser Versuchung hatte er einfach nicht widerstehen können. Nora erhob keine Beschwerde. Sie aß schweigend und kringelte dabei manchmal nervös ihre Lieblingslocke.

»Schwer-zu-fangen wird nun die Schlager der Top Ten von 2415 Jahren nach Folter der Christusbande singen. Englisch ich kann sprechen, singen nicht. Jetzt folgen die Nummer Eins einer astreinen Stunde!« Was sonst sollte er sagen? Er hatte die Wörter direkt der Aufzeichnung entnommen.

Das rot und grün livrierte Wesen, das gleichzeitig ein Quintett war, begann zu der nackten Kriegsgefangenen zu singen, die an das graue Schott eines engen Kriegsschiffs gelehnt in Ketten auf dem Fußboden saß und Eiscreme in sich hineinlöffelte. Sie – das Wesen war eine »Sie« – wußte nicht, daß man sie hinterhältig verhörte, auch nicht, daß sie der Folter – bislang – entging, und daß die Antworten auf die Fragen von Ausbilder-der-Sklaven für ihn lebenswichtig waren. War sie eine Seherin? Konnte sie Ausbilder von Begebenheiten berichten, die zwischen 2415 und 2420 stattgefunden hatten und die daher im Alpha-Centauri-System nicht bekannt sein dürften?

Die fünf Stimmen, die aus den fünf Lungenschlitzen in den Armen drangen, waren nicht menschlich, doch besaßen sie ein Gefühl für Harmonie, und jedes Wort wurde mit leidenschaftlicher Klarheit betont, auch wenn der Akzent die Worte mit einer Färbung versah, wie Nora sie in ihrem kurzen Leben noch nie gehört hatte.

When the night is cold,
and my arms are bold
and you are very far away ...

Dieses Lied war höchst populär gewesen, als Nora in die Abschlußklasse der High-School ging und die zweijährige Militärakademie noch nicht mehr war als ein ferner Traum.

Sie mußte einfach weinen. Sie versuchte es zwar zu unterdrücken, aber das machte alles nur schlimmer, bis schließlich alles aus ihr hervorbrach. Charlie war tot. Prakit war tot. Die beiden harten Jungs aus dem Laderaum, die es kaum erwarten konnten, Kzinti umzubringen, waren ebenfalls tot. Ihre Mission war fehlgeschlagen. Sie hatte ihrem Dad nur Schande bereitet. Und nun besaß sie nicht den leisesten Schimmer, was sie mit diesem zwei Meter zehn aufragenden Kzin anstellen sollte, der sie mit einem fünfarmigen, singenden Spaßmacher hofierte.

»Menschen weinen, wenn ihnen Eiscreme gut schmeckt«, schniefte sie, um sich nur keine Blöße zu geben.

»Beeren, pfui!« antwortete Ausbilder-der-Sklaven.

»Ich denke zuviel«, fuhr Nora fort und wischte sich die Tränen ab.

»Dagegen läßt sich etwas unternehmen«, sagte Ausbilder-der-Sklaven. »Ich habe dazu viele Experimente durchgeführt.«

»Woher kennt ihr diese Lieder?«

»Ihr haltet keine Funkstille.«

»Das hört ihr euch an? Das kommt so weit nach draußen?«

»In der vergangenen Stunde habe ich mir das Tier-Holo ›Fackeln des Ruhms‹ angeschaut.«

Nun weinte sie nicht mehr, sie grinste. »Da drin springen jede Menge Kzinti über die Klinge. Was habe ich die Serie gern gesehen! Monster wie du haben meinen Vater getötet. Ich habe ihn sehr geliebt. Das Holo hat einen Preis für die schauspielerischen Leistungen gewonnen. Für Leidenschaft, für den Kampfgeist der Menschheit, den ihr niemals niederzwingen werdet!«

Einen Preis gewonnen. Sie sagte die Zukunft vorher. Im November 2415 war ›Fackeln des Ruhms‹ nur für einen Preis *nominiert* gewesen – eine Serie von sechzehn. ›Schauspieler schlecht‹, entgegnete Ausbilder-der-Sklaven. ›Äffchen in Kzin-Anzug sind zu langsam. Gefühle falsch. Meine Leber tat weh.‹

Er verwickelte das Lieutenant-Tier tiefer ins Gespräch und bot ihr ein Ventil für ihren Haß auf die Kzinti. Solange sie wütend war, sprang sie, bevor sie dachte. Noch dreimal ertappte er sie, wie sie ihm die Zukunft vorhersagte.

Da war er sich sicher.

Er meldete seinen Verdacht an Grreff-Hromfi, obwohl die Zeitverzögerung zwischen der *Nistende Reißzahnmutter* und dem Rest des Rudels noch zu groß war, um ein Gespräch führen zu können.

Ausbilders alter Mentor nahm die Bestätigung mit Freude entgegen. Seine Antwort lautete: »Also vermag ein alter Krieger doch noch einen neuen Geruch zu deuten. Ein Überlichtantrieb ist faszinierend, gefährdet allerdings grundlegend unsere strategische Position. Wir müssen rasch reagieren. Halte mich auf dem laufenden.«

Im gewaltigen Hangar der *Nistende Reißzahnmutter* trieb Ausbilder-der-Sklaven seine Jotokisklaven bei der

Demontage des Wracks an. Wie konnte solch ein kleines Schiff, das unter den Scheinwerfern fast verloren wirkte, die furchtbare Angst zurückbringen, von der er geglaubt hatte, er hätte sie für immer überwunden? Er schritt im Hangar umher, den Blick immer auf das fremdartige Gebilde gerichtet, und hielt sich im lokalen Gravitationsfeld des Laufstegs. Seine Leber rief ihm voll Panik zu, die Flucht zu ergreifen. Er war nun nicht mehr der starke Held, den es danach verlangte, es mit dem ganzen Menschensystem aufzunehmen und nach der Eroberung auf einem Elefanten reitend zu jagen, begleitet von Äffchen, die in Sänften seine Bettstatt und seine Kzinrretti mitführten.

Gegen Mittag kehrte er zum Autodoc zurück und öffnete den Deckel. Er weckte Lieutenant Argamentine und schleuderte ihr seine Frage entgegen. »Ihr seid überlichtschnell hierhergekommen!« klagte er das Weibchen an.

Sie lächelte zu ihm hoch, ohne die Zähne zu entblößen. Auf ihren haarlosen Wangen erschienen Grübchen. »Das darf ich weder verneinen noch bejahen.«

Die Antwort verängstigte ihn, und er ging davon.

Wenn die Äffchen einen Überlichtantrieb besaßen, konnten sie ungestraft ins Patriarchat vorstoßen. Jedes Sonnensystem wäre auf sich gestellt, unfähig, um die Hilfe der Krieger aus den Nachbarsystemen zu ersuchen. Heldentum würde es nur noch auf dem Papier geben. Ein neugeborenes Kätzchen könnte seinen Vater töten, bevor es noch die Augen aufschlug. Angesichts solcher Widernatürlichkeit blieb einzig die Flucht! Die Fünfte Flotte mußte fliehen, mußte sich verteilen und verbergen!

Kzintikriegern wird gelehrt, Befehle unter Androhung der Todesstrafe zu befolgen. Aber ganz instinktiv erschaffen sie sich selbst Befehle, denen sie sich unterwerfen. Ein Vorgesetzter war in der Schlacht vielleicht nur Lichtminuten entfernt, aber ein Gefecht entschied sich in Minuten. Der Generalstab mochte nur wenige Lichttage weit sein, aber Schlachten sind oft schon nach Stunden geschlagen. Ein Patriarch, der einen Krieger zu den Grenzwelten schickt, gibt ihm nur noch einmal Befehle. Danach erteilt sich der Krieger für den Rest seines Lebens seine Befehle selbst und bringt seinen Söhnen bei, die Enkel zu lehren, daß sie dem Patriarchen Meldung erstatten müssen, wenn der Auftrag ausgeführt ist.

Der Patriarch fordert Gehorsam, der rücksichtslose Herrscher über das Licht aber exekutiert alle Krieger, die nicht ihre eigenen Chefs des Stabes sind.

Ausbilders innerer Stabschef riet ihm dringend zur Flucht. *Warum bin ich nur solch ein Feigling?* Und er hatte geglaubt, seine Feigheit überwunden zu haben. Er hatte sich doch so sehr darum bemüht! Verzweifelt erinnerte er sich der Worte, die Grreff-Hromfi ihm einmal beiläufig hingeworfen hatte – fast, als sei er sich ihrer tiefen Weisheit gar nicht bewußt –, Worte, die in Ausbilders Bewußtsein gediehen und reiche Früchte getragen hatten: »Vor der Pflicht davonzulaufen bedeutet Feigheit, aber zu fliehen, während man gleichzeitig die Pflichterfüllung vorantreibt, kann eine Heldentat sein, die jedes Kriegers würdig ist!« Vielleicht würde sein Mentor also in diesem Extremfall über eine Flucht hinwegsehen. Wie tröstlich war der Gedanke, daß er trotz all seiner Angst doch noch einen Verbündeten haben könnte.

Bei seinem Großvater schwor sich Ausbilder daher, daß er, wohin immer er auch floh, die Pflicht mitnehmen werde. Er befand sich in seelischem Aufruhr. So weit war er vorgestoßen, nur um bei der eigenen Beute in die Falle zu tappen. Kleinsohn von Chiirr-Nig rannte über die Oberfläche von Hssin und wußte nicht, wohin – jede Tür wurde vom Feinde bewacht.

Mit untrüglicher Gewißheit ahnte er, daß dieses kleine Antriebsaggregat in dem Wrack des winzigen Schiffes den wertvollsten Besitz im ganzen Patriarchat darstellte.

Die gesamte Fünfte Flotte mußte zu seinem Schutz abgestellt werden. Und wenn einhunderttausend Helden bei seiner Verteidigung zu Tode kamen, wäre das Opfer immer noch nicht zu groß. Ausbilder-der-Sklaven konnte davonlaufen, aber ohne das Aggregat mitzunehmen, war eine *ehrenvolle* Flucht unmöglich.

Als die *Nistende Reißzahnmutter* ihren Platz im Dritten Schwarzen Rudel wieder eingenommen hatte, ging es Lieutenant Argamentine so gut, daß sie in die Käfige überführt werden konnte. Die Beeren in der Eiscreme hatten zu nichts geführt: Kaum hatte Ausbilder-der-Sklaven das Lieutenant-Tier in den Raum mit den Käfigen gebracht, da geriet es beim Anblick der Waisen in rasenden Zorn, obwohl nur drei von ihnen ungegessen übrig waren und ihnen daher genügend Platz zur Verfügung stand.

»Das sind doch noch Kinder! Du Monster, das sind doch noch Kinder!«

Das Weibchen griff ihn tatsächlich an! Um sich selbst zu schützen, blieb ihm nichts anderes übrig, als sie bei den Unterarmen zu packen und zu Boden zu pressen. Leider half ihm das nicht weiter, weil sie wußte, wohin sie treten mußte.

Das Weibchen war im waffenlosen Kampf ausgebildet! Ausbilder mußte sie davonschleudern. Sie war in echter Kzinrrettiwut. Nur wurden die meisten Kzinrretti nicht wütend, solange man nicht versuchte, ihre *eigenen* Kätzchen zu essen!

Um Lieutenant Argamentine zu besänftigen, tat Ausbilder-der-Sklaven, was jeder Kzintosch getan hätte: Er überließ ihr die Kinder, sperrte sie alle vier in den gleichen Käfig und ließ sie allein.

Bemerkenswert, wie rasch diese simple Tat sie beruhigte. Sie vergaß ihre eigenen Wunden und überschüttete die Versuchskinder mit ihrer Aufmerksamkeit. Ausbilder-der-Sklaven war damit nicht unzufrieden – es gefiel ihm, denn es zeigte, daß Argamentine gut für die

Zucht sein würde. Der Käfig war für die vier zu klein – das bemerkte auch der Kzin –, aber er konnte zunächst nichts daran ändern, weil er eine wichtige Nachricht erhielt.

Es gibt unter den Kzinti ein Sprichwort: »Der Verdruß berührt dich nicht mit einem Finger – er packt mit allen vier Krallen.«

Die Ortungsmannschaft meldete drei weitere Gravitationsimpulse mit der Signatur des Überlichtantriebs – aber in zu großen Abständen, als daß man die Schiffe hätte abfangen können.

Außerdem stellte die Ortung das Auftauchen einer bewaffneten Flotte der Wilden Menschen im Schlangenschwarm fest. Ausbilder-der-Sklaven hatte eine Nachfrage höchster Dringlichkeitsstufe von Grreff-Hromfi erhalten:

Könnte Menschensonne genau in diesem Augenblick überlichtschnelle Raumfahrzeuge benutzen, um der Wilden Flotte Waffen zu liefern?

Dann begann Traat-Admiral, höchst fragwürdige Befehle auszugeben. Die Nachrichten waren neu, aber die Ereignisse, auf denen sie beruhten, bereits zwei Tage alt.

Grreff-Hromfi befahl eine sofortige Datenbrillen-Konferenz aller Offiziere des Dritten Schwarzen Rudels. Er wollte wegen des Notfalls nicht darauf warten, bis sie alle im Besprechungsraum des *Ohr des Scherrecks* erschienen, und wartete nicht einmal ab, bis die Mehrzahl sich in die Konferenz eingeschaltet hatte. Als Ausbilder-der-Sklaven sich einklinkte, war das chaotische Treffen voll im Gange, und obwohl er nichts riechen konnte, wußte er, daß die Atmosphäre vor Aggression stechend scharf gewesen wäre. Er drehte die Brille und sah nicht weniger als fünf Krieger mit bebenden Lippen, die ihren Kampfrausch kaum noch zu unterdrücken vermochten.

Obwohl er allein war, schoben sich seine Krallen zur Selbstverteidigung aus den Fingern.

Erstaunlicherweise analysierte Grreff-Hromfi nicht den Angriff, den die Menschen mit ihrer neuen tödlichen Waffe gestartet hatten. Er war durchgedreht. Er wetterte über Krieger aus der Mythologie, die sich aus den Nebeln der Vergangenheit erhoben hätten und die Fünfte Flotte auf einem langgestreckten Abschnitt des Schlangenschwarms angriffen.

Er brüllte Tiraden, die sich um überkzintische Fähigkeiten und Supertechnik drehten, um Verräter unter den Wunderkzinti und um zyklopische Schreckensgestalten. Und dann gemahnte er die Krieger der Letzten Tapferkeit.

Das Dritte Schwarze Rudel hatte er bereits in die Schlacht befohlen; er gruppierte alle Schiffe nach Alpha Centauri, um Traat-Admiral in der Schlacht den Rücken zu stärken. Während Ausbilder ihn noch durch die Datenbrille ungläubig anstarrte, gab Hrith-Kapitän bereits den Befehl, daß die *Nistende Reißzahnmutter* sich sternwärts in Marsch setzen solle. Das verstieß gegen alle Lehren Chuut-Riits über das Verhalten im Kampfe.

Alle waren mitten im Sprung ohne auch nur einen Gedanken in den Köpfen. Reine Wut.

Ohne an sich zu denken, riß Ausbilder-der-Sklaven die Brille herunter und eilte in den Hangar, wo er einen *Ztirgor* aus den Haltegestellen weit oben anforderte. Schwer-zu-fangen und Witzbold beeilten sich, das kleine Schiff loszumachen und es zum Start auf die Schienen zur Luftschleuse hinabzulassen.

»Du bist erregt, Meister!«

»Der alte Stinkpelz gibt sein Bestes, um uns alle in den Untergang zu führen! Er will, daß ihr sterbt, und er will, daß ich sterbe! Und wo er schon dabei ist, will er dem Patriarchen die Krallen durchs Gesicht ziehen.«

Schwer-zu-fangen erstarrte, als er solchen Zorn in Netter-Gelber bemerkte.

Ausbilder-der-Sklaven setzte durch den Weltraum zu dem *Ohr des Scherrecks* über, der seine große Antenne bereits in der Schwärze hinter ihm zurückließ – seine Antenne, seine Stärke! Etwas ruhiger als beim Start lenkte er den *Ztirgor* in eine Andockbucht.

Warum nur verhielt Grreff-Hromfi sich so völlig konträr zu seiner Weisheit – *erst denken, dann springen?* Hatte er den Satz nur deswegen zu seiner Leitlinie erhoben, weil er in der Tiefe seiner Leber wußte, daß er ein impulsiver Kzin war, und sein Reflex schneller als seine Gedanken? Hatte er sich in all den Jahren den Leitsatz vor Augen halten müssen, um sein heißes Blut im Zaume zu halten?

Der Kommunikationsoffizier erkannte Ausbilder-der-Sklaven und wußte, wie eng dessen Verhältnis zu Grreff-Hromfi war.

Dennoch versuchte er Ausbilder einen Besuch beim Kommandeur auszureden. Doch Ausbilder-der-Sklaven bestand darauf, vorgelassen zu werden, und als Grreff-Hromfi hörte, daß er zur Stelle war, wurde er zu seinem Erstaunen auf der Stelle in die Kommandozentrale befohlen.

»Ich muß dir eine Frage über deine Gefangene stellen. Benahm sie sich wie ein Sklave unter Einfluß?«

»Gebieter! Sie kommt mir eher recht wild vor.«

Grreff-Hromfis Augen waren unerträglich hell, als sie sich in Ausbilders Blick bohrten. »Hast du an diesem Morgen den gebieterischen Impuls gespürt, der mit einer Flut religiöser Offenbarung über dich hereinbrach und dir bedingungslosen Gehorsam befahl?«

»Meint Ihr ... meint Ihr den Wecker?«

»Der Slaver! Das schuppige grüne Monstrum mit nur einem Auge!«

»Gebieter! Ich bin hierhergekommen, weil der Überlichtantrieb im Hangar der *Mutter* der einzige ist, den wir besitzen.«

»Ja, und?« knurrte Grreff-Hromfi.

Ausbilder war erzürnt, daß dieses dumme Fossil das Offensichtliche nicht erkennen wollte. »Wir springen, ohne auch nur ansatzweise nachgedacht zu haben! Erst denken, dann springen! Erinnert Ihr Euch? Wir müssen diesen Antrieb nach Kzinheimat schaffen!«

Grreff-Hromfi fletschte die Zähne und duckte sich zu einer gefährlichen Angriffshaltung nieder. »Du wagst es, mich zu verspotten?« fragte er drohend. »Du wirfst mir im Hohn meine eigenen Worte vor die Pranken – du, der Sohn, fällst mir, dem Vater, in den Rücken?« Als der Tumult lauter wurde, drehte Zweiter-Offizier sich um und hielt sich bereit, einzugreifen, falls Ausbilder-der-Sklaven zur Bedrohung werden sollte. In beißendem Ton fuhr Grreff-Hromfi fort: »Du hast mir nicht zugehört, Jüngling! Was weißt du von dem alten Imperium, von Schiffen und vom Krieg? – Nichts!«

Ausbilder-der-Sklaven bedauerte seine Frechheit bereits und nahm eine besänftigende Körperhaltung ein. »Niemals könnte ich solch umfassende Kenntnis der Mythologie erwerben wir Ihr, Dominanter.«

»Mythologie!« Nun war Grreff-Hromfi ernsthaft in Rage geraten. »Vor acht zum Quadrat mal fünf Jahren haben diese dreisten Äffchen, die uns nun soviel Verdruß bereiten, eines dieser einäugigen Monstren gefunden und wiederbelebt. Das soll Mythologie sein?«

»Ich freue mich, daß es meinem Herrn gefällt, durch die Sagenabteilung in der Bibliothek von München zu schweifen.« *Warum stachele ich ihn noch auf?* fragte sich Ausbilder-der-Sklaven, denn ihn ängstigte die Wildheit, die er in seinem Mentor geweckt hatte.

Der alte Krieger war nun nicht nur zornig, er war zudem irrsinnig.

Hromfi kreiselte langsam um Ausbilder und sprach nur noch knurrend, langsam und bedrohlich. »Die Äffchen hatten diesen Schrecken aus uralter Zeit gefunden und ihn, neugierig, wie Äffchen es nun einmal sind, freigesetzt. Alle Äffchen in der Nähe unterwarf er seiner geistigen Kontrolle und machte sie zu Vasallen. Sie wären noch immer unter seinem Bann – aber wie es bei den Äffchen heißt, ist das Glück mit den Dummen. Durch eine List verleiteten sie ihn, sich in seinen Stasisanzug zurückzuziehen, und schalteten ihn ein. Und weißt du, was diese Hohlschädel dann getan haben? Sie stellten ihn in einem Museum aus! Ihre silberne Seestatue!«

Grreff-Hromfi wandte sich heftig von der Konfrontation ab, um sich zu beruhigen. Er ließ sich in einen der Kommandosessel fallen. Grollend und knurrend verkündete er seine Wut den Instrumentenbrettern. Dann kehrte er sich über die Sessellehne Ausbilder-der-Sklaven zu und sprach weiter.

»Du erwähnst deinen Überlichtantrieb. Was glaubst du denn, woher die Äffchen ihn haben? Du hast ihre Technik doch mit eigenen Augen gesehen. Du hast ihren erbärmlichen Ramscoop zerstört. Du hast ihre pittoresken Fackelschiffe mit Schwerkraftpolarisatoren nachgerüstet. Könnten sie einen Überlichtantrieb für Raumschiffe erfunden haben?

Nicht sehr wahrscheinlich – nein, *unmöglich.* Aber aufgrund von Hinweisen aus einem Dutzend Welten vermuten die Forscher, die sich mit den untergegangenen Slavern beschäftigen, daß diese schneller zu reisen vermochten als das Licht.

Wir hocken hier vor einem W'kkai-Geduldsspiel – und ich habe es zusammengesetzt, ohne daß irgend etwas hervorragt. Die Äffchen haben ihre Seestatue wieder freigelassen, die perfekte Waffe gegen das Patriarchat. Dieses Tier aus uralter Zeit muß ihnen den Überlichtantrieb gegeben haben. Und nun ist er hier, im Schlangenschwarm, denn ich habe die Berührung durch seinen Geist *gespürt,* und meine Offiziere stehen hinter mir, weil ihnen das gleiche passiert ist. Dieser Geist will aus allen Kzinti Sklaven machen! Wenn du nicht geschlafen hättest, würdest auch du mir glauben.«

Grreff-Hromfis Überzeugungskraft hatte Ausbilder-der-Sklaven von jeher beeindruckt. Dennoch war es töricht, eine Geschichte als wahr hinzunehmen, die vor fünf Lebenszeiten der Angehörige einer Rasse erzählt hatte, von der bekannt war, daß sie bei jeder sich bietenden Gelegenheit log. Ein Auge und grüne Schuppen! Also bitte!

»Gebieter! Ich bin gekommen, um Eure Erlaubnis zu erhalten, den Überlichtantrieb nach Kzinheimat zu bringen!«

Grreff-Hromfi erhob sich vom Sitz. Er schritt dicht an Ausbilder-der-Sklaven heran. Seine Nase befand sich in Stirnhöhe des Kleineren, und seine Schultern waren breiter. »Genehmigung verweigert. Glaubst du denn, du kämest weit, wenn es uns nicht gelingt, dieser Bedrohung Herr zu werden? Mit seiner Geisteskraft wird er dich aus dem Himmel pflücken und zwingen, vor seinen Füßen wimmernd niederzukauern.«

Seine Angst war niederschmetternd. In seinem ganzen Leben hatte Ausbilder-der-Sklaven noch niemanden überwunden, nicht seinen Vater Chiirr-Nig, nicht Der-andere-an-der-Nase-herumführt, nicht Hüter-der-Jotoki, nicht seinen Freund Ssis-Kommandant. Unter seinen kriegerischen Bekannten stand er als einzigartig zugänglich heraus.

Stets hatte er sich Grreff-Hromfis Wünschen gefügt – wie den Wünschen jedes übergeordneten Offiziers. Nun wollte er Grreff-Hromfi schmeicheln, so daß er ihm dennoch gestattete, mit dem Wrack der *Shark* ins interstellare All zu verschwinden.

»Gebieter! In Eurer großen Weisheit habt Ihr stets eine Lanze gebrochen dafür, erst zu denken und dann zu springen ...«

Mit einer fließenden Krallenbewegung schlitzte Grreff-Hromfi dem unverschämten Untergebenen die Weste bis auf das Fell auf. »Glaubst du denn im Ernst, daß ich *dich* vor einer Schlacht fliehen lasse, Der-Gras-ißt? Nur Helden, die freudig in der Schlacht das Leben gäben, können die Bürde der Flucht tragen.« Er winkte zwei hochgewachsene Wächter herbei. »Ich kann diesen Feigling nicht töten. Bringt ihn auf die *Mutter* zurück und versetzt ihn in Tiefschlaf. Dort wird er sterben, und falls wir doch überleben sollten – werde ich mich mit ihm befassen.«

Der Kommandeur des Dritten Schwarzen Rudels wünschte verzweifelt, er könnte den Geruch nach erbärmlichster Angst so schnell wie möglich aus seiner Zentrale vertreiben.

23

(2420 n. Chr.)

Schwer-zu-fangen lag panikerfüllt mit sich selbst im Streit. Das Schiff war nicht mehr sicher. Netter-Gelber befand sich in Gefahr. Netter-Gelber lag im Kälteschlaf. Kzintikrieger sprachen davon, Netter-Gelber wegen erwiesener Feigheit die Kehle aufzuschlitzen. Als sie ihn abführten, behandelten sie ihn roh. Nach der Schlacht wollten sie ihn wieder aus dem Kälteschlafsarg holen und umbringen. Witzbold hatte sie davon sprechen gehört, als er die Laufstege neu belegte. Schwer-zu-fangen empfand bis in die Spitzen seiner Daumenfinger Trauer. Keine Kartenspiele mehr, und den feinen Pelz würde er nie wieder striegeln dürfen.

Er empfand eine unerklärliche Verlassenheit.

Vierzehn Jotoki waren direkt an Netter-Gelber gebunden. In den Sklavenquartieren scharten diese vierzehn sich zusammen und vermieden das Gespräch mit jedem Jotok, der auf einen anderen Kzin fixiert war. Mit ineinander verschlungenen Armen schwatzten und seufzten sie – und schickten Gedanken zwischen ihren Gehirnen hin und her. Das Bedürfnis, Netter-Gelber zu helfen, war verstörend und schmerzhaft, weil sie ihm einfach nicht helfen *konnten*. Orientierungslos verrichteten sie mechanisch ihre Arbeit, danach kehrten sie in die Sklavenquartiere zurück, um ihren Schmerz zu teilen.

Schwer-zu-fangen wußte, daß die Menschentiere gefüttert werden mußten, und während er die Handgriffe unternahm, erinnerte er sich an ein anderes Mal, wo Netter-Gelber bedroht gewesen war – vor langer Zeit auf einer anderen Welt. Damals war alles einfach. Nur *ein* Kzin hatte Netter-Gelber bedroht, nicht ein ganzes Schiff voll. Und die Herausforderung hatte an Schwer-zu-fangens Geburtsort stattgefunden, zwischen den Bäumen, in den Sümpfen und den Höhlen, die ihn in der Zeit des Aufwachsens ernährt hatten und fast so lebendig waren, daß sie ihm zu Hilfe kamen, wenn er zwischen zwei Abhängen ein schmales Tal oder einen Felsgrat brauchte. Damals hatte das Terrain selbst ihm geholfen, den anderen Kzin zu töten.

Nun aber befanden sie sich in den kalten Korridoren eines Kriegsschiffs zwischen Rohren und schlangenartigen Energieleitungen, Laufstegen und Kriegerstreifen. Einen Kzin zu töten, um seinen Meister zu retten, war das Schlimmste, Furchterregendste in seinem Leben gewesen. Völlig undenkbar, eine ganze Schiffsbesatzung zu töten. Der Gedanke daran war für ihn so schlimm, daß seine Arme sich voneinander lösen und einzeln davonstieben wollten.

Dennoch verfolgte ihn, wenn er mit sich allein war, der Gedanke an genau diese Tat.

Lieutenant Argamentine wußte, daß die Routine durcheinandergeraten war. Der bizarre Kzin, den seine fünfarmigen Gefolgsleute ›Netter-Gelber‹ nannten, verschwand spurlos und wurde von einem wortkargen Kzin ersetzt, der größer und röter war und dessen einzige Funktion darin zu bestehen schien, sie zu verhören. Er holte sie aus ihrem Käfig, niemals besonders sanft, aber auch niemals so grob, daß er sie verletzt hätte. Gemeinsam fuhren sie in einer Kapsel zu seiner winzigen Folterkammer. Dort verhörte er sie. Danach brachte er sie zurück und überließ sie der Aufsicht durch die Sklaven, bis er sie das nächste Mal foltern mußte.

Während Nora Argamentine aufwuchs, hatte sie immer mit schwierigen Leuten zu tun gehabt, ihren Vater inbegriffen, und schon vor langer Zeit im Umgang mit widerspenstigen Naturen eine gewisse Leichtigkeit entwickelt; aber dieser Kzin paßte in keines ihrer Schemata. Er war in beunruhigender Weise *fremd.* Plauderei begegnete er mit Ungeduld. Niemals ließ er sich auf eine Diskussion ein – über ihre Lebensumstände zum Beispiel, oder die der Kinder. Er interessierte sich nur für Antworten, und wenn sie diesen auswich, wurde er sehr rasch sehr ungeduldig.

Sobald sie ihm nicht auf der Stelle gab, was er verlangte, nahm er zur Folter Zuflucht, bei der er der Nervenreizung gegenüber der Verstümmelung den Vorzug gab. Dennoch erhielt Nora nicht das Gefühl, ihm sei an der Folter gelegen. Als wäre er ein latenter Telepath, war der Kzin auf seine Weise unglaublich einfühlsam, aber nur da, wo es ihm nutzte. Wenn sie auf eine Frage keine Antwort *wußte,* so ging er einfach zur nächsten über. Aber wenn sie Antworten geben konnte und versuchte, sie zurückzuhalten, wurde er rücksichtslos hartnäckig.

Verzweifelt versuchte sie zu lernen, ihn einzuschätzen. Er interessierte sich für die seltsamsten Themen.

»Seestatue in UN-Ausstellung Vergleichende Kulturmorphologie. Du kennen?«

Natürlich, wie die meisten Flatlander kannte sie die Statue, aber sie hatte eigentlich nie etwas über das einäugige Thrintun-Monster wissen wollen, das in Stasis darin lebte. Die Geschichte war dreihundert Jahre alt. Nora wurde so lange gefoltert, bis sie sich erinnerte.

War die Seestatue bewegt worden?

War die Seestatue nach Alpha Centauri transportiert worden?

Hatte die Seestatue den Menschen das Prinzip der überlichtschnellen Reise geschenkt?

Befanden sich die UNSN-Offiziere in ihrem Bann?

Die eigenartigsten Paranoia erzeugte der Krieg in seinem Gebräu aus Täuschungen, Desinformation, Fehlleitungen und schlechter Kommunikation – und dem Mangel einer gemeinsamen kulturellen Grundlage als Basis der Verständigung.

Als Nora nach ihrer neusten Sitzung in den Käfig zurückgestoßen wurde, schienen die schweigsamen Kinder zu bemerken, daß sie Schmerzen litt und kaum einen zusammenhängenden Gedanken fassen konnte. Deshalb hielten sie die Frau einfach nur fest. Sie waren zu erstarrt und zu schwer mißhandelt, um ihr mehr geben zu können. Endlich kam das Essen.

»Du kommst spät. Wir leiden Hunger«, sagte Lieutenant Argamentine. Sie hatte keinen Ansatzpunkt, um ein Verständnis für eine Spinne mit fünf Gehirnen zu entwickeln.

Solange Schwer-zu-fangen in der Nähe war, verhielten die drei Kinder sich möglichst unauffällig. Er brachte ihnen zwar zu Essen, aber er war auch der Cheflaborant in einer Forschungsanstalt, in der die Versuchskaninchen aus ihren Reihen stammten. Schwer-zu-fangens Emotionen vermochte Nora nicht festzustellen. Er besaß kein Gesicht, nur einen gefleckten Bierbauch, wo sein Kopf hätte sein müssen. Seine Augen und seine Arme waren ausdrucksstark, aber sie wußte nicht, wie sie deren Gesten und Blicke deuten sollte.

»Bohnenbrei auf Kzintiknochen«, erklärte der Translator von Schwer-zu-fangen mit einer angemessen entschuldigenden Stimmelodie. Kurzer(Arm) nahm Anstoß an dem Vocoder und bot eine englische Übersetzung an: »Keine Kzintiknochen! Mir schaudert. Gemahlener Knochen mit Mark, zu Keksen ausgerollt. Bindet ab, wenn erhitzt. Kzintirationen für auf dem Schiff. Keine Kzintiknochen! Kzinti kein Kannibalismus außer bei Kätzchen von falschem Vater.«

Fleckiger(Arm) warf etwas ein, um Kurzer(Arm)s schrecklich schlechte Grammatik zu korrigieren.

»Bleibst du zu einer Englischlektion hier?« fragte Nora. Eigentlich wollte sie gar nicht, daß dieses merkwürdige Geschöpf wieder davonging. Nach der Folter fühlte sie sich stets demoralisiert.

»Nein. Muß gehen. Netter-Gelber in Ärger«, klagte Schwer-zu-fangen. »Schlimm, schlimm, schlimm«, kommentierten drei seiner Arme im Chor.

»Ich habe ihn schon eine Weile nicht mehr gesehen.« Ob sie mit Netter-Gelber überhaupt besser dran wäre als mit Meister Rotpelz?

Einen Augenblick herrschte Schweigen, während der Vocoder die Konversation analysierte. »Wir alle sind dem Tode geweiht«, verkündete dann der Lautsprecher.

»Eine große Schlacht«, mischte sich Magerer(Arm) ein.

»Schiff nach Alpha Centauri beordert«, brummte Starker(Arm).

Nora beschloß, eigenhändig Nachrichtendienstarbeit zu leisten. »Warum interessieren sich die Kzinti für die Thrintun, für die Slaver?«

»Wofür?« Schwer-zu-fangen konsultierte den Vocoder und ging leer aus.

»Einäugige, schuppige Monstren, die das Bewußtsein ihrer Opfer übernehmen. Schon vor Milliarden Jahren sind sie in einem Krieg gegen die Tnuctipun gestorben. Man hat mir gerade gewaltsam das Gedächtnis aufgefrischt«, antwortete sie reumütig.

»Kzinti machen sich Sorgen über freien Willen«, sagte Schwer-zu-fangen. »Immer machen sie sich Sorgen. Kriegerfetisch. Müssen immer die Kontrolle haben. Hast du nicht Welle des Eindringens gespürt? Ich ging in die Küche und machte Suppe für Netter-Gelber, dann ich mich fragte warum. Gutes Gefühl, anderen zu helfen. Kzinti das nicht mögen.«

Plötzlich entsann Nora sich eines Gefühlsimpulses, der sie Tage zuvor überwältigt hatte. Anbetung, Hingabe, das Bedürfnis, jemandem zu *helfen*. Sie war davon ausgegangen, daß Netter-Gelber ihr eine Droge ins Essen gemischt hätte. »Hier draußen ist ein Slaver auf freiem Fuß?«

»War. Große Explosion, vor eine Stunde hier, vor Tage dort. Weiß nicht, was heute passiert. Morgen wir wissen. Wir alle sterben.«

»Bist du ein Sklave?« fragte sie, neugierig, wie das Wesen wohl antworten würde. Schließlich stellte sie fest, daß sein Vocoder ihm das Wort nicht übersetzen und sie es ihm nicht erklären konnte. Das Ähnlichste, was Schwer-zu-fangen begreifen konnte, war das Wort »Freund« – im Sinne von *einziger* Freund.

Rotpelz der Folterknecht kam nicht zurück, aber eine Delegation aus vier Jotoki. Sie alle hatten offenbar Schwierigkeiten, ihre Bewegungen zu koordinieren. Und Nora konnte nicht anders, sie *mußte* ständig versuchen, die Bauchgesichter, die über ihren Mündern saßen, zu deuten, obwohl sie genau wußte, daß es keine Gesichter waren und sich darauf niemals eine Miene zeigen würde. Die Schulteraugen musterten sie unablässig. Die Jotoki wollten etwas von ihr. Mit fast zeremoniellem Ernst reichten sie ihr eine köstliche Mahlzeit aus gefüllten Blättern, die ein wenig schmeckten wie griechische *Dolmathakia,* wie gefüllte Weinblätter. Ein anderer bot ihr schüchtern grüne und rote Schleifen für ihre Ellbogen und Knie an.

Die Jotoki wollten einen Handel schließen!

»Ja?« fragte Nora sanft. Sie wußte nicht recht, was sie mit ihrer Erkenntnis anfangen sollte.

»Unser Meister wünschte, dieses Schiff aus der Schlacht herauszuhalten«, verkündete der Translator, der anscheinend sorgfältig vorprogrammiert worden war.

»Eine interessante Idee«, antwortete Nora vorsichtig.

Die vier besprachen sich untereinander in einem zischenden Idiom, das wie sehr entstellte Heldensprache klang. Schließlich ergriff der Translator wieder das Wort. »Deine Spezies und die Kzinti sind Feinde.«

»Eines Tages vielleicht ...«

Der Translator hörte nicht zu, sondern fuhr fort: »Menschen töten Kzinti. Kzinti töten Menschen. Ist es nicht so?«

»Wir haben Krieg.«

»Du bist Militär«, sagte Schwer-zu-fangen, der mit der Maschine keine Geduld hatte. »Alle Kzinti töten ist für dich wie Eiscreme. Ich verstehe Menschheit.«

Nein, wohl kaum, dachte sie, während sie sich die Locke um den Finger fand.

»Wir arbeiten zusammen, Seite an Seite, wie viele Arme.«

Was sie da vernahm, klang ganz nach Meuterei. Es hörte sich außerdem so an, als würden die Jotoki die Fähigkeiten eines einzelnen Menschen ganz gewaltig überschätzen. Eine nackte Frau mit Bändern an Ellbogen und Knien stellte für niemanden eine Bedrohung dar. »Man hat mir die Zähne gezogen, und außerdem werdet ihr bemerkt haben, daß ich hinter Gittern sitze.«

Schwer-zu-fangen öffnete den Käfig und schloß ihn rasch wieder. »Handel«, sagte er. »Wir machen Handel.« Nora bemerkte das Beben seiner Stimmen und war sich sicher, daß ihm die Arme zitterten. Er war verängstigt. Sie konnte förmlich sehen, wie er die Flucht ergriff. Das Zittern seiner Arme wurde dadurch verursacht, daß er sich mit Gewalt von der Flucht abhielt.

»Was kann ich für dich tun?«

»Du töten alle Kzinti außer einen. Wir befreien Netter-Gelber. Einverstanden? Netter-Gelber leben.«

»Ich bin gewillt, Netter-Gelber am Leben zu lassen«, log sie und bemerkte, wie die vier sich beinahe sichtlich entspannten. »Aber was bringt euch auf die Idee, ich könnte alle Kzinti töten?«

»Wilde Äffchenkrieger besiegen Kzinti. Das wissen wir. Äffchen zerschmettern Kzintischiffe. Wir reparieren. Wir kratzen tote Kzinti von den Schotten.«

Glaubten die vier im Ernst, sie würde nach ihrer Freilassung aus dem Käfig nicht eher ruhen, bis *alle* Kzinti an Bord den Tod gefunden hatten? Als hätte sie eine reelle Chance, auch nur einen dieser Kolosse zu erledigen! Ihr war es nicht entgangen, daß am Gürtel ihres Folterknechtes zwei Paare menschlicher Ohren hingen.

»Netter-Gelber leben. Einverstanden?« wiederholte Schwer-zu-fangen.

Warum waren diese Wesen Netter-Gelber dermaßen

eng verbunden? Warum unterschied er sich für die Jotoki von den anderen? Sein Name wurde mit etwas wie Aufseher über die Geringen oder Tier-Manipulator übersetzt. Hatte er die Fünfarmigen vielleicht über eine Art Droge unter Kontrolle? War er ein Experte auf dem Gebiet der hypnotischen Konditionierung? Woran immer es auch lag, die irrationale Loyalität war jedenfalls vorhanden. Nora erinnerte sich an den Tag, an dem sie Netter-Gelber angegriffen hatte, weil er die Kinder grausam behandelte. Sie war zu sterben bereit gewesen, und Schwer-zu-fangen hatte sie mit vier Augen betrachtet. Wenn sie Netter-Gelber verletzt hätte, dann wäre sie von dem Jotok getötet worden.

Ein seltsames Geschäft. Solange Nora den Meister der Jotoki beschützte – und sei es aus ihrem Käfig heraus –, gehörten die Fremdwesen ihr.

War es ein gutes Geschäft? Naive Feinde zu haben, war gefährlich – aber waren die Jotoki wirklich so naiv, wie sie sich gaben? Waren sie hinterhältig? Wie weit trauten die Kzinti ihren Sklaven? Wie verläßlich waren diese Jotoki? Welche Fähigkeiten besaßen sie? Welche Fähigkeiten hatte *sie* selbst? Welche Waffen? Keine. Sie kannte die Formel eines Nervengases, das Kzinti tötete und für Menschen ungefährlich war, aber selbst wenn Nora die nötige Ausrüstung besessen hätte, wäre sie nicht in der Lage gewesen, die Substanz herzustellen. Eine Lage wie diese war im Ausbildungsprogramm auf Gibraltar Base nicht berücksichtigt gewesen.

Nun, es war kein gutes Geschäft – aber das einzige, das ihr angeboten wurde.

»Ich bedeute für einen Kzin kein Risiko«, sagte sie. Sollten die Jotoki ihr doch weitere Details verraten!

»Du haben Militärverstand. Wir haben Waffen. Schiff ist unser Spielplatz.«

Von da an brachten die Jotoki ihr häufiger zu essen. Sie reinigten die Käfige, und als Nora in einen neuen Käfig verlegt wurde, fand sie auf dem Fußboden einen Grundriß des Schiffes. Daß die Jotoki Kontrolle über die Käfigschlösser besaßen, verwunderte Nora. Man vertraute ihnen. Oder war es so, daß nur Netter-Gelber ihnen vertraute, und in der Hitze der bevorstehenden Schlacht die Pflichten dieses Kzins noch nicht neu vergeben worden waren? Und weshalb war er eigentlich in Ungnade gefallen?

Ihre Verbündeten brachten bösartige Pläne vor. Sie verfügten über Molekularfaser und wollten sie als Stolperdraht verwenden, eine Falle, in der das Opfer sich die Beine abtrennte. Sie wußten, wie man eine Gravplatte zu einer Falle umbaute, die einen Kzin unvermittelt mit einem Sechs-Ge-Schwerefeld packte. Aber als Nora versuchte, mit ihnen einen Plan zu ersinnen, begriff sie, wozu die Jotoki sie brauchten. Denn ihnen fehlte jeder Funke von strategischem Verstand.

Sobald man eine Schlacht beginnt, setzt man eine Lawine von Folgeereignissen in Gang. Ein guter Kommandeur ist in der Lage vorherzusagen, wohin diese Lawine sich wälzen wird, und hat seine Reaktion vorhergeplant und in Bereitschaft.

Nora konnte einen detaillierten Schlachtplan entwerfen, aber befolgten die Jotoki Befehle? Konnte ein Sklave Befehle befolgen? Nora war bereit, ihren Kopf darauf zu verwetten, daß sie es konnten.

Einige Folgen der Meuterei konnte sie nicht überblicken und vorhersagen. Soweit Nora wußte, kämpfte die menschliche Hyperflotte bereits im Sonnensystem von Alpha Centauri. Das Schiff, auf dem sie sich befand, konnte daher vernichtet werden, bevor die Meuterei auch nur begann – das war einer der Faktoren, den zu kontrollieren sie nicht imstande war. Andererseits war die *Nistende Reißzahnmutter* das langsamste Schiff des Dritten Schwarzen Rudels und würde ihre neue Station etliche Tage später erreichen als die manövrierfähigeren Angehörigen ihres Geschwaders. Wenn die Meuterei erfolgte, bevor das Schiff sich dem Verband wieder anschloß und in die Schlacht eingriff, waren ihre Chancen erheblich besser. Also mußten sie sich beeilen.

Lieutenant Nora Argamentine rechnete nicht damit, die Meuterei zu überleben, und deshalb optimierte sie ihre Strategie auf möglichst große Verluste unter den Kzinti. Sie wollte, daß so viele von ihnen starben wie nur irgend möglich, bevor der unausweichliche Moment kam, in dem die Planung versagte. Unter Zuhilfenahme der Informationen, die sie von den Sklaven erhielt, plante sie einen Anschlag auf jeden Kzin an Bord der *Mutter.* Netter-Gelber stand auf der Liste ganz unten. Er konnte leicht dadurch liquidiert werden, indem man seine Kälteschlafzelle mit flüssigem Stickstoff flutete – aber nicht, solange Nora die Hilfe der Jotoki noch benötigte.

Die Fünfarmigen erwiesen sich sogar als fähig, das Nervengas herzustellen. Zunächst war Nora darüber sehr erstaunt, dann fiel ihr ein, was Netter-Gelber den Kindern antat. Er hatte eine Art »Mittelbewilligung für medizinische Forschung« an Menschen. Entsprechende Ausrüstung stand zur Verfügung. Nein, entschied sich Nora, diese verdammte Rattenkatze würde sie ganz gewiß nicht verschonen.

Die schurkischen Jotoki bastelten sich Handwaffen zusammen. Wie alle Raumfahrer besaßen sie höchst unterwürfigen und gesunden Respekt vor Hochgeschwindigkeitsprojektilen und Hochenergie-Schneidwerkzeugen; deshalb konstruierten sie einen Werfer für ein Prallgeschoß, das beim Treffer in einem Kzin einen heftigen Blutsturz verursachte, den Schottwänden jedoch keinen Schaden zufügte.

Die Produktionswerkstatt der *Mutter* war auf interstellare Kriegführung ausgelegt. Man flog keine Ersatzteile in einen Schlachtraum ein, den man erst Jahrzehnte nach Auftreten des Engpasses erreichen konnte, man besaß Werkzeug und Maschinen zur unverzüglichen Herstellung von allem Erdenklichen – einen Augenblick des

Wartens, und schon wurde ein Einzelstück hergestellt. Nora war es absolut unverständlich, wie man solche Einrichtungen Sklaven anvertrauen konnte, aber andererseits war sie auch kein Kzin.

Der Angriff begann im Mannschaftsquartier. Die Schotte verschlossen sich selbsttätig luftdicht, ohne einen Alarm auszulösen, dann wurde der Schlafraum mit Gas geflutet, verweilte dort einige Minuten und wurde abgesogen. Danach öffneten sich die luftdichten Schotte wieder. Ein vom Nervengas getöteter Kzin sieht aus, als schliefe er, nur atmet er nicht.

Die Jotoki, die sich noch nicht auf ihren Posten befanden, begaben sich nun an die Stellen, die ihnen zugeteilt waren. Die Kommandozentrale wurde begast. Hrith-Kapitän begriff in dem Moment, was mit ihm geschah, als sein Nervensystem dem Befehl seines Gehirns, einen Gasalarm auszulösen, nicht mehr nachzukommen vermochte. Der Offizier, der von der Öffnung des Luftreinigers am weitesten entfernt stand, gab den Alarm noch, dann starb er ebenfalls.

Die überlebenden Kzinti begaben sich unverzüglich und ohne Zeitverlust in ihre luftdichten Kampfanzüge. Sie waren nun alarmiert, aufmerksam und kampfbereit. Sie warteten auf Befehle und erhielten sie: »Klar Schiff zum Gefecht!« Das war der falsche Befehl. So begaben sich alle auf Gefechtsstationen, aber das Schiff wurde von innen angegriffen, nicht von außen. »Eindringlinge abwehren!« wäre ein besserer Befehl gewesen. Selbst »Schadenseindämmung!« hätte noch einen Sinn ergeben, und sogar »Alle Mann von Bord!« hätte die Kzinti immerhin in Stellungen gebracht, die sich gut verteidigen ließen. »Klar Schiff zum Gefecht!« aber verteilte sie alle an bekannte Stationen, die sie auf bekannten Wegen erreichen wollten – und dabei gingen sie in die Fallen, die ihnen dort von den Jotoki gestellt worden waren. Ein

Jotok in einem *Ztirgor,* der im Gestell hing, schaltete einen Kzin aus, der versuchte, den Hangar zu durchqueren.

Lieutenant Argamentine leitete das Gefecht aus einem kleinen Munitionsverschlag, der heimlich an das Kommunikationsnetz der *Mutter* angeschlossen worden war. Endlich trug sie eine Hose und ein Hemd, die ihre jotokischen Verbündeten auf ihren *Befehl* hin für sie angefertigt hatten, dazu eine häßliche kzintische Sauerstoffmaske, die sorgfältig an ihre Kopfform angepaßt worden war. Als ein Kzintitrupp die Kommandozentrale zurückeroberte, die Jotoki, die sie besetzt hielten, töteten und alle Nachrichtenverbindungen kappten, wußte Nora, daß das Spiel aus war.

Schon bald konnten die Katzen nun ihre Position ausfindig machen.

Auf der Stelle zog sie sich aus dem Verschlag zurück und nahm die beste Stellung ein, die sich ihr noch bot. Von dort aus blickte sie in beide Schenkel eines L-förmigen Korridors. Ein improvisierter Prallkugelwerfer war ihre einzige Waffe. Sie kauerte sich hinter die Waffe, die groß genug war, um als Barrikade zu dienen, und war sich gewiß, daß sie sterben würde. Sie fragte sich, was die Kinder wohl denken würden, wenn sie aus der Betäubung erwachten. Aber Nora wollte lieber verdammt sein als in einem Käfig zu sterben.

Ohne Warnung surrte ein Lähmungsbolzen durch den Korridor, um den Vormarsch eines Säuberungskommandos der Kzinti zu decken. Die Barrikade erwies sich als nutzlos. Nora spürte, wie ihr die Ladung in den Rücken schlug – vermutlich war sie von der Wand abgeprallt. Sie bemerkte kaum, daß ihre Finger nun so erstarrt waren, daß sie kaum die Schockkugeln abfeuern konnte – eine auf den Anführer, eine auf den Kzin dahinter, und noch eine in die Gangbiegung, aus der die beiden gekommen waren, nur, um sicher zu gehen. Die Entladungen machten ihre Ohren taub, und ihre gelähmten Beine weigerten sich, ihr zu gehorchen, aber sie sah einen handlungsunfähigen Kzin durch die Schwerelosigkeit im Korridor auf sie zutreiben. Sie spürte nur, wie er gegen die Wände schlug und sie unter seinem Kampfanzug begrub.

Einer jungen Frau, die sich schon als Mädchen mit dem Krieg beschäftigt hatte, konnten seltsame Dinge in den Sinn kommen. Nun fiel Nora ein Abschnitt aus dem Brief eines Franzosen ein, der im zwanzigsten Jahrhundert gelebt hatte und in einem Lazarett in der Nähe von Reims niederschrieb, wie er in einem granatenverwüsteten Schützengraben vier Tage lang unter den Leichen gefallener Kameraden begraben lag.

Die Pflicht eines Soldaten besteht im Warten. Und während er wie gelähmt wartet, geht das Leben weiter. Drei Jotoki kamen um die Ecke gehetzt und schnatterten in ihrem Idiom der Heldensprache. Gekonnt rollten sie die Kzinti auf den Rücken, nahmen ihnen die Helme ab und schnitten ihnen die Kehlen durch. Dann beraubten sie die Leichen aller Waffen, stapelten die Rüstungsteile zu einer sauberen Barrikade auf, hinter der Nora in relativer Sicherheit war, luden ihren Werfer wieder und setzten Nora gegen die Wand, so daß sie wieder ins Leere blicken konnte. Zwei der Wesen krabbelten davon, das dritte blieb noch und injizierte ihr eine Dosis Lähmungsantidot – das bei Kzinti gute Erfolge zeigte, an Menschen jedoch keine andere Wirkung hatte als ein Bienenstich. Hände strichen Nora die Hose glatt, dann war auch der dritte Jotok wieder verschwunden.

Die Pflicht des Soldaten besteht im Warten, vom Blut der Feinde getränkt, unfähig, auch nur einen Finger zu krümmen und die Waffe abzufeuern, und dabei zu beten, daß man die Finger wieder bewegen kann, wenn es nötig wird, erneut zu töten.

Daddy war bei lebendigem Leib verbrannt.

Schließlich kam Schwer-zu-fangen und stritt mit sich darüber, wie er Nora am besten half. Drei Jotoki trugen sie am Ende davon, um sie mit zahlreichen Armen zu baden. Und während ihre Zunge kaum in der Lage war, auch nur Babylaute von sich zu geben, erfuhr sie von ihrem unmöglich anmutenden Sieg.

Lieutenant Argamentine konnte ihrer Freude noch nicht durch Worte Ausdruck verleihen, aber die Tränen rannen ihr aus den Augen. *Wenn mich General Fry jetzt sehen könnte – nackt und von Monstersklaven gebadet!*

Schwer-zu-fangen kämmte ihr schließlich mit drei Händen das Haar, streichelte die rötlichbraune Pracht, bauschte es auf und massierte Proteine ein, um ihm Fülle zu verleihen. Er wußte wirklich, wie man ein Fell pflegte!

»Hat ... Netter ... Gelber ... überlebt?«

»Hat alles verschlafen. Wie ein Kätzchen.«

Nora grinste vor sich her. *Noch einer!* Eine halbe Stunde später, als sie wieder zusammenhängend zu sprechen vermochte, schlug sie vor, Netter-Gelber zu wecken.

Schwer-zu-fangen war beunruhigt. Die älteren Jotoki wurden vor Furcht ganz ernst. »Noch nicht! Erst wir müssen Schiff reinigen. Blut! Kerben! Schrecklich unsauber!« Starker(Arm) fügte hinzu: »Er nie davon erfahren.« Fleckiger(Arm) erschauerte. »Seine Wut, wenn er hört ...«

»Einen Kzin anzulügen bedeutet Folterkammer«, nickte Nora wissend.

»Die Meuterei ist nie passiert!« rief Schwer-zu-fangen eisern. »Alles ist, wie es war!«

Die Jotoki verstanden von Schwerkraftpolarisatoren genug, um den Kurs zu ändern. Zur Zeit des Aufstandes hatte das Schiff fast den Schubumkehrpunkt erreicht und war knapp ein Viertel lichtschnell. Aber nun bremsten sie nicht ab. Sie änderten nur die Flugrichtung – hielten auf den offenen Weltraum zu.

Ein Trupp übergab die toten Kzinti dem All. Jede Leiche wurde durch das Polarisatorfeld in heftiger Bewegung ausgestoßen, dann stabilisierten sich Energie und Impuls des Schiffes wieder. Andere Trupps säuberten, schrubbten und reparierten. Schwer-zu-fangen schlachtete alle Jotoki, die an verstorbene Kzinti gebunden waren, dann marinierte er sie und lagerte sie für Netter-Gelbers Tisch.

Zum ersten Mal seit Jahrtausenden kommandierten die Sieger über die barbarischen Kriegsherren von Kzin wieder ein eigenes Kriegsschiff.

24

(2420 n. Chr.)

Im Kälteschlaf wurde die Unmittelbarkeit der Gedanken und des Ärgers gedämpft, mit denen man in den Tank stieg, aber wenn man wieder erwachte, hatte man keinen Gedächtnisverlust erlitten. In der Erwartung aufzuwachen, daß ihm die Konfrontation mit Grreff-Hromfi und wahrscheinlich auch der Tod gegenüberstand, und sich statt dessen als Kommandant eines kzintileeren beweglichen Trockendocks wiederzufinden, das in der allgemeinen Richtung Kzinti-Weltraum durchs All raste, stellte eine recht desorientierende Erfahrung dar. Ausbilder-der-Sklaven hätte dem Schiff doch wenigstens einen Navigator und eine Grundbesatzung zugeteilt.

Seine erste Annahme bestand darin, daß Grreff-Hromfi einen drastischen Leberwandel durchgemacht und eingesehen hatte, wie vernünftig es war, den Überlichtantrieb aus der Gefahrenzone der Schlacht zu entfernen, und Ausbilder-der-Sklaven mit der Überführung zu betrauen. Eine andere *logische* Annahme gab es nicht. Alles war in Ordnung. Die *Shark* befand sich noch immer im Hangar – das war das erste, dessen Ausbilder-der-Sklaven sich vergewisserte –, und die *Mutter* war einhundertprozentig raumtüchtig.

Aber Grreff-Hromfi traute den Jotoki nicht einmal so weit, daß er sich von ihnen das Fell pflegen ließe – und niemals hätte er das Kommando über ein Schiff in ihre Hände gelegt. Etwas anderes war geschehen. Ausbilder besaß nicht genügend Zeit, um darüber nachzudenken. Er hatte noch nie ein Schiff kommandiert, und eine nach der anderen tauchten dringende Angelegenheiten auf und nahmen seine Aufmerksamkeit in Anspruch. Dennoch bemerkte er einige Ungereimtheiten.

Eine Befehlsaufzeichnung existierte nicht. Die Logdatei war viel zu sauber. Eine Kommandoübertragung war nirgendwo niedergelegt. *Wann* waren die Jotoki gezwungen worden, das Kommando zu übernehmen? Ausbilder-der-Sklaven fand nicht einmal Näheres über den Ausgang der Schlacht, die sich im Alpha-Centauri-System entwickelte, als er schlafengelegt wurde. Das letzte, was ihm zu Ohren kam, war Chaos gewesen: Überlichtschnelle UNSN-Schiffe kamen herein, Grreff-Hromfi schäumte aus dem Mund und faselte von mythischen Monstren mit grünen Schuppen, die versuchten, die Kontrolle über seinen Verstand zu erlangen, eine Flottille wilder tierischer Steinklopfer, die sich der Position des Monsters näherten, und die eilige Mobilisierung der Fünften Flotte zum falschen Rendezvous zur falschen Zeit.

Nun hörte er davon kein Wort mehr. Er roch nicht den Hauch eines Kzintifells. Nicht eine Spur kzintischer Hierarchie. Geradezu ein ... Bruch war eingetreten.

Unter all dieser geradezu idyllischen Ruhe – keine Gefechte, kein Notfall – hätte Gelassenheit Herrin des Schiffes sein müssen. Aber seine Jotoki, die unzweifelhaft das Kommando über das Schiff hatten, obwohl diese Tatsache gegen einen ständigen Befehl der Admiralität verstieß, wußten nicht aus noch ein vor Furcht – das war es, was hier nicht stimmte!

Ausbilder-der-Sklaven wußte, daß seine Jotoki ehrlich waren. Wenn Grreff-Hromfi sich in einer hoffnungslosen Situation gefunden und der *Mutter* befohlen hätte, unter dem Kommando der Jotoki das Weite zu suchen, dann hätten sie Ausbilder-der-Sklaven das gemeldet und wären stolz auf das Vertrauen des Kommandeurs gewesen. Aber sie wuselten umher, fielen über ihre eigenen Arme, bemühten sich ständig, ihn zufriedenzustellen, erfanden Befehle, denen sie eilig gehorchen mußten – und hielten den Mund.

Ganz offensichtlich rechneten sie damit, daß ihr freundlicher Netter-Gelber sie alle ermorden würde.

Jedem von ihnen saß die Furcht vor dem Zähnefletschenden Gott in allen fünf Herzen. Ausbilder-der-Sklaven konnte sich nicht mit dem Gedanken anfreunden, sie zu verhören. Er bestand darauf, daß seine Sklaven ihm grundsätzlich die Wahrheit sagten – aber manchmal blieb die Wahrheit besser ungesagt. Niemals hatte er Schwer-zu-fangen, Witzbold oder Grusel auch nur andeutungsweise zum Tode von Der-andere-an-der-Nase-herumführt befragt. Das Thema war stets tabu geblieben.

Mord aus Treue.

Hüter-der-Jotoki hatte manchmal, wenn er zuviel von seinem verbotenen Schtondat-Blut getrunken hatte, über die Treue der Jotoki gemunkelt, als handele es sich dabei um etwas Sündenbeladenes. Die Gerüchte, daß sie mitunter Verrat begingen, stimmten tatsächlich, aber Ausbilder-der-Sklaven hatte solche Vorfälle stets auf schlechte Sklavenhandhabung zurückgeführt. Steckte etwa mehr dahinter? Brachte eine bedrohte Bindung einen Jotok etwa unter bestimmten Umständen an den Rand des Blutrauschs?

Ausbilder-der-Sklaven durchsuchte das ganze Schiff nach Hinweisen auf einen Mord und fand nicht die kleinste Spur. Sein Verdacht mußte absurd sein – selbstverständlich war er das! Er kannte doch seine Jotoki. Möglicherweise waren sie zu einem wohlmeinenden Totschlag fähig, aber niemals wären sie in der Lage, eine organisierte Meuterei zu planen. Seit Jahrtausenden war ihre Ausbildung und Erziehung standardisiert, und militärisches Können gehörte nicht dazu. Um genau zu sein, war jedes militärische Talent schon lange aus ihrem Genbestand gezüchtet worden.

Aber noch etwas anderes fiel ihm auf. Die Jotokisklaven hielten ihn mit Bedacht von dem Menschenweibchen Lieutenant Argamentine fern. Und sie kümmerten sich allzu sorgfältig um die Käfige. Er schnurrte, als ihm diese Erkenntnis dämmerte. Den geheimnisvollen

Umständen seiner Wiederbelebung auf der Fährte, hatte er sie völlig vergessen, und niemand hatte ihn an das Menschenweibchen erinnert.

Mit seinen Jotoki hatte Ausbilder-der-Sklaven Mitleid, aber er kannte überhaupt keine Skrupel, wenn es darum ging, ein Menschentier zu verhören. Mittlerweile mußte sie gesund geworden sein.

Während er darüber nachsann, saß er in der Kommandozentrale und änderte den Kurs der *Mutter,* bis sie in Richtung R'hshssira flog. Navigation war nicht gerade sein Spezialgebiet, doch hatte er die Hälfte seines Lebens unter der Majestät des interstellaren Firmaments verbracht und wußte von acht zum Quadrat mal zwei Sternen, deren Legenden in den Leidenschaftslobus seines Leber eingeprägt war. So hatte er nur geringe Probleme, sich zurechtzufinden. Des Navigators Kunst und Stolz – und dessen Alpträume – bestanden im Vermeiden der trügerischen Materieballungen zwischen den Sternen. Und darin war Ausbilder-der-Sklaven ein Amateur.

Nora Argamentine war schlechter Laune, als er sie im Käfig besuchte. Seine Jotoki hatten ihre Kompetenzen überschritten, indem sie vier der Gitterkästen zu einem großen für das Weibchen und die drei Kinder zusammenfügten, aber Ausbilder-der-Sklaven mußte zugeben, daß die neue Anordnung die bessere darstellte. Die drei Kinder begannen zu weinen, als sie ihn erblickten.

»Ruhe, Sklaven!« sagte er, und sie verstummten.

»Aha, dann haben deine kleinen Gauner dich also aus der Eiskiste rausgelassen, was? Sie haben ein komplettes Kriegsschiff unter ihrem Kommando und können tun und lassen, was sie wollen – und was tun sie? Sie lassen *dich* frei!«

»Ich kann meinen Jotoki in jeder Hinsicht trauen. Aber Grreff-Hromfi hätte dieses Schiff niemals irgendeinem Jotok anvertraut, ohne daß nicht wenigstens ein sehr wachsamer Kzin dabei ist«, entgegnete er. »Ich bin neugierig, was geschehen ist.«

»Frag sie doch!«

Ausbilder-der-Sklaven schloß den Käfig auf und wandte sich beruhigend an die ängstlichen Kinder. »Ich werde Nora nur kurze Zeit verhören. Sie ist bald wieder bei euch.«

Er zog sie am Arm aus dem Käfig und hielt sie auf Armeslänge von sich fern, so daß sie ihn nicht angreifen konnte. So brachte er sie zur Kapselstation. Nora versuchte, seine Hand abzuschütteln. »Ich werde nicht kämpfen«, behauptete sie, aber sie sträubte sich auf jeder Patriarchenzehenlänge des Weges.

In der Folterkammer schnallte er sie auf den Stuhl, dessen Dimensionen auf die Körpermaße von Kzinti ausgelegt waren, und brachte die Instrumente an. Den Vocoder stellte Ausbilder-der-Sklaven so ein, daß er ihr Gespräch aufzeichnete, damit es keine Mißverständnisse geben konnte.

»Sag mir die Wahrheit, und du wirst keinen Schmerz erdulden müssen«, bot er sanft an.

»Ich bin schon mal hier gewesen, und den Folterknecht habe ich *umgebracht!*«

Die verworrene Situation begann sich zu klären. Doch wenn Weibchen Vernunft bewiesen, dann war das nur ein Anzeichen für noch größere Schwierigkeiten. »Hr-r. Ist das wahr?«

»Warum sollte ich deine perfiden kleinen Mistkerle wohl decken?«

»Sie haben dich verraten?«

»Mich haben sie betäubt und wieder in den Käfig gesperrt. Verraten haben sie sich selbst.«

»Was ist geschehen? Ich kann sie nicht verhören – ihre Furcht erzeugt unerträglichen Mitleidsschmerz in meiner Leber. Zu meiner Schande muß ich gestehen, daß meine Jotoki meine Freunde sind.«

»Freunde? Gemeinsam hatten wir innerhalb einer halben Stunde alle Rattenkatzen im Schiff bis auf dich ausgemerzt. Deine Jotoki haben das Gemetzel sichtlich genossen. Ich habe nur einen Fehler begangen.« Sie spuckte ihn an. »Ich habe *dich* am Leben gelassen.«

Gegen seinen Willen knurrte er leise und drohend. Vor ihm stand der Rädelsführer der Meuterei.

Nun ergaben die Ereignisse einen Sinn. »Einzelheiten!« verlangte er.

Sie sagte ihm, wo er sich seinen Schwanz hinstecken könne.

Er schaltete den Nervenstimulator ein.

»Schon gut, schon gut. Warum sollte ich deine kleinen Monster decken?« Sie hatte nicht die geringste Chance, den Ablauf der Meuterei vor ihm geheimzuhalten; sie konnte es ihm nur schwieriger machen, die Informationen zu erhalten. Nora beschrieb den Angriff, als handele es sich um einen mehr oder weniger spontanen Aufstand, der glückhaft verlaufen war, und achtete sorgfältig darauf, das Nervengas nicht einmal anzudeuten. Sie stählte sich dagegen, die Strukturformel der Substanz »anzubieten«, falls er sie drängen sollte – aber er fragte gar nicht nach solchen Details. Dazu war er von der Geschichte insgesamt zu tief mit Abscheu erfüllt. Erstaunt stellte sie fest, daß er seine Jotoki nicht als Mörder sehen *wollte*. Er löste ihr sogar die Fesseln und deutete damit an, daß er keine weiteren Antworten mehr wolle.

»Ich sollte sie alle ins All katapultieren!« brüllte er.

»Worauf wartest du noch? Ich helfe dir!«

»In diesem Dilemma habe ich schon einmal gesteckt. Die Frage ist: Wer deckt mir den Rücken? Ein Kzin, der alleine jagt, ist verwundbar.« Ärgerlich peitschte er den Schwanz gegen die Schottwand. »Du hast sie vom rechten Weg abgebracht!« beschuldigte er sie.

»Wirst du mich jetzt hinrichten?«

»Weibchen sind für ihr Verhalten nicht verantwortlich. Es ist nicht deine Schuld, daß du intelligent bist. Der Zähnefletschende Gott spielt manchen üblen Streich.«

»Ich sehe dich auf dem Teppich vor dem Kamin in

meinem Wohnzimmer«, zischte sie ihn an und kringelte dabei ihre Locke.

Er gab keine Antwort. Der Bericht über das Massaker hatte ihn erschüttert. Welche *weiteren* schrecklichen Konsequenzen weiblicher Intelligenz mochte es wohl noch geben?

Ein denkfähiges, sprachbegabtes Weibchen konnte einen Haushalt ruinieren, indem sie ihr Wissen und ihre Erfahrungen an ihren Wurf weitergab. Ihm schwindelte, als er sich ein weibliches Militärgenie in einem Kzinrettipalazzo vorstellte. Sie würden die Jünglinge verderben! Sie würden die Jugend gegen die Weisen lenken!

Welch großes Unglück für eine Spezies, von der Evolution mit einer Verirrung wie dieser gestraft zu sein. Zum ersten Mal in seinem Leben verspürte Ausbilder-der-Sklaven einen Anflug von Mitleid für die Menschen. In den letzten zweihundert Generationen hatte es allein auf Menschenheimat mehr Kriege gegeben als in der ganzen Weite des Kzinti-Weltraums zusammengenommen, und mehr Kriegstote auf diesem einen Planeten als in allen Kriegen der Helden zum Schutz des Langen Friedens zusammengenommen.

Was konnte sonst noch alles geschehen, wenn weibliche Voreiligkeit Zwietracht zwischen Vater und Sohn säte?

Welche Verschwendung der Weiblichkeit, die doch im Spiel mit Kätzchen und auf der Paarungsliege viel besser eingesetzt werden könnte.

Ausbilder-der-Sklaven legte die Folterinstrumente beiseite.

Mit den schwarzen Fingern seiner Pfote fuhr er Lieutenant Argamentine über die rötlichbraunen Haarsträhnen. Er vermißte Jriingh, die er vor so langer Zeit hergeben mußte. »Fürchte dich nicht vor mir. Ich bin ein seltsamer Kzintosch und bekannt für die einem Krieger nicht angemessenen Gefühle, die sich in meiner Leber für meine Sklaven regen. Du hast wunderschönes natürliches Haar. Ich werde dafür sorgen, daß dir ein feines Fell wächst und deine Blöße bedeckt. Du hast deine Makel, deine Wildheit, aber bei deiner Intelligenz kann ich dir helfen.«

Dieses Weibchen war perfektionierbar. Und er hatte keine Eile. Bis nach Hause war es eine lange Reise.

25

(2420 – 2423 n. Chr.)

Trotz der Behäbigkeit der *Nistende Reißzahnmutter* war ihre Marschgeschwindigkeit genauso hoch wie die jedes anderen kzintischen Kriegsschiffs. Dreieinhalb Jahre betrug die geschätzte Reisedauer nach R'hshssira, den 2,6 Lichtjahre von Alpha Centauri trennten. Eine Entdeckung stand nicht zu befürchten, obwohl sie durch Weltraum reisten, der möglicherweise mit hyperangetriebenen Schiffen infiziert war. Hssins Stern lag 5,6 Lichtjahre nördlich von Menschensonne, und niemand vermochte ein solches Volumen zu patrouillieren. Genausogut hätte eine Eichel sich vornehmen können, die Kontrolle über einen Ozean zu erlangen.

Noch immer bereitete sein Weibchen ihm Probleme. Versuchstiere im Käfig zu halten war angemessen, aber wenn man Sklaven züchten wollte, reichte ein Gitterkasten nicht aus, und Ausbilder-der-Sklaven konnte es kaum erwarten, mit seinem Zuchtprogramm zu beginnen. Er verfügte über hinreichende Mengen tiefgefrorenen Spermas. Wahrscheinlich benötigte er noch weitere Experimente, aber ohne Quelle für Versuchstiere stand ihm diese Möglichkeit nicht mehr offen. Er mußte benutzen, was da war.

Aber wenn er dem Nora-Tier den Gebärraum gab, den sie brauchte, oder ihr gar einen Kzinrrettipalazzo mit genügend Platz für ihre Kinder baute, stürzte er sich kopfüber in Schwierigkeiten. Er suchte das größere der beiden Mannschaftsquartiere für sie aus, ließ sic jedoch in ihrem Käfig, während er den Raum umrüstete – erst denken, dann springen!

Das ursprüngliche Mannschaftsquartier war alles andere als sabotagesicher. Wenn Ausbilder-der-Sklaven einen gewöhnlichen Palazzo baute, würde das keine

Rolle spielen. Er wußte jedoch mit Sicherheit, daß Nora entschlossen war, die *Mutter* zu vernichten – und es unter Einsatz ihres Lebens versuchen würde. Gleich darunter auf ihrer Liste der Prioritäten stand die Ermordung des einzigen Kzins, der ihr entwischt war, als sie seine Jotoki gegen das Patriarchat führte. Wilde Intelligenz in einem Weibchen stellte eine bezaubernde Plage dar. Er durfte nicht das Risiko eingehen, sie zu unterschätzen.

Die Wände verkleidete er mit Panzerplatten und baute Monitore ein, die auf gefährliches Verhalten achtgeben würden. Es handelte sich nicht um die intelligentesten Monitore, die man bauen konnte, aber wenn das Menschentier vorsichtig war, würden sie es vermutlich nicht allzu oft unter Narkosegas setzen.

Als ihr Gemach fertig war, nahm er sie auf einen Besuch mit. *Sie trägt wieder Kleidung*, stellte er mißbilligend fest. Die Kleider waren wenig dekorativ, aber sie bedeckten ihre schwanzartige Kahlheit.

»Mir gefällt's«, sagte Nora lakonisch. »Erinnert mich an die *Alabama*. An die Munitionskammer.«

»Die Alabama?«

»Von dem Krieg hast du vermutlich noch nichts gehört. Die USN *Alabama* war ein seefahrendes Schlachtschiff mit einer stahlgepanzerten Munitionskammer, die einer Magazinexplosion standhalten konnte – in der Hoffnung, daß das Schiff dadurch nicht unterging.«

Ausbilder-der-Sklaven hörte genau zu und ließ ihre Worte mehrmals durch den Translator laufen, um sicherzugehen, daß er auch wirklich alles verstanden hatte. Gefährliche Erinnerungen. Nach allem, was er wußte, konnte Nora aus Papier und Speichel Explosivstoffe herstellen.

Er würde ihre Erinnerungen austauschen, ihre Gefühle durch andere ersetzen und ihre Sprachbegabung einschränken müssen. Solange sie ihr Gedächtnis und alle ihre Fertigkeiten besaß, war sie höchst gefährlich. Vielleicht sollte er ihr auch ein ästhetisch befriedigendes Fell verleihen. Dann könnte er sich entspannen und sie genießen.

Bis dahin aber benötigte er ihr Gedächtnis.

Um das Nora-Tier zu besänftigen, gestattete Ausbilder-der-Sklaven ihr, das Mobiliar für sich und die Kinder selbst auszusuchen.

»Du läßt mich tatsächlich haben, was immer ich möchte?« Sie blickte ihm mit einem neckischen Lächeln ins Gesicht, von dem er wußte, daß es Belustigung signalisierte, das er aber nicht anders lesen konnte denn als unterschwellige Warnung vor einem bevorstehenden Angriff. Sie wand sich ihre lange Locke um die Finger.

»Keine Waffen«, ermahnte er sie.

»Ich möchte ein großes, weiches Kissen, in das ich mich plumpsen lassen kann.«

Darüber mußte er zunächst nachdenken. Gab es eine Möglichkeit, aus einem Kissen eine Waffe herzustellen, mit dem das Nora-Tier ihn umbringen konnte, wenn er es am wenigsten argwöhnte? Dieses Spiel raubte ihm irgendwann noch den letzten Nerv! Er stellte sich vor, wie sie ihn mit einem riesigen Kissen erstickte. Im Geiste sah er sie schon die Innereien des Kissens in Salpetersäure nitrieren, um einen Explosivstoff herzustellen, während sie gleichzeitig aus dem zerfetzten Bezug eine Würgeschlinge flocht. Keine dieser Szenen war auch nur im geringsten glaubwürdig. »Also gut«, sagte er.

Das erlesene Mobiliar, das sie entwarf, versetzte ihn in Erstaunen. Ein Bett mit seidenem Himmel und regulierbarer Schwerkraft? Goldene Menschenjungen mit Flügeln, die über dem Brett am Kopfende tanzten? Er grummelte, befahl seinen Jotokisklaven jedoch, die Gegenstände herzustellen, und suchte nach brauchbarem Ersatz für Seide und Holz. Sie mußten die Webmaschinen und die Kunststoffgießanlage umprogrammieren.

Die Zeit verging rasch, denn es gab viel zu tun. Den Überlichtantrieb zu begreifen stand ganz oben auf der Liste der Prioritäten. Ausbilder-der-Sklaven konnte das

Aggregat nicht bis an die Grenzen belasten, denn diese Grenzen waren ihm unbekannt; er durfte auch nicht seine Zerstörung riskieren, denn er hatte nur das eine. Daher entwickelte Ausbilder einen Zangenangriff, um des Problems Herr zu werden.

(1) Analyse. Die Nebenaggregate identifizieren. Versuchen, ein Duplikat des Nebenaggregates herzustellen. Test. Die *Mutter* war eine bewegliche Reparaturbasis und vermochte jedes einzelne Ersatzteil im kzintischen Arsenal zu produzieren. Im Grunde befand Ausbilder-der-Sklaven sich im Besitz einer Prototypenfabrik und verfügte über die zu ihrer Benutzung nötigen Sklavenkräfte.

(2) Das Gedächtnis von Lieutenant Nora Argamentine auf Erinnerungen mit militärischem Bezug absuchen.

Ausbilder-der-Sklaven wußte aus seiner jahrelangen experimentellen Erfahrung mit menschlichen Sklaven, daß die Äffchen sich in sehr plastischer Weise erinnerten, etwa fünfmal so plastisch wie ein Kzin.

Mit Hilfe der Folter erlangte man zwar rasch eine Vielzahl von Einzelheiten, aber diese Methode war ungeeignet, um echte Nuancen herauszufinden. Jedesmal, wenn ein Mensch sich etwas ins Gedächtnis rief, hatte sich diese Erinnerung ein wenig verändert. Wenn sie nur deshalb aufgerufen wurde, um Schmerz zu lindern – während das Gehirn gesättigt war mit dem Gemisch aus Botenstoffen, welches nur bei Todesqual ausgeschüttet wurde –, veränderte sich das Gedächtnis sogar in drastischer Weise. Mit der Zeit löschte die Folter eben jene Nuancen aus, die sie eigentlich aus den Tiefen der Erinnerung hervorlocken sollte. Deshalb mußte Ausbilder-der-Sklaven sich die Folterung von Lieutenant Argamentine ganz und gar verbieten.

Allmählich arbeitete er andere Methoden aus.

Ausbilder-der-Sklaven machte mit Lieutenant Argamentine die besten Fortschritte, wenn er sie mit Hilfe von Betäubungsmitteln in einen schlafähnlichen Zustand brachte, aus dem sie nicht erwachen konnte, und in dem sie vor der Schwelle zum Traumzustand blieb. Er schnallte sie in einer Nachbildung des Cockpits der *Shark* auf den Sitz und speiste ihren Verstand mit virtuellen Abbildern von Gefechtssituationen, in denen kzintische Kriegsschiffe die kleine *Shark* attackierten. Wenn er Nora gewinnen ließ, hielt er ihr Interesse an den eingespeisten Träumen aufrecht und reduzierte gleichzeitig ihre Furcht.

Während Nora diese ›Träume‹ durchlebte, zeichnete Ausbilder-der-Sklaven ihre motorischen Reaktionen auf. Daraus konnte er ablesen, was sie tat, um den Bildern, die er in ihre Augen speiste, entgegenzutreten. Auf diese Weise konnte er die Gefechtscharakteristik der *Shark* rekonstruieren. Vor allem erfuhr er, daß der Phasenübergang in den Hyperraum eine halbe Stunde Vorbereitungszeit erforderte. Und außerdem fand er heraus, daß die *Shark* nur aufgrund eines Antriebsversagers gekapert werden konnte.

Zugleich untersuchte Ausbilder-der-Sklaven das Weibchen als evolutionäre Kuriosität. Bei einer Sklavenspezies mit zwei Geschlechtern besaß ein rationales Weibchen ganz klar eine unerwünschte Eigenschaft, die der Domestizierung im Wege stand. Wenn Kzinti angemessen gehorsame Menschensklaven zur Paarung freigaben – und dieses Kriterium erfüllte das Nora-Tier bei weitem nicht –, so müßte die Pflege der Tierkinder streng vom *Bildungs*vorgang für die männlichen Kinder abgetrennt werden. Mit zweiten, dritten, vierten etc. Meinungen aus dem Harem, mit denen das Wort des Patriarchen untergraben wurde, mußte ein Haushalt sich binnen kürzester Frist ins Chaos auflösen. Die Gesellschaft der Äffchen mußte sich doch ständig in Veränderung befinden – vergleichbar der Oberfläche eines von Erdbeben geplagten Planeten!

Geduldig erklärte er Nora diesen Sachverhalt, doch sie verhielt sich ähnlich störrisch wie Grreff-Hromfis Söhne, saß unter ihrem Betthimmel und argumentierte mit einer für Weibchen völlig unangebrachten Aggressivität gegen seine Gedankengänge. Sie wußte einfach nicht, wie man zuhörte. So stand ihm der Beweis vor Augen, daß Weibchen die Gabe der Sprache, selbst wenn sie ihnen gewährt wurde, nicht einzusetzen wußten.

In seinen Ruheperioden, wenn die Arbeit am Hyperantriebsaggregat ihn erschöpft hatte, spielte er in Gedanken mit hypothetischen Wegen, per Chromosomenmanipulation die Menschenweibchen von der männlichen Sprachfähigkeit zu kurieren. Diese Tagträume führten jedoch zu nichts, da eine solch saubere Lösung vermutlich nicht praktikabel war.

Die kzintische Lösung des Problems war genetischer Natur und würde bei Menschen nicht funktionieren.

Bei der Reproduktion von Helden kombiniert sich das männliche Ei mit dem weiblichen und bildet eine Zelle mit doppeltem Kern.

Nicht unähnlich den menschlichen Chromosomen werden die Kzincode-Gruppen sodann neu angeordnet, und das Super-Ei teilt sich in zwei fruchtbare Eizellen, eine männliche und eine weibliche. Als Paar wandern diese Eier in den Gebärbeutel der Kzinrret. So kommt es, daß ein Wurf stets eine gerade Anzahl Welpen enthält, von denen die eine Hälfte Kzintoschs und die andere Kzinrretti sind.

Bei den Äffchen läuft die Fortpflanzung nicht sehr viel anders ab, aber einige sehr unglückliche Unterschiede gibt es leider schon. Die Kerne kzintischer Zellen sind komplizierter als die menschlicher. Sie enthalten drei unterschiedliche Arten von Proteinkodierung, von denen die sexuelle nur eine ist.

Die Kzincode-Stränge, die das Geschlecht bestimmen, zeichnen sich im Vergleich zu den anderen Strängen durch ihre gewaltige Größe aus. In den männlichen Zellen tritt der Kzintosch-Strang *zweimal* auf, während in den weiblichen ein dominanter Kzintosch-Strang über den rezessiven, einzelnen Kzinrret-Strang herrscht. Letzterer dient lediglich zur Bestimmung der Körpergröße und zur Unterdrückung der Sprachfähigkeit.

Nun wäre es für einen Gentechniker sehr schwierig, bei den Menschentieren eine männliche Geschlechtsdominanz einzuführen, weil bei ihnen das Weibchen das doppelte Geschlechtschromosom trägt!

Welch perverse Umkehrung der natürlichen Verhältnisse, dachte Ausbilder-der-Sklaven. In Anbetracht ihrer genetischen Voraussetzungen verwunderte es ihn geradezu, daß Menschenmännchen überhaupt intelligent waren! Sie neigten sogar zum Haarausfall und zur Bluterkrankheit! Noch schlimmer aber: männliche und weibliche Geschlechtschromosomen waren beim Menschentier von normaler Größe, das männliche sogar verkümmert und, im Gegensatz zum Kzintosch- oder Kzinrret-Strang, nicht die Hauptschaltstellen der Entwicklung.

Daher hatte Ausbilder-der-Sklaven es überhaupt nicht eilig, die Intelligenz des Nora-Tieres zu vernichten. Als er noch ein jüngerer, rücksichtsloserer Forscher war, hatte sein Eifer zu viele vielversprechende Experimente ruiniert. *Erst denken, dann springen.*

Die Intelligenz besaß zahlreiche Facetten, und es bedeutete eine Katastrophe, wenn man die einzelnen Komponenten in einen Topf warf; vor allem, wenn man einen Aspekt vernichten wollte, in Wirklichkeit aber einen anderen zerstörte, den man eigentlich hatte behalten wollen. Besser, man übte Geduld und veränderte nur kleine Inkremente ihres Verstandes auf einmal – um den Wechsel sorgfältig zu studieren und ihn zur Leitlinie der nächsten Veränderung zu nehmen.

Nachdem sie mehrere Monate lang gereist waren, versuchte der weibliche Lieutenant tatsächlich, das Schiff zu zerstören. Sie benutzte Möbelteile, um aus dem Palazzo zu fliehen, und trug eine heimlich zusammengebastelte Gasmaske, um während des Ausbruchs bei Bewußtsein zu bleiben. Durch einen Lüftungsschacht, von dem sie während der Meuterei von den Jotoki erfahren hatte, drang sie zu den lebenswichtigen Aggregaten des Schiffes vor. Sie kannte das Schiff besser als gut für sie war!

Als Ausbilder-der-Sklaven sie fand, war sie bewußtlos. Eine Falle hatte sie aufgehalten, die er ihr eigentlich nur aus einer Überlegung heraus gestellt hatte, die er selbst als paranoid erachtete. Niemals hätte Ausbilder-der-Sklaven erwartet, daß die Falle jemals Verwendung bei der Verteidigung des Schiffes finden könnte, aber er hatte zuviel Chuut-Riit gelesen, der es für wichtig hielt, auch auf unwahrscheinliche Ereignisse vorbereitet zu sein.

Daß das Nora-Tier auf das Tragen von Kleidung bestanden hatte, war bei ihrem Versuch, das Schiff zu zerstören, ihr Untergang gewesen. Ausbilder-der-Sklaven hatte es ihr auszureden versucht und an ihre Vernunft apelliert, indem er virtuelle Abbilder von Elefanten in Sombreros und Bolerojäckchen vor ihre Augen projizierte, von Molchen mit Westen, Giraffen in Matrosenanzügen und Jaks in Krinolinen, aber sie lachte darüber nur, bis ihre Locken wippten, und sagte, sie sei mit Büchern aufgewachsen, die von kleidertragenden Tieren handelten. Geradezu obszön! Allein die Vorstellung, man müßte einen Vatach erst aus der Weste schälen, bevor man ihn verschlingen konnte!

Nachdem Ausbilder-der-Sklaven diese Auseinandersetzung verloren hatte, versah er Noras Hose mit einer winzigen Kapsel, die ein wirkungsvolles Nervengas freisetzte, sobald sie jemals in die Nähe der starken elektromagnetischen Felder gewisser lebensnotwendiger Anlagen gelangte.

Neben ihr lag eine tödliche Brandbombe. Woher hatte sie nur das Oxidationsmittel? Aus der Luft hatte sie es gewonnen! Ausbilder-der-Sklaven knurrte ärgerlich, weil er diese Möglichkeit übersehen hatte. Was wohl würde ein Äffchen mit einem ganzen Harem dieser Geschöpfe anfangen? Wie überlebten die Männchen überhaupt?

Dieser Vorfall bestärkte Ausbilder-der-Sklaven in seinem Entschluß. Nora durfte keinen Zugriff auf ihr Gedächtnis mehr haben. Als sie das Bewußtsein wiedererlangte, fand sie sich bereits auf dem Operationstisch festgeschnallt.

»Wir leben noch. Ich hab's versaut«, sagte sie traurig, den Tränen nahe.

Wäre sie ein Kzin gewesen, so hätte sie sich als Ausbruchsartistin einen Teilnamen verdienen können. »Denk nicht daran«, knurrte er. »Und die *Alabama* war gebaut, um nicht zu sinken.«

»Geht es den Kindern gut?« fragte sie, und nun weinte sie. Für die drei hirngeschädigten, unter dem Käfigtrauma leidenden Waisen fühlte sie sich verantwortlich. Manchmal konnte sie schon nicht mehr sagen, ob sie eine Mutter oder Lieutenant der UNSN war.

»Schwer-zu-fangen bringt ihnen das Kartenspielen bei.«

»Louie wird das niemals schaffen. Du hast ihn verletzt. Er kann sich nicht konzentrieren.«

Ausbilder-der-Sklaven war von dem Vorwurf unbewegt. Er entstammte einer Gesellschaft mit einer sehr hohen Sterblichkeitsrate unter den Kätzchen. Die Welpen starben regelmäßig entweder durch Gewalteinwirkung oder an Vernachlässigung. Und wo sie herkamen, gab es immer noch mehr davon. Leiden war nur eine Hürde auf dem dornigen Weg zum Heldentum.

»Nun wirst du mich verletzen, nicht wahr? Schneidest du mir das Hirn raus? Machst du mich zu einer sabbernden Idiotin?«

Sie fürchtete sich. Ausbilder-der-Sklaven verspürte in seiner Leber eine unnatürliche Sympathie für diese Gefühlskombination: Furcht und Tapferkeit. »Ich nähe dir einen Schwanz ans Hinterteil«, zischte und knurrte er – seine Art, Humor auszudrücken.

Als sie aus der Operation erwachte, waren ihr künstliche Drüsen ins Gehirn implantiert worden. Sie fühlte sich nicht anders. Ihr Verstand war klar. Noch immer wollte sie die *Shark* vernichten, noch immer haßte sie die Kzinti.

Ausbilder-der-Sklaven hatte die Ruhepausen, die ihm bei der Analyse der *Shark* blieben, damit verbracht, sein mathematisches Modell des menschlichen Gehirnes zu vervollständigen. Als allzu schwierig erwies sich das nicht, der Datenlink übernahm den Großteil der Arbeit. Er brauchte nicht mehr zu tun, als die besonderen menschlichen Rahmenbedingungen (die er dem Autodoc entnommen und bei seinen Experimenten herausgefunden hatte) in das verallgemeinerte Modell einzugeben; ein Modell, das kzintische Neurophysiologen schon vor Urzeiten entwickelt hatten, um diverse organische Gehirne zu beschreiben – die der Kzinti, der Jotoki, der Kdatlyno, der Chunquen und anderer. Alle waren unterschiedlich, und doch folgten sie alle dem gleichen Strickmuster.

Das Löschen von Erinnerungen war eine schwierige Angelegenheit. Erinnerungen wiesen Querbezüge auf und wurden gern mit einem riesigen, *n*-dimensionalen Kreuzworträtsel verglichen. Keine einzelne Erinnerung konnte beseitigt werden, ohne gleichzeitig Myriaden anderer Erinnerungen zu beschädigen. Die gelöschte Erinnerung aber konnte intern rekonstruiert werden, indem die leeren »Mosaiksteine« aus anderen Quellen nachgelegt wurden. Die Rekonstruktion erfolgte automatisch einfach dadurch, daß das verbliebene Gedächtnis benutzt wurde. Alles Fehlende wurde während des Erinnerns ›interpoliert‹. Wenn das Löschen durch die Entfernung von ›Wetware‹, also von organischer Substanz, erfolgt war, dann stellte sich stets heraus, daß anderswo ein ›Duplikat‹ gelagert worden war.

Organische Gehirne hatten sich im Laufe eines tödlichen Konkurrenzkampfes über Hunderte von Millionen Jahren entwickelt und genügten allen Maßstäben, die an militärtaugliche Geräte angelegt wurden. Sie vermochten schwere Schäden mit nur minimalem Leistungsabfall hinzunehmen. Für die Funktionsfähigkeit des Systems waren einzelne Komponenten nicht zwingend erforderlich, und diese effiziente Redundanz sorgte dafür, daß sich auch schwere Datenverluste beheben ließen.

Das bedeutete wiederum, daß Ausbilder-der-Sklaven das Gedächtnis des Nora-Tieres nicht auf einmal auslöschen konnte, ohne sie umzubringen. Aber er konnte einen stetigen Verfall der Erinnerungen auslösen, der das homöostatische Gleichgewicht nicht überforderte. Er konnte das Dendritenwachstum ihrer Nerven entweder beschleunigen oder bremsen, er konnte die Neuronen entweder verknüpfen oder voneinander trennen. Willkürlich konnte er die Größe der synaptischen Koeffizienten beeinflussen und die Maschinerie, die Informationen des Kurzzeitgedächtnisses in das Langzeitgedächtnis übertrug, ein- oder ausschalten.

Gewisse Nervenrezeptoren ließen sich aktivieren oder deaktivieren, so daß das Gehirn aus dem Gleichgewicht geriet und mit schnellerem Lernen reagierte. Auf chemischem Wege war es Ausbilder-der-Sklaven gelungen, den Lernvorgang um Faktoren bis zu zwanzig zu beschleunigen, ein gefährliches Spiel, das zu einer Art Autismus führte, in der sich das Gehirn nur noch mit einem einzigen Vorgang befassen konnte. Schnellernen überschrieb alte Erinnerungen rascher, als sie wiederhergestellt werden konnten.

Normalerweise lernte das Gehirn in kurzen, schnellen Ausbrüchen. Ein neurales Ungleichgewicht, wie es durch Mißerfolg hervorgerufen wurde, schaltete den Lernprozeß ein, bis ein neuer Gleichgewichtszustand erreicht wurde. Der Erfolg schaltete den Lernvorgang wieder ab. *Konstantes* Lernen zerstörte alte Erinnerungen, ohne ihnen Zeit zu geben, sich in den neuen Gleichgewichtszustand zu integrieren.

Der Autodoc von Wunderland hatte Ausbilder-der-

Sklaven noch einen anderen hübschen Kniff beigebracht. Indem er ein Pseudovirus als Träger benutzte, konnte er Nervenzellen durch Knospung zum Selbstmord bringen. Die Knospe tötete die Mutterzelle, sobald sie sich von ihr abspaltete, und dann konnte sie sich entweder reproduzieren (unter dem Einfluß des einen Stimulus) oder einen Axon ausbilden (durch einen anderen Stimulus). Wo der Axon Anschlußstellen fand, bildete er Dendriten aus und verband sich fest mit dem Gehirn. Das war eine andere Möglichkeit, alte Erinnerungen abzuschwächen, ohne die Gehirnsubstanz zu zerstören.

Nur aus einer Laune heraus hatte er eine Drüse eingepflanzt, die Nora ein Fell wachsen ließ.

Noch längst war er nicht soweit, daß er auch nur daran denken konnte, mit dem Abbau und Neuaufbau ihres Sprachzentrums zu beginnen. Immer nur ein Sprung auf einmal.

Während das Nora-Weibchen sich erholte, gab er für sie eine Eiscremeparty in ihrem umgebauten Palazzo. Letzterer war vermutlich noch immer nicht ›äffchensicher‹, aber Ausbilder-der-Sklaven hatte sich alle Mühe damit gegeben. Die größte neue Errungenschaft war eine tragbare Barrikade zum Kinderzimmer, so daß Nora ein wenig Erholung von den kleinen Monstren haben konnte, wenn ihr danach war. Louie neigte in der Tat zu impulsiver Zerstörungslust. Die Mädchen waren in Ordnung. Sie kämpften gegeneinander wie zwei Kzinti im Wettkampfring, und jede war eifersüchtig auf die Aufmerksamkeit, die Nora der anderen zukommen ließ. Brunhilde würde in einigen Jahren sterben, weil sie nicht genug Gehirnsubstanz besaß.

Schwer-zu-fangen spielte mit den Kindern, während Ausbilder-der-Sklaven es sich auf dem großen Kissen bequem machte und Eiscreme mit Leber- und Nierenstückchen aß. Er sprach zu Nora und vermochte dabei nicht den Blick von ihrem Gesicht zu nehmen.

»Hrr-r. Ich schätzte dich hoch und möchte, daß du am

Leben bleibst. Der Hyperraumantrieb jedoch ist noch wertvoller als du. Er ist für das Patriarchat überlebenswichtig. Wenn du einen weiteren Fluchtversuch unternimmst, muß ich dich töten.«

»Wenn ich dich nicht vorher erwische.« Sie pickte die Purpurbeeren heraus und aß sie, bevor sie von der Eiscreme kostete. Sie hatte Grübchen. Das bemerkte er zum erstenmal.

Er grinste – er versuchte, ein menschliches Lächeln zu imitieren, indem er seine Lippen aufwärts krümmte. »Vergiß, daß du das je gesagt hast.«

Als sie R'hshssira erreichten, wuchs Noras Pelz schon ganz prächtig. Sie trug nun ein glänzendes Fell, das aus dem häßlichen nackten rosa »Schwanz« ein bezaubernd schönes Tier machte. Sie konnte noch immer fließend auf englisch streiten, einigermaßen jedenfalls, zwischen den Pausen, und Ausbilder-der-Sklaven hatte noch keine Möglichkeit gefunden, sie mit Zwillingen zu schwängern.

26

(2423 n. Chr.)

Kleinsohn von Chiirr-Nig alias Der-Gras-ißt alias Ausbilder-der-Sklaven kam nach Hause und war aufgeregt. Wieso eigentlich mochte er diesen Glutofen R'hshssira so sehr? Was bedeutete ausgerechnet ihm der Planet Hssin? Weshalb freute er sich so darauf, durchs Jotokigehege zu wandern und mit dem alten Hüter-der-Jotoki zu plaudern?

Er saß in der Kommandozentrale und las die Instrumente ab, lange bevor die *Mutter* in das System eindrang. Er hütete Louis, denn die Feindseligkeit des Jungen setzte Nora arg zu, und sie benötigte dringend Erholung.

»Grrauw! Bleib weg von dort!« befahl er im Sklavenidiom. Er schlug den Jungen, wohlbedacht nicht zu fest, dann kehrte er zu seinem Sitz zurück. »Komm her! Ich will dir etwas Interessantes zeigen.« Er hoffte, Louis an den Sternen interessieren zu können. Jünglinge brachten in einem Kzin stets den Vater ans Licht, ganz gleich, wie schlecht sie sich benahmen, und Louis war das einzige andere männliche Wesen an Bord.

Das Schweigen auf allen elektromagnetischen Bändern beunruhigte Ausbilder. Sollten die Instrumente nicht mehr funktionieren?

Louis wandte sich bereits einem anderen Unsinn zu und schielte zu dem Kzin hinüber, um zu sehen, ob er wagen konnte zu tun, was er eigentlich tun wollte. Er entschied, daß er es wagen könne, denn der Kzin war beschäftigt.

Als die *Mutter* sich dem R'hshssira-System weiter näherte, bestätigte das elektronische Teleskop den furchtbaren Verdacht. Ausbilder-der-Sklaven stieß einen elenden Schrei der Trauer aus. Vernichtung! Die Menschenghoule waren zuerst hiergewesen! Sie waren gekommen und wieder verschwunden. Es gab kein Anzeichen für Weltraumverkehr. Ausbilder-der-Sklaven heulte auf und schlug mit den Krallen nach den Wänden.

Zu Tode erschreckt warf Louis sich unter das Pult des Astrogators.

Das Stück abgerissener Wandbeschichtung ließ er halb aus dem Computereingabeschlitz ragen, in den er es gestopft hatte.

Der rachesüchtige Kzin sah in ihm nur ein Äffchen, das versuchte, seine Maschinen zu zerstören. Mit einer Pranke fegte er den kreischenden Jungen unter dem Pult hervor, die zuschnappenden Kiefer rissen ihm den Kopf ab und brachten ihn zum Schweigen. Wütend riß Ausbilder-der-Sklaven den Leichnam des Kindes in Stücke; seine Blutgier trieb ihn so weit, daß er einen Arm verschlang. Aber Hunger hatte er keinen. Er ließ die Leiche fallen und schlug sich auf die Brust.

Ohne Warnung hatte der Zähnefletschende Gott ihn verlassen! Hssin konnte noch keine Neuigkeiten von Ka'ashi haben – er benutzte auf einmal den kzintischen Namen für Wunderland, menschliche Worte vermochte er weder zu denken noch auszusprechen. Er heulte laut auf. Der Tod mußte überlichtschnell vom Firmament herabgestoßen sein! Seine Familie hatte keine Chance gehabt. Seine Mutter! Mit blutigen Krallen zerraufte er sich die Mähne und brüllte auf. Hamarr die Schöne, die geliebte Trösterin seiner Jugend, sein erster Freund! Tot! Er stürmte durch die Kommandozentrale und zerschmetterte seine Souvenirs von Ka'ashi, all die Gegenstände, die er liebevoll auf dem Planeten gesammelt hatte. Hamarr wäre von dem Porzellan fasziniert gewesen, das nun in Scherben vor dem Schott lag.

Die Wut eines Kzins kennt keine Grenzen, keine Schranken. Aber sie läßt nach und bricht oft gequältem Miauen Bahn. Ausbilder-der-Sklaven wandte sich an seine ältesten Freunde – Schwer-zu-fangen, Witzbold und Grusel –, die erschrocken die Blutflecke auf seiner Brust anstarrten.

»Hüter-der-Jotoki ist tot!« klagte er, und die drei trauerten mit ihm. Trauer ist das allgemein verbreitetste Gefühl schlechthin, und sie bedarf nicht einmal der Intelligenz, um die Seele zu peinigen, denn sie kommt von der Leber.

Die Jotoki halfen ihm, die Kommandozentrale zu säubern. Ein Ausflug zum Planeten zeigte die Wut der Menschenmonstren in allen Einzelheiten. An einigen Stellen war die Verwüstung komplett. Wo das Kraftwerk sich befunden hatte, gab es nur noch Schlacke. Aber es bedarf nicht viel, um eine Weltraumkolonie zu vernichten. Man muß nur Löcher in die Dächer schießen.

Im Jotokigehege fanden sie einen dehydratisierten Jotok, einen der gerissenen Wilden, der sich im Tode an einen Baum klammerte, dessen pulvertrockene Blätter noch immer grün waren. Sie fanden den riesenhaften Hüter-der-Jotoki in seiner Küche, wo er mit vertrocknetem Grinsen eine Schüssel mit konserviertem Vatach bedrohte. Sein Jotokisklave war bei dem Versuch, ihm zu helfen, ums Leben gekommen, und zu einem abgezehrten Häufchen zusammengeschrumpft.

Im Licht der Scheinwerfer fanden sie Hamarr, die drei winzige, mumifizierte Kätzchen an sich gepreßt hielt; es waren nicht ihre eigenen, denn sie war zu alt gewesen, um noch Junge zu bekommen. Ausbilder-der-Sklaven kniete neben seiner toten Mutter nieder, nahm ihren ausgetrockneten Leichnam in die Arme, heulte in seinem Helm. Ihr Gesicht wirkte geradezu mitleiderregend still, beinahe lebendig. Selbst die Fäulnisbakterien waren gestorben. Sie entdeckten einen Raum voller erstickter Kzinrretti und Welpen, der gegen die giftige Atmosphäre Hssins abgedichtet gewesen war.

Irgendwo mußte es doch Überlebende geben! Ohne sich eine Ruhepause zu gönnen, begann Ausbilder-der-Sklaven mit der Suche. Ein Bunker, eine Lebenserhaltungseinheit mußte den Angriff doch überstanden haben? Eine Stadt, die von einer tödlichen und zudem viel zu dünnen Atmosphäre umgeben ist, funktioniert nicht als Einheit, sondern besteht aus einer Ansammlung isolierter, autarker Zellen, eben *weil* man weiß, daß es zu Katastrophen kommen kann. Möglich, daß einige Zellen sterben – aber andere Zellen überleben immer! Tagelang suchte Ausbilder-der-Sklaven die Kolonie ab, nur in Begleitung Witzbolds, dessen Arme abwechselnd schliefen. Dann mußte auch der Kzin einmal schlafen. Er fand nichts außer den Spuren menschlicher Infanterie, die hiergewesen sein mußte, nachdem die Luftangriffe vorbei waren, und die nur einen Auftrag gehabt haben konnten: Völkermord, und zwar gründlich.

Exil. Die Besatzung der *Mutter* war noch immer im Exil. Sie waren nach wie vor allein. Elf Jotoki, ein Menschenweibchen, zwei Waisen und ein Kzin.

Als er zum Schiff zurückkehrte, fragte Nora ihn, was dort unten vorgegangen sei. Sie wollte ihn außerdem fragen, wo Louis stecke, aber das wagte sie nicht. Dazu spürte sie zu deutlich seinen Zorn. Armer, mißhandelter Louis, der jeden haßte und nur gehorchte, wenn man ihm streng und direkt in die Augen blickte.

Ausbilder-der-Sklaven sprach nicht mehr auf englisch zu Nora und unterband damit ihren Zugriff auf ihre eigene Kultur. Nun redete er nur noch in dem Idiom der Heldensprache zu ihr, die er auch benutzte, um sich mit den Jotoki zu verständigen. »Niemand lebt mehr auf Hssin«, fauchte und knurrte er. »Deine Navy hat alle ermordet, selbst die Jungen.«

Ich hätte ihn niemals auf Louis aufpassen lassen dürfen, dachte sie. Ihrer Theorie zufolge mußte tief in den Kzinmännchen ein großes Vatertalent versteckt sein, denn die Weibchen waren geistig zu beschränkt, um Elternpflichten zu übernehmen. *Ich habe versucht, an sein Mitgefühl zu appellieren. An sein Mitgefühl? Das also war meine Entschuldigung.*

Wenn sie ehrlich zu sich war, mußte Nora zugeben, daß sie ein wenig Ruhe vor Louis gebraucht hatte. Louis war in der Lage gewesen, selbst Nora »Ich-liebe-euch-alle« Argamentine in tödliche Rage zu versetzen. Man stelle sich vor, was er mit einem Kzin anzustellen vermochte, der gerade Familie und Vaterwelt verloren hatte.

Ich glaube, Mein Held hat Louis getötet. »Was ist mit Louis?« fragte sie in dem stakkatohaften Idiom, denn sie wollte eine Antwort.

Aber er weigerte sich, es ihr zu sagen. Er wandte sich ab, zerknirscht, wie es typisch ist für einen Kzin, der gerade eins der eigenen Kätzchen verschlungen hat.

Später, während er Überlegungen für ihren Transfer nach Hssin anstellte, sprach er zu ihr über Louis, wenngleich indirekt: Er erzählte ihr eine Geschichte, die sich in seiner Familie ereignet hatte. Er erging sich in Erinnerungen an Hssin und berichtete Nora von dem Tag, an dem sein Vater einen Halbbruder von Ausbilder-der-Sklaven als Disziplinierungsmaßnahme für die anderen getötet hatte.

Armer Louis. Ihm drohte der Tod. Ich habe ihn gerettet, und dann doch dem Löwen zum Fraß vorgeworfen. Und sie fühlte sich schrecklich, weil nur eine Empfindung in ihr aufstieg: Erleichterung. Vielleicht bewirkte das Wachstum ihres Pelzes aus Schimpansen-Kzinrretti-Fell, daß sie sich wirklich in einen Kzin verwandelte.

27

(2423 – 2435 n. Chr.)

Auszüge aus dem Tagebuch von UNSN-Lieutenant Nora Argamentine, aufgefunden in den Ruinen einer kzintischen Grenzbefestigung.

Tag 1

Die Jotoki haben mitten im Trümmerfeld des UNSN-Angriffs einen alten Kzinrrettipalazzo gereinigt und renoviert, und zwar im, wie sie sagen, am wenigsten betroffenen Teil der Stadt. Selbstverständlich sollen nur ich und die beiden Mädchen ihn beziehen. Seine Königlich-Männliche Hoheit wird angemessen maskuline Räumlichkeiten beziehen, wahrscheinlich das einstige Domizil des jüngst dahingeschiedenen und zutiefst betrauerten Großen Brambarsators. Die Jotoki haben unsere Wohneinheit abgedichtet und für Wasser und Atemluft gesorgt. Was ist mit Essen? Mein Held behauptet zwar, das werde keine Problem machen, aber ich erwarte recht miese Kost.

Ich habe ein altes Versteck für mein Tagebuch gefunden! Anscheinend haben auch die Kzinrretti Geheimnisse vor den Augen ihrer Herren und Meister verborgen! Das Versteck ist recht raffiniert angebracht, grob konstruiert – und unsichtbar für neugierige Augen. Ich weiß nicht, was ich mit seinem Inhalt anfangen soll. Tand und Nippes, etwas anderes ist das nicht. Wer würde annehmen, daß so etwas jemandem hübsch genug erscheint, um es zu verstecken und sich daran zu erfreuen? Kann ich mir herausnehmen, eine Analogie zu einem Hund herzustellen, der vor seinem Herrchen kostbare Knochen verbirgt?

Als ich den Tand musterte, war ich gegen meinen Willen bewegt. Soll etwa *das* aus mir werden – jemand mit so wenig Verstand, daß ich solch einfache Gegenstände verehre und irgendwo in der Tiefe meiner Seele genau weiß, daß mein Herr sie mir abnehmen wird?

Ich lebe in einem Alptraum. Wegen der Mädchen kann ich nicht Selbstmord begehen. Die beiden brauchen mich so furchtbar dringend, und ich kann nicht fliehen. Mein Gehirn löst sich langsam auf, und ich verstehe nicht genug vom menschlichen Verstand, um zu wissen, welche Teile Mein Held mir lassen wird. Von einem Tag auf den nächsten spüre ich keinerlei Unterschied – wenn er nicht gerade seinen Apparillo zückt und mir vorübergehend einen Flash oder einen Blackout gibt. Aber ich kann den Unterschied zum letzten Jahr spüren und fürchte mich vor der Zukunft. Zum Beispiel bin ich mir überhaupt nicht sicher, ob ich noch einmal eine Meuterei anführen könnte.

Manchmal glaube ich einfach nicht, daß Mein Held mir das antut. Dann streiche ich mir über das rötlichbraune Fell, das meinen Körper bedeckt, und sage mir: O doch, er tut 's. Mit ihm kann man nicht argumentieren. Ich habe es versucht. Er ist genau wie einige Männer, die ich gekannt habe. Er hört zu, und ich spüre seine Freundlichkeit, sogar seine Liebe – aber meinen Worten schenkt er keinerlei Beachtung!

Brunhilde liegt im Sterben. Sie litt schon immer an einer Wahrnehmungsschwäche, aber im Laufe des letzten Jahres ist es mit ihr deutlich bergab gegangen. An einigen Tagen kann sie sich nicht um sich selbst kümmern oder essen. Jacin ist magersüchtig, chronisch unsicher und leidet an epileptischen Anfällen. Ich fürchte, keine von beiden wird überleben, aber ich gebe mir alle Mühe. Louis braucht meine unzureichenden Fertigkeiten nicht mehr – armes ausgesetztes, eingesperrtes, mißhandeltes Kind!

Einmal, noch auf dem Schiff, als ich vor Sorge außer mir war, habe ich Meinen Helden wegen der Kinder um Hilfe gebeten. Er machte den *praktischen* Vorschlag, sie zu vernichten. Und dennoch überraschte er mich. Er las mir das Entsetzen vom Gesicht ab und schlug am nächsten Tag ein Versuchsprogramm zur Schadensbegrenzung vor. »Wetware-Überarbeitung« nannte er es, konnte jedoch keine Ergebnisse versprechen.

Wie kann ich dieses Leben nur ertragen – meine Mädchen sterben lassen wie Louis oder Meinen Helden darum bitten, wieder an ihnen herumzuexperimentieren und den Schlamassel zu beseitigen, den er überhaupt erst verursacht hat? Wie könnte *irgend jemand* ihm die Mädchen anvertrauen?

Tag 4

Die Kzinti benutzen eine Uhr im Oktalsystem und eine hoffnungslos komplizierte Datierungsmethode. Ich weiß einfach nicht mehr genau, wie spät es ist oder welchen Tag, welchen Monat wir schreiben. Weibchen brauchen sich mit solchen Dingen nicht bekümmern. Ich glaube, wir schreiben das Jahr 2423. Manchmal fehlen mir ganze Tage, von denen ich nichts mehr weiß. Gar nichts. Das macht es natürlich noch schwieriger, das Verstreichen der Zeit nachzuhalten.

Ich könnte Striche in die Wand meines Gefängnisses ritzen, aber was hätte ich davon? Woher soll ich wissen, wann ein neuer Tag beginnt? Deshalb ordne ich dem heutigen Tag willkürlich die Nummer 4 nach dem Tag der Landung zu.

Mittlerweile fällt mir das Sprechen schwerer als das Schreiben. Wenn ich schreibe, habe ich Zeit, mich an die Wörter zu erinnern, kann Pausen einlegen und mir zusammenreimen, was ich nicht mehr weiß, oder um den geistigen Block herumdenken. Nora-aus-der-Zukunft, falls Du diese Zeilen liest und sie nicht verstehst: Ich schreibe, weil mich mein Gedächtnis im Stich läßt. Der Schwund ist subtil. Aber ich habe festgestellt, daß ich Dinge im Kopf halten kann, wenn ich mich im Erinnern übe. Nur wenn ich vergesse, mich zu erinnern, dann vergesse ich auch, wie ich mich an das erinnere, dessen ich mich entsinnen will.

Üben, üben, üben. Das darf ich nicht vergessen.

DAS HIER IST MEIN GEDÄCHTNIS. Nora, wenn Du etwas vergessen hast, dann wirst Du es hier vielleicht wiederfinden. Möglicherweise jedenfalls. Außer während der Blackouts scheint meine Lernfähigkeit von meinem Gedächtnisschwund nicht beeinträchtigt zu werden. Mein Held hat mir gesagt, daß ich stets lernen werden kann wie jetzt, nur werde ich nicht in der Lage sein, in Worten zu denken oder sie auszusprechen. Er blendet meine Englischkenntnisse aus und sein Heldenidiom ein. Danach wird er auch das Idiom ausblenden. Vielen Dank, Meister!

Und die Erde blendet er ebenfalls aus. Alles aus meinem früheren Leben verschwindet.

Ich versuche, mich an die Erde zu erinnern. Ich will die Erde nicht vergessen. Ich erinnere mich an meine Heimatstadt und die Maisfelder. Ich sehe die Nachmittagssonne über dem Kirchturm scheinen. Ich weiß noch, wo ich zur Schule gegangen bin. Ich erinnere mich, wie ich Benny am Handgelenk gepackt habe, als er mich küßte und gleichzeitig versuchte, meine Brust zu berühren. Das war in dem Gartenhaus neben den Fliederbüschen, hinter dem Haus der Yankovichs. Aber selbst wenn mein Leben davon abhinge, könnte ich mich nicht an den Namen meiner Heimatstadt erinnern. Wie konnte ich ihn nur vergessen?

Tag 5

Sin – die Sünde – ein wunderbarer Spitzname für diese Welt. Näher komme ich nicht an das Zischen und Grollen, das in der Heldensprache als Name für diesen Planeten durchgeht. Ich finde es hier fürchterlich.

Mittlerweile hege ich keine Hoffnung mehr, die *Shark* je wiederzusehen. Ich kann nur beten, daß die UNSN sie findet, wie man auch Sin gefunden hat, und sie in Fetzen schießt. Vielleicht wird es Meinem Helden niemals gelingen, den Hyperraumantrieb in Betrieb zu nehmen, aber darauf darf ich nicht bauen. Ganz gleich, was er beginnt, er führt es mit Besessenheit durch, und der Hyperantrieb geht ihm niemals aus dem Sinn. Diese fünfarmigen Mechaniker sind wirklich gut. Ich glaube, daß die kzintische Wissenschaft besser ist, als wir es vermuteten auf ... Verdammt, ich kann mich nicht einmal mehr an den Namen meiner Basis erinnern. Aber er beginnt einem J, da bin ich mir sicher.

Sie trägt den gleichen Namen wie der Felsen an der Einfahrt zum Mittelmeer. Morgen fällt er mir gewiß wieder ein.

Ich kann nicht beurteilen, ob Mein Held ein guter Wissenschaftler ist oder nur Mittelmaß. Ich weiß allerdings, daß die Hilfsmittel, die ihm zur Verfügung stehen, mir angst machen. Ich habe ihn Probleme in Angriff nehmen sehen, bei denen ich am liebsten hell aufgelacht hätte. Ich genieße jedesmal die Periode, in der er sich den Kopf zerbricht – und dann schaut er die Antwort einfach in seinem Apparat nach, paßt sie an seine Bedürfnisse an und stürzt sich auf das nächste Problem. Die Antwort auf seine Frage mag in der Arbeit eines obskuren kzintischen Gelehrten verborgen liegen, der lebte, als die Römer ..., wen überfielen? Wer auch immer sie waren ... und er kann die Antwort schneller einkreisen als ich einen Teller Suppe auslöffle. Ich habe selbst dann nur für einen Teller Zeit, wenn er mit der falschen Frage beginnt. Seine Suchfertigkeit gleicht seinen Mangel an Neugierde vollkommen aus. Gott steh uns bei, wenn die Kzinti den Hyperantrieb bekommen!

Vielleicht hängt es ja doch nicht von Wohl und Wehe der *Shark* ab. Mein Opa pflegte zu sagen, daß man mit einem einzigen Ziegel keinen Damm errichten kann. Da ... ich müßte mich doch an den Namen meines Großvaters erinnern können, aber es gelingt mir nicht. Er hatte einen weißen Bart und einen Gehstock mit Silbergriff. Oma? Sollte ich mich an eine Großmutter erinnern können? Solche Lücken sind es, die mich einfach wild machen!

Tag 12

Ich habe mein Tagebuch vernachlässigt. Brunhilde war krank. Mein Held hat mich überrascht und ließ auf dem Modell eines menschlichen Gehirns in seinem Apparat eine Simulation laufen und kam mit einer Medizin daher, die ihr tatsächlich hilft. Er sagt, es wird aber nicht lange so weitergehen. Brunhilde hat kein normales Gehirn mehr (sagt er). Irgend etwas darin läuft Amok und bringt alles irreversibel durcheinander. Eine Nebenreaktion eines Experiments vor langer Zeit.

Tag 17

Ich hätte im Leben nicht geglaubt, daß eine Rattenkatze einen Sinn für Schönheit besitzen könnte. Aber wenn Mein Held mich ansieht, dann weiß ich, daß er mich schön findet. Das war nicht immer so. Auf der Erde, ich erinnere mich an die Erde, gibt es Geschichten darüber, was mit Matrosen geschieht, die zu lange von ihren Frauen fort sind. Beginne ich meinen Helden schön zu finden? Er ist geschmeidig. Aber wenn ich ihn ansehe, wird mir schwindlig. Nach all den Jahren jagt er mir noch immer Todesangst ein. Ich wohne in einem Palazzo für Kzinrretti. Er hat mich hierhergebracht. Das macht mir noch viel mehr angst.

Tag 21

Heute führte Mein Held mich in die Stadt von Sin, um mir das Werk meiner Kameraden von der UNSN zu zeigen. Er hat einen unhandlichen, aber brauchbaren Druckanzug für mich zusammengebastelt. In den Weltraum möchte ich damit aber nicht gehen.

General Wieauchimmer hatte recht. Der Krieg ist die Hölle. Die Stadtteile rings um das Kraftwerk sind komplett vernichtet. Die Zerstörung ist so vollständig, daß der Schrecken mutiert und zu einer häßlichen, abstrakten Skulptur zusammengeschmolzen ist.

Aber es sind die weniger verwüsteten Bezirke von Sin, die mir eine Gänsehaut machen. Die konservierten Leichen machen daraus ein riesiges Kabinett des Entsetzens.

Eine lebhafte Erinnerung an die Erde blitzte auf. Einmal bin ich über ein Schlachtfeld aus dem Amerikanischen Bürgerkrieg gewandert. Es war nicht mehr als eine Ansammlung gehegter und gepflegter Bodenerhebungen, bei denen es sich vielleicht einmal um Stellungen gehandelt hatte, aber man mußte schon die Phantasie bemühen, um es sich vorzustellen. Die Tausende von Leichen, die einst über dieses Feld gebreitet gewesen sind, waren binnen Monaten spurlos verschwunden – fünf Jahrhunderte, bevor ich geboren wurde. Ich nehme an, daß die Stellungen und Schützengräben nach einem Jahr völlig in sich zusammengefallen und mit Unkraut überwuchert waren.

Hier gibt es kein Unkraut. Hier bleiben die Leichen erhalten, gefriergetrocknet und in den Gasen von Sin gebeizt. Wie lange wird es wohl dauern, bis dieser Schrecken beseitigt ist? Sin besitzt schließlich eine reaktive Atmosphäre. Und irgendwann wird der Flugstaub dieses Stück menschlich-kzintischer Geschichte ausgemerzt haben.

Ich kann kaum beschreiben, wie ich mich gefühlt habe, als ich an der Seite meines riesigen Helden durch das Halbdunkel in Chiirr-Nigs Haushalt schritt und mir vorzustellen versuchte, wie ein Kzintipatriarch den Haushalt leitete oder wie Mein Held als Kätzchen ausgesehen hatte. Er zeigte mir die Stelle, an der sein Vater den eigenen Sohn ermordet hatte, den Halbbruder meines machtgierigen Herrn. Bei diesem einen Ausflug bekam ich mehr seiner Gefühle zu Gesicht, als ich sie überhaupt je bei einem Kzin vermutet hatte. Recht förmlich stellte er mich seinem Vater vor, der in der Agonie des

Erstickungstodes erstarrt war und mit den Händen nach seiner Sauerstoffmaske griff. Überall finden sich ähnliche Beweise dafür, wie überraschend der Überfall gekommen ist.

Mein Held hat seiner Mutter schon vor längerem die Begräbnisriten erteilt. Seinen Vater wagt er nicht anzurühren.

Wir wandelten lange durch das alte Jotokigehege. Durch ein Loch in der Decke kletterten wir hinab. Warum wollte Mein Held mir die Stelle zeigen, an der er Schwer-zu-fangen zum ersten Mal zu Gesicht bekommen hatte? Er blieb dort gedankenverloren stehen, dann zeigte er mir all die Pfade, die Schwer-zu-fangen einst ihm gezeigt hatte. Ich kann mir kaum vorstellen, wie es hier gewesen ist, als es noch Wind und Gerüche gab, als die Blätter sich wiegten und neugeborene Jotoki aus den Sümpfen krabbelten. Ich sah nur den versteinerten Wald, der genausogut in der Hölle hätte stehen können. Aber wenn man unter dem Licht R'hshssiras geht, dann weiß man, daß man längst in der Hölle angekommen ist.

Warum zeigt er mir all dies, wo er es doch wieder aus meinem Verstand löschen und mir sogar die Fähigkeit nehmen wird, es in Gedichtform zu fassen?

Tag 62

Brunhilde ist heute gestorben. Dieser rattenschwänzige Siebte Sohn eines Ghouls wollte sie *fressen!* Gott weiß, wir sind knapp an frischem Fleisch. Ich mußte mich in einen Anfall steigern. Eine Kzinrret verfügt über eine seltsame Macht: Ich kann Meinen Helden anwüten, ohne seine Rage auszulösen. Er gibt mir dann einfach, was ich will. Wir haben Brunhilde verbrannt. Die Asche habe ich in eine zierliche kleine, mit Schnitzereien und Intarsien verzierte Schachtel gefüllt. Einst hat sie wohl einer adligen Kzinrret gehört, die in dem Palazzo wohnte, der nun mein ist. Irgendein Männchen muß ihr die Schachtel zum Geschenk gemacht haben.

Tag 63

Die Macht, die ich mit meiner Wut ausübe, ist begrenzt. Mein Held gibt mir nicht immer, was ich will. Schlagen würde er mich niemals, aber wenn ich eine Grenze überschreite, wird er ganz einfach starrsinnig: freundlich starrsinnig, amüsiert starrsinnig, arrogant starrsinnig, ärgerlich starrsinnig, passiv starrsinnig – mit anderen Worten, obstinat. (Wörter wie ›obstinat‹ notiere ich mir auf eine Liste, damit ich sie nicht vergesse. Diese Liste halte ich bei dem Tand verborgen, den kein Kzintosch jemals sehen darf.)

Worüber haben wir uns gestritten? Über ein Thema, das mir sehr am Herzen liegt: die Phase Zwo seines Angriffs gegen mein Gehirn. Er wird nun damit beginnen, meine Sprachfähigkeit nach und nach auszuradieren. Ich schätze, daß mir eine weitere ›Operation‹ bevorsteht. Er kann mich mit seinem Gerät, das die implantierten Drüsen in meinem Gehirn steuert, einfach abschalten. Wenn ich wieder zu mir komme, habe ich eine Gedächtnislücke, von der ich nicht weiß, wie groß sie ist. Ich kann nicht einmal sagen, ob ich nun operiert worden bin oder nicht.

Er nimmt keine chirurgischen Eingriffe an meinem Gehirn vor, sondern baut Nervenstrukturen ab und reorganisiert sie neu. Weil sich alle neuralen Netze solchen Veränderungen widersetzen, nimmt man die Wirkung als Übergang und nicht als Bruch wahr.

Er sagt, daß nichts schiefgehen könne. Daß die Sprachbegabung dem menschlichen Gehirn als letzte Neuerung zugefügt sei und daß sie sich daher am leichtesten abkoppeln lasse. Er sagt, ich bräuchte gar keine Sprache zum Denken. Selbstverständlich könnte ich nicht mehr *artikulieren,* was ich denke, und nicht den Gedankengängen anderer folgen, aber denken könnte ich noch immer! Großartig! Dann werde ich isoliert sein, das ist es nämlich! Und dann werde ich wirklich anfangen, Tand zu horten.

Mein Held schwört im Namen des Zähnefletschenden Gottes und bei den Zitzen seiner Mutter, daß er nicht mehr der Wilde Springer ist wie in seiner Jugend, als er all jene schiefgelaufenen Experimente an wehrlosen Waisenkindern unternahm. Er hat das, was er mir antun will, auf seinem Modell des menschlichen Hirns laufen lassen – das Modell hat er aus Informationen und Genomanalysen gebaut, die er dem Autodoc entnahm. Er sagt, er hätte das Modell gebaut, um mir Schmerz zu ersparen. Ich bekomme eine Apoplexie! (Hurra! Gestern habe ich den ganzen Tag lang versucht, mich an dieses Wort zu erinnern – »Apoplexie«! Ob ich es wohl richtig geschrieben habe?)

Manchmal liebe ich den Bastard als seltsamen Gefährten, mit dem das Schicksal mich zusammengeführt hat, aber ich würde Meinen Helden jederzeit töten, wenn ich eine Gelegenheit dazu erhielte. Das würde ich! Jawohl, das würde ich! Er sagt, deswegen müßte ich verändert werden, damit ich ihn nicht mehr genug hasse, um ihn umzubringen, damit ich nicht mehr intelligent genug bin, um mir einen Weg zu überlegen, ihn zu ermorden. Er begreift nicht, daß ich ihn nur deswegen umbringen will, um mich zu schützen! Er begreift einfach nicht, daß wir Freunde sein könnten. Ja, ich bin eine Art Besitz. Für ihn bin ich eine Sklavin.

Ich kann ihn nicht umbringen. Würde ich ihn töten, dann brächten seine Jotoki mich auf der Stelle um. Ich könnte selbstverständlich versuchen, sie ebenfalls zu töten. Großartig. Ich und die epileptische Jacin gegen den Rest des Universums.

Mein Held hat mir wirklich den Kopf getätschelt, dieser paternalistische ... Ich Arme, was immer er tut, es funktioniert, ich kann mich an mein Navy-Vokabular überhaupt nicht mehr erinnern, und ausgerechnet damit verstand ich am besten zu fluchen!

»Na, na«, sagte er. »Deine Persönlichkeit zu ändern, ist sehr schwierig. Ich habe es viele Jahre lang an mir selbst versucht und bin oft daran verzweifelt, aber ich ließ mich nicht beirren und habe am Ende triumphiert. Auch dir wird es gelingen.« Er denkt, Intelligenz bei einer Frau sei eine Krankheit, die geheilt werden kann.

Ich für mein Teil denke über Mord nach! Das heißt, wenn ich gerade nicht weine.

Jacin folgt mir auf Schritt und Tritt. Sie will mich einfach nicht alleinlassen.

Wenn ich schlafe, kriecht sie zu mir ins Bett. Wenn sie merkt, daß ich allein sein möchte, verbirgt sie sich in meinem Rücken, so daß ich sie nicht sehen kann. Einmal habe ich sie unter meinem Kissen und ein anderes Mal hinter den Vorhängen entdeckt.

Tag 243

Wie soll ich es ihm nur begreiflich machen?

Meine Intelligenz ist alles, was ich noch habe. Die Sprache ist mir ein Tor, um die Welt in größeren Zusammenhängen zu erfassen. Irgendwo in seinem Herzen muß es doch einen Funken Erbarmen geben???????? Ich versuche, mich an Erde zu erinnern. Ich weiß nicht mehr, ob Ceres in New York oder in San Francisco liegt.

Nach Tag 479 verlieren Lt. Argamentines Tageszählungen an Zusammenhang, und oft fehlen sie ganz. Im folgenden einen der letzten Tagebucheinträge.

Tag ist ein schönes Wort. Es gibt Nacht und Tag.

Er sagte, ich werde 500 Wörter kennen. Ich weiß mehr Wörter spricht Kzinrret nicht. Ich versuchte mich an Erde zu erinnern. Ich sah Maisfelder. Ich sah einen roten Schal. Maisfeld Maisfeld Maisfeld Maisfeld Ähre mit gelben Mais, roten Schal roten Schal roten Schal um den Hals, erinnere nur Tatsachen. Erde ist 4,3 Lichtjahre von Wunderland. Erde dreht sich im All. Schöne drehende Welt. Maisfeld Maisfeld Maisfeld. Erinnere mich an

Anblick von Erde vom Weltall. Erde ist blau mit Wolken. Schöne Erde.

An Sin erinnere ich mich. Tod in Sin. Mein Held läßt mich nicht englisch sprechen. Schreibe geheimes Wörterbuch Helden-Englisch. Mnemotechnischer Trick. Ich bin schlau. Schlaue Nora. Schlau ist ein schönes Wort. Kann englisch lesen. Üben. Tag und Nacht üben. Heldensprache spreche ich gut, spreche mit Zisch und Fauch. Englisch spreche ich kaum. Schreibe Englisch, weil ich übe. Üben. Nora ist schlau. Jetzt schreibe ich ein paar Wörter auf die ich behalte.

Füller Tasche Shepherd's Pie Mikroskop Ultramarin Harmonieren Klo Joystick Windmühle Insekt Krabbeln Maisfeld Müde Wolkenkuckucksheim Liegtmiraufderzunge Tanj ...

Das Nora-Tier schritt durch ihren Palazzo. Jedesmal, wenn sie an den großen, kreisförmigen Teppich kam, umschritt sie ihn wieder und wieder, denn dadurch schien sie ihre Gedanken sammeln zu können. Sie konzentrierte sich. Sie trug eine Hose, das ließ sie sich nicht abgewöhnen. Ein Mädchen mit schmalem Gesicht, nackt und ohne Fell, folgte ihr dichtauf und klagte gelegentlich in der Weibchensprache.

Die haarige Frau vergaß das Mädchen niemals und streichelte ihm manchmal über den Schopf, aber sie war beschäftigt und mußte sich konzentrieren. Was sie sagen wollte, lag ihr auf der Zunge, aber sie kam einfach nicht darauf. Einfache Worte der Heldensprache gerieten ihr immer wieder in die Quere. Sie mußte sich konzentrieren.

Sie machte eine Pause und aß etwas. Dann fütterte sie das Mädchen und säuberte die Küche. Daraufhin streifte sie durch den Palazzo und räumte alle Zimmer auf. Dann kehrte sie zielstrebig zu ihrem Gedankengang zurück.

Es begann mit einem Spucken.

Das wußte sie genau. Am Ende schlich sich ein breites Grinsen auf ihre Züge, und tiefe Grübchen erscheinen auf ihren Wangen. Sie sprach das Wort laut aus und genoß seinen Klang, alle vier Silben. Das Wort begann tatsächlich mit einem Spucken, und in der Mitte war ein Zischen! Hatte sie es doch gewußt! Sie wiederholte das englische Wort ständig, damit sie es schneller lernte als vergaß.

Als sie sich der Beherrschung des Wortes gewiß war, ging sie in die kleine Nische und suchte sich aus den hübschen Spielzeugen das Buch heraus. Sie schlug es auf einer leeren Seite auf, dem Niedergeschriebenen schenkte sie keine Beachtung, denn die Worte besaßen für sie keine Bedeutung mehr.

Es fiel ihr sehr schwer, sie auszusprechen, aber sie wußte, daß es sich um Worte handelte gleich dem Zisch-Stakkato ihres Helden.

Sie nahm den Stift und schrieb ihr Wort sorgfältig auf, achtzehnmal, und jedesmal sprach sie es lächelnd laut aus. Sie wußte ganz genau, was es bedeutete. Das Abbild stand ihr vor Augen. Es war wichtig, weil es sich *nicht* um ein Heldenwort handelte. Dann versteckte sie Buch und Stift wieder. Dieser Eintrag in das Tagebuch sollte der letzte sein.

Sie vermochte ihr Lächeln nicht zu bremsen. Keine Kzinrret lächelte jemals wie sie; in ihren Köpfen war solch ein Lächeln einfach nicht vorgesehen. Ungeduldig wartete sie darauf, daß Ihr Held sie besuchte. Er legte sich immer mit ihr ins Bett, streichelte ihr das Fell und vermittelte ihr ein Gefühl des Behagens.

Als sie ihn am Eingang hörte und die Geräusche der Luftschleuse ertönten, begann sie, vor sich hinzumurmeln. Diesmal ging sie ihm nicht entgegen, sondern wartete geziert darauf, daß er zu ihr in den steinernen Raum mit dem runden Teppich kam, wartete, bis er sich neben ihr niederließ, bevor sie sich ihm zuwandte und ihm mit einem siegesfrohen Grinsen ihr Wort direkt ins Gesicht sagte.

»Tausendfüßler«, zischte sie. Ganz deutlich stand ihr das Bild vor Augen, das Bild eines kleinen Tausendfüßlers mit einem Pelz aus Beinchen, Beinchen und Beinchen.

Zwölf Jahre lang verbrachte die Besatzung der *Nistende Reißzahnmutter* in den Ruinen der Hssin-Kolonie und lebte abwechselnd auf dem Schiff und in den wieder benutzbar gemachten Gebäuden. Die Jotokisklaven des Kzins reparierten als erstes den Rumpf der *Shark,* die Geheimnisse des Hyperraumantriebs erschlossen sich nur langsam. Ohne ein Bedienungs- und Reparaturhandbuch der UNSN dauerte die Lösung von Problemen, die ansonsten nach Tagen beseitigt gewesen wären, ganze Jahre.

Ausbilder-der-Sklaven fand heraus, wie sich das Nora-Weibchen mit Sperma, das er seinen früheren Versuchstieren entnommen hatte, schwängern ließ. Entzückt entdeckte er, was er tun mußte, damit es bei jeder Schwangerschaft zur komplikationsfreien Geburt eines Sohnes und einer Tochter kam. Jacin starb an einem Gehirnschlag. Nora vergaß das Mädchen niemals und beschützte ihre Zwillinge mit entschlossener Wildheit. Sie liebte Ihren Helden, aber unter keinen Umständen hätte sie ihm Kinder anvertraut.

In jenen zwölf Jahren, die das Exil andauerte, mußten die Flüchtlinge von Alpha Centauri sich nur ein einziges Mal vor einem patrouillierenden Schiff der UNSN verbergen. Zwei Kzintischiffe trafen im Sonnensystem ein und ergriffen die Flucht; eine ahnungslose Flottille näherte sich Hssin – vermutlich nicht einmal darüber informiert, daß ringsum ein überlichtschnell geführter Krieg tobte –, und lief während des Abbremsens in einen Hinterhalt der UNSN. Sie wurden bis zum letzten Kzin vernichtet, wie später ein vorsichtiger Vorstoß der *Mutter* ergab.

Die letzten Erprobungen an der restaurierten *Shark* nahmen drei Monate in Anspruch. Ausbilder-der-Sklaven vermutete nicht im entferntesten, daß der Krieg bereits vorüber sein könnte.

28

(2435 n. Chr.)

Beim vierten Austritt aus dem Hyperraum war die Sonne W'kkais noch zwei Lichttage entfernt und stand als hellster Stern am Himmel. Bis nach Hssin waren es fünfzehn Lichtjahre, die sie in der erstaunlich kurzen Zeit von vierundvierzig Tagen zurückgelegt hatten. Das Reich des Patriarchen würde nie wieder sein wie zuvor! Sie hatten das mächtige W'kkai erreicht.

Ausbilder-der-Sklaven hielt kurz inne, um sich die Bedeutung des Augenblicks bewußt zu machen. In den vor Gerüchten brodelnden Bazaren dieses ruhmreichen Sonnensystems hatte der große Chuut-Riit zum ersten Mal die Witterung der Menschentiere aufgenommen und Pläne zum größeren Glanz des Patriarchen geschmiedet. Im gleichen Jahr war dem Mickerling aus dem jüngsten Wurf Hamarrs der Schönen der Name Kleinsohn von Chiirr-Nig gegeben worden. Niemand hatte mit seinem Überleben gerechnet – bis auf seine fürsorgliche Mutter.

Neunzehn Jahre hatte Chuut-Riits Karawane gebraucht, um von W'kkai aus den Vorposten Hssin zu erreichen. Von Hssin aus hatte Kleinsohn von Chiirr-Nig achtundfünfzig Jahre benötigt, um zum legendären W'kkai zu gelangen – mit Hilfe einer Abkürzung, die am Ende nur vierundvierzig Tage dauerte.

Wie war es den Kriegern aus den Häusern Riit und Nig ergangen? Chuut-Riit war tot, seine Söhne ebenfalls, sein Gefolge abgeschlachtet. Chiirr-Nig, der sich entschlossen hatte, auf Hssin zu bleiben und noch mehr Söhne zu zeugen – tot. Seine Brüder trieben als verbrannte Leichen auf einsamen Umlaufbahnen um Menschensonne oder waren auf Ka'ashi gefallen. Seine Kriegersöhne waren auf den Schiffen der Vierten Flotte oder beim letzten mutigen Kampf bei den Sonnen Ka'ashis den Märtyrertod gestorben.

Ein einziger von Chiirr-Nigs Söhnen hatte überlebt. Nur einer, der Mickerling, der verkümmerte Kleinsohn, Der-Gras-ißt. *Der Überlebende.*

Das Nora-Tier neben ihm säugte ihr drittes Zwillingspärchen an milchgeschwellter Brust und zeigte sich vom Anblick des Firmaments fasziniert wie immer. Die Sichtblenden, die während der Reise durch den Hyperraum die Luken verdeckten, mochte sie gar nicht, auch nicht das Halbdunkel der elektrischen Beleuchtung in der Kabine. Die Grübchen auf ihren Wangen verrieten Ausbilder-der-Sklaven, daß sie sich freute, weil sich die Welt ihr wieder geöffnet hatte.

In Noras Pelz stand leicht der Geruch nach menschlichem Urin – die Windeln des Jungen mußten gewechselt werden. Das Mädchen schlug die Augen auf, rülpste, schloß sie wieder und saugte weiter. Sie würde gewiß zu einer Schönheit heranwachsen und sollte sich gut vermarkten lassen, wenn es Ausbilder-der-Sklaven gelang, ihre Sprachentwicklung bei einem Vokabular von fünfhundert Wörtern anzuhalten.

Das Weibchen mit dem weichen Pelz fand, daß sie mit Netter-Gelber sehr geduldig gewesen sei, aber einmal mußte es genug sein! Ex-Lieutenant Argamentine wollte den großen Raum zurück mit seinen Farben und Fellen und Babybetten. Wo waren ihre anderen Babys? Ihr war so unbehaglich zumute, wenn sie sie eingefroren in der Frachtkammer liegen sah. Sie bewegten sich nicht einmal!

Böser Netter-Gelber! Er pferchte sie alle schon viel zu lange in seinem dummen Schiff ein. Armer Schwer-zu-fangen, lustiger Schwer-zu-fangen, der hatte dort hinten gar nicht genug Platz, um die Arme auszubreiten. Es war schön, daß die Sterne zurück waren, aber damit hatte der große, alte Netter-Gelber sie schon einmal hereingelegt. Daß Sterne am Himmel standen, bedeutete noch lange nicht, daß sie schon zu Hause waren. »Wir zu Hause?« fragte Nora mit den schlichten Zisch- und Fauchlauten der Weibchensprache. An Englisch erinnerte sie sich überhaupt nicht mehr.

Der Kzintikrieger verbrachte einen ganzen Tag damit, den Himmel abzusuchen. Er hielt Ausschau nach dem Gravitationsimpuls eines Schiffes der UNSN und sorgte sich, daß die Äffchen die gleiche Verwüstung über W'kkai gebracht haben könnten wie über Hssin. Aber wahrscheinlich war das nicht. Darum hatte er ja gerade Kurs auf W'kkai genommen. Die UNSN-Schiffe konnten die Welten des Patriarchats umgehen, ganze Sonnensysteme belagern und den Handel blockieren. Aber eine Belagerung war noch keine Eroberung, und das Sonnensystem von W'kkai besaß genügend Ressourcen, um jeder Belagerung standzuhalten, und sollte sie ein Dutzend Generationen währen!

Die Sensoren der *Shark* entdeckten nur Kzinti.

Er drang behutsam in das Sonnensystem ein und folgte dabei dem Plan, den er Lieutenant Argamentine entlockt hatte; er benutzte das gleiche Manöver, mit dem sie sich an das feindliche Alpha-Centauri-System angeschlichen hatte.

Wieder sprangen sie und gingen einen Lichttag dichter hinan. Schwer-zu-fangen brauchte eine halbe Stunde für den Phasenabgleich des Antriebs, die Reise durch den Hyperraum dauerte nur fünfzehn Minuten.

W'kkai! Ausbilder-der-Sklaven sah vor seinem geistigen Auge bereits seinen prächtigen, edlen Haushalt hinter hohen Steinmauern. Am Haus würde sich ein gewaltiges Jotokigehege befinden, größer als der ganze Auslauf auf Hssin. Für die Menschensklaven würde er einige hübsche kleine Bungalows errichten. Einen gemeinsamen Schlafsaal würden sie auch brauchen, Äffchen waren Herdentiere.

Und dann der Palazzo für seine Kzinrretti: ein Wunder aus behauenem rotem Sandstein, hohe schmiedeeiserne

Laufstege, strahlende Lichtschächte, alles im Stile W'kkais; das Gebäude durchzogen von kühlen Innengängen und labyrinthischen Piazzen für die Hetz- und Springspiele. Fast stand ihm der Duft von Kzinrrettipelzen in der Nase. Um seinen Harem zu füllen, würde er in die edelsten Haushalte gehen – Holzschnitzereien, kostbare Wandbehänge, Trophäen, uralte Familienerbstücke – und dort unter den Lieblingstöchtern auswählen können.

Noch nahm die *Shark* nichts auf außer dem elektromagnetischen Lärm einer blühenden Zivilisation und den charakteristischen Gravitationssignaturen des polarisatorbetriebenen interplanetarischen Handelsverkehrs.

Noch ein Sprung, und sie würden sich in der Nähe eines Militärstützpunktes befinden.

Ausbilder-der-Sklaven strahlte einen Identifikationscode ab, dem man seine Altehrwürdigkeit im Gebrauch zwischen den Welten des Patriarchats schon allein daran ansehen konnte, daß er mit Hilfe einer Mathematik beschworen wurde, der die Zahl 25 zugrunde lag – und das bedeutete wahrscheinlich, daß er von den alten Jotoki entwickelt und dann den Kzinti beigebracht worden war, als letztere noch als Söldner dienten. Die Benutzung des Codes erforderte jedenfalls schier unerträgliche Schwanzverrenkungen. Doch in einem Reich mit unterlichtschnellen Nachrichtenverbindungen lassen sich die zugrundeliegenden Bestimmungen nur sehr schwierig ändern.

Bei den Menschenäffchen war es nicht viel anders. Ausbilder-der-Sklaven hatte sich oft gefragt, weshalb die Navigationsinstrumente der *Shark* in solch merkwürdigen Intervallen von vierundzwanzig oder sechzig kalibriert und aufs Dezimalsystem angepaßt waren. An sich war es schon ein kleines Wunder, daß er W'kkai überhaupt gefunden hatte, wo er doch auf diese Instrumente angewiesen war.

Der Gebrauch spiegelte wahrscheinlich etwas wider,

das die Menschen von ihren Schimpansenahnen geerbt hatten.

Ausbilder-der-Sklaven erwartete keine rasche Antwort auf sein Signal. Die *Shark* war elf Lichtminuten von der nächsten militärischen Einheit der Kzinti entfernt, also weit außerhalb der gefährlichen Reichweite, in der die Kzinti von W'kkai erst springen und dann Fragen stellen könnten. Er mußte wenigstens zweiundzwanzig Minuten auf eine Antwort warten.

Und schließlich traf diese Antwort ein. Auf Englisch. »Kppukiss-Wächter spricht. Ihr Identifikationscode paßt nicht zu Ihrem Schiffstyp. Sie strahlen das Neutrinoprofil eines UNSN-Geisterschiffs ab. Im Augenblick dringen Sie unerlaubt, ich wiederhole, *unerlaubt* in die Puffersphäre ein, die W'kkai zusteht nach dem MacDonald-Rishshi-Friedensvertrag aus dem zweitausendvierhundertunddreiunddreißigsten Jahr nach der Folterung des Gezähnten Vaters, des Äffchensohnes und des Ungesehenen Großvaters.« Der Rest der Nachricht blieb unausgesprochen, die Drohung aber war unmißverständlich: Innerhalb der Puffersphäre existierte der Friedensvertrag nicht. Gut – das hieß, sie befanden sich in von Kzinti kontrolliertem Weltraum.

Ausbilder-der-Sklaven beschloß, daß es an der Zeit war, sich einen neuen Namen zuzulegen. Denn dann würde er niemals seine alten Dienstnamen erwähnen müssen – und niemals könnte sie jemand fallenlassen, um ihn zu beleidigen. Selbstbeförderung war im Patriarchat nichts Unbekanntes – ein Held mußte nur die schnellen Krallen haben, um sie durchzusetzen. Und dieser Held besaß Krallen, die schneller als das Licht zuschlugen!

»Lord Grreff-Nig bestätigt Empfang, Kppukiss-Wächter. Hier spricht Grreff-Nig. Grreff-Nig empfängt dich.« Indem er diesen Namen annahm, ehrte er seinen Mentor Grreff-Hromfi (aus Zuneigung) und seinen Vater Chiirr-Nig (aus Trotz). Er beabsichtigte, für den Rest seines

Lebens die Weisheit des Grreff zu verbreiten und ein solch glänzender Nig zu sein, daß alle anderen Nig, besonders aber sein Vater, am Firmament verblaßten.

Seine Richtstrahlbotschaft ging weiter: »Ich, ein Diener des Patriarchen, reise in der Tat in einem Schiff der UNSN, das ich geborgen habe, und bewege mich frei von den Banden der Photonen. Wir kommen aus den Ruinen des Ka'ashi-Systems und dem Martyrium von Hssin. Das Licht kann die Kunde von jenen fernen Jammern noch nicht nach W'kkai getragen haben, und ihr werdet nur wissen, was euch die Menschentiere gesagt haben, jene Kreaturen, die überlichtschnell reisen und doch Lügen erzählen, wie es ihnen gerade in den Sinn kommt.

Grreff-Nig beabsichtigt, sich auf den üppigen Prärien von W'kkai niederzulassen und eine neue Generation von Kriegern heranzuziehen, wofür ich die Unterstützung eurer herrlichen Töchter benötige.

In Armut und mit Wehklagen komme ich von verwüsteten Welten. Mit mir bringe ich nur einen Überlichtantrieb und einen funktionstüchtigen Hyperwellenempfänger, die ich beide nicht ohne die Hilfe der Gelehrten von W'kkai begreifen kann, und die keiner der Gelehrten von W'kkai je entschlüsseln kann ohne die Frucht der fünfzehn Jahre voller Schweiß und Gedanken, die ich und meine Sklaven diesen Aggregaten gewidmet haben.

In Armut komme ich, ohne ein Gefolge aus Kriegern, und bringe das Andenken gefallener Helden mit mir. Mein bescheidenes Vermögen ist auf zehn Jotokisklaven mechanischer Prägung zusammengeschrumpft, die Gravitations- und Überlichttechnik beherrschen, sowie ein Zuchtweibchen einer neuen Sklavenrasse und ihrem Wurf aus sechs Sklavenkindern.

Lord Grreff-Nig erbittet volles militärisches Geleit nach W'kkai. Das Schiff *Shark* ist unbewaffnet. Eure Helden sind zur Inspektion an Bord willkommen. Lord Grreff-Nig Ende. Warte auf Antwort.«

Vor Furcht zitterte Grreff-Nig fast. Nach fünfzehn Jahren ohne Kontakt zu anderen Kzinti hatte er vergessen, was dieser Kontakt bedeutete. Der ängstliche Kleinsohn war von der Rede beeindruckt gewesen, aber es hatte ihn verstört, daß sie aus seinem eigenen Mund gekommen war. Ausbilder-der-Sklaven war heilfroh, daß die Krieger von W'kkai die Angst in der Kabine der *Shark* nicht riechen konnten. Er mußte von Nora eine Massage mit Talkumpuder verlangen, um das Fell vom Beweis der Feigheit zu befreien. Wenige Minuten bevor die anderen an Bord kamen, würde er die gesamte Atemluft der Kabine durch frische ersetzen.

Der nächste Kontakt würde wahrscheinlich visuell ablaufen. Damit hatte er noch zweiundzwanzig Minuten, um sich anzukleiden. Er zog den Koffer hinter dem Kasten hervor, der auf We Made It hergestellt worden war, und hob den besten Staat hervor, den er in den Ruinen von Hssin gefunden hatte.

Grreff-Nig hatte eine frische Livree für Schwer-zu-fangen, der oben auf dem Hyperantrieb saß, den Mund auf das Aggregat gelegt, drei Gehirne schliefen, die beiden anderen Arme hielten die schlummernden Babys. Diese Pose mußte geändert werden. Er wollte, daß seine Sklaven als wohlerzogene Tiere erschienen. Er kämmte dem Nora-Tier das Fell auf Oberkörper und Armen, bis der weiche Flaum glänzte. Er tat gerne etwas für sie, das bereitete ihm Befriedigung. Sie vermochte an *seinem* Fell wahre Wunder zu wirken. Er reichte ihr die neuen Spitzenbänder für ihr Videodebüt. Sie legte sie an, und dabei zeigten sich Grübchen auf ihren Wangen. Das bedeutete, die Bänder gefielen ihr. Was Video war, begriff sie selbstverständlich nicht.

Ich bin verrückt geworden vor lauter Einsamkeit, dachte Grreff-Nig. *Ich liebe meine fünfarmigen Söhne und meine wunderschöne Menschenkzinrret.* Eine Bindung zu Sklaven aufzubauen, galt unter den Kzinti als Schande, aber dieses Risiko mußte ein Sklavenherr eben eingehen.

Die zweiundzwanzig Minuten waren vorüber, und

das Funkgerät erwachte zum Leben. »Geehrter Grreff-Nig! Der unwürdige Kppukiss-Wächter entsendet Euch eine Militäreskorte aus sechs *Racheschreien*. W'kkai heißt seinen Helden in der Not willkommen. Unser Reichtum gehört Euch! Meine einzige Tochter wird Eure Liege schmücken. Eintausend unserer Söhne sollen Eure Ehrengarde bilden ...«

Obwohl Schwer-zu-fangen zum größeren Teil schlief, hatte Kurzer(Arm) die Situation im Auge behalten. »Dominanter Herr, laß dieses ganze Schtondat-Exkrement nicht deine Leber überhitzen!«

»Reise vorbei?« fragte Nora fröhlich.

Grreff-Nig schlug gegen die Kiste, die von We Made It stammte, und rief auf englisch aus: »We Made It!«

Nora verstand kein Wort, aber sie wußte, was sie zu tun hatte, und kuschelte sich an Netter-Gelber. »Mein Held«, fauchte sie schnurrend in ihrem bezaubernden Menschenakzent.

ENDE

GREG BEAR & S.M.STIRLING

DER MANN, DER KZIN SEIN WOLLTE

Ins Deutsche übertragen
von Rainer Schumacher

»Ich bin der Herr einer Flotte aus Transportern, Versorgungsschiffen und Wracks!« brüllte Kfraksha-Admiral. »Kein Wunder, daß die Erste Flotte nicht zurückgekehrt ist. Unser Nachrichtendienst hat behauptet, diese *Menschen* seien Grasfresser ohne Waffen, die ihrer Namen nicht wert wären, und doch haben sie ein Viertel unserer gesamten Streitmacht vernichtet!«

Kfraksha-Admiral richtete den Blick auf das Holodisplay vor ihm; es war auf Außensicht geschaltet und zeigte nur helle, regungslose Lichtpunkte und die Schemata der mehreren hundert Schiffe, die gemeinsam die Zweite Flotte bildeten. Hier, jenseits der Umlaufbahn des Neptun, war die Sonne der Menschen nicht mehr als nur ein weiterer Stern unter vielen ... *Wir werden euch schon noch fressen,* schwor Kfraksha-Admiral im stillen. Das Auge eines Raumfahrers vermochte anhand der Darstellung die Sonnen der Welten zu identifizieren, welche zum Patriarchat gehörten; doch es gab noch weit mehr Welten, die sie noch nicht einmal besucht hatten oder die zu erobern ihnen noch nicht gelungen war wie beispielsweise die Widerstandsnester der Pierin im Zeta-Reticu-li-System. *Ja, ihr, und alle wie ihr!* So viele Sonnen, so viele ...

Der Kzintikommandant schlug nicht mit dem Schwanz – über ein solches Verhalten war er erhaben; statt dessen hatte er das rosafarbene Anhängsel steif in die Höhe gehoben, während er auf dem Kommandodeck der *Söhne, die mit blutigen Fängen kämpfen* auf und ab marschierte. Das orangefarbene Fell auf der stumpfen Schnauze des Admirals sträubte sich, und mit dem rötlichen Lappen, den er Zunge nannte, befeuchtete er ständig die schwarzen Nüstern. Klugerweise bewahrten die anderen Kzinti auf der Brücke Schweigen und zwangen sich dazu, die fledermausartigen Ohren aufrecht zu halten, auch wenn sie der würzige Geruch des Zorns ihres Kommandanten dazu reizte, sie anzulegen. Die Niederrangigeren kauerten über den Konsolen und Displays ihrer Stationen und suchten Zuflucht in ihrer Arbeit, während die Stabsoffiziere sich um die zentrale Displaysäule herum auf den Boden geworfen und das Gesichtsfell angelegt hatten. In übertriebener Unterwürfigkeit bedeckte Adjutant-des-Kommandanten sogar mit den Pranken die Nase; irritiert trat ihm Kfraksha-Admiral in die Rippen, als er an ihm vorüberging. Dies verschaffte dem Admiral allerdings keinerlei Befriedigung, denn jeder auf der Brücke trug einen Raumkampfanzug – nur die Helme hatten sie abgelegt –, aber wenigstens rutschte Adjutant-des-Kommandanten ob der Wucht des Tritts einen Meter übers Deck.

»Nun? Berate mich«, spie der Kzintiadmiral. »Aus dem Verlust eines ganzen Kreuzergeschwaders der *Bauchschlitzer*-Klasse muß man doch *irgend etwas* lernen können.«

Reawii-Nachrichtenanalytiker hob die buschigen Augenbrauen und blies die Lefzen auf.

»Frrr. Die ... rrr, die Menschen betreiben einen großen Aufwand, um die Monde des Gasriesen zu verteidigen, da deren Ressourcen für sie von entscheidender Bedeutung sind.«

Der Nachrichtenoffizier fuhr fort, während Kfraksha-Admiral die Zähne fletschte. Reawiis Heimatakzent irritierte den Admiral – bestenfalls. Reawii-Nachrichtenanalytiker war von höherer Geburt, als sein Rang vermuten ließ, und es wäre äußerst dumm von ihm gewesen, seinen Kommandanten zu verärgern, der sich seinen Rang erarbeitet und nicht ererbt hatte und der stolz darauf war. Also setzte er seinen Bericht rasch fort, verzichtete darauf, das Offensichtliche zu erklären und wandte sich Einzelheiten zu.

»Ihre Laser haben mit geradezu unheimlicher Präzision gefeuert. Wir waren auf Waffen dieses Typs unvorbereitet, da solch große, stationäre Installationen nur selten einen taktischen Wert besitzen; deshalb haben unsere Späher auch keine Verteidigungsanlagen gemeldet. Es wäre das Risiko wert, weitere Flotteneinheiten abzustellen, um von Wracks und möglichen Überlebenden auf den entsprechenden Flugbahnen soviel Informationen wie möglich zu sammeln.«

Kfraksha-Admirals Gesichtsfell kräuselte sich in Mustern, die einem menschlichen Nicken entsprachen.

»Bereite eine Zusammenfassung der geplanten Operationen zur Bergung von Daten und Überlebenden vor«, sagte er – dann hielt er inne. Nun *schlug* sein Schwanz hin und her, sei es aus Sorge oder vor Konzentration. »Hrrr. Es ist an der Zeit, daß wir aufhören, uns von den Erdaffen überraschen zu lassen; statt dessen müssen wir uns im langen Gras anschleichen und unbemerkt zum Sprung ansetzen. Beschafft mir die Liste aller astronomischen Anomalien in diesem System.«

Auf eine Geste des Admirals hin erhoben sich die Stabsoffiziere und gingen davon. Kfraksha-Admiral starrte weiter auf die Display-Säule und drückte einige Tasten, um einen genaueren Blick auf den Affenplaneten werfen zu können. Blau und Weiß, mehr Ozean als auf der Heimatwelt und eine etwas geringere Gravitation. Eine reiche Welt.

Eine weiche Welt – zumindest behaupteten das die Telepathen. Keine Waffen: eine Rasse, die so schamlos war, daß sie vorsätzlich den ehrenhaften Weg des Krieges mied. Tausende und Abertausende von Affen lebten dort. Unbewußt leckte sich Kfraksha-Admiral die Lefzen. *Um so mehr zu fressen.*

Doch die Beute war gewarnt und vorsichtig geworden. Kfraksha-Admiral mußte den Sprung noch hinauszögern – auch wenn ihm dies ein Gefühl bescherte, als drücke er sich die Kehle mit den eigenen Pranken zu.

»Ich brauche *Wissen*, bevor ich kämpfe«, murmelte er.

Er war der perfekte Spion.

Er hätte auch der perfekte Saboteur sein können.

Lawrence Halloran war ein starker Telepath.

Mit Leichtigkeit konnte er die Gedanken der meisten Leute lesen, und auch in den Geist der wenigen, bei denen ihm dies nicht sofort gelang, vermochte er nach ein, zwei Wochen der Konzentration einzudringen. Indem er sich das zunutze machte, was er in den Gedanken anderer fand, war Halloran dazu in der Lage, seinem jeweiligen Gegenüber als wer oder was auch immer zu erscheinen.

Auch konnte er seinen Zielpersonen – oder Opfern – eine beliebige körperliche Erfahrung suggerieren. Zu diesem Zweck verließ er sich zumeist auf Autosuggestion; bisweilen reichte es aus, wenn er den Opfern einen unterbewußten Anstoß gab, und sie glaubten tatsächlich, ein bestimmtes Gefühl zu empfinden. Das Problem war nur, daß die Erde des 24. Jahrhunderts wenig Verwendung für Spione und Saboteure hatte. Seit 300 Jahren herrschte Frieden. Allen ging es gut; viele waren sogar reich. Zwar war der Planet ein wenig übervölkert, doch wenn das jemandem nicht gefiel, konnte er ja gehen. Psychiker und Autodocs sorgten dafür, daß niemand für längere Zeit unglücklich war oder gar gewalttätig wurde. Die meisten Menschen waren sich nur vage bewußt, daß es jemals anders gewesen war, und das die ARM, die Technologie-Polizei der UN, dafür sorgte, daß es auch so blieb. Es war die Aufgabe der ARM, alle revolutionären Gedanken zu unterdrücken, die den bequemen Status quo gefährden könnten.

Lawrence Halloran besaß eine außergewöhnliche Fähigkeit, die vollkommen nutzlos zu sein schien. Beim allerersten Mal hatte er sein Talent auf ausgesprochen würdelose Art und Weise eingesetzt: Während einer der Unterrichtspausen war er seinen Mitschülern in der Pacific Grove Secondary School auf dem Hof als Direktor erschienen – nackt. Nur knapp war der Direktor anschließend einer fristlosen Kündigung entgangen, denn zur fraglichen Zeit hatte er sich mit fünf Kollegen in einer Konferenz auf der anderen Seite des Campus befunden. Dieses Alibi hatte ihm Job und Ruf gerettet. Hallorans Geheimnis war nie enthüllt worden, doch an jenem Tag hatte er eine wichtige Lektion gelernt: Törichte Anwendung seines Talents konnte schwerwiegende Konsequenzen nach sich ziehen. Er war erzogen worden, bei jedem noch so kleinen Anzeichen von Aggression Schuldgefühle zu entwickeln. Kinder, die auf dem Schulhof rauften, betrachtete er als Verrückte, die dringend behandelt werden mußten.

Am Ende des Langen Friedens glich die menschliche Gesellschaft einem großen Ameisenhaufen: Wenn man unerwartet einen Stock hineinsteckte, konnte die Hölle ausbrechen; und wehe dem Mann, der den Stock geführt hatte, wenn er lange genug in der Gegend blieb, bis die Ameisen den Stock emporgeklettert waren.

Daß Halloran sich als Kind seiner ungewöhnlichen Fähigkeit noch nicht bewußt gewesen war – tatsächlich hatte er sie erst mit sechzehn entdeckt –, kam einem Wunder gleich.

Ohne Zweifel war das Talent auch vorher schon in irgendeiner Form vorhanden gewesen, doch es hatte sich erst fünf Jahre nach dem Beginn der Pubertät bemerkbar gemacht; bis dahin hatte es sich versteckt.

Zunächst hatte Halloran es als erregend empfunden, ein solch ›wildes‹ Talent zu besitzen. Nach dem Schuldirektor-Fiasko und einigen noch seltsameren, wenn auch weniger törichten Manifestationen (ein Dinosaurier auf der Straße, Jesus in einer Sakristei), und nach einer Reihe romantischer Erfolge, die allgemeines Erstaunen erregt hatten, hatte Halloran etwas durchgemacht, was man wohl am ehesten mit einer religiösen Bekehrung hätte vergleichen können. Halloran hatte erkannt, daß er sein Talent nicht anwenden konnte, ohne sich selbst zu zerstören, ebenso wie jene um ihn herum. Das einzige, wozu das Talent gut war, waren Täuschung und Herrschaft über andere.

Er begrub es. Er studierte Musik und spezialisierte sich auf Haydn.

In seinen Träumen *wurde* er Haydn. Das war besser, als er selbst zu sein.

Wenn er nicht gerade schlief, war er lediglich Lawrence Halloran Jr., ewiger Student: ein wenig wild, außergewöhnlich intuitiv (er konnte sein Unterbewußtsein nicht davon abhalten, dann und wann einen Vorstoß zu wagen), und seine Kommilitonen betrachteten ihn im allgemeinen als jemanden, dem man besser aus dem Weg ging. Der einzige Freund, den er besaß, war seine Katze. Halloran wußte, daß seine Katze ihn liebte, weil er sie fütterte. Katzen waren weder Altruisten noch Heuchler, und niemand erwartete von ihnen, edel zu sein. Wenn er schon nicht Haydn sein konnte, dann wünschte er sich zumindest, eine Katze zu sein.

Halloran gefiel seine soziale Stellung nicht. *Wenn sie doch nur wüßten, wie edel ich in Wahrheit bin.* Er besaß ein Talent, mit dessen Hilfe er andere Menschen versklaven konnte, und indem er es verfeinerte, wurde er zu einem unausstehlichen Hurensohn; das, so glaubte er, war ein anerkennenswertes Beispiel von Selbstaufopferung.

Und dafür hassen sie mich, erkannte er schließlich. *Allerdings liebe ich sie auch nicht gerade. Glück für sie, daß ich Altruist bin.*

Dann war der Krieg gekommen, Eindringlinge von jenseits des von Menschen bewohnten Raums. Die Kzinti: katzenähnliche Aliens, Fleischfresser, aggressive Imperialisten. Die menschliche Gesellschaft stand mit einemmal kopf – obwohl der Prozeß nur im historischen Kontext als ›schnell‹ bezeichnet werden konnte. Nach acht Jahren Krieg war Halloran seiner Maskerade überdrüssig geworden. Gegen besseres Wissen hatte er sich und sein Talent der UN Space Navy angeboten, der UNSN. Beinahe sofort hatte man ihn sequestriert und darauf vorbereitet, aktiv zu werden, sollte man jemals ein Kzintischiff kapern. Während des zweiten Angriffs der Kzinti auf das Sol-System war dann tatsächlich ein Katzenkreuzer namens *Kriegsbeute* von Antriebslasern, wie man sie für gewöhnlich zum Start von Sonnenseglern einsetzte, in Stücke geschossen worden und in die Hände der Menschen gefallen. Die Antriebslaser waren zuvor in Waffen umfunktioniert worden.

In dieser verzweifeltsten Stunde in der langen Geschichte der Erde betrachteten weder Halloran noch seine kommandierenden Offiziere sein Leben als sonderlich wertvoll. Heldenhafte Gesinnung ...

Und falls Halloran unterbewußt anders dachte ...

Lawrence Halloran Jr. wußte, daß er alles unter Kontrolle hatte. Hatte er nicht das Schlechteste aus seinem Talent herausgeholt? Hatte er nicht die Mädchen dazu gebracht, ihm ihre Getränke über den Kopf zu gießen?

Hallorans Aufgabe war es, die Kzinti zu studieren, und dann sollte er einer *werden*, um andere Katzen hinters Licht zu führen. Schließlich konnte er Menschen auch davon überzeugen, er sei ein Dinosaurier – was an sich hätte unmöglich sein sollen –, warum also sollte es ihm dann nicht gelingen, die Aliens sehen zu lassen, was sie erwarteten?

Der erste Test von Halloran-Kzin war kurz und einfach. Halloran betrat das Labor, wo die Ärzte um das Leben zweier übel zugerichteter Kzinti von Bord der *Kriegsbeute* kämpften. Schließlich näherte er sich dem Hochsicherheitstrakt der Isolierstation und dem Schwebebett mit seinem Wald aus Röhren, Schläuchen und Drähten. Unter den Apparaten kauerte der Kzin, den seine Gefährten Telepath nannten, und träumte. Drogen, die speziell für seine Physiologie entwickelt worden waren, erleichterten ihm die letzten Stunden.

Telepathen waren die verachtetsten und zugleich wertvollsten unter den Kzinti, und darin glichen sie Halloran;

wie er, so waren auch sie Gedankenleser. Für Kzinti stellte jede Form von Sucht eine geradezu unerträgliche Schande dar. Sucht schwächte die Disziplin und Konzentration, und sie beeinträchtigte Körper und Geist, und beides war entscheidend für die von starkem Territorialverhalten geprägten, strengen sozialen Rituale der Katzen. Süchtig zu sein bedeutete, noch weit weniger Selbstbeherrschung zu besitzen als ein gewöhnlicher Kzin, und das wiederum brachte eine Katze an den Rand der Selbstzerstörung.

Und doch war es die Abhängigkeit von einer Droge, die Kzintitelepathen hervorbrachte.

Der Kzin, der vor Halloran lag, hätte auch unter anderen Umständen kaum besser ausgesehen – trotz seiner 2,20 m Körpergröße und seines breiten, kräftigen Leibs –, doch nun war die Katze gar zu einem bemitleidenswerten Häuflein Elend zusammengeschrumpft. Ihre Rippen waren überdeutlich unter dem matten Fell zu erkennen; die Gliedmaßen bestanden nur noch aus Haut und Knochen, und die Lefzen waren zurückgezogen, so daß der Blick frei war auf eine Reihe gelber Zähne und einen stinkenden Gaumen. Telepath war schon seit Wochen ohne Fix.

Inwiefern dieser Mangel und die Anwendung diverser Narkotika sein Talent beeinträchtigt hatten, vermochte niemand zu sagen, aber Katzen seiner Art stellten die größte Gefahr für Hallorans Mission dar. Bei seiner Gefangennahme hatte der Kzin eine kleine Menge der Droge an seinem Gürtel mit sich geführt. Würde man ihm diese Portion nun verabreichen, wäre er in der Lage, in den Geist eines anderen Lebewesens einzudringen, wenn auch unter erheblichen Mühen.

Halloran-Kzin mußte diesen Test bestehen.

Er nickte den Ärzten zu, die unsichtbar hinter einem Spiegel verborgen waren, und vorsichtig begannen sie, die Droge ins Blut des Kzin zu pumpen. Leise und mitleiderregend piepte ein Monitor und zeigte damit an, daß der Kzin bald erwachen und daß er Schmerzen haben würde.

Der Kzin öffnete die Augen, rollte den Kopf zur Seite und starrte überrascht auf Halloran-Kzin. Der sterbende Telepath verbarg seinen Schmerz gut.

»Hat man mich zurückgeholt?« fragte er in den zischenden, knurrenden Lauten, die seine Spezies als ›Heldensprache‹ bezeichnete.

»Du bist zurückgeholt worden«, bestätigte Halloran-Kzin.

»Und bin ich zu wertvoll, um vernichtet zu werden?« fragte der Kzin traurig.

»Du wirst bald sterben«, erwiderte Halloran-Kzin, der spürte, daß diese Antwort Telepath trösten würde.

»Tiere ... Pflanzenfresser. Ich hatte Alpträume. Ich träumte, ich würde von Pflanzenfressern gejagt. Die Schande. Und kein Fleisch ... oder nur kaltes, verrottetes Fleisch ...«

»Bist du noch fähig?« fragte Halloran-Kzin. Von dem anderen, verhältnismäßig unbeschädigten Gefangenen namens Pfleger-von-Waffen hatte Halloran genug über die sozialen Strukturen der Kzinti gelernt, um zu wissen, daß Telepath sofort seinen Rang verlieren und ein Nichts werden würde, sollte er seine Fähigkeit eingebüßt haben. ›Fixer‹ lautete der Name, den er dann annehmen müßte. »Zeig mir, ob du noch fähig bist.«

Der Kzin hatte sich bisher vor den menschlichen Gedanken in seiner Nähe abgeschottet. Nun jedoch schloß er die Augen und ballte die schwarzen, lederartigen Hände zu Fäusten. Unter geradezu unglaublichen Mühen griff er hinaus und berührte Hallorans Geist. Telepaths Augen weiteten sich, bis der Rand der großen Pupillen die Augenlider berührte. Unter dem Fell zogen sich seine Ohren zusammen. Dann stieß er einen fürchterlichen Schrei aus, wie ein Jaguar in Agonie. Trotz der Fesseln, die ihn an Ort und Stelle hielten, wand, schlug und trat er um sich, bis er schließlich die Schläuche herausgerissen hatte, die ihn am Leben erhielten. Orangefarbenes Blut lief aus dem Schwebebett, und aus dem Monitor drang ein langer, gleichmäßiger Ton.

Halloran verließ die Isolierstation. Vor der Tür erwartete ihn Colonel Buford Early; wie immer strahlte Hallorans Verbindungsoffizier eine Aura widerwilliger Geduld aus.

»Nur ein kleines Problem«, erklärte Halloran, den das Ereignis weit mehr erschüttert hatte, als er dem Offizier gegenüber zugeben wollte.

»Ein *kleines* Problem?«

»Telepath ist tot. Er hat meine Gedanken gesehen.«

»Und hat er Sie für einen Kzin gehalten?«

»Ja. Er hätte erst gar nicht versucht, meine Gedanken zu lesen, wenn er geglaubt hätte, ich sei ein Mensch.«

»Was ist passiert?«

»Ich habe ihn in den Wahnsinn getrieben«, antwortete Halloran. »Er stand ohnehin kurz davor, den Verstand zu verlieren ... Ich habe ihn nur über den Rand gestoßen.«

»Wie haben sie das gemacht?« fragte Colonel Early und runzelte ungläubig die Stirn.

»Ich hatte Salat zum Mittagessen«, erklärte Halloran.

Halloran wußte es besser, als einen Kzin inmitten eines Alptraums zu wecken. Pfleger-von-Waffen hatte seit vier Schlafzyklen nicht mehr ruhig geschlafen, und das war auch kein Wunder, denn schließlich hatte Halloran an dem Gefangenen Stunde für Stunde seine Hypothesen ausgetestet.

Die Kammer, in welcher der Kzin schlief, war geräumig genug: fünf Meter auf jeder Seite und drei Meter hoch. Die Wände waren in beruhigendem Grün gestrichen. Die Luft war warm und trocken. Hallorans Lippen waren aufgeplatzt, da er bereits Tage mit dem unglücklichen Kzin verbracht hatte.

Einen Kzin als ›unglücklich‹ zu betrachten, fiel Halloran schwer. Pfleger-von-Waffen war der Chefwaffeningenieur und Fremdtechnologieoffizier an Bord des Kreuzers *Kriegsbeute* gewesen, eine Position, die große Kraft und Durchhaltevermögen verlangte. Auch wenn in Kriegszeiten strenge Auflagen für Duelle galten, so hatten ihn doch viele um seinen Posten beneidet.

Die *Kriegsbeute* hatte den Auftrag erhalten, die menschliche Verteidigung innerhalb der Ekliptik auszukundschaften; was das betraf, so war die Kzintimission erfolgreich gewesen. Vor drei Wochen war der Kreuzer noch in den äußeren Bereichen des Asteroidengürtels von Antriebslasern außer Gefecht gesetzt worden, die man zu Waffen umfunktioniert hatte, und entgegen aller Wahrscheinlichkeit hatte man Pfleger-von-Waffen und zwei weitere Kzinti gefangengenommen. Die anderen waren schwer verletzt gewesen; ein aus der Halterung gerissenes Schott hatte einen Kzin sogar beinahe in zwei Teile gerissen. Gleichzeitig hatte dasselbe Schott Pfleger-von-Waffen in einer Ecke der Kabine eingeklemmt, und dieser glückliche Zufall hatte ihm Sauerstoff für sieben Stunden verschafft. Nach sechseinhalb Stunden hatte Pfleger-von-Waffen das Bewußtsein verloren. Ein menschlicher Entertrupp hatte ihn herausgeschnitten ...

... und ihn nach Ceres gebracht, den größten Asteroiden im Belt, wo man ihn zusammen mit Halloran in eine Zelle gesteckt hatte.

Hatte Pfleger-von-Waffen einen seiner wenigen klaren Momenten, so wirkte Halloran auf ihn wie ein ungewöhnlich schwerfälliger und sozial unbeholfener Kzin; aber Halloran war mit Leib und Seele Kalifornier, ein Absolvent der hoch angesehenen School of Music des UCLA. Er wirkte nur dann wie ein Kzin, wenn er es wirklich wollte.

Um sich zu beweisen, daß sein Leben nicht voll und ganz verschwendet war, hatte Halloran vor vier Jahren beschlossen, ein Haydn-Streichquartett vom anderen unterscheiden zu lernen. Das war zwar keine besonders aufregende Aufgabe gewesen, aber sie war friedlich und lohnend. Im Laufe der Zeit hatte er immer größeren Respekt vor Haydn gewonnen und den Reichtum und die subtilen Ideen des Komponisten schätzen und lieben gelernt.

Für die an die Erde gebundenen Flatlander stellte der Krieg am äußersten Rand des Gravitationstrichters des Solsystems und die riesigen Flotten, die sich über Jahre und Monate hinweg aufeinander zubewegten, eine weit entfernte und kaum wahrnehmbare Bedrohung dar. Halloran hatte kaum gewußt, wie er gegenüber seiner eigenen Existenz empfinden sollte, geschweige denn gegenüber dem Überleben der menschlichen Rasse. Haydns Musik paßte zu Hallorans damaliger Stimmung wie die Faust aufs Auge. Ruhm war ihm nicht wichtig. Es würde ohnehin niemand seine Fähigkeiten zu schätzen wissen.

Hallorans Eltern – und deren Eltern und Großeltern über zweieinhalb Jahrhunderte hinweg – hatten bis dato lediglich eine Erde des Friedens und des relativen Wohlstandes gekannt.

Hätte es einen von ihnen nach Ruhm und Abenteuer gelüstet, hätte er sich jederzeit für eine der jahrzehntelangen Reisen in eine der neuen Kolonien melden können; allerdings hatte sich nie jemand aus Hallorans Familie zu solch einem Schritt entschlossen.

Sorgfältige, lange Studien, Risikovermeidung und ein friedvolles, produktives Leben – all das war Familientradition der Hallorans. Dieser Tradition zu folgen, hatte Lawrence' Großvater ein langes, erfolgreiches Leben beschert: Inzwischen zählte er bereits 150 Jahre, und ein weiteres Jahrhundert lag noch vor ihm. Lawrences Vater, Lawrence Halloran Sr., hatte ein Vermögen verdient, indem er sich auf die Rationalisierung von Vertriebsprozessen innerhalb des Rohstoffhandels spezialisiert hatte. Es war eine brillante Idee gewesen, sich in einem solch vernachlässigten Feld zu betätigen; der Rohstoffhandel insgesamt war weit weniger überlaufen als beispielsweise der Datenhandel.

Nach dem Tod seiner Mutter während eines Erdbebens in Alaska war Lawrence Halloran Jr. von einer Schule zur anderen gewechselt. Seine häufigen Fächerwechsel ließen schon früh erkennen, daß er sich zu einem ewigen Studenten entwickeln würde. Stets war er auf der Suche nach neuen Ablenkungen gewesen, in denen er sich hatte verlieren wollen ...

Und dann war der Frieden zu Ende gewesen. Die Kzinti – nicht die ersten Besucher von jenseits des Solsystems, aber sicherlich die aggressivsten – waren auf der Bildfläche erschienen, und ›auf der Bildfläche zu erscheinen‹ war für Kzinti gleichbedeutend mit Eroberung. Für Tausende und Abertausende von Kzintikriegern im Dienste ihres Patriarchats stellten die Erde und die anderen menschlichen Welten eine Chance zum gesellschaftlichen Aufstieg dar; Sieg und Eroberung bedeuteten viele Weibchen, einen höheren Status und gesicherte Pfründe, die einem niemals wieder streitig gemacht werden würden.

Die Menschen waren in einen Krieg gezwungen worden, ohne überhaupt richtige Waffen zu besitzen. Zu ihrer Verteidigung waren ihnen nur die riesigen planetaren oder auf Asteroiden stationierten Antriebslaser geblieben sowie die Fusionstriebwerke ihrer Schiffe. Diese Technologien waren hier und da von Beltern und UN-Ingenieuren in wahrhaft durchschlagskräftige Waffen verwandelt worden und stellten die einzige Hoffnung der Menschheit dar ...

Und außerdem bestand noch die vage Möglichkeit – bisher allerdings unbestätigt –, daß die Menschen von Geburt aus klüger als die Kzinti waren, oder zumindest ausgeglichener und selbstbeherrschter. Auf jeden Fall waren die Fusionstriebwerke der Menschen effektiver – doch andererseits besaßen die Kzinti Schwerkraftpolarisatoren, ähnlich jenen, die Jack Brennan auf dem

Pak-Schiff gefunden und die die menschlichen Wissenschaftler bis heute nicht verstanden hatten. Der Brennan-Polarisator arbeitete zwar noch immer, aber niemand wußte, wie man ihn kontrollierte, oder wie man einen weiteren seiner Art baute.

Nach und nach hatten Wissenschaftler und UNSN-Offiziere erkannt, daß man unschätzbare Informationen über solch fortgeschrittene Technologien erhalten konnte, wenn man Kzintischiffe kaperte, anstatt sie zu zerstören.

Schwerkraftpolarisatoren ermöglichten es Kzintischiffen, ein Achtel der Lichtgeschwindigkeit zu erreichen, und das dank der künstlichen Schwerkraft ungewöhnlich schnell ... Die Kzinti *brauchten* keine hocheffizienten Fusionstriebwerke.

Geduldig wartete Halloran-Kzin darauf, daß Pfleger-von-Waffen wieder erwachte. Eine Stunde verging. Halloran nutzte die Zeit, übte mit der Gestalt, die er sich konstruiert hatte, und verfeinerte das Bild, das er gegenüber dem Kzin abgeben wollte. Auch studierte er zum hundertsten Mal die schwarzen Markierungen im Gesicht und auf dem Rücken des Kzin, die sich deutlich von der rotbraunen Unterwolle abhoben. In die Ohren des Kzin waren aufwendige Muster eintätowiert, von denen Halloran inzwischen wußte, daß sie die ineinander verschlungenen Knochen von Feinden symbolisierten. Außer am Geruch und an groben äußeren Merkmalen erkannten die Kzinti einander an diesen Mustern. Sollte Halloran diese Fellmuster und Tätowierungen nicht erkennen und deuten können, würde das unweigerlich seinen sofortigen Tod bedeuten.

Was den Geruch betraf, so konnte Halloran ein entsprechendes Bild im Geist der Katzen erzeugen, denn zum Glück war ihr Geruchssinn bei weitem nicht so ausgeprägt wie der eines Hundes, sondern glich mehr dem eines Menschen.

Eine weitere Stunde verging, und Halloran wurde allmählich ungeduldig. Kzinti waren bekannt für ihren kurzen und leichten Schlaf. Pfleger-von-Waffen schien zu seinen Kriegervorfahren heimgegangen zu sein; er atmete kaum noch.

Schließlich rührte sich der Gefangene aber doch noch, blinzelte, und hinter den dünnen Nickhäuten kamen große, purpurn umrandete, goldene Augen zum Vorschein, deren runde Regenbogenhäute überraschenderweise denen eines Menschen glichen. Pfleger-von-Waffens Gesicht mit der kurzen, keilförmigen Schnauze erstarrte zu einer leeren Maske – wie immer, wenn er sich Halloran-Kzin gegenübersah, der mit verschränkten Armen auf der anderen Seite der Zelle stand und mit den Fingern auf die Ellbogen trommelte. Distanz zu dem Gefangenen zu wahren, war von außerordentlicher Wichtigkeit, auch wenn dieser von imaginären ›Fesseln‹ gehalten wurde, die Halloran ihm suggerierte. Ein Kzin griff stets ohne Vorwarnung an, und in letzter Zeit war Pfleger-von-Waffen von einem emotionalen Extrem ins nächste getrieben worden.

Wütend und verzweifelt legte der Kzin die Ohren an. »Ich habe nichts getan, wodurch ich eine solche Behandlung verdient hätte«, knurrte er. Er glaubte, auf dem Kzintiflaggschiff festgehalten zu werden. Halloran, wäre er wirklich ein Kzin gewesen, hätte eine Gefangenschaft bei den Menschen stets einer bei den Kzinti vorgezogen, und zwar bei weitem. *Ich kann nicht gerade behaupten, daß ich die Katze mag*, dachte er und empfand kurz so etwas wie Schuld, was er jedoch rasch wieder unterdrückte. *Aber ich muß zugeben, daß er wirklich so zäh ist, wie er zu sein glaubt.*

»Darüber entscheiden Höherrangige«, erwiderte Halloran-Kzin. Du hast mit verdächtiger Feigheit gehandelt und es zugelassen, daß ein Kreuzer außer Gefecht gesetzt und gekapert worden ist . . .«

»Ich bin nicht Kufcha-Captain! Man kann mich nicht für die Unfähigkeit meines Kommandanten verantwortlich machen.« Pfleger-von-Waffen richtete sich zu seinen vollen 2,50 Meter auf – klein für einen Kzin – und riß an seinen imaginären Ketten. Die Muskeln unter dem glatten Fell wirkten beeindruckend, trotz des Gewichtsverlusts unter der niedrigen Schwerkraft. »Das ist lächerlich! Warum tut ihr mir das an?«

»Du wirst uns genau berichten, was geschehen ist, jede noch so kleine Einzelheit. Du wirst uns erklären, warum du Tieren – warum du *Pflanzenfressern* erlaubt hast, die *Kriegsbeute* zu übernehmen.«

Pfleger-von-Waffen sackte unterwürfig und verzweifelt in sich zusammen. »Ich habe dir das doch schon unzählige Male erzählt.«

Halloran-Kzin zeigte keinerlei Anzeichen, daß er nachzugeben gedachte. Pfleger-von-Waffen schlug mit seinem langen, rosafarbenen Rattenschwanz, schluckte und begann erneut mit seinem Bericht. Halloran nutzte die altbekannte Litanei, um den Geist der Katze zu sondieren.

Wenn Halloran wirklich ein Kzin werden und über Tage hinweg wie einer denken wollte, dann durfte er keinen Fehler begehen. Das geplante Täuschungsmanöver war äußerst kompliziert. Der kleinste Fehler würde seinen sofortigen Tod bedeuten.

Im Gegensatz zur UNSN nahmen Kzinti keine Gefangenen – außer um sie zu verhören oder zu kulinarischen Zwecken.

Pfleger-von-Waffen beendete seine Geschichte, und Halloran zog sich aus den Gedanken des Kzin zurück.

»Falls ich Schande über mich gebracht haben sollte, dann gestattet mir wenigstens zu sterben«, bat Pfleger-von-Waffen mit gedämpfter Stimme.

Diesen Wunsch können wir dir erfüllen, dachte Halloran. So oder so, der Kzin würde schon bald tot sein; seine Spezies konnte in Gefangenschaft nicht lange überleben.

Halloran verließ die Zelle und trat zu den drei Männern und zwei Frauen im Vorraum. Zwei der Männer trugen die neue Uniform der UN Space Navy, die erst vor knapp zehn Jahren eingeführt worden war. Der dritte Mann war ein Belter, ein Kulturwissenschaftler, der einzige in der Gruppe, der tatsächlich von Ceres stammte, und er trug einen hellen, orangefarbenen Laborkittel. Die beiden Frauen hatte Halloran noch nie gesehen.

Sie waren ebenfalls Belter, auch wenn der typische dunkle Teint bereits ein wenig verblaßt war. Alle drei trugen den bei Beltern häufigen, breiten Irokesenhaarschnitt.

Die größere der beiden Frauen streckte Halloran die Hand entgegen und stellte sich vor.

»Ich bin Kelly Ysyvry«, sagte sie. »Versuchen Sie erst gar nicht, es zu buchstabieren.«

»Y-S-Y-V-R-Y«, erwiderte Halloran auf die überhebliche Art, die sein Leben oft so schwierig gestaltet hatte.

»Richtig«, bestätigte Ysyvry unbeeindruckt. »Und das hier«, sie nickte zu ihrer Gefährtin, »ist Henrietta Olsen.«

Colonel Buford Early, der kleinste und muskulöseste der drei Männer, trat ungeduldig von einem Fuß auf den anderen.

Er stammte von der Erde. Seine Haut war pechkohlrabenschwarz. Vor dem Krieg hatte er irgendeinen streng geheimen Posten in der ARM bekleidet. Early hatte Halloran vor vier Jahren rekrutiert, ihn sorgfältig ausgebildet und in Bezug auf die bisweilen seltsamen Verhaltensweisen seines Schützlings stets eine bemerkenswerte Geduld gezeigt.

»Wann werden Sie bereit sein?« fragte er Halloran.

»Bereit für was?«

»Das Eindringen.«

Halloran, der schelmisch die Frauen musterte, verstand sehr wohl, worauf der Colonel hinauswollte.

»Ich bin verwirrt«, sagte er und lächelte.

»Was er damit sagen will, ist folgendes«, erklärte Ysyvry. »Wir alle werden allmählich ungeduldig. Bis jetzt waren Sie bei der ganzen Mission immer nur ein Stolperstein.«

»Was ist sie?« fragte Halloran den Colonel.

»Wir sind der Kolben der Spritze«, antwortete Henrietta Olsen. »Wir sind Belterpiloten, die ausgebildet wurden, den Kzintipott zu steuern.«

»Erfreut, Sie kennenzulernen«, sagte Halloran. Er warf einen Blick zurück zu der Zelle, die durch ein Schott versiegelt war. »Pfleger-von-Waffen wird im Laufe der nächsten Woche sterben. Ich kann nichts mehr von ihm lernen. Also ... Ich bin bereit für einen Test.«

Early starrte ihn an. Halloran wußte, daß der Colonel nur mit Mühe ein ›Sind Sie sicher?‹ unterdrücken konnte, nachdem er zuvor einen solchen, für ihn ungewöhnlichen Mangel an Geduld gezeigt hatte.

»Woher wissen Sie, daß Pfleger-von-Waffen sterben wird?« fragte der schwarze Mann schließlich.

Hallorans Lächeln gefror. Es gefiel ihm nicht, wenn man seine Aussagen in Frage stellte. »Wenn ich er wäre – und ein Teil von mir *ist* er –, dann hätte ich jetzt meine Grenzen erreicht.«

»Das war bestimmt keine einfache Aufgabe«, bemerkte der Kulturwissenschaftler.

»Einfacher für uns als für Pfleger-von-Waffen«, erwiderte Halloran und grinste in sich hinein, als der Wissenschaftler unwillkürlich zusammenzuckte.

Selbstverständlich würde es viele Probleme geben. Halloran würde niemals so stark wie ein Kzin sein, und falls es zu irgendeiner Art Kampf kommen sollte, würde er rasch verlieren ...

Als Kzin unter Kzinti würde Halloran sorgfältig darauf achten müssen, solch gefährlichen Situationen aus dem Weg zu gehen, indem er sich so unauffällig wie möglich, doch gleichzeitig auch seinem Status entsprechend verhielt – was auch immer dieser Status sein mochte. Das würde schwer werden. Ein hochrangiger Kzin besaß Lakaien und Söhne, die Rangordnungskämpfe für ihn austrugen. Aus diesem Grunde suchten sich höhere Katzen zumeist Untergebene aus, die zwar nicht besonders klug, dafür aber um so kräftiger und schneller waren. Überdies war es an Bord eines Kriegsschiffes unmöglich, einen Offizier von anerkanntem Rang herauszufordern. Allein der Versuch zog drastische Strafmaßnahmen nach sich: Blenden, Kastration, Tötung der gesamten Nachkommenschaft. Für einen Kzin war all dies schlimmer als der Tod. Namenlose Katzen konnten sich jedoch duellieren soviel sie wollten – vorausgesetzt sie besaßen das Einverständnis eines Vorgesetzten –, und Halloran-Kzin würde vollkommen aus der Hierarchie herausfallen; er besaß keinen Beschützer.

Wenn Pfleger-Halloran zur Kzintiflotte zurückkehren würde, würde er wahrscheinlich alle entsprechenden Posten auf anderen Schiffen besetzt finden. Um seinen Rang und sein Ansehen unter den Katzen zurückzugewinnen, konnte er sich unmöglich einfach nur ›anpassen‹ und sich ausschließlich unterwürfig geben. Doch zum Glück standen ihm außer Kampf auch noch andere Mittel und Wege offen, seinen sozialen Rang zu verbessern.

Die Gesellschaftsstruktur der Kzinti war ausgesprochen kompliziert – wie kompliziert, verstanden die Kzinti vermutlich noch nicht einmal selbst. Halloran konnte seine eigene Art von Chaos verursachen, und alle würden ihn lediglich eines übermäßigen Ehrgeizes verdächtigen.

All das, so wußte er, würde er in weniger als 300 Stunden erreichen müssen, in nur zwölf Tagen. Spätestens dann würde sein Körper vollkommen ausgelaugt sein – schlechte Diät: nur Fleisch und noch dazu roh. Zwar würde er es verdauen können, aber Halloran würde keinerlei Möglichkeiten haben, an Vitamine heranzukommen, wie sie ein menschlicher Körper benötigte.

Abgesehen davon würde auch die geistige Anstrengung enorm sein, und er konnte nicht ewig auf sein Glück vertrauen.

Halloran erwartete nicht zurückzukehren.

Seine einzige Hoffnung bestand darin, daß sein Tod durch die Kaperung eines oder zweier Kzintischiffe zumindest nicht sinnlos sein würde.

Allein die *Möglichkeit* auf einen solchen Sieg war auf jeden Fall ein Menschenleben wert – sein eigenes sowieso –, selbst wenn ein derartiger Erfolg nur geringen Einfluß auf den Ausgang des Krieges haben sollte.

Die Wahrheit war, daß Halloran sich für ein armseliges Stück Scheiße hielt, für einen Menschen, der letztlich niemandem von Nutzen war, für einen Dilettanten mit einer ungewöhnlichen Fähigkeit, die mehr Handicap als Vorteil war.

Sich selbst zu opfern würde ihm eine seltsame Art von Befriedigung verschaffen: *Seht ihr? Ich bin doch kein so übler Kerl, wie ihr alle geglaubt habt.*

Heldenhafte Gesinnung.

Und da war noch etwas anderes, etwas weit Tieferliegendes ... *Einmal ein Kzin zu sein* ... Ein Kzin durfte all das sein, was Halloran sich in seinem Leben bewußt versagt hatte, und er mußte sich deswegen noch nicht einmal schuldig fühlen. Er durfte dominant sein, wild und stark.

Kzinti durften Spaß haben.

Über Comlink verabschiedete sich Halloran kurz von den meisten seiner Freunde und Verwandten auf der Erde, die bisher noch nicht direkt von den Kzinti angegriffen worden war:

Auch seinem Vater, der inzwischen 120 Jahre alt war, sagte er Lebewohl, sein Großvater jedoch, ein Strudlburg und noch immer einer der berühmtesten Sammler von Norman Rockwells Kunst, war nirgends zu erreichen.

Halloran mochte seinen Vater nicht, doch er respektierte ihn; seinen Großvater aber liebte er, auch wenn er der sentimentalen Leidenschaft des alten Mannes nur Verachtung entgegenbrachte.

Der Antwortdienst seines Großvaters wußte nicht, wo sich das älteste lebende Mitglied des Halloran-Clans im Augenblick aufhielt. Dies enttäuschte Halloran Jr. mehr, als er sich eingestehen wollte, und so schützte er sich mit einem Schild aus Distanziertheit. Einen Augenblick lang war er tatsächlich wieder ein sehr junger Lawrence gewesen – Larry –, der verzweifelt seinen Opa sehen wollte.

Für eine solche unterbewußte Persönlichkeit war im Augenblick einfach kein Platz – nicht, solange Pfleger-von-Waffen einen Großteil seines Craniums füllte. Jedenfalls war es das, was Halloran sich einredete, und er ertränkte seine Enttäuschung, wie ein alter Bauer einen Sack ungewollter Kätzchen ertränkte.

Halloran traf sich mit seinem Vater auf dem Familiengut in Arizona, am Kap von Arcosanti Two. Der Mann sah wie knapp 50 aus und war inzwischen zum fünften Mal verheiratet. Die fünfte Mrs. Halloran war zwar älter als Lawrence, aber nur fünf oder zehn Jahre. Über dem Horizont leuchtete der Himmel in einem phantastischen Rot, und weiter oben schimmerte er wie Lapislazuli, während die Wüste in zehn Kilometern Umkreis in kräftigem Grün erstrahlte, durchzogen von einem Netzwerk aus Kanälen. Arcosanti Two war stolz auf sein ökologisches Gleichgewicht, aber in Wirklichkeit hatte die Stadt sich einen großen Teil der Wüste einfach einverleibt und ihn in etwas vollkommen anderes verwandelt: in einen Ort, wo Sonnengucker und Roadrunner schon nach kurzer Zeit entweder sterben oder wahnsinnig werden würden. Halloran war sich in dem großen, offenen Portikus zwei Meilen über dem Meer stets überflüssig vorgekommen. Infrarot-Heizgeräte vertrieben die kühle Frühlingsluft.

»Ich habe mich freiwillig für ein Kolonistenschiff gemeldet«, log Halloran seinen Vater an.

»Ich dachte, man hätte solche Flüge suspendiert«, mischte sich Rosenblüte ein, die neue Frau, eine echte Blondine mit orientalischen Gesichtszügen. »Ich meine: All diese Kosten, und dann werden wir das Schiff aller Wahrscheinlichkeit nach auch noch an diese, hmmm, *Fremden* verlieren ...« Sie wirkte ein wenig verlegen. Selbst nach zehn Jahren Kampf klangen die Worte ›Krieg‹ und ›Feind‹ für Erdbewohner noch immer wie eine Obszönität.

»In ein paar Wochen startet eins. Ein privates Unternehmen. Es ist nicht öffentlich angekündigt worden. Die Regierung unterstützt das Vorhaben stillschweigend, und wenn wir Erfolg haben, werden sie noch weitere schicken.«

»Das klingt so gar nicht nach meinem Sohn«, wagte sich Halloran Sr. vor.

Als ich versucht habe, mich in der Welt zu behaupten, hast du mir gesagt, es sei falsch. Als ich es nicht getan habe, hast du mich verachtet. Vielen Dank, Vater.

»Ich halte es für eine wunderbare Idee«, verkündete Rosenblüte. »Egal ob es nun typisch für ihn ist oder nicht.«

»Es ist eine Möglichkeit, meiner Familie zu entkommen«, bemerkte Halloran Jr. und lächelte schwach.

»*Das* klingt schon mehr wie mein Sohn. Allerdings wäre ich weit mehr beeindruckt, wenn du irgend etwas tun würdest, um deinem Volk zu helfen ...«

»Kolonisation«, unterbrach ihn Halloran Jr. und ließ das Wort für sich sprechen.

»... und zwar auf eine etwas *direktere* Art«, beendete Halloran Sr. seinen Satz.

»Bisweilen führen mehrere Wege ans Ziel«, erwiderte Halloran Jr. Es amüsierte ihn, daß sein Vater ihn zu etwas ermahnte, das er ohnehin tun würde. *Sag's ihm doch.*

Aber das war unmöglich. Halloran Jr. kannte seinen

Vater nur allzu gut: Er war ein außergewöhnlich geschickter Unternehmer, doch Geheimnisse hatte er noch nie für sich behalten können. In Wahrheit war der Vater trotz seines aggressiven Auftretens noch weit weniger für eine Welt des Krieges geschaffen als der Sohn.

»Das ist es aber nicht, was du tust«, erklärte Halloran Sr. unvermittelt. Rosenblüte stand schweigend neben ihm. Klugerweise hielt sie sich von diesem Augenblick an aus dem Gespräch heraus.

»Ich behaupte aber, dies zu tun.«

Sein Vater warf ihm einen seltsamen Blick zu, und kurz hatte Halloran Jr. das Gefühl, als würde er mit einem Kameraden ein Geheimnis teilen. *Er besitzt auch ein wenig von der Fähigkeit. Er weiß es. Nicht bewußt, aber ...*

Er ist stolz.

Entgegen all seiner Erwartungen verließ Halloran Arcosanti Two, seinen Vater und Rosenblüte mit dem Gefühl, daß er vielleicht doch weit mehr zu verlieren hatte, als ihm bisher bewußt gewesen war. Vielleicht gab es über jene, die ihm nahestanden *doch* noch einiges zu lernen. Er verließ das Familiengut mit einem *guten* Gefühl.

Seit zehn Jahren hatte er kein Gespräch mehr mit seinem Vater geführt und sich anschließend gut gefühlt.

Es gab keine Liebhaber oder Freunde mehr, von denen Halloran sich hätte verabschieden müssen. In den vergangenen fünf Jahren hatte er bewußt die meisten sozialen Kontakte abreißen lassen. Es fiel schwer, Freunde zu haben, die einen nicht anlügen konnten, und bei Frauen bekam er stets Gewissensbisse. Woher sollte er wissen, daß er sie unterbewußt nicht vielleicht *doch* beeinflußt hatte? Diese Gedanken begleiteten ihn zurück zum Raumhafen, wo er in eine Orbitalfähre stieg, und sie brachten jenes notwendige Gefühl von Einsamkeit wieder zurück, das für seine Mission so wichtig war. Er würde nicht mehr lange Mensch sein. Vieles würde ihm leichterfallen, wenn er nichts zu verlieren hatte, was er hinterher vermissen würde.

Einschleusung. Der mächtige Rumpf des Kzintikreuzers, dessen Schwerkraftpolarisator von der Mannschaft zerstört worden war, wurde von einem NEO-Massetreiber an der Venus vorbei den solaren Gravitationstrichter hinuntergetrieben. Die zwei Belterfrauen, die Halloran im Labor kennengelernt hatte, sollten das Schiff in die Außenregionen des Asteroidengürtels steuern, wo sie es verlassen und mit den Leichen von Telepath und zwei anderen Kzinti treiben lassen würden, die man dorthin gelegt hatte, wo sie vermutlich gestorben wären. Anschließend würden die Belter mit dem kleinen Frachtschiff wieder nach Hause zurückkehren, das das Kzintiwrack schleppte, während Halloran sich in einem noch weit kleineren Rettungsboot der *Kriegsbeute* Richtung Kzintiflotte aufmachen würde.

Ob man ihn auffischen würde oder nicht, hing davon ab, wie sehr die Kzintistrategen an Informationen über den Verlust interessiert waren.

Die Flotte könnte sich in einer guten Position befinden oder auch nicht. Sie könnte erneut einen jahrelangen Angriff auf die Saturnmonde unternehmen oder sich tiefer ins System hineinbewegen, um die Erde direkt anzugreifen ... Mit ihren Schwerkraftpolarisatoren waren die Kzintischiffe weit schneller und manövrierfähiger als jedes Menschenschiff.

Und es könnte auch mehr als nur eine Flotte geben.

Der enge Innenraum des Frachtschiffes bot keinem der drei Insassen genug Platz, um so etwas wie Privatsphäre für sich beanspruchen zu können. Als Ausgleich dafür sprachen sie nur selten miteinander. Nach einer Woche wurde Halloran allmählich depressiv, doch es dauerte noch eine weitere Woche, bis er dies auch zum Ausdruck brachte.

Während Henrietta Olsen sich in Büchern vergrub, wenn sie nicht gerade die Computer überwachte, verbrachte Kelly Ysyvry die meiste Zeit offenbar mit Nichtstun. Mit offenen Augen und nur einmal alle paar Sekunden blinzelnd konnte sie stundenlang aufs Schott starren.

Das deprimierte Halloran noch mehr. Waren alle Belter so in sich gekehrt? Falls ja, warum hatte Gott ihm dann für die letzten Stunden seines Lebens ausgerechnet Belter als Gesellschaft zugedacht?

Schließlich näherte er sich Olsen mit ein wenig mehr als nur Höflichkeiten, um die Stille zu durchbrechen. *Ein Kzin müßte sich nicht so einfach damit abfinden*, dachte er. Kzintifrauen besaßen keinerlei Intellekt; sie waren Trottel, die noch nicht einmal des Sprechens mächtig waren. *Das könnte auch gewisse Vorteile mit sich bringen*, scherzte Halloran mit sich selbst.

Frauen machten ihm angst. Er wußte, wie sie über ihn dachten.

»Ich vermute, das Vermeiden jeglicher Konversation ist eine Möglichkeit, den Verstand zu behalten«, sagte er.

Olsen blickte von ihrem Buchprojektor auf und blinzelte. »Reden Flatlander die ganze Zeit?«

»Nein«, gestand Halloran, »aber sie reden.«

»Wir reden auch«, erwiderte Olsen und wandte sich wieder ihrer Lektüre zu. »Wenn wir wollen, oder wenn wir müssen.«

»Ich muß reden«, erklärte Halloran.

Olsen legte ihr Buch beiseite. Halloran fühlte sich auf perverse Art schuldig und fragte Olsen, was sie gerade gelesen habe.

»Montagu, *Der Mann, der niemals lebte*«, antwortete sie.

»Worum geht es?«

»Es ist eine uralte Geschichte«, erklärte sie. »Verbotenes Zeug. 20. Jahrhundert. Während des Zweiten Weltkrieges ... Erinnern sie sich daran?«

»Ich bin recht gebildet«, erwiderte Halloran. In seiner Schule waren solch obszöne Themen zumindest am Rande besprochen worden. Pacific Grove war ausgesprochen progressiv gewesen.

»Die Alliierten haben einen Leichnam in eine ihrer Uniformen gesteckt und ihm eine Kuriertasche mit falschen Informationen umgehängt. Dann haben sie ihn irgendwo deponiert, wo die Achsenmächte ihn finden konnten.«

Halloran starrte sie einen Augenblick lang an. »Klingt grauenvoll.«

»Ich bezweifele, daß es der Leiche etwas ausgemacht hat.«

»Und jetzt bin ich diese Leiche?«

Olsen grinste. »Sie passen nicht auf das Profil. Sie sind kein *Mann, der niemals gelebt hat*. Sie sind einer jener Soldaten, denen man die Sprache des Feindes beigebracht hat und die dann hinter den feindlichen Linien abgesetzt wurden, um dort Chaos zu stiften.«

»Warum interessieren Sie sich so sehr für den Zweiten Weltkrieg?«

»Es paßt zu unserer Zeit. Dieses Zeug war früher sowas Ähnliches wie Pornographie – oder was auch immer das Äquivalent zu Literatur über Gewalt und Zerstörung sein mag –, und man hätte sie sofort zu den Psychikern geschickt, wenn Sie damit erwischt worden wären. Nun kann man es überall kaufen. ›Psychologische Neuprogrammierung‹. Trotzdem, allein der Gedanke ...« Sie schüttelte der Kopf. »Allein der Gedanke ans Töten, die Vorstellung, wie einer von *ihnen* zu denken: stets bereit zu morden ...«

Ysyvry unterbrach ihre Meditation, blinzelte dreimal rasch hintereinander und drehte sich demonstrativ zu Halloran um.

»Noch vor wenigen Jahren hätte jeder normale

Mensch sie dafür verabscheut, was aus ihnen geworden ist.«

»Und wie sieht es jetzt aus?«

»Es ist eine Notwendigkeit«, antwortete Ysyvry. Schon wieder dieses Wort. »Wir sind nicht besser als Sie. Wir alle sind jetzt Soldaten ... Mörder.«

»Schämen wir uns so sehr, daß wir noch nicht einmal mehr miteinander reden?«

»Wir wußten nicht, daß Sie reden wollten«, erklärte Olsen.

Sein ganzes Leben hindurch, auch in der Zeit, da er versucht hatte, so unempfänglich für andere zu werden wie irgend möglich, hatte er sich stets darüber gewundert, wie andere – besonders Frauen – den Gefühlen ihrer Mitmenschen gegenüber so ignorant sein konnten. »In einem Monat werde ich vermutlich tot sein«, sagte er.

»Sie wollen Mitleid?« fragte Olsen und riß erstaunt die Augen auf. »Der Mann, der Kzin sein wollte, will Mitleid? Das klingt nicht gerade sehr professionell ...«

»Vergessen Sie's«, unterbrach sie Halloran. Ihm drehte sich der Magen um.

»Wir haben eine ganze Menge über Sie gelernt«, fuhr Ysyvry fort. »Wie Sie sich vermutlich in einem Augenblick der Schwäche verhalten würden, daß Sie früher einmal ein Unruhestifter waren, der seine Fähigkeiten dazu verwendet hat, andere hinters Licht zu führen ... Wir Belter schätzen Einfallsreichtum und Unabhängigkeit, aber wir schätzen auch Respekt – einfache Höflichkeit.«

Halloran hatte das Gefühl, als öffne sich plötzlich unter ihm ein geradezu unendlich tiefes Loch. »Damals war ich noch sehr jung.« Ihm traten die Tränen in die Augen. »Tanj, ich opfere mich für mein Volk, und Sie behandeln mich, als wäre ich ein gottverdammtes Stück Scheiße!«

»Ja«, erwiderte Olsen und wandte sich von ihm ab. »Wir mögen ohnehin keine Flatlander, und ... Ich vermute, wir sind einfach nicht an den Krieg und dieses ganze Zeug gewöhnt. Freunde von uns sind gestorben. Wir würden es vorziehen, wenn das alles so schnell wie möglich aus unserem Land verschwinden würde ... Sie eingeschlossen.«

»Nun«, sagte Ysyvry und atmete tief durch. »Erzählen Sie uns von sich. Sie haben Musik studiert?«

Der plötzliche Themenwechsel verwirrte Halloran. Er wischte sich mit dem Ärmel über die Augen. »Ja. Ich habe mich auf Joseph Haydn spezialisiert.«

»Spielen Sie uns was vor«, forderte ihn Olsen auf, griff in eine versteckte Ecke und holte einen Musicomp hervor, von dessen Existenz Halloran bisher nichts gewußt hatte. »Haydn, Glenn Miller, Sting, irgend etwas Klassisches.«

Für einen winzigen Augenblick verspürte Halloran das Verlangen, Halloran-Kzin zu werden. Statt dessen jedoch nahm er den Musicomp entgegen und starrte auf die schwarzen und weißen Tasten. Dann spielte er den ersten Satz der Sonate Nr. 40 in E-Dur, ein Stück, das ihm besonders gut vertraut war. Ysyvry und Olsen hörten ihm aufmerksam zu.

Nach den letzten Takten schloß Halloran kurz die Augen und stellte sich Haydn vor – mit gepuderter Perücke und allem Drum und Dran –; schließlich blickte er aus den Augenwinkeln heraus wieder zu den beiden Belterpiloten.

Ysyvry zuckte unwillkürlich zusammen, und Olsen stieß einen leisen, überraschten Schrei aus. Halloran nahm die Finger von der Tastatur und drehte sich zu den beiden Frauen um.

»Hören Sie auf damit«, forderte ihn Olsen auf, die offensichtlich beeindruckt war.

Halloran beendete die Illusion.

»Das war wunderbar«, sagte Ysyvry.

»Ich bin immerhin noch ein Mensch, auch wenn ich Flatlander bin, oder etwa nicht?«

»Das müssen wir wohl zugeben«, antwortete Olsen. »Können Sie aussehen, wie immer Sie wollen?«

»Ich würde lieber über Musik reden«, entgegnete Halloran und stellte den Musicomp so ein, daß er wie ein Cembalo klang.

»Wir haben noch nie einen Kzin aus der Nähe gesehen«, sagte Ysyvry. Der Ausdruck auf ihrem Gesicht war ernst und erwartungsvoll: *Komm. Jag uns Angst ein.*

»Ich bin kein Freak.«

»Das haben wir bereits festgestellt«, erklärte Olsen. »Aber Sie sind ein Angeber.«

»Und ein Gedankenleser«, fügte Ysyvry hinzu.

Halloran hatte es absichtlich vermieden, in die Gedanken der beiden Frauen einzudringen. Heldenhafte Gesinnung.

»Der perfekte Gefährte für eine lange Reise«, fuhr Olsen fort. »Sie können sein, was oder wer auch immer Sie sein wollen.« Ein beinahe lüsterner Ausdruck huschte über die Gesichter der beiden Belter. Inzwischen tat es Halloran leid, daß er sie in ein Gespräch verwickelt hatte. Wieviel davon war Necken, und wieviel ... wieviel war Grausamkeit?

Oder testeten sie einfach nur seine geistige Stabilität vor dem Einschleusen?

»Sie wollen also wirklich einen Kzin sehen?« fragte Halloran mit leiser Stimme.

»Wir würden gerne Pfleger-von-Waffen sehen«, bestätigte Ysyvry. »Man hat uns gesagt, Sie müßten die Illusion noch einmal testen, bevor wir den Rumpf und Ihr Rettungsboot abstoßen.«

»Es ist noch ein wenig früh. Uns stehen noch 200 Stunden bevor.«

»Um so mehr Zeit zurückzukehren, falls Sie uns nicht überzeugen«, sagte Olsen.

»Ich kann die Illusion nicht einfach aufsetzen wie einen Hut.«

Halloran blickte von einer der Frauen zur anderen,

fand in ihren Gesichtern aber weder Mitgefühl noch Verständnis.

Belter waren höfliche Individualisten, doch nicht sonderlich gewandt im Umgang mit anderen Menschen. Kein Wunder, daß auf langen Reisen ihre Hauptbeschäftigung aus Schweigen bestand. »Ich werde Pfleger-von-Waffens Haut erst anlegen, wenn ich mich wirklich in ihn verwandeln werde.«

»Heißt das, Sie werden sich nicht mehr bewußt sein, daß Sie ein Mensch sind?«

Halloran schüttelte den Kopf. »Ich würde mich nur ungern mit einer solchen Dichotomie auseinandersetzen müssen. Ich werde genug mit anderen Dingen zu tun haben.«

»Die Kzinti werden Sie also für einen der ihren halten ... Und *Sie*?«

»Ich werde Pfleger-von-Waffen sein, zumindest so gut ich kann«, antwortete Halloran.

»Dann sind Sie schlimmer als diese falschen Soldaten im Zweiten Weltkrieg«, bemerkte Olsen trocken.

»Zeigen Sie's uns«, forderte ihn Ysyvry auf.

Halloran trommelte kurz mit den Fingern auf den Rand des Musicomp. Er könnte ihnen Halloran-Kzin zeigen – den künstlichen Kzin, den er aus Pfleger-von-Waffens Erinnerungen gefertigt hatte. Das wäre nicht schwer.

»Nein«, sagte er schließlich. »Sie haben angedeutet, daß das, was ich zu tun beabsichtige, irgendwie falsch sei. Ich habe mich nur freiwillig zu dieser Mission gemeldet, weil wir uns in einer verzweifelten Lage befinden. Das ist kein Spiel. Ich bin kein Freak, und ich werde mit Sicherheit keine Show für zwei dumme, gelangweilte Belter veranstalten.«

Er begann die Serenade aus Haydns Streichquartett Opus 3 Nr. 5.

Ysyvry lächelte.

»Also gut, Mr. Halloran. Es sieht so aus, als hätte die

UNSN eine gute Wahl getroffen – nicht, daß sie viel Auswahl gehabt hätten.«

»Und ich brauche auch nicht Ihren Respekt«, sagte Halloran.

Es überraschte ihn ein wenig, wie sehr ihn das Verhalten der beiden Frauen verletzt hatte. *Ich dachte immer, ich sei darüber hinaus.*

»Was Kelly damit sagen will, ist folgendes«: führte Olsen aus. »Man hat uns gebeten, Sie zu isolieren und ein wenig zu schikanieren. Wir sollten herausfinden, ob Sie wirklich so prahlerisch veranlagt sind, wie Ihre Akten behaupten.«

»Toll«, bemerkte Halloran. »Heißt das, das Schweigen beginnt jetzt wieder von neuem?«

»Nein«, antwortete Ysyvry. »Die Musik ist wunderschön. Es würde uns gefallen, wenn Sie noch etwas für uns spielen würden.«

Halloran fluchte innerlich und schüttelte den Kopf.

»Niemand hat gesagt, daß es leicht sein würde, ein Held zu sein ... oder etwa doch?« fragte Ysyvry.

»Ich bin kein Held«, erwiderte Halloran.

»Ich glaube aber, Sie haben das Zeug dazu«, erklärte Olsen und blickte ihn unverwandt aus ihren klaren grünen Augen an. »Egal, was für eine Art Bastard Sie auf der Erde auch immer gewesen sein mögen.«

Wird ein Flatlander jemals Belter verstehen? Sie sind so launisch, so stark und überaus arrogant. Vielleicht liegt das daran, daß es im All keinen Platz für Floskeln gibt.

»Ich hoffe, Sie nehmen unser Angebot an«, meldete sich Ysyvry wieder zu Wort. »Wir haben nämlich beschlossen, Sie zu einem Ehrenbelter zu machen.«

Halloran hörte auf zu spielen.

»Bitte, sagen sie ja«, sagte Olsen. Sie wollte ihn nicht beschwatzen; es war eine einfache, höfliche Bitte.

»Okay«, erwiderte Halloran.

»Gut«, sagte Ysyvry. »Ich glaube, die Zeremonie wird Ihnen gefallen.«

Das tat sie auch; doch hinterher war Halloran nur um so mehr bewußt, wieviel er zu verlieren hatte ...

Und warum muß ich erst sterben, bevor die Leute mich anständig behandeln?

Hundertunddrei Stunden, nachdem sie Halloran in ihre Reihen aufgenommen hatten, stießen die Belterpiloten den Rumpf der *Kriegsbeute* ab, und fünf Stunden später lösten sie sich auch von dem Rettungsboot, in dem Halloran hockte; dann richteten sie das Ionentriebwerk des Frachters gegen die Flugbahn aus, um wieder Richtung Belt zu wenden.

Das Rettungsboot gab ständig Funksignale ab, besaß aber keine Sensoren. In einer Kzintiflotte lag es ausschließlich im Ermessen des Kommandanten, ob Überlebende eines Schiffes gerettet wurden oder nicht. Halloran gab Pfleger-von-Waffens digitalisierten Duft und dessen Dienstnummer in den Sender ein, lehnte sich zurück und wartete.

In einem Kzintirettungsboot befand sich für gewöhnlich genügend Verpflegung, um eine Katze einen Monat lang am Leben zu erhalten. Halloran hatte sich auch noch eigene Nahrung mitgebracht; allerdings reichten seine Vorräte für lediglich eine Woche – mehr mitzunehmen hatte er nicht gewagt –, und waren diese erst verbraucht, würde ihm die Zeit davonlaufen.

Dennoch hoffte Halloran halb, daß man ihn nicht finden würde. Beinahe zog er die Aussicht zu versagen einer Erfüllung seiner Mission vor. Es würde eine Tortur werden, das Schlimmste, was ihm jemals widerfahren war, die größte Herausforderung, der er sich in seinem relativ friedlichen Leben je hatte stellen müssen.

Mehrere Tage lang nährte er seine finstersten Gedanken: Vielleicht waren die Kzinti ja wirklich vom Schicksal dazu ausersehen, das All zu beherrschen, und vielleicht versuchte er das Unmögliche.

Dann empfing er ein Signal von der Kzintiflotte. Pfleger-von-Waffen war also doch noch von Wert. Man würde ihn retten.

»Scheiße«, knurrte Halloran, grinste und schlang die Arme um den Leib. »Scheiße, Scheiße, Scheiße.«

Jetzt hatte er *wirklich* Angst.

Wo auch immer du sein magst, ob im überfüllten Asteroidengürtel oder jenseits des Pluto, das All sieht überall gleich aus. Mit der Sonne im Rücken, die jenseits des Sol-Belts ohnehin zu einem vernachlässigbaren Lichtpunkt schrumpft, bietet sich dir von allen Seiten derselbe Ausblick auf die Unendlichkeit. Du sagst, ja, ich weiß, daß dies Sterne sind und jenes dort Galaxien und Nebel; ich weiß, daß es dort draußen Leben gibt, fremdes Leben und Tod und Veränderung. Aber für das Auge und den tierischen Geist ist das Universum nur ein flacher Teppich mit unzähligen, sinnlosen Flecken aus Feuer. Nichts von Bedeutung kann aus diesem Teppich hervorgehen.

Die Annäherung eines Schiffes aus dieser wunderbaren, flachen Kälte und Dunkelheit ist ein Wunder höchster Ordnung. Der tierische Verstand fragt: *Wo ist es hergekommen?*

Halloran, in dessen Brust nun zwei Wesen zugleich existierten, reagierte auf den Anblick des Kzinti-Dreadnaughts auf zweierlei Art: Für Pfleger-von-Waffen, der inzwischen fest in Hallorans Geist verwurzelt war, bedeutete das Schiff – eine Art Dorn mit einem Kreuz am Bug – Rettung und Herausforderung zugleich. Pfleger-von-Waffen hatte seinen Status verloren. Er würde darum kämpfen müssen, seine alte Position wiederzuerlangen; vielleicht würde er sogar einen Vorgesetzten überreden müssen, um einen Chefwaffenoffizier oder Fremdtechnologiespezialisten herausfordern zu dürfen. Er hoffte – und Halloran betete darum –, daß die entsprechenden Posten auf dem Kzintischiff, das ihn retten würde, nur von einem Kzin und nicht von Zweien besetzt waren.

Innerhalb der nächsten Stunde würde das Kriegsschiff das Rettungsboot aufnehmen. Halloran nutzte die Zeit und verfeinerte seine Maske.

Er selbst würde nur noch in einer Art Halbschlaf existieren, aus dem er lediglich an bestimmten Punkten wieder erwachen würde. Pfleger-von-Waffen würde ständig aktiv sein, doch mit Einschränkungen: So würde er beispielsweise keinen anderen Kzin zum Kampf herausfordern, und sollte er in eine solche Situation geraten, würde er fliehen.

Halloran besaß weder die fürchterlichen Krallen noch die schrecklichen Reißzähne eines Kzin. Natürlich konnte er Bilder davon im Geist einer Katze erzeugen, aber im Kampf wären diese Bilder nur von geringem Nutzen.

Kurz mochte ein Kzin vielleicht glauben, von Pfleger-von-Waffens Krallen getroffen worden zu sein, doch dieses Gefühl würde rasch wieder verfliegen; Halloran wußte noch nicht einmal, wie empfänglich die Kzinti für solch eine Art der Beeinflussung waren. Auf jeden Fall glaubte er nicht, daß er einen Kzin davon überzeugen konnte zu sterben ...

So etwas hatte er außerdem noch nie versucht. Allein die Vorstellung, daß er derartige Fähigkeiten besitzen könnte, war ihm stets als zu schrecklich erschienen, um einen Versuch auch nur in Betracht zu ziehen. Würde er zu einem solchen Test gezwungen werden, und sollte es ihm tatsächlich gelingen, mit Gedanken zu töten, dann würde er sich lieber selbst vernichten, als jemals wieder zur Erde zurückzukehren. Oder zumindest glaubte er das ... jetzt ...

Unsinn, knurrte Pfleger-von-Waffen. *Eine Waffe ist eine Waffe.*

Halloran schauderte.

Der Dreadnaught kommunizierte mit dem Rettungsboot – das erste Problem. Das unharmonische Knurren und Zischen der Heldensprache konnte nicht so einfach nachgeahmt werden, und Halloran war nicht dazu in der Lage, über Meilen hinweg eine Illusion zu projizieren. Also antwortete er nicht per Stimme, sondern mittels eines verschlüsselten Signals. Die Echtheit des Signals wurde nicht in Frage gestellt.

»Das ist Wahnsinn«, sagte er zu sich selbst und verfolgte die Annäherung der beiden Schiffe. Er summte eine Haydn-Serenade, und Lawrence Halloran Jr. verschwand hinter den Kulissen, während Pfleger-von-Waffen die Bühne betrat.

Das Innere der *Söhne, die mit blutigen Fängen kämpfen* roch nach Tod. Auf jedem Kzintischiff herrschte dieser Geruch vor. In einem Menschen erweckte dies seine tiefsten und ursprünglichsten Ängste. Stell dir einen steinzeitlichen Jäger vor, der in der Höhle eines Säbelzahntigers eingesperrt ist, umgeben von dem Geruch der großen Katze und ihrer verrottenden Beute – so fühlte sich der Halloran hinter den Kulissen.

Pfleger-von-Waffen floß aufgrund des Geruchs das Wasser im Mund zusammen, doch gleichzeitig zitterte er.

»Fühlst du dich nicht gut?« fragte sein Begleiter, Adjutant-des-Kommandanten, hoffnungsvoll; Pflegers Anwesenheit auf dem Schiff könnte eine massive Störung bedeuten.

Deutlich sah Pfleger die Gedanken des anderen: *Warum hat Kfraksha-Admiral diesem hier gestattet, an Bord zu kommen? Er riecht nach Eingesperrtsein ... und ...*

Pfleger sorgte sich nicht über diese Art von Gedanken; er würde jedwede Information dazu verwenden, seinen Rang zurückzugewinnen. Er zog die Lefzen hoch und blickte den Niederrangigeren mit gefletschten Zähnen an, diesen *Diener* und Lecker-des-Fells-anderer. Adjutant-des-Kommandanten schrumpfte zusammen, spreizte die Ohren und rollte den Schwanz ein zum Zeichen der Friedfertigkeit.

»Vergiß dich nicht«, ermahnte ihn Pfleger. »Kfraksha-Admiral ist mein Verbündeter. Er hat beschlossen, mich zu retten.«

»So ist es«, bestätigte Adjutant-des-Kommandanten. Er führte Pfleger einen langen Korridor hinunter, in dem es nirgends eine Nische gab, wo sich ein potentieller Angreifer hätte verstecken können, und schließlich blieb er vor dem Quartier des Admirals stehen und richtete sich auf. »Ich gehorche den Befehlen des Dominanten.«

Daß der Kommandant Pfleger nicht gestattet hatte, sich zu striegeln und zu essen, bevor er seinen Bericht erstattete, zeigte, wie gering er hier geachtet wurde. Auf jedem Überlebenden eines Kriegsschiffes, das an Tiere verloren worden war, lastete zumindest ein Teil der Schande, die normalerweise auf den Schultern eines überlebenden Schiffskommandanten gelegen hätte.

Kfraksha-Admiral rief ihn herein und knurrte Adjutant-des-Kommandanten zu, daß er mit Pfleger allein sein wolle. Auf diese Art wahrte der Kommandant seine Position, ohne an Respekt zu verlieren: indem er niemals Furcht oder Schwäche zeigte. Respektverlust konnte ständige Herausforderungen nach sich ziehen, sobald die Flotte erst einmal das Kampfgebiet verlassen hatte und die damit verbundenen Restriktionen aufgehoben waren. Als Kzin ohne Rang galt Pfleger als besonders unberechenbar; vielleicht hatte ihn der lange Aufenthalt in einem kleinen Rettungsboot an den Rand des Wahnsinns getrieben, so daß er den Kommandanten in der törichten Hoffnung angreifen würde, seinen Status mit einem einzigen Kampf dramatisch zu verbessern. Aber Kfraksha-Admiral schien das alles zu ignorieren – eine Spinne, die die andere in ihr Netz einlädt.

»Ist deine Schande erträglich?« fragte Kfraksha-Admiral – eine rhetorische Frage, denn schließlich war Pfleger hier, anstatt irgendwo anders Selbstmordgedanken zu hegen.

»Ich bin nicht für die Handlungen des Kommandanten der *Kriegsbeute* verantwortlich, Dominanter«, erwiderte Pfleger.

»Ja, aber du hast Kufcha-Captain in Fragen der Fremdtechnologie beraten, oder stimmt das etwa nicht?«

»Jetzt berate ich Euch. Es ist zu Eurem Vorteil, daß ich hier bin und Euch sagen kann, wozu die Affen fähig sind.«

Kfraksha-Admiral musterte Pfleger mit offener Verachtung und nur geringem Interesse.

»Tiere haben dein Heim zerstört. Wie hat es dazu kommen können?«

Das ist also der Grund, warum ich an Bord bin, dachte Pfleger-Halloran. *Kfraksha-Admiral verdrängt seinen Ekel, um etwas zu erfahren, was ihm einen Vorteil verschaffen könnte.*

»Sie haben weder die *Kriegsbeute* noch ein anderes Schiff aus unserem Geschwader angegriffen. Es gibt nach wie vor keinen Hinweis darauf, daß sie ihre Welten bewaffnen, keinerlei Anzeichen von Industrie, wo man Offensivwaffen herstellen könnte ...«

»Sie haben euch ohne Waffen geschlagen?«

»Sie besitzen Antriebslaser von enormer Stärke. Wie Ihr Euch vielleicht erinnert, haben die Affen bei unserem ersten Zusammentreffen ihre Fusionstriebwerke gegen unsere Schiffe gerichtet ...«

»Und uns so ermöglicht, ihre Spur bis zu ihrer Heimatwelt zurückzuverfolgen. Solch ein ungleicher Tausch gefällt dem Patriarchat. Was nun ist der Ausgleich für diesen neuerlichen Verlust?«

Pfleger wunderte sich über seinen Widerwillen, Kfraksha-Admiral alles zu erzählen, was er wußte. Dann: *Mein Wissen ist mein Leben.*

»Ich bin nutzlos für die Flotte«, sagte Pfleger mit einem kaum wahrnehmbaren drohenden Unterton. Er war dankbar dafür zu fühlen, wenn auch nicht sehen zu können, wie Kfraksha-Admiral die Muskeln anspannte. Pfleger konnte es mit der Entschlossenheit des Admirals aufnehmen.

»Das glaube ich nicht«, erwiderte Kfraksha-Admiral. »Aber es stimmt, daß du für niemanden von Nutzen bist, wenn nicht für mich ... für niemanden von Nutzen und nicht willkommen.«

Pfleger gab vor, darüber nachzudenken; dann zeigte er Zeichen von Unterwürfigkeit. »Ich bin ohne Rang«, erklärte er traurig. »Ich könnte genausogut tot sein.«

»Du besitzt einen Rang, solange du mir nützlich bist«, entgegnete Kfraksha-Admiral. »Ich werde dir gestatten, dich zu striegeln und zu fressen ... wenn du mir beweisen kannst, wie nützlich du wirklich bist.«

Als Geste widerwilligen Gehorsams neigte Pfleger die Ohren nach vorne.

Was er nun tun mußte, war außerordentlich kompliziert: Er durfte nicht zuviel, aber auch nicht zu wenig preisgeben; ansonsten könnte Kfraksha-Admiral denken, er besitze kein Wissen von Wert. »Die Menschen verzichten offenbar darauf, Offensivwaffen herzustellen. Sie konvertieren friedliche ...«

Kfraksha-Admiral zeigte sich verwirrt. ›Friedlich‹ war ein Wort, das Kzinti nur äußerst selten verwendeten.

»... Antriebssysteme in Defensivwaffen.«

»Das widerspricht den Berichten über ihre Schwäche«, sagte Kfraksha-Admiral. »Unsere Telepathen haben erklärt, die Affen würden nur widerwillig kämpfen.«

»Sie sind anpassungsfähig«, entgegnete Pfleger.

»Das ist nicht schwer zu erkennen. Ist das alles, was du weißt?«

»Ich habe entdeckt, von wo aus zwei der Antriebsstrahlen abgefeuert wurden. Es dürfte nicht allzu schwierig sein, die exakte Position der Laser festzustellen.«

Kfraksha-Admiral spreizte die Finger vor Pflegers

Gesicht und enthüllte lange, schwarze, polierte Krallen. Nun war es an Pfleger, die Muskeln anzuspannen.

»Du bist mein Untergebener«, sagte der Kommandant. »Du wirst diese Dinge ausschließlich mir berichten.«

»Was ist mein Rang?« fragte Pfleger.

»Man hat mir Flottenberichte deiner Leistungen zukommen lassen. Deine Eignung für eine Position ist akzeptabel.« Die Tage waren selbstverständlich vorbei, da Geschick im Kampf Kzin gegen Kzin ausreichte, um sich eine Position zu verschaffen; zunächst galt es, gewisse Qualifikationen zu erfüllen, bevor man jemanden herausfordern durfte. »Du wirst Fremdtechnologieoffizier auf diesem Schiff ersetzen.«

»Durch Kampf?« Ein Kommandant konnte diese Erlaubnis erteilen ... was einem *Befehl* zum Kampf gleichkam. Ein weiteres Mittel, um Untergebene einzuschüchtern.

»Aufgrund meines Befehls. Es wird keinen Kampf geben. Deine Anwesenheit wird keinerlei Störungen verursachen. Werde also nicht *allzu* ehrgeizig, oder du wirst dich vor mir verantworten müssen ... zu ungleichen Bedingungen.«

»Und der gegenwärtige Offizier?«

»Ich habe eine neue Position für ihn, mit der er nicht unglücklich sein wird. Das ist nicht deine Angelegenheit. Nun steh still und empfange meine Markierung.«

Pfleger-Halloran konnte nicht schnell genug begreifen, was Kfraksha-Admiral mit dieser Maßnahme beabsichtigte, und so reagierte er instinktiv mit Unterwürfigkeit. Daraufhin hob der Admiral eines seiner mächtigen Beine und pinkelte Pfleger-Halloran demütigend an, um ihn so als seinen Schützling zu markieren. Dann setzte sich Kfraksha-Admiral auf eine breite, geschwungene Bank und musterte ihn kalt.

Zutiefst beschämt, doch unterwürfig – was hätte er auch sonst sein sollen? –, betrachtete Pfleger seinen Vorgesetzten.

Es würde nicht allzu schwer sein ... *was* zu tun?

Der Gedanke löste sich bereits auf, noch bevor er eine konkrete Gestalt annehmen konnte.

Pfleger besaß keinen eigentlichen ›Posten‹ an Bord des Flaggschiffs. Er trug ein Lesegerät von der Größe einer Kzintipranke über der Schulter – was ihm zwar Schwierigkeiten bereitete, ihn aber nicht weiter beunruhigte –, und er wanderte von einem Teil des Schiffes in den nächsten, um seine Aufgaben zu erfüllen, derer es viele gab und die ungewöhnlich ermüdend waren.

Das Innere der *Söhne, die mit blutigen Fängen kämpfen* war ihm seltsam unvertraut. Halloran hatte weder die Zeit gehabt noch die Fähigkeit besessen, alle Erinnerungen des Gefangenen auf Ceres zu absorbieren. Ohne sich dessen bewußt zu sein, durchlief er gerade einen Grundkurs in Kzintitechnologie und -schiffbaukunst. Unter normalen Umständen wäre seine Verwirrtheit für jeden ihm untergeordneten, ehrgeizigen Kzin ein Zeichen von Schwäche gewesen, doch Halloran-Kzin war von Kfraksha-Admiral persönlich markiert worden – *physisch* markiert wie ein Weibchen oder ein Wurf Kätzchen –, und das reichte aus, um alle potentiellen Angreifer abzuschrecken. Würde jemand Pfleger angreifen, würde er zugleich Kfraksha-Admiral zum Kampf herausfordern.

Und Pfleger erwies sich als nützlich für Kfraksha-Admiral. Diesen Aspekt von Hallorans Mission hatten Colonel Early und seine Nachrichtenoffiziere bis ins letzte Detail durchdacht: Wieviel durften die Kzinti über menschliche Technologien erfahren? Welche logischen Schlüsse hätte der echte Pfleger-von-Waffen aus seinen Erfahrungen an Bord der *Kriegsbeute* ziehen können?

Glücklicherweise erwartete Kfraksha-Admiral von Pfleger, daß dieser so ausführlich wie möglich Bericht erstattete, um so den größtmöglichen Vorteil aus den Informationen ziehen zu können. Die unzähligen kleinen

Informationshappen, die Halloran in langen Reden aneinanderreihte, klangen vernünftig und waren ungefährlich – wie zum Beispiel die Position zweier Belter-Laserprojektoren, deren Spiegel schon lange zerstört und deren Feldspulen schon längst durchgebrannt waren, so daß man sie inzwischen aufgegeben hatte –; immer wieder streute er solche Kleinigkeiten ein, um seine Glaubwürdigkeit zu bewahren.

Pfleger konnte humpeln und alles und jeden kritisieren, und niemand empfand dies als merkwürdig. Immerhin war er von Affen besiegt worden und hatte seinen Status eingebüßt. Sein gegenwärtiger Rang war zeitlich begrenzt. Kfraksha-Admiral könnte ihm alles Wissenswerte entlocken, und dann ...

Auf jeden Fall ließ man Pfleger in Ruhe. In seiner freien Zeit studierte er die Schiffsbibliothek, obwohl es ihn einige Mühe kostete, die rätselhaften fremden Striche, Punkte und mathematischen Symbole zu entziffern. Unbewußt verließ er sich dabei hauptsächlich auf sein Gefühl, um das wenige Wissen zu untermauern, das er von den Gefangenen auf Ceres erlangt hatte.

Und so kam es auch, daß Pfleger-Halloran die Aufmerksamkeit von jemandem erregte, der weit wertvoller war als er und gleichzeitig von weit niedrigerem Rang: von Kfraksha-Admirals persönlichem Telepathen.

Kzinti zogen es vor, allein zu essen, es sei denn, sie hatten gemeinsam ein großes Tier erlegt. Einem anderem beim Essen zuzusehen, konnte tief verwurzelte Neidgefühle erwecken, die nicht sonderlich gut für die Verdauung waren. An Bord eines Flaggschiffs war die Qualität des Essens häufig vom Rang abhängig, und da es keine zwei Offiziere gleichen Ranges auf einem Schiff gab, konnte niemand sicher in Gesellschaft eines anderen Offiziers essen. Selbst falls kein Unterschied in der Qualität des Essens bestehen würde, würden die Betreffenden ihn sich einbilden. Nein. Es war einfach besser, allein zu essen.

Das kam Pfleger gelegen. Er konnte seine Mahlzeiten ohnehin nicht genießen. Ihm stand auf Bluttemperatur erwärmter Fleischersatz zu – die übliche Kampfration für niedere Ränge –, und eines Tages holte er sich wie immer die versiegelte Mahlzeit beim Verpflegungsoffizier ab und zog sich in sein Quartier zurück, um zu fressen. Sein Kopf schmerzte, nachdem er etwas von den scheinbar rohen Haufen aus Knorpel, Knochen und mageren Muskeln gegessen hatte; die simulierten Eingeweide von Pflanzenfressern zog er bei weitem vor – das Kzintiäquivalent zu einem menschlichen Dessert. Ein Kzin konnte Fleischstücke von der Größe seiner beiden Pranken verschlingen, doch Halloran aß nur wenig. Die Überreste entsorgte er rasch – ein Kzin würde sich schämen, solch armselige Fleischfetzen übrigzulassen. Daß er anschließend Pillen zu sich nahm, die scheinbar unter seinen Brustmuskeln verborgen waren, geschah beinahe unbewußt.

Nachdem er seine Mahlzeit beendet hatte, schritt er den breiten Korridor der Verpflegungssektion entlang und traf auf den elendsten Kzin, den er jemals gesehen hatte: mattes Fell, den Schwanz an zwei Stellen tatsächlich *geknickt*, ein kranker, kriecherischer Gesichtsausdruck und die Ohren zurückgelegt, als hätte er ständig Angst, angegriffen zu werden. Wie zu erwarten war, huschte Telepath Pfleger aus dem Weg, und dann ...

Dann sprach er ihn von hinten an!

»Wir sind uns irgendwie ähnlich, nicht wahr?«

Pfleger wirbelte herum und fauchte wild. Man sprach keinen Höherrangigen von hinten an – und übrigens auch keinen Gleichgestellten.

»Nicht wütend sein«, bettelte Telepath rasch und streckte die Pranken aus, um zu zeigen, daß er die Krallen eingezogen hatte. »Du klingst seltsam ... Das macht mich neugierig. Ich habe keine Erlaubnis, dich zu lesen, aber du bist stark. Du strahlst. Du bist *undicht*.«

Pfleger-Halloran spürte, wie sein Zorn sich vervielfachte, und zwar aus Gründen, die nichts mit der Unverschämtheit seines Gegenübers zu tun hatten. »Du wirst dich von mir fernhalten und mich nicht wieder ansprechen, *Süchtiger*«, spie er.

»Das soll keine Beleidigung sein, aber das Geräusch ist interessant, was auch immer es sein mag. Kommt das davon, daß du so lange allein warst?«

Pfleger unterdrückte seinen Zorn und sprang auf allen Vieren die Halle hinunter – oder zumindest erschien es Telepath so. Der Gedankenleser ließ den Kopf auf die Brust sinken und setzte seinen halbherzigen Versuch fort, sich zu striegeln. In Gedanken war er offenbar wieder bei seinem nächsten Fix von der Droge, die ihm seine Fähigkeiten verlieh.

Pfleger fiel es leicht, die Gedanken des Kommandanten und jedes einzelnen Mannschaftsmitglieds zu lesen. Telepath jedoch entzog sich seinem Zugriff; er war nicht ›undicht‹.

Pfleger kehrte in seine Kajüte zurück, nicht weit vom Quartier des Kommandanten, und machte es sich für weitere Studien in der Schiffsbibliothek bequem. Er beschäftigte sich mit etwas überaus Verwirrendem, das von außerordentlicher Wichtigkeit sein könnte – etwas, das man einen ›Geisterstern‹ nannte. Die wenigen Erwähnungen dieses Phänomens, die Pfleger-Halloran in der Bibliothek fand, halfen ihm kaum weiter; was auch immer dieser Geisterstern sein mochte, er befand sich innerhalb von zehn Systemradien außerhalb des planetaren Orbits. Offenbar handelte es sich bei einem Geisterstern um nichts Ungewöhnliches, weshalb er nirgends näher erklärt wurde – und das wiederum bereitete Pfleger große Sorgen.

Kzinti trainierten ständig an Bord eines Raumschiffs, egal ob freiwillig oder nicht. Das Flaggschiff besaß keine gesonderten Erholungsräume; es gab jedoch vier

Übungs- und Kampfsimulationsräume, die den einzelnen Hierarchie-Ebenen von Leitenden Offizieren bis hin zu Dienern zugeordnet waren. Wenn ein Kzin einen solchen Kampfsimulationsraum betrat, legte er alle Rangabzeichen ab und zog eine Maske über, um sein Gesicht zu verbergen, sowie schwere Maschenhandschuhe, damit er die Krallen nicht ausfahren konnte, was für den Gegner unter Umständen tödlich gewesen wäre. Demzufolge wurden nur selten Kzinti bei solchen Kämpfen getötet, schwere Verletzungen jedoch waren nichts Ungewöhnliches. Die Autodocs des Schiffs konnten mit den meisten Verwundungen fertigwerden, und Kzinti betrachteten Narben als Schmuck. Die Anonymität der Kämpfenden sorgte auch dafür, daß der Ausgang eines Kampfes keinerlei Einfluß auf die Hierarchie hatte; selbst wenn einer der Kombattanten die Identität des anderen *kannte*, fiel es unter den gegebenen Umständen leicht, dieses Wissen zu unterdrücken.

Aufgrund seiner ungewöhnlichen Position als Schützling des Schiffskommandanten wurde Pfleger von niemandem zu einem solchen Scheinkampf herausgefordert, wie er unter Offizieren allgemein üblich war. Allerdings existierte keinerlei Regel und kein Gesetz, daß es Niederrangigeren verbot, sich gegenseitig herauszufordern – es sei denn, ein Offizier mischte sich ein. Solche Kämpfe waren jedoch selten, denn die meisten Mannschaftskzinti konnten ihre Kräfte sehr gut einschätzen, und so wußten sie, wer stärker und wer schwächer war.

Telepath, der niedrigste und verachtetste Kzin an Bord des Flaggschiffes, forderte Pfleger vier Tagzyklen nach dessen Ankunft zu einem Scheinkampf heraus. Pfleger konnte sich nicht weigern; hätte er dennoch abgelehnt, hätte ihn noch nicht einmal der Schutz von Kfraksha-Admiral vor der völligen Ächtung seitens der anderen Kzinti bewahren können. Fortan wäre seine Existenz eine Beleidigung für die gesamte Kzintispezies gewesen. Ein einfacher Befehl, nicht zu kämpfen, hätte ihn gerettet, doch der Kommandant konnte sich nicht vorstellen, daß selbst dem verachteten Pfleger seitens Telepath große Gefahr drohen könnte. Und Pfleger konnte es sich nicht leisten, von allen gemieden zu werden; nach außen hin mußte er so tun, als setze er alles daran, seine alte Position wiederzuerlangen.

So kam es, daß Halloran sich einem echten Kzin in einem Scheinkampf stellen mußte. Pfleger – seiner Kzintipersönlichkeit – machte der Gedanke an einen Kampf weit weniger aus, doch Halloran war noch nicht vollständig in den Hintergrund getreten. Das konnte er auch gar nicht, denn während Pfleger gegen Telepath ›kämpfte‹, mußte Halloran alle Beobachter – einschließlich Telepath – davon überzeugen, daß er gewann.

Pfleger-Halloran besaß mehrere Vorteile: Zum einen konnten beide Kombatanten unverletzt aus dem Kampf hervorgehen, ohne daß irgend jemand mißtrauisch geworden wäre, und zum anderen würde der Kampf von niemandem außerhalb des Trainingsraums beobachtet werden – die Paarung war zu uninteressant, als daß es sich gelohnt hätte, sie in andere Teile des Schiffs zu übertragen.

Hallorans größter Nachteil war, daß ein Telepath psychischen Manipulationen gegenüber weitaus sensitiver sein würde als jeder andere Kzin.

Der Übungsraum war eine große, halbzylindrische Kammer mit flachem Boden, in der normale Kzingravitation herrschte oder auch mehr, um die Übungsbedingungen zu erschweren. Die Wände waren sandfarben gestrichen, und aus verborgenen Ventilationsöffnungen wehte konstant ein heißer, trockener Wind durch den Raum; dies waren Bedingungen, die in der Kzintikultur bereits als angenehm gegolten hatten, lange bevor die Spezies in den Weltraum vorgedrungen war. Der Boden war mit Flocken einer Substanz bedeckt, die Flüssigkeit absorbierte. Die Kzinti kannten nur wenige Kampfregeln, und auch der Einsatz scharfen Urins gegen die Augen des

Kontrahenten war nicht verpönt. Allerdings waren die Flocken hauptsächlich von Blut durchtränkt. Der Raum stank nach Furcht, körperlicher Anstrengung und Verletzungen.

Telepath war geradezu winzig für einen Kzin. Er wog lediglich 150 Kilogramm und maß von Kopf bis Fuß nur zwei Meter fünf; die Tatsache, daß er für gewöhnlich demütig gebückt lief, ließ ihn zumeist sogar noch kleiner erscheinen. Er war nicht in Form; dennoch bereitete es ihm keinerlei Mühe, die dünnste der Stahlstangen in seiner Hälfte der Arena umzubiegen – eine kleine Geste, die den Schiedsrichtern eine ungefähre Vorstellung davon geben sollte, wie es um die reine körperliche Kraft der beiden Opponenten bestellt war. Die dünnste Stange besaß einen Durchmesser von zwei Zentimetern.

Pfleger-Halloran gab vor, die nächstdickere Stange zu verbiegen und bog sie anschließend wieder gerade in der Hoffnung, daß niemand auf den Gedanken kommen würde, sie näher zu untersuchen, woraufhin er feststellen würde, daß sie in Wahrheit vollkommen unversehrt war. Das war allerdings auch sehr unwahrscheinlich, denn Kzinti neigten weit weniger zur Neugier als Menschen.

Telepath schrie und sprang mit gespreizten Armen. Das Bild von Pfleger befand sich kaum zehn Zentimeter neben seiner wirklichen Position, und so verfehlten die verhüllten Pranken des Angreifers Hallorans Kopf nur um Haaresbreite. Halloran suggerierte Telepath, er habe den Arm seines Gegners gestreift. Telepath erholte sich nur langsam – für einen Kzin -; dann schätzte er die Lage ab.

Lediglich zwei Beobachter befanden sich im Vorraum – das vorgeschriebene Minimum. Die anderen Besatzungsmitglieder betrachteten diesen Kampf als Komödie, und für einen Kzin stellte eine Komödie etwas Schändliches und Erniedrigendes dar. Die beiden Beobachter widmeten dem Kampf nicht ihre volle Aufmerksamkeit, und das wiederum nutzte Pfleger-Halloran aus, um ihre Wahrnehmung zu beeinflussen. Dies verschaffte ihm Zeit, sich auf Telepath zu konzentrieren.

Pfleger kauerte sich nicht nieder und zeigte auch sonst keinerlei Anzeichen, daß er anzugreifen gedachte. Er atmete kaum, während Telepath scheinbar amüsiert den Kampfplatz umrundete.

Halloran besaß nur wenig Kampferfahrung; doch glücklicherweise war der echte Pfleger-von-Waffen ein alter Hase in allen Arten des Kämpfens gewesen, einschließlich Kämpfe der tödlichen Art, denn durch sie war er mit beachtlicher Geschwindigkeit die Rangleiter innerhalb der Flotte emporgeklettert, und viele dieser Erfahrungen waren auf Pfleger-Halloran übergegangen. Nun wartete Halloran darauf, daß Telepath wieder zu einer energiefressenden Bewegung ansetzte.

Der Verlauf eines Kampfes unter Kzinti war eine Frage winziger Vorteile. Vermutlich wußte das auch Telepath, und er fühlte, daß irgend etwas mit Pfleger nicht stimmte. Schwäche ...?

Doch Telepath konnte Pflegers Gedanken nicht gut genug lesen; allein der Versuch hätte ihn viel zuviel Mühe gekostet und beachtlich geschwächt. Hallorans Fähigkeit war weitaus effizienter und weit weniger kräftezehrend.

Pfleger fauchte und täuschte einen Sprung vor. Telepath wich zur Seite aus, doch Pfleger brach seinen Angriff ab. Mit wild zuckendem Schwanz stand er mehrere Meter von dem Kzin entfernt und fletschte die nadelspitzen Zähne zu einem furchterregenden Grinsen.

Telepath hatte guten Grund, verwirrt zu sein. Es war außerordentlich selten, daß ein einmal begonnener Angriff wieder abgebrochen wurde – erst recht von einem Kzin, der seinem Gegner so deutlich an Kraft und Größe überlegen war.

Nun war der erbärmliche Kzin wirklich wütend und

verängstigt. Mehrere Male hatte er sich auf Pfleger gestürzt, doch Pfleger war nie genau dort, wo er zu sein schien.

Einmal wäre Hallorans Kopf beinahe von der behandschuhten Pranke des schwächlichen Kzin zerschmettert worden, aber es war ihm im letzten Augenblick gelungen auszuweichen. Irgend etwas erregte Telepath weit mehr, als es die üblichen Emotionen bei einem Scheinkampf hätten erklären können.

»Kämpfe, du geschlechtsloses Weibchen!« kreischte Telepath. Das war ein ausgesprochen obszöner Fluch, und nun begannen auch die Beobachter zu knurren; ihre Achtung vor Telepath war nicht gerade gewachsen.

Pfleger nutzte den Zorn des Kzin zu seinem Vorteil. Der Kampf mußte rasch beendet werden. Halloran ermüdete rasch, weit schneller als sein winziger Gegner. Pfleger schien die gewölbte Wand entlangzulaufen, mit wenigen Sprüngen den gesamten Raum zu durchzuqueren – und ohne zum Schlag auszuholen an Telepath vorbeizufliegen. Telepath schrie vor Zorn und versuchte, sich die Handschuhe herunterzureißen, doch sie waren fest verschlossen; die Beobachter hatten die Schlüssel.

Während Telepath vor Zorn und Frustration heulte, suggerierte ihm Pfleger-Halloran einen Schlag zum Kiefer, der ihn zu Boden warf. Auf allen Vieren zu stehen war für einen Kzin nicht gefährlich – auf allen Vieren konnten sie sich ohnehin schneller bewegen als aufrecht –, aber Pfleger-Hallorans Bild ragte über dem benommenen Telepath auf und trat zu. Die Beobachter konnten das Manöver nicht genau erkennen, und nur einen Augenblick später wand sich Telepath am Boden und hielt sich das Ohr, das vor eingebildeten Schmerzen anschwoll.

Pfleger streckte den Beobachtern die Hände entgegen, und sie schlossen die Handschuhe auf. Er hatte Telepath nicht wirklich verletzt und selbst noch nicht einmal einen Kratzer davongetragen. Pfleger hatte sich gut geschlagen; zwar roch er noch immer nach Kfraksha-Admiral, aber er war nicht mehr der niedrigste Kzin an Bord der *Söhne, die mit blutigen Fängen kämpfen.*

»Offenbar haben die Menschen eine Möglichkeit entdeckt, unsere Schiffe aufzuspüren und zu verfolgen; doch sie besitzen keine Schwerkraftpolarisatoren ...« Kfraksha-Admiral saß auf der geschwungenen Bank, hatte die Beine hochgelegt, die Pranken hinter dem Kopf verschränkt und wirkte ruhig und entspannt. »Wo liegt unsere Schwäche, daß sie uns entdecken und ihre armseligen Waffen auf uns richten können?«

Nach außen hin war Pflegers Unruhe nicht zu erkennen. Er kannte die Antwort, durfte sie aber natürlich nicht geben. Um festzustellen, ob der Kommandant ihm eine rhetorische Frage gestellt hatte oder ob er ihn testen wollte, mußte er die Initiative ergreifen, damit das Gespräch sich in seinem Sinne weiterentwickelte.

»Unsere Antriebe«, bot er als Antwort an.

»Ja, natürlich, aber sie können weder Spektralsignaturen noch Temperaturschwankungen ausmachen, denn schließlich schalten wir unsere Triebwerke ab, bevor wir in ein System eindringen. Und da ihnen die Technologie der Schwerkraftpolarisatoren unbekannt ist, dürften sie auch kein Gravitationsgefälle wahrnehmen können. Außerdem mangelt es ihnen allen Berichten zufolge an Langstreckensensoren, korrekt?«

Pfleger kräuselte das Fell als Zeichen der Zustimmung.

»Nein. Was sie aufspüren, ist nicht die *Wirkung* unserer Antriebssysteme, sondern die Aggregate selbst. Es ist offensichtlich, daß sie unsere magnetischen Monopole entdeckt haben müssen. Das vermute ich schon seit Jahren, doch nun nehmen meine Gedanken langsam Gestalt an ...«

Pfleger-Halloran war erleichtert und entsetzt zugleich.

Auf diese Art und Weise spürte man tatsächlich Kzintischiffe auf; allerdings war es verwunderlich, daß der Feind das nicht schon längst erkannt hatte. Die Kulturwissenschaftler auf Ceres hatte das ebenfalls verwirrt. Die Kzinti besaßen eine Technologie, die der der Menschen weit überlegen war, doch gleichzeitig waren sie erstaunlich unbeholfen, was die reine Forschung betraf. Es schien beinahe, als sei all diese hochentwickelte Technologie einer bestenfalls mittelalterlichen Kultur übergestülpt worden ...

Jeder einfache Belter-Prospektor besaß Geräte, um magnetische Monopole aufzuspüren; der Abbau entsprechender Rohstoffe stellte die Haupteinnahmequelle der Belter dar. Sogar die billigsten Detektoren konnten selbst die schwächsten Monopole über große Entfernungen hinweg entdecken. In einem Notfall waren die Prospektoren sogar in der Lage, mit Hilfe dieser Detektoren ihre Position im Belt zu bestimmen, indem sie die verschiedenen Quellen in Beziehung zueinander setzten. Unbekannte oder Kzintiquellen alarmierten augenblicklich sämtliche Detektoren im gesamten Solsystem. Und dann konnte man die konvertierten Antriebslaser auf ein Ziel ausrichten ...

»Soviel ist klar. Das erklärt unsere Verluste. Stimmst du mir zu?«

»Das ist eine Tatsache«, antwortete Pfleger.

»Und woher weißt du, daß dies eine Tatsache ist?« forderte ihn Kfraksha-Admiral heraus.

»Das Rettungsboot der *Kriegsbeute* wurde nicht von Monopolen angetrieben. Ich habe überlebt. Anhand der Monopole können die Affen nicht die Größe eines Schiffs bestimmen. Sie greifen jede Quelle an.«

Kfraksha-Admiral preßte die Lippen aufeinander und zuckte zufrieden mit den Schnurrhaaren. »Exakt. Dann müssen wir uns bei unserer Strategie also in Geduld üben. Mit unseren von Monopolen angetriebenen Schwerkraftpolarisatoren können wir in kein System mehr eindringen. Aber da gibt es den Geisterstern ... Wenn wir in das System ohne Monopole eindringen und uns nicht den Gasriesen nähern, wo man uns erwartet ... Wir können unvermittelt aus einer scheinbar leeren Region des Alls auftauchen und viele Bevölkerungszentren der Affen auf ihren Planeten und Asteroiden vernichten. Von diesem Plan hängt meine Pfründe ab. Viele Weibchen, viel Land – Ruhm! Wir werden das System nun verlassen und im Orbit des Geistersterns Schwung holen.«

Pfleger-Halloran lief ein Schauder über den Rücken. Ohne Monopole würde man die Kzintischiffe kaum ausmachen können.

Als Zeichen großen Respekts preßte Pfleger die Hände vor der Brust zusammen. Kfraksha-Admiral nickte herablassend.

»Auf deine eigene widerwillige, ranglose Art hast du dich als nützlich erwiesen«, erklärte er anerkennend und starrte Pfleger aus Augen an, deren Pupillen auf Nadelkopfgröße geschrumpft waren. »Du hast die Demütigung mit bemerkenswerter innerer Stärke ertragen. Einige unsere weisesten und geduldigsten Krieger, würden es vielleicht sogar Mut nennen.« Der Kommandant griff hinter die Bank, nahm einen Lappen, der mit einer blassen Flüssigkeit durchtränkt war, aus einem Eimer und warf ihn Pfleger zu.

Die Flüssigkeit sonderte einen beißenden Geruch ab; es war Essig. »Du darfst meine Markierung entfernen«, sagte Kfraksha-Admiral. »Von nun an besitzt du den Status eines ordentlichen Offiziers. Du bist Teil meines Stabes, und es wird deine Aufgabe sein, die Fremdtechnologie zu entschlüsseln, die wir erbeuten. Dein Kampf mit Telepath ... Man hat mir darüber berichtet. Er war zwar nicht sonderlich ehrenvoll, aber du hast bemerkenswerte Nachsicht geübt. Zumindest teilweise hast du dir auch deshalb deinen Rang verdient.«

Pfleger besaß nun Status. Natürlich durfte er deshalb noch lange nicht in seiner Wachsamkeit nachlassen, zumal er ab sofort nicht mehr unter dem Schutz des Flottenkommandanten stand, aber er konnte fortan die Vorteile nutzen, die ihm seine neue Stellung verlieh: ein separates Quartier, klar definierte Aufgaben und ein fester Platz im Ritual an Bord des Kzintiflaggschiffs. Aller Wahrscheinlichkeit nach würde Kfraksha-Admiral nicht vielen oder sogar niemandem gestatten, Pfleger herauszufordern, und als direkter Untergebener des Admirals zählte Pfleger zur Fraktion des Kommandanten, der auf jeden unprovozierten Angriff entsprechend reagieren würde.

Die *Söhne, die mit blutigen Fängen kämpfen* hatte sich mit einem geradezu unglaublichen Zehntel der Lichtgeschwindigkeit aus dem Gravitationstrichter von Sol gelöst, weit schneller, als es die Sicherheit in einem Sonnensystem gebot, und nun eilte sie auf den Geisterstern zu, der etwa 100 Milliarden Kilometer von der Sonne entfernt lag. Sol war inzwischen nur noch ein winziger Lichtpunkt vor dem Hintergrund des Sagittariusarms.

Die Pläne des Kommandanten, die Flotte mit Hilfe der Gravitation des Geistersterns zurück ins Solsystem zu katapultieren, waren nur wenigen bekannt. Pfleger war noch immer nicht sicher, um was es sich bei diesem Geisterstern handelte. In der Schiffsbibliothek fand sich kein entsprechender Eintrag, und auch kein anderer Begriff schien unmittelbar damit in Verbindung zu stehen. Allerdings konnte man sich leicht ausrechnen, daß dieser Geisterstern mindestens die halbe Masse von Sol besitzen mußte, sollte der Plan des Kommandanten Aussicht auf Erfolg haben. Von der Erde aus hatte man nie etwas Derartiges entdeckt; dort, wo der Geisterstern sich befinden sollte, herrschte Leere. Vermutlich war er zu klein und seine Gravitation zu gering, als daß irdische Teleskope und Detektoren ihn hätten erfassen können.

Also ging Pfleger vorläufig davon aus, daß sie sich

entweder der dunklen, ausgebrannten Hülle eines Sterns näherten oder gar einem schwarzen Loch.

Im interstellaren Maßstab bedeuteten 100 Milliarden Kilometer noch immer unmittelbare Nachbarschaft. Daß die Kzinti mehr über diese Region wußten als die Menschen, beunruhigte Halloran. Welche Vorteile würden sie daraus ziehen können?

Die Zeit war gekommen, da Halloran sich das genauer ansehen mußte, was er bisher herausgefunden hatte. Aufgrund seiner gespaltenen Persönlichkeit und der Tatsache, daß er sich in den vergangenen Tagen voll auf die Kzintimentalität konzentriert hatte, bestand die Gefahr, daß er etwas Entscheidendes für den Erfolg seiner Mission übersah.

Also verriegelte er die Tür seines Quartiers, und der alte Halloran kehrte wieder zurück. Die sieben Tage an Bord des Kzintiflaggschiffs hatten ihm einen schrecklichen Preis abverlangt. Er betrachtete sich in dem kleinen Wandspiegel, der ihm zur Verfügung stand und sah eine ausgemergelte Gestalt, deren Gesicht von tiefen Falten durchzogen war. Kzinti verwendeten kein Wasser, um sich zu säubern, und so gab es in Hallorans Quartier auch keinen Wasserhahn – die Katzen besaßen einen äußerst effektiven Metabolismus, da sie von einer Rasse aus Fleischfressern abstammten, die in der Wüste lebte. Hallorans Haut und seine Kleidung würden schmutzig bleiben müssen. Er griff nach einem medizinischen Tupfer, mit dem normalerweise kleinere Schrammen behandelt wurden, und reinigte damit Gesicht und Hände, so gut er konnte. Die beißende, blutstillende Substanz in dem Tupfer half ihm, einen klaren Kopf zu bekommen. Nach so langer Zeit als Pfleger war nur wenig von Hallorans altem Feuer übriggeblieben.

Und Pfleger ist nicht gerade der Allerhellste, dachte Halloran säuerlich. *Denk nach, Affe. Denk nach!*

Er sah *alt* aus.

»Scheiß drauf«, murmelte er und wandte sich wieder

den elektronischen Büchern zu. Als Pfleger hatte er unterbewußt interessante Passagen in den Kzintitexten markiert. Nun machte er sich daran herauszufinden, was ein Geisterstern war und womit er in den nächsten Stunden zu rechnen hatte, wenn sie sich diesem Gebilde näherten.

Nach einer halben Stunde des Lesens ohne Pflegers Hilfe schmerzten ihn die Augen vom Entziffern der seltsamen Kzintischrift, und er hatte noch keinerlei Fortschritte erzielt.

»Geist«, murmelte er. »Gespenst. Spektralwesen. Seele. Vorfahren. Ein Stern, der den Vorfahren bekannt gewesen ist? Unwahrscheinlich. Dann wären sie schon vor Jahrhunderten ins Solsystem vorgedrungen und hätten uns vernichtet ... Tanj, was zur Hölle ist ein Geisterstern?«

Er suchte in der Bibliothek nach allen Begriffen, in denen die Worte ›Geist‹, ›Spektralwesen‹, ›Vorfahren‹ oder sonstige Synonyme in der Heldensprache vorkamen. Nach einer weiteren halben Stunde konzentrierten und fruchtlosen Studiums wollte er bereits aufgeben, als ein Stichwort auf dem Display erschien: *Geistermasse.*

Halloran aktivierte den Eintrag, und ein Warnzeichen blinkte auf: das Kzintisymbol für Schande; damit wurden im Patriarchat streng geheime Dokumente markiert.

Pfleger zuckte unwillkürlich zurück; Halloran mußte eingreifen, bevor seine andere Persönlichkeit die Fundstelle wieder löschte. Neugier war keine typische Kzintieigenschaft, die Androhung von Schande aber ein effektives Abschreckungsmittel.

Eine grundsätzliche Definition erschien: »*Jene Masse, die in den ersten Augenblicken des Universums erschaffen wurde, getrennt von der Kzinti-Raumzeit und wahrnehmbar nur über schwache Gravitationswechselwirkungen. Weder Licht noch andere Wellenstrahlung vermag vom Geisterreich in die Kzinti-Raumzeit vorzudringen oder umgekehrt.*«

Halloran grinste zum ersten Mal seit sieben Tagen. Er

hatte es. Er *fühlte*, daß er schon bald die Lösung des Rätsels erfahren würde. Erregt forderte er Einzelheiten an.

»*Es sind Geistermassen von stellarem Ausmaß gefunden worden, doch sie sind selten. Seit Kzintigedenken hat man keine neuen mehr entdeckt. Im Geisterreich müssen diese Massen geradezu unglaublich sein; vermutlich betragen sie das 100fache der Masse der Sonne*« – jenes Sterns, um den die Heimatwelt der Kzinti kreiste –, »*denn ihr Gravitationseinfluß beträgt .6 (Basis 8) Kzinsonnen. Die Physik des Geisterreichs muß sich deutlich von unserer unterscheiden. In Legenden wird davor gewarnt, nach Geistersternen zu suchen. Alle Einzelheiten über das Geisterreich sind entweder verlorengegangen oder vom Patriarchat verboten.*«

Kein Schwarzes Loch und kein Schwarzer Zwerg, sondern ein Stern in einem Gegenuniversum. Im ausgehenden 20. Jahrhundert hatten menschliche Physiker zum ersten Mal die Existenz sogenannter ›Schattenmasse‹ vermutet. Ihre Ergebnisse kamen der Kzintibeschreibung sehr nahe, doch bis jetzt hatte niemand ein entsprechendes Gebilde entdeckt ...

Wer hätte gedacht, daß die Erde sich so nah an einem Geisterstern befand?

Und nun beabsichtigte Kfraksha-Admiral etwas zu tun, was den Kzinti seit Jahrhunderten verboten war: Er wollte einen Geisterstern benutzen, um sich einen Schwerkraftvorteil zu verschaffen. Den menschlichen Sensoren mußte es erscheinen, als würde sich die Kzintiflotte zurückziehen. Doch die Flotte würde alsbald wieder abbremsen, ihre Monopole abstoßen, um den Geisterstern herumschwingen und erneut Geschwindigkeit aufnehmen. Nicht eine Sekunde lang würden die Triebwerke aktiviert werden, um die menschlichen Wachposten nicht zu warnen. Langsam würde die Kzintiflotte wieder ins Solsystem eindringen, und innerhalb eines Kzintijahres würden sie über die Welten der Menschen herfallen. Die Überraschung wäre groß genug, um den Krieg mit einem Schlag zu beenden.

Und damit dies gelang, bedurfte es nur einer einzigen Sache: Geduld – eine Tugend, die bei den Kzinti allerdings recht selten war.

Irgend jemand kratzte leise an der Identifikationstafel der Kajütentür. Halloran nahm nicht die Pfleger-Persönlichkeit an, sondern projizierte nur dessen Bild, bevor er antwortete.

In der Tür öffnete sich ein Sehschlitz, und Halloran sah die bösen, matten Augen von Telepath.

»Ich habe dich bereits besiegt«, knurrte das Bild von Pfleger. »Willst du mich erneut herausfordern und deine Schande vergrößern?« Nicht, daß Pfleger auf eine solche Herausforderung eingegangen wäre, nachdem sein Rang nun gefestigt war.

»Ich habe ein Problem, von dem ich so rasch wie möglich Kfraksha-Admiral in Kenntnis setzen muß«, sagte Telepath. Ein scharfer Unterton lag in seiner verabscheuungswürdigen, wimmernden Stimme.

»Und warum kommst du zu mir?«

»Ihr seid das Problem. Ich höre Geräusche von Euch. Ich *erinnere mich* an Dinge von Euch. Und Ihr erscheint in meinen Träumen, aber nicht wie Ihr jetzt seid ... Manchmal bin ich Ihr. Ich bin der Niedrigste, aber ich bin wichtig für die Flotte, besonders nach dem Tod des Telepathen der *Kriegsbeute*. Meine Gesundheit ist wichtig ...«

»Ja, ja! Was willst du?«

»Habt Ihr die Telepathendroge genommen?«

»Nein.«

»Ich weiß ... daß Ihr die Wahrheit sprecht, und doch verheimlicht Ihr irgend etwas.«

Zwar konnte der Kzin Halloran auch jetzt nicht lesen, aber Halloran war ›undicht‹. Auch jetzt konnte Halloran ebensowenig verhindern, daß ein Teil seiner Gedanken ständig nach außen drang, wie früher, als er versucht hatte, seine ›Intuition‹ zu unterdrücken. Der von Drogen geschwächte Geist des Kzintitelepathen war ein idealer Empfänger für diese Gedankenfetzen, und vielleicht war er sogar besonders empfänglich dafür, weil er sie unterbewußt als fremd erkannte.

»Ich verheimliche gar nichts. Geh weg!« forderte das Pfleger-Bild barsch.

»Zuerst ein paar Fragen. Was ist ein ›Esterházy‹? Was sind diese Geräusche, die ich höre, und was ist ein ›Haydn‹? Warum empfinde ich Gefühle, die keinen Namen haben?«

Die Aussprache des Kzin war zwar nicht exakt, aber gut genug.

»Ich weiß es nicht. Geh weg!«

Halloran schickte sich an, den Sehschlitz wieder zu schließen, doch Telepath heulte erbärmlich auf und steckte einen ledernen Finger hindurch. Instinktiv hielt Halloran inne, um die Katze nicht zu verletzen. Ein Kzin hätte das nicht getan ...

»Ich kann nicht zu Kfraksha-Admiral gehen. Ich bin der Niedrigste ... aber ich spüre Gefahr! Wir nähern uns einer großen Gefahr. Meine Schilde werden immer schwächer, und trotz geringerer Dosen der Droge werde ich immer empfindlicher. Wißt Ihr, wo wir hinfliegen? Ich spüre diese Gefahr tief in mir, an einem Ort, den meine Sucht nur leicht berührt hat ... Andere spüren es auch. Es herrscht Unruhe. Ich muß berichten, was ich fühle! Sagt dem Kommandanten ...«

Mit einem Knirschen drückte Halloran den Hebel herunter, und der Schlitz schloß sich wieder. Telepath schrie und zog seinen Finger gerade noch rechtzeitig zurück, um den Verlust der Fingerkuppe mitsamt Kralle zu vermeiden.

Das reichte. Halloran begann, unkontrolliert zu zittern. Schluchzend vergrub er das Gesicht in den Händen. Sein Tod schien unmittelbar bevorzustehen – Tod, Schmerz und Qual. Er hatte sich in die Höhle des Löwen gewagt; der Löwe kam nun näher, und Halloran wurde schwächer. Etwas derart Schrecklichem hatte er noch nie gegenübergestanden. Die Kzinti waren wahnsinnig. Sie hatten keine Gefühle; sie dachten nur an Krieg, Zerstörung und Eroberung ...

Doch tief in seinem Inneren behaupteten die Überreste von Pfleger-von-Waffen etwas anderes. Hier gab es Mut und schier unglaubliche Kraft; alles war voller Leben.

»Das ist nicht genug«, flüsterte Halloran und nahm die Hände vom Gesicht. Es war nicht genug, um die Kzinti von ihrer Schuld freizusprechen, und nicht genug, um ihn von seiner Abscheu zu befreien. Wenn er könnte, würde er die gesamte Kzintirasse auslöschen. Wenn er seinen Geist nur weit genug ausdehnen könnte, um über Zeit und Raum hinweg die ferne Heimatwelt der Kzinti zu erreichen ...

Wenn man ein Talent wie Halloran besaß, war das schwerwiegendste Problem die eigene Hybris. Gottgleiche Macht über andere ausüben – selbst über Kzinti. Auf diesem Weg lauerte der Wahnsinn.

Ein Kzin würde nicht so denken, wußte Halloran. *Ein Kzin würde vor Freude schreien und springen, wenn er solch ein Werkzeug besitzen würde.* »Kzinti haben es leichter«, murmelte er.

Es war an der Zeit, die Lage zu analysieren. Wie lange konnte er noch an Bord des Kzintiflaggschiffs überleben?

Wenn er wieder die Pfleger-Persönlichkeit annahm, nicht länger als drei Tage. Dann würden sie noch immer den Geisterstern umrunden ...

Sollte es ihm jedoch gelingen, irgendwie die Kontrolle über das Schiff zu erlangen, und wenn er dann die ganze Zeit über Halloran sein könnte, dann würde er ohne Zweifel noch weitaus länger überleben können. Aber zu welchem Zweck?

Um die *Söhne, die mit blutigen Fängen kämpfen* wieder zurück in den Menschenraum zu bringen? Das wäre zwar nützlich, aber nicht von allzu großer Bedeutung; bis dahin hätten die Kzinti ihren Schwerkraftpolarisator mit Sicherheit schon längst abgestoßen. Menschliche

Ingenieure hatten bereits die *Kriegsbeute* studiert, die der *Söhne, die mit blutigen Fängen kämpfen* mit kleinen Ausnahmen bis aufs Haar glich.

Aber er wollte *überleben.* Darin waren sich Halloran und Pfleger-Halloran einig. Halloran empfand die Notwendigkeit zu überleben so stark, daß sie alle anderen Überlegungen verdrängte: die Belterpiloten und ihre Initiation ... Mit seinem Vater zu einer Art Verständigung zu gelangen ... Earlys Wunschliste ... Was er über die Kzinti wußte ...

Letzteres konnte er auch per Funk übermitteln. Dazu mußte er nicht lebend wieder zurückkehren. Doch solch eine Übertragung würde Zeit kosten; ein ausführlicher, persönlicher Bericht mit anschließender wochenlanger Befragung wäre sicherlich von Nutzen.

Überleben.

Einfach nur *leben.*

Gewinnen!

Scheißkerl hin oder her, Halloran hing an seinem armseligen Leben.

Vielleicht bin ich einfach nur schwach – wie Telepath. Schwach und elend. Voller Selbstmitleid.

Was am Ende bei all diesen Überlegungen herauskommen würde, war klar.

Das Beste, worauf er hoffen durfte, war, daß es ihm irgendwie gelingen würde, zumindest dieses Schiff außer Gefecht zu setzen, wenn nicht sogar die gesamte Kzintiflotte. Ein grandioser Plan. Das stand ganz oben auf Earlys Wunschliste. Alles andere konnte ruhig auf der Strecke bleiben.

Doch dieses Ziel konnte Halloran nicht erreichen, indem er wie ein Berserker losstürmte. Er mußte klüger als die Kzinti sein; er mußte ihnen beweisen, daß Menschen mit all ihrer Liebe zum Leben und ihrem Selbstmitleid die selbstherrlichen, wilden Eindringlinge zu schlagen vermochten.

Nie wieder Pfleger. Von nun an durfte er Pfleger nur

noch als Kulisse verwenden, während dahinter ein wacher Halloran auf sein großes Ziel hinarbeitete – ein Halloran, der seiner selbst bewußt war.

Telepath wimmerte im Schlaf. Niemand war in der Nähe, der ihn hätte hören können; Abscheu sicherte ebenso die Privatsphäre wie ein hoher Rang.

Hände hoben ihn hoch – *riesige* Hände, die ihn von der Mutter losrissen. Seine eigenen Hände waren winzig, so winzig, als er sich mit aller Kraft im Fell der Mutter festkrallte.

Sie knurrte und schrie die Männchen an, die sie mit langen, gegabelten Stangen auf die Korbmatratze drückten, und sie schlug und trat nach ihnen, doch die Männchen lachten nur und wichen ihren Schlägen aus. Der Gestank von Haß und Zorn erfüllte die Hütte.

»Maaa!« kreischte er. »Maaa!«

Die Hände hoben ihn hoch und drückten ihn an eine muskulöse Brust, die nach Leder und Metall roch und nach Kzintosh, männlichen Kzinti.

Sie werden mich fressen! Sie werden mich fressen! schrie der Instinkt.

Er schlug mit seinen spitzen Babykrallen um sich, und die dröhnende Stimme über ihm lachte und fluchte, und die Hände hielten ihn auf Armeslänge von der Brust weg.

»Der hier hat Mut«, sagte die Stimme.

»Der ist winzig«, erwiderte eine andere Stimme abfällig. *»Ich werde ihn nicht großziehen. Bring ihn in die Krippe.«*

Sie trugen ihn ins gleißendhelle Sonnenlicht hinaus, und er blinzelte vor Schmerz. Reißzähne schimmerten über ihm, und er zischte und spie; eine Hand stopfte ihm Fleisch ins Maul. Es war gut, warm und blutig; er riß Stücke heraus und schlang sie hinunter – die Ohren hatte er noch immer angelegt. Auch aus den anderen Hütten drang das Fauchen und Knurren von Weibchen, und hinter ihm stieß seine Mutter ein klagendes Heulen nach dem anderen aus.

Telepath erwachte halb, grunzte und zuckte unwillkürlich zusammen. Seine fledermausartigen Ohren richteten sich auf, als er die vertrauten Geräusche von Pumpen und Ventilatoren wahrnahm.

Er lachte und schritt über einen großen Hof. Gesichter wandten sich ihm zu.

- *nackte Gesichter?* -

Münder formten sich zu einem entsetzten ›Oh‹.

- *flache Münder? Flache Zähne?* -

Schüler und Lehrer drehten sich nach ihm um, und er wußte, daß sie den Direktor sahen, nackt und aufrecht. Er lachte und winkte und freute sich schon darauf zu sehen, wie der alte Velasquez sich da wieder herauswinden wollte ...

Telepath kämpfte. Irgend etwas traf ihn auf die Nase, und er richtete sich ruckartig auf. Seine rosafarbene Zunge leckte über die Stelle, wo der willkommene, der ach so willkommene Schmerz seinen Ursprung genommen hatte. Das Entsetzen des Alptraums verschwand. Der Traum war zu fremd gewesen, als daß er auch nach dem Erwachen gewirkt hätte.

»Schweig, *Schtondat*!« knurrte Dritter Kanonier und trat Telepath in die Rippen. Er hielt einen Gürtel in der Hand, mit dem er jederzeit wieder zuschlagen konnte. »Hör auf, im Schlaf zu schreien!«

Telepath weitete die Ohren, legte das Fell an als Zeichen der Besänftigung, und kauerte sich wieder nieder. Dritter Kanonier war zwar nicht sonderlich intelligent, aber er war riesig und selbst für einen jungen Kzin außerordentlich reizbar. Schließlich drehte sich die massige Gestalt wieder um und kehrte knurrend zu ihrem eigenen Schlafplatz zurück, der sich ein Stück den Korridor hinab befand.

Der kleinere Kzin legte sich wieder auf die Matte, rollte sich wie ein Fötus zusammen, bedeckte die Nase mit den Pranken und wickelte den Schwanz um seine elende Gestalt. Er zitterte, und das matte, zerzauste Fell zog sich zusammen und zwang ihn, die Augen zu schließen.

Ich muß schlafen, dachte er. Seine Finger zuckten in Richtung des Beutels mit der Droge, doch das hätte alles noch viel schlimmer gemacht. *Ich muß schlafen. Meine Gesundheit ist wichtig für die Flotte.* Wenn er nicht ausgeruht war, konnte er nicht auf Befehl Gedanken lesen. Ohne diese Fähigkeit war er nutzlos und damit so gut wie tot, und Telepath wollte nicht sterben.

Aber wenn er schlief, dann träumte er. Die letzten vier Schlafzyklen hatte er sich sogar über Träume aus seiner Zeit als Kätzchen gefreut. Immer wieder drangen unheimliche Geräusche von allen Seiten auf seinen Geist ein: Geräusche so präzise wie mathematische Formeln, doch er hatte das seltsame Gefühl, daß es nicht die *seinen* waren ...

Erneut wachte er auf. *Mutter,* dachte er schlaftrunken. *Ich will zu meiner Mutter.*

Die Fremdheit der Träume ängstigte ihn nicht allzu sehr.

Was ihn wirklich in Angst versetzte, war das Gefühl, daß er begann, sie zu *verstehen* ...

Halloran spannte die Muskeln an, hob die Pranken, hockte sich nieder und knurrte. Technischer-Assistent wich zum Kreuzpunkt der beiden Korridore zurück, doch Feuerkontrolltechniker legte die Ohren an, fauchte und riß das Maul auf. Adjutant-des-Kommandanten lag auf dem Bauch und kroch davon. Neben ihm sträubte Operationschef, in dessen Begleitung sich Pfleger befand, das Fell und reagierte entsprechend.

Ohne Pfleger sieht das alles anders aus, dachte Halloran und suchte sich einen Weg um die Streitenden herum.

Die beiden Kzinti standen einander Schnauze an

Schnauze gegenüber und brüllten in Tönen, die die metallenen Wände zum Vibrieren brachten. Hinter dünnen schwarzen Lippen kamen feuchte, einen halben Zoll lange Reißzähne zum Vorschein, und das gesträubte Fell ließ die beiden noch größer erscheinen, als sie ohnehin schon waren. Die schwarzen, lederartigen vier Finger einer jeden Pranke wirkten geradezu unglaublich dürr, und die ausgefahrenen Krallen schimmerten wie flüssiger Schiefer. Das trübe orangefarbene Licht ließ Halloran blinzeln.

Die Wände in diesem Teil der Offiziersquartiere waren mit holographischen Bildern verziert – eine Notwendigkeit, da die Kzinti sehr empfindlich auf den Entzug sinnlicher Eindrücke reagierten. Auf einem dieser Bilder war dichtes orangefarbenes Dornengestrüpp auf einer zerklüfteten Felslandschaft unter einem staubigen ziegelroten Himmel zu sehen. Im Vordergrund des Bildes standen zwei Kzinti über einem auf dem Rücken liegenden Tier, einer Art Schildkröte mit Dornen auf dem Panzer und einem kurzen keulenartigen Schwanz. Sie gruben dem Tier die Fänge in den Bauch und rissen große Fleischfetzen heraus.

Plötzlich richteten sich die beiden Kzintioffiziere wieder auf, legten das Fell an und gingen aneinander vorbei, als sei nichts geschehen.

Es ist auch nichts geschehen, sagte Pflegers Geist in Hallorans Hinterkopf; die dünne Geisterstimme klang ein wenig verwundert. *Das war nur normale Höflichkeit.* Ohne gespielte Herausforderung an einem Gleichrangigen vorbeizugehen, stellte eine schwere Beleidigung dar; ein solches Verhalten hätte die Verachtung des Betreffenden gegenüber dem anderen gezeigt, den er seines Interesses nicht für würdig erachtete. Eine ernstgemeinte Herausforderung hätte im Augenblick ohnehin gegen die Vorschriften verstoßen.

Operationschef kratzte an der Identifikationstafel vor der Tür des Kommandanten, die daraufhin Kfraksha-

Admirals Geruch verströmte. Ein gedämpftes Knurren erscholl als Antwort.

Kfraksha-Admiral saß an seinem Schreibtisch und fraß an einem Knochen, den er in den Pranken hielt. Gerade hatte er eine lange Sehne abgerissen, die er mit lautem Schmatzen hinunterschluckte.

»Verläuft alles nach Plan?« fragte er.

»Ja, Dominanter«, antwortete Operationschef demütig.

»*Warum raubst du mir dann meine kostbare Zeit?*« brüllte Kfraksha-Admiral und fuhr die Krallen aus.

»Verzeiht«, antwortete Operationschef, warf sich zu Boden, und seine Begleiter taten es ihm nach. »Die Monopole und Teile der Schwerkraftpolarisatoren sind exakt dort abgestoßen worden, wo Ihr befohlen habt. Aber es gibt Probleme.«

»Beschreibe sie.«

»Elektrische Komponenten müssen weit häufiger ersetzt werden als üblich, Kfraksha-Admiral«, sagte der Ingenieur. »Besonders Kontrollsysteme und Computer sind davon betroffen. Je mehr wir uns dem Geisterstern nähern, desto häufiger werden Defekte gemeldet. Und es gibt auch personelle Probleme.«

Kfraksha-Admirals Fell und Schnurrhaare bewegten sich auf eine Art, die ungewöhnliches Interesse signalisierte; Auflösung der Disziplin war ein Problem, mit dem jeder Kzintikommandant früher oder später zu kämpfen hatte – allerdings hatte Kfraksha-Admiral jetzt noch nicht damit gerechnet.

»Meuterei?« fragte er in einem Tonfall, als würde er sich sogar darüber freuen.

»Nein. Ein drastischer Anstieg von Duellen, bisweilen sogar gegen die Vorschriften. Vorwürfe des versuchten Mordes, allerdings ohne Beweise. Verdächtigungen. Mehrere Fälle von Katatonie und Wahnsinn, die zur Exekution durch Vorgesetzte geführt haben. Selbstmorde. Und auch Gerüchte.«

»*Hrrr!*« knurrte Kfraksha-Admiral. Selbstmord war

ein Eingeständnis von Feigheit und ausgesprochen selten.

Zeit, den Köder auszulegen, beschloß Halloran.

Vorsichtig drang er in die Gedanken des Kzintikommandanten ein und fühlte das typische ›Am-liebsten-alles-gleichzeitig‹ eines unentschiedenen Geistes. Kfraksha-Admiral wußte etwas darüber, warum das Patriarchat auch nur die Erwähnung eines Geistersterns verboten hatte: weil die Bewahrer der Geschichte der Vorfahren nicht die geringste Ahnung hatten, welche Wirkung genau ein Geisterstern auf Katzen und Maschinen ausübte. Allerdings war wiederholt unerklärliches Pech mit diesem Phänomen verbunden gewesen. Der Kzin spürte, daß sich sein Fell zu sträuben drohte. Kzinti *glaubten* an das Glück so fest, wie sie an die Spieltheorie glaubten. Wenn er jetzt einen Rückzieher machen würde, drohte Kfraksha-Admiral ewige Schande. Seine Schlauheit riet ihm, die Mission abzubrechen – ein unvorsichtiges Männchen wäre nie zum Flottenkommandanten aufgestiegen –, doch sein Gefühl widersprach einem Missionsabbruch. Kfraksha-Admiral war selbst für einen Kzin ungewöhnlich aggressiv – eine weitere Eigenschaft, ohne die er seine Position nie erreicht, geschweige denn sie erhalten hätte.

Schande, flüsterte Halloran sanft. Das war nicht schwer. Es fiel ihm sogar leichter als je zuvor, denn jetzt fühlte er sich *im Recht.*

Rückzug bedeutet ewige Schmach, suggerierte sein Geist dem Kzin. *Schon zwei sinnlose Jahre. Niederlage durch Pflanzenfresser.* Übelkeiterregende Bilder von stumpfen Zähnen, die Wurzeln zermahlten. *Endlose Herausforderungen.* Ein Kommandeur, der sich einmal zur Vorsicht entschlossen hatte, würde sich einer geradezu endlosen Schlange von Rivalen gegenübersehen, die nur auf seinen Rücktritt warteten und alles unternehmen würden, diesen Rücktritt noch zu beschleunigen. Seit jeher zeichneten sich Kzinti durch extremes Territorialverhalten aus; moderne Kzinti hatten diesen Instinkt auf die Hierarchie übertragen.

Ruhm, wenn wir gewinnen. Mehr überwundene Gefahren bedeuten mehr Ruhm. Held der Eroberung Kfraksha-Admiral – nein, Kfraksha-Tschee, ein voller Name, unvorstellbarer Reichtum, ganze Systeme voller Sklaven auf hochindustrialisierten Welten. Viele Söhne. Generationen von Nachkommen werden meinen Namen preisen.

Die Ohren des Kommandanten richteten sich auf, als er sich wieder entspannte. Die Entscheidung war getroffen. »Das ist ein außerordentlich gefährlicher Weg. Kontaktiert die *Blitzende Krallen* ...« – ein Aufklärer der Lauerjäger-Klasse, leicht bewaffnet, aber mit starkem Triebwerk und Unmengen an Treibstoff – ». ... und stellt eine ständige Verbindung zu ihr her.« Das Patriarchat würde wissen wollen, was hier geschah. »Die Flotte wird vorgehen wie geplant. Schleuderformation. Die *Söhne, die mit blutigen Fängen kämpfen* wird auf der inneren Bahn fliegen.«

Damit würde das Flaggschiff die Spitze der konischen Formation übernehmen, die die Flotte einnehmen sollte; die Truppentransporter mit den Infanteristen würden die Nachhut bilden. »Verdoppelt das Training, und erhöht die Rationen.« Gut gefütterte Kzinti waren weit weniger anfällig für Disziplinlosigkeit. Und: »Was für Gerüchte?«

»Daß wir uns dem Dunkelstern der bösen Omen nähern, Dominanter.«

Kfraksha-Admiral beugte sich vor und kratzte über die Ausdrucke auf seinem Schreibtisch. *»Das waren vertrauliche Informationen!«*

Er blickte seinem Operationschef unverwandt in die Augen, was unter Karnivoren als extrem unhöflich galt. Mürrisch streckte der Untergebene die Pranken aus und richtete die Ohren auf.

»Ich habe niemandem erzählt, welchem Objekt wir uns nähern«, sagte er. Ohnehin würden sich nur wenige Kzinti die Mühe machen, nach Informationen zu forschen, die für sie nicht von unmittelbarem Nutzen waren. »Lediglich die Schiffs- und Geschwaderführer sind informiert worden, ebenso wie alle höheren Offiziere.«

»Hrrr. Chirrru. Du ...« Kfraksha-Admirals Schwanz zuckte in Richtung von Adjutant-des-Kommandanten. »Hol Telepath.«

Halloran ließ sich auf die Matratze in seinem Quartier fallen, vergrub das Gesicht in den Händen und kämpfte gegen die Übelkeit an. *Murphy, sag mir nur nicht, ich entwickele eine Allergie gegen Kzinti,* dachte er und hob die zitternden Hände vor die Augen. Die Flecken auf seiner Haut waren entweder das Produkt irgendeiner Mangelerscheinung, oder sein Immunsystem drohte aufgrund der außerirdischen Proteine zu versagen, die er in den vergangenen Tagen zu sich genommen hatte. Er würgte, und Galle füllte seinen Mund, die er jedoch sofort wieder herunterschluckte; Schmerzen waren die Folge, denn seine Kehle war knochentrocken. Dann erinnerte er sich an das letzte Treffen mit seinem Vater. Ein Kzintischiff glich der *richtigen* Wüste von Arizona, und diese Wüste entzog ihm alle Körperflüssigkeit, egal wieviel er trank. Allerdings handelte es sich mehr um eine trockene *Kälte* – eine Kälte, die den menschlichen Schweißgeruch unterdrückte, der ihn bereits mehr als einmal fast verraten hätte.

Plötzlich wurde einer seiner Finger von einem stechenden Schmerz erfüllt. Als Halloran auf den Finger hinabblickte, bemerkte er, daß er unbewußt versucht hatte, nicht vorhandene Krallen an dem korkähnlichen Material neben seinem Bett zu wetzen. Dabei war einer der Fingernägel abgebrochen und ins Nagelbett eingedrungen. Halloran zog den Splitter heraus und verband die Wunde mit einem antiseptischen Tupfer, bevor er sich mit schmerzvoller Langsamkeit auf seine Matratze niederließ. Tränen füllten seine Augenwinkel und flossen schließlich die aufgeplatzten Wangen hinunter.

Es war einfacher, Pfleger zu sein. Pfleger hatte keine Schmerzen. Pfleger war nicht allein. Pfleger empfand keine Schuld ... Schande, vielleicht, aber Schuld? Niemals.

Pfleger existiert nicht. Ich bin Lawrence Halloran Jr. Er schloß die Augen und versuchte, so gleichmäßig wie möglich zu atmen. Daß es ihm schwerfiel, lag nicht nur am Schmerz: Jedesmal, wenn er gerade eingeschlafen war, packte ihn eine irrationale Angst und er wachte sofort wieder auf. Er litt nicht unter Alpträumen; er hatte einfach nur vor *irgend etwas* Angst.

Intuition. Halloran hatte schon immer an Intuition geglaubt.

Oder vielleicht sickerte etwas von der Furcht der Mannschaft zu ihm durch; aber *derart* sensitiv war er noch nie gewesen, auch wenn man in Betracht zog, daß die Anstrengungen der letzten Tage seine psychischen Schilde geschwächt hatten. Anstatt sich zu verstärken, hätte sein Talent aufgrund der Müdigkeit schwächer werden müssen.

Genug. »Ich fühle mich wie ausgekotzt, aber für die Mission ist meine Gesundheit von allergrößter Bedeutung«, murmelte er spöttisch. Schlaf war ein Gefühl, als würde er fallen ...

... und die anderen jagten ihn wieder durch die Korridore der Krippe. Seine Rippen schmerzten, während er auf allen Vieren davoneilte. Die Zunge hing ihm aus dem Maul; sie war trocken und geschwollen. Allesamt waren sie größer als er, und es waren gut zwei Handvoll! Gleißendhelles Sonnenlicht stach ihm in die Augen, als er auf den Übungshof hinausrannte und auf den Felshaufen in der Mitte kletterte. Nur dort konnte er noch hinfliehen, zum höchsten ...

Furcht verdrängte die Müdigkeit, als er sich auf der Spitze des Felshaufens aufrichtete. Er war über ihnen!